O BOSQUE SELVAGEM

O BOSQUE SELVAGEM

As Crônicas do Bosque Selvagem, Livro I

COLIN MELOY

Ilustrações de
CARSON ELLIS

Tradução de
RODRIGO ABREU

2ª edição

—— Galera ——
RIO DE JANEIRO
2025

CIP-BRASIL. CATALOGAÇÃO NA FONTE
SINDICATO NACIONAL DOS EDITORES DE LIVROS, RJ

M485b
 Meloy, Colin
  O bosque selvagem / Colin Meloy; tradução de Rodrigo Abreu; [ilustração Carson Ellis]. 2ª ed. - Rio de Janeiro: Galera Record, 2025.
  il.

 Tradução de: Wildwood
 ISBN 978-85-01-09786-6

 1. Ficção fantástica americana. 2. Crianças desaparecidas - Ficção infantojuvenil. 3. Irmãos e irmãs - Ficção infantojuvenil. 4. Ficção infantojuvenil americana. I. Abreu, Rodrigo. II. Ellis, Carson III. Título.

12-8906.
               CDD: 028.5
               CDU: 087.5

Título original em inglês:
Wildwood

Copyright © 2011 by Unadoptable Books LLC
Copyright do texto © 2011 by Colin Meloy
Copyright das ilustrações © 2011 by Carson Ellis

Todos os direitos reservados. Proibida a reprodução, no todo ou em parte, através de quaisquer meios. Os direitos morais do autor foram assegurados.

Adaptação e composição de miolo e capa: Renata Vidal da Cunha

Direitos exclusivos de publicação em língua portuguesa somente para o Brasil adquiridos pela
EDITORA RECORD LTDA.
Rua Argentina 171 - Rio de Janeiro, RJ - 20921-380 - Tel.: 2585-2000
que se reserva a propriedade literária desta tradução.

Impresso no Brasil

ISBN 978-85-01-09786-6

Seja um leitor preferencial Record.
Cadastre-se e receba informações sobre nossos lançamentos e nossas promoções.

Atendimento e venda direta ao leitor:
sac@record.com.br

Para Hank, claro

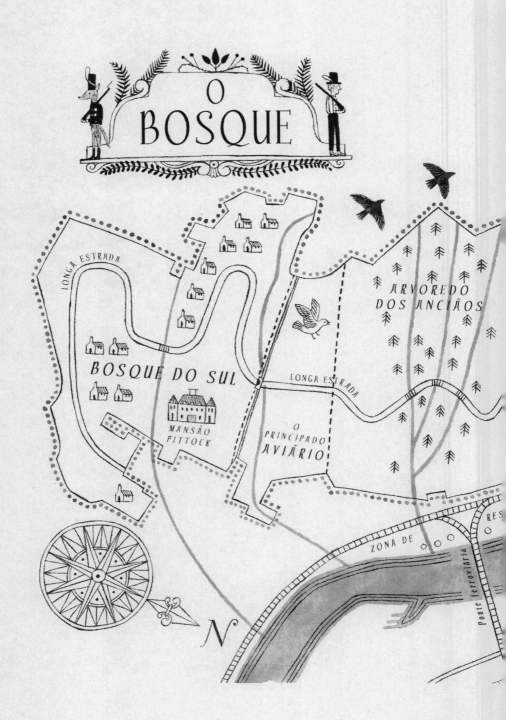

SUMÁRIO

PARTE UM

UM	*Uma Revoada de Corvos*	15
DOIS	*A Floresta Impassável de uma Cidade*	25
TRÊS	*Atravessar uma Ponte*	34
QUATRO	*A Travessia*	45
CINCO	*Habitantes do Bosque*	58
SEIS	*O Covil da Viúva; Um Reino de Pássaros*	72
SETE	*O Entretenimento de uma Noite;*	
	O Fim de uma Longa Jornada;	
	Em Busca de um Soldado	88
OITO	*Capturar um Adido*	101
NOVE	*Um Svik Inferior; Para o Front!*	116
DEZ	*Chegam os Bandidos; Um Bilhete Ameaçador*	134
ONZE	*Um Soldado Distinto; Audiência com uma Coruja*	155
DOZE	*Uma Coruja Algemada; O Enigma de Curtis*	173

PARTE DOIS

TREZE	*Capturar um Pardal;*	
	Como um Pássaro em uma Gaiola	195
QUATORZE	*Entre Ladrões*	215
QUINZE	*A Entrega*	228
DEZESSEIS	*O Voo; Um Encontro na Ponte*	244
DEZESSETE	*Convidados da Viúva*	264
DEZOITO	*Sobre a Volta; A Confissão de um Pai*	286
DEZENOVE	*Fuga!*	305

PARTE TRÊS

VINTE	*Três Badaladas*	319
VINTE E UM	*O Bosque Selvagem Revisitado;*	
	Um Encontro com um Místico	331
VINTE E DOIS	*Um Bandido Feito*	353
VINTE E TRÊS	*Chamado às Armas!*	377
VINTE E QUATRO	*Parceiros Novamente*	396
VINTE E CINCO	*Entrando na Cidade dos Anciãos*	414
VINTE E SEIS	*Os Irregulares do Bosque Selvagem;*	
	Um Nome para Invocar	432
VINTE E SETE	*A Hera e o Alaque*	447
VINTE E OITO	*O Levante do Bosque Selvagem*	463

O BOSQUE SELVAGEM

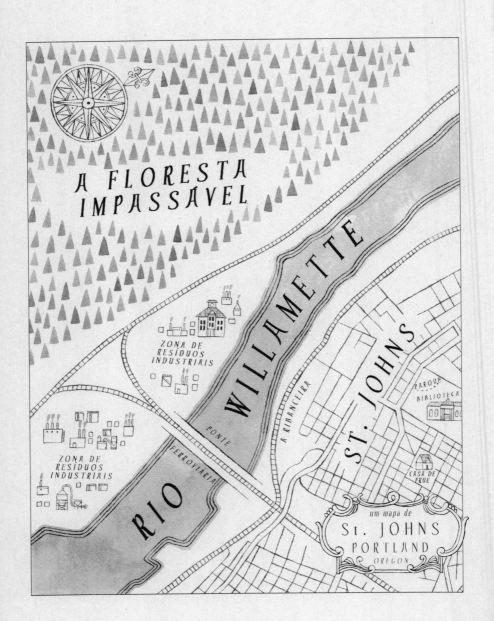

PARTE UM

CAPÍTULO 1

Uma Revoada de Corvos

Como cinco corvos conseguiram levantar um bebê de dez quilos estava além da compreensão de Prue, mas aquela certamente era a menor de suas preocupações. Na verdade, se ela fosse listar suas preocupações bem naquele momento, enquanto estava enfeitiçada, sentada no banco do parque, e via seu pequeno irmão, Mac, ser erguido pelas garras desses cinco corvos negros, desvendar exatamente *como* essa façanha estava sendo realizada provavelmente viria lá no final. Primeiro na lista: seu irmãozinho, responsabilidade dela, estava sendo abduzido por pássaros. Seguindo de perto, o segundo: *o que eles planejavam fazer com ele?*

E tinha sido um dia tão agradável.

Verdade, estava um pouco nublado quando Prue acordou naquela manhã, mas que dia de setembro em Portland não era assim? Tinha aberto as cortinas em seu quarto e parado por um momento, observando os galhos da árvore do lado de fora da janela, emoldurados por um céu de um cinza esbranquiçado de aspecto sujo. Era sábado, e o aroma de café e do desjejum se espalhava pela casa vindo do andar de baixo. Seus pais estariam em suas posturas normais de sábado: o pai com o nariz enfiado no jornal, ocasionalmente levando uma caneca de café morno aos lábios; a mãe olhando através de lentes bifocais em uma armação de casco de tartaruga para a massa de lã de um projeto de tricô de fim desconhecido. Seu irmão, com um ano inteiro de idade, estaria sentado em sua cadeira alta, explorando as mais remotas fronteiras do balbucio ininteligível: *Duuz! Duuz!* Com toda certeza, sua previsão se provou correta quando ela chegou ao andar de baixo e olhou para a mesa de canto da cozinha. O pai murmurou uma saudação, os olhos da mãe sorriram por cima de seus óculos, e o irmão berrou:

— Puuu!

Prue preparou uma tigela de granola.

— Tem bacon no fogão, querida — disse a mãe, voltando a atenção para a ameba de fios na mão (será que aquilo era um suéter? Uma capa para a chaleira? Um laço de forca?).

— Mãe — disse Prue, agora derramando leite de arroz sobre o cereal —, já disse. Sou vegetariana. Por conseguinte: nada de bacon.

Tinha descoberto aquela expressão, *por conseguinte*, em um romance que andava lendo. Aquela era a primeira vez que a usava. Ela não tinha certeza de haver utilizado corretamente, mas a sensação era boa. Sentou-se à mesa da cozinha e piscou para Mac. O pai olhou brevemente por cima de seu jornal para lhe oferecer um sorriso.

— Qual é a ordem do dia? — perguntou seu pai. — Lembre-se de que você vai tomar conta de Mac.

— Hmm, não sei — respondeu *Prue*. — Achei que deveríamos dar uma volta por aí. Atacar algumas velhinhas. Talvez assaltar uma loja de ferramentas. Penhorar o que conseguirmos no roubo. Melhor que ir à feira de artesanato.

Seu pai resmungou.

— Não se esqueça de devolver os livros da biblioteca. Eles estão na cesta ao lado da porta da frente — disse sua mãe, as agulhas de tricô fazendo barulho. — Devemos estar de volta para o jantar, mas você sabe como essas coisas podem demorar.

— Beleza — disse Prue.

Mac gritou "Puuuuu!", balançou a colher freneticamente e espirrou.

— E achamos que seu irmão pode estar resfriado — acrescentou o pai. — Então se assegure de que ele esteja agasalhado, seja o que for que você vai fazer.

(Os corvos levantaram seu irmão mais alto no céu encoberto e, repentinamente, Prue enumerou outra preocupação: *e ele pode estar resfriado!*)

Aquela tinha sido a manhã deles. Na realidade, nada extraordinária. Prue terminou sua granola, passou os olhos nas tirinhas, ajudou o pai com algumas respostas para as palavras cruzadas e saiu para prender o carrinho vermelho da Radio Flyer à traseira de sua bicicleta de marcha única. Uma camada homogênea de cinza permanecia no céu, mas não parecia ameaçar chuva; então, Prue enfiou Mac em um macacão de veludo cotelê, o envolveu em uma camada de tecido de algodão estampado acolchoado e o colocou, ainda balbuciando, no carrinho. Ela soltou um dos braços do irmão desse casulo de roupas e entregou-lhe seu brinquedo favorito: uma cobra de madeira. Ele a balançou animadamente.

Prue enfiou as sapatilhas pretas no apoio dos pedais e pedalou, movendo a bicicleta. O carrinho balançava de maneira barulhenta atrás dela. Mac gritando alegremente a cada solavanco. Eles cruzaram o bairro de belas casas de madeira, Prue por pouco conseguia evitar que o carrinho de Mac virasse saltando a cada meio-fio e evitando cada poça de água de chuva. Os pneus da bicicleta faziam um satisfeito *shhhhh* enquanto se arrastavam sobre o chão molhado.

A manhã voou, dando lugar a uma tarde quente. Depois de várias tarefas aleatórias (uma calça da Levis que não era da cor exata precisava ser devolvida; a seção de recém-chegados da Vinyl Resting

Place precisava ser examinada; um prato de *tostadas* vegetarianas foi compartilhado de forma desordenada na *taqueria*), Prue se viu matando tempo do lado de fora do café na rua principal enquanto Mac cochilava silenciosamente no carrinho vermelho. Ela bebericava sua espuma de leite e olhava pela janela enquanto os empregados do café instalavam, sem jeito, um troféu de cabeça de alce de segunda mão na parede. O trânsito zumbia na Lombard Street, as primeiras intrusões da educada hora do rush da vizinhança. Alguns transeuntes soltavam murmúrios ternos diante do bebê dormindo no carrinho, e Prue lhes oferecia sorrisos sarcásticos, um pouco irritada por ser a imagem de camaradagem entre irmãos na mente de alguma pessoa. Ela desenhava de forma descuidada em seu bloco de rascunho: o ralo do esgoto coberto de folhas em frente ao café, um rascunho indistinto do rosto de Mac com atenção especial para a pequena gota de coriza que escorria de sua narina esquerda. A tarde começou a escurecer. Mac, acordando, a tirou do transe.

— Certo — disse ela, colocando o irmão sobre os joelhos enquanto ele esfregava os olhos para afastar o sono. — Vamos continuar andando. Biblioteca?

Mac fez uma careta, sem entender.

— À biblioteca — disse Prue.

Ela freou em frente à biblioteca de St. Johns e saltou do assento da bicicleta.

— Não saia daqui — falou para Mac enquanto pegava a pequena pilha de livros no carrinho. Correu até o saguão e ficou parada diante da abertura para devolução de livros, examinando rapidamente os títulos em sua mão. Parou em um deles, *O guia Sibley de aves*, e suspirou. Ela já estava com ele há quase três meses, enfrentando comunicados de atraso e bilhetes ameaçadores de bibliotecários antes de finalmente consentir em devolvê-lo. Prue folheou melancolicamente as páginas. Tinha passado horas copiando as lindas ilustrações dos pássaros em seu bloco de rascunho, sussurrando seus nomes fantásticos e exóticos como encantos silenciosos: andorinhas-da-chaminé, diamante estrela, ave-do-paraíso. Os nomes invocavam as imagens de climas ensolarados e lugares distantes, de silenciosas auroras nas pradarias e ninhos enevoados em topos de árvores. Seu olhar se moveu do livro para a escuridão da abertura de devolução e voltou. Ela se encolheu, murmurou "quer saber?" e enfiou o livro dentro do sobretudo. Enfrentaria a ira dos bibliotecários por mais uma semana.

Do lado de fora, uma velha senhora tinha parado em frente ao carrinho e estava ocupada procurando à sua volta pela dona dele, a testa franzida. Mac mastigava alegremente a cabeça de sua cobra de madeira. Prue revirou os olhos, respirou fundo e abriu as portas da biblioteca. Quando a mulher viu Prue, começou a balançar um dedo cheio de calombos na direção dela, gaguejando:

— C-com licença, senhorita! Isto é muito perigoso! Abandonar uma criança! Sozinha! Os pais dele sabem como ele está sendo tratado?

— O quê, ele? — perguntou Prue, enquanto montava novamente na bicicleta. — Coitadinho, não tem pais. Eu o achei na pilha de livros gratuitos.

Deu um sorriso largo e empurrou a bicicleta para longe do meiofio, de volta à rua.

O parquinho estava vazio quando eles chegaram e Prue desenrolou Mac de seu casulo e o colocou de pé encostado ao carrinho da Radio Flyer, que não estava mais engatado à bicicleta. O menino estava começando a andar e aproveitou a oportunidade para praticar seu equilíbrio. Ele gorgolejou, sorriu e cuidadosamente saracoteou ao lado do carrinho, empurrando-o lentamente pelo asfalto do parquinho.

— Divirta-se até não poder mais — disse Prue, e tirou a cópia de *O guia Sibley de aves* de dentro do casaco, abrindo-o em uma página dobrada na ponta sobre o polícia-inglesa-do-norte. As sombras contra o calçamento ficavam mais compridas conforme o fim da tarde dava lugar ao começo da noite.

Foi então que ela notou os corvos pela primeira vez.

A princípio, eram apenas alguns, rodando em círculos concêntricos contra o céu encoberto. Chamaram a atenção de Prue, dando voos rasantes na periferia de sua visão, e ela olhou para cima para observá-los. *Corvus brachyrhynchos*; tinha acabado de ler sobre eles na noite anterior. Mesmo de longe, Prue estava impressionada com o tamanho e com a força do movimento de suas asas. Alguns outros se juntaram ao grupo e então havia vários, rodeando e mergulhando sobre o parquinho silencioso. *Um bando?*, pensou Prue. *Uma nuvem?* Virou as páginas do guia até o fim do livro, onde estava um índice de termos específicos para os agrupamentos de aves: uma falcoada de falcões, um bando de galinhas-d'angola e uma revoada de corvos. Ela estremeceu. Olhando para cima de novo, tomou um susto ao perceber que aquela nuvem de corvos tinha crescido consideravelmente. Havia agora dezenas de pássaros, cada um deles do negro mais escuro, criando frios buracos vazios na amplidão do céu. Olhou para Mac. Ele estava a metros de distância, cambaleando alegremente sobre o calçamento. Isso a deixou nervosa.

— Ei, Mac! — gritou ela. — Aonde você vai?

Houve uma repentina rajada de vento, ela olhou para o céu e ficou horrorizada ao ver que o grupo de corvos estava umas vinte vezes maior. Os pássaros agora eram indiscerníveis na massa, a revoada se fundira em uma única forma convulsiva, apagando a luz fraca do sol da tarde. A forma oscilava e se arqueava no ar, e o barulho de asas batendo e dos grasnidos agudos se tornou quase ensurdecedor. Prue olhou em volta, para ver se mais alguém estava testemunhando aquele evento bizarro, mas ficou aterrorizada ao perceber que estava sozinha.

Então os corvos mergulharam.

Seus sons se tornaram um grito único e unido enquanto a nuvem de corvos manobrava para o alto antes de mergulhar com uma velocidade absurda na direção de seu irmãozinho. Mac soltou um grunhido assustador quando o primeiro corvo o alcançou, segurando o capuz de seu casaco com o rápido movimento de uma garra. Um segundo segurou uma manga, um terceiro, o ombro. Um quarto e um quinto se aproximaram, até que o bando o cercou e obscureceu a visão de seu corpo em um pulsante mar de escuridão emplumada. E então, com uma tranquilidade aparentemente inabalável, Mac foi levantado do chão para o ar.

Prue estava paralisada, chocada e sem conseguir acreditar: *Como eles estavam fazendo aquilo?* Ela percebeu que as pernas pareciam feitas de cimento, a boca completamente incapaz de produzir palavras ou um som. Toda sua vida plácida e previsível agora parecia se equilibrar sobre esse evento particular, tudo que já havia sentido ou em que tinha acreditado surgindo como contrastes absurdos. Nada que seus pais haviam lhe dito, nada do que tinha aprendido na escola poderia de alguma forma tê-la preparado para isso que estava acontecendo. Nem, na verdade, para o que viria a seguir.

— SOLTEM O MEU IRMÃO!

Acordando de seu devaneio, Prue descobriu que estava de pé sobre o banco, balançando o punho na direção dos corvos como um transeunte coadjuvante de história em quadrinhos, praguejando contra um supervilão por causa do roubo de uma bolsa. Os corvos estavam ganhando altitude rapidamente; estavam agora acima dos galhos mais elevados dos álamos. Mac mal podia ser visto em meio ao enxame de asas negras. Prue desceu do banco e pegou uma pedra no chão. Mirando rapidamente, jogou a pedra com toda a força que conseguiu, mas gemeu ao ver que ela passara bem longe do alvo. Os corvos estavam completamente impassíveis. A seguir subiram muito acima das árvores mais altas do bairro e continuavam subindo, os que voavam mais alto se tornando nebulosos entre as nuvens baixas.

A massa escura se movia em um padrão quase preguiçoso, diminuindo a velocidade antes de repentinamente se virar para uma direção e para outra. De repente, a cortina formada por seus corpos se abriu, e Prue pôde ver o distante contorno bege de Mac, o macacão esticado em uma forma grotesca de boneco de pano pelas garras dos corvos. Ela podia ver que um deles tinha cravado a unha na delicada penugem de seu cabelo. Agora o bando parecia se dividir em dois grupos: um permaneceu cercando os corvos que carregavam Mac, enquanto o outro mergulhou e passou perto do topo das árvores. De repente, duas das aves soltaram o macacão de Mac, e os pássaros restantes tiveram dificuldades para continuar segurando o bebê. Prue deu um gritinho ao ver o irmão escorregar de suas garras e despencar. Mas antes mesmo de Mac se aproximar do chão, o segundo grupo de corvos apareceu habilmente, e ele foi apanhado, ocultado novamente dentro da nuvem de pássaros barulhentos. Os dois grupos se reuniram, circularam no céu mais uma vez e, repentina e violentamente, partiram para o oeste, para longe do parquinho.

Determinada a fazer *algo*, Prue correu até a bicicleta, subiu nela e partiu em perseguição. Livre do peso do carrinho vermelho de Mac, a bicicleta ganhou velocidade, e Prue partiu como uma flecha pela rua. Dois carros derraparam até frear quando ela cruzou o trevo em frente à biblioteca; alguém gritou "Olhe por onde anda!" da calçada. Prue não ousou tirar os olhos dos pássaros que flutuavam e rodopiavam ao longe.

Suas pernas eram um borrão azul sobre os pedais, e Prue avançou o sinal vermelho no cruzamento da Richmond com a Ivanhoé, provocando o xingamento de um transeunte. Ela então derrapou na curva para pegar a Willamette. Os corvos não se atrapalharam com as várias casas do bairro, gramados, ruas e sinais de trânsito, cruzaram a paisagem rapidamente, e Prue obrigou as pernas a pedalarem mais rápido para manter o ritmo. Na perseguição, podia jurar que os corvos estavam brincando com ela, retornando em sua direção, mergulhando e passando perto dos telhados das casas, apenas para depois criar um grande arco e, injetando velocidade, partirem como uma bala para oeste. Nesses momentos, Prue podia ver o irmão capturado, balançando nas garras de seus sequestradores, e então ele desaparecia novamente, perdido no redemoinho de penas.

— Estou indo buscar você, Mac! — gritou ela.

Lágrimas escorriam pelas bochechas de Prue, mas ela não sabia dizer se tinha chorado ou se eram um produto do ar frio do outono que chicoteava seu rosto enquanto pedalava. O coração batia num ritmo frenético no peito, mas as emoções estavam reprimidas; ela ainda não podia acreditar de verdade que aquilo tudo estava acontecendo. Só pensava em recuperar o irmão. E jurou que nunca mais ia perdê-lo de vista novamente.

O ar vibrava com buzinas de carros enquanto Prue ziguezagueava em meio ao trânsito constante de St. Johns. Um caminhão de lixo, executando uma manobra lenta que parou o trânsito no meio da Willamette Street, bloqueou a rua, e Prue foi forçada a subir o meio-fio e continuar pela calçada. Um grupo de pedestres gritou e pulou para sair da frente.

— Desculpa! — berrou Prue.

Em um movimento angular, os corvos retornaram, obrigando Prue a acionar os freios, e então mergulharam quase em fila indiana, voando em sua direção. Ela gritou e se abaixou quando os corvos passaram sobre sua cabeça, as penas roçando o couro cabeludo. Ela ouviu um gorgolejo distinto e um chamado, "Puuuuu!", de Mac enquanto passavam, e ele tinha partido novamente, os corvos de volta a sua jornada ao oeste. Prue pedalou até ganhar velocidade e fez os pneus da bicicleta saltarem para o asfalto negro da rua, fazendo uma careta enquanto seus braços absorviam o impacto. Vendo uma oportunidade, ela fez uma curva fechada à direita para entrar em uma rua secundária que passava por um novo projeto imobiliário com casas de dois andares identicamente caiadas. O solo começou a se inclinar delicadamente, e enquanto ela ganhava velocidade, a bicicleta chacoalhava e tremia debaixo dela. E então, de repente, a rua chegou ao fim.

Ela tinha chegado à ribanceira.

Aqui, no lado leste do Rio Willamette, havia uma fronteira natural entre a comunidade muito bem-integrada de St. Johns e a margem do rio, penhascos que se estendiam por 5 quilômetros e eram chamados simplesmente de ribanceira. Prue soltou um grito e apertou os freios, quase voando por cima do guidão para além da beira do precipício. Os corvos tinham passado pelo penhasco e subiam se afunilando pelo céu como uma trepidante nuvem preta de tornado, emoldurada pela fumaça que subia das muitas fundições e chaminés da Zona de Resíduos Industriais, uma verdadeira terra de ninguém do outro lado do rio, há muito reivindicada pelos barões industriais locais e transformada em uma paisagem desagradável de fumaça e aço. Logo depois da Zona, através da névoa, ficava uma extensão de montanhas muito arborizadas, que se esticavam até onde o olho podia ver. A cor sumiu do rosto de Prue.

— Não — sussurrou ela.

No piscar de um instante e sem produzir nenhum som, o funil formado pelos corvos se elevou na outra margem do rio e desapareceu em uma longa e fina coluna, adentrando a escuridão daquele bosque. Seu irmão tinha sido levado para dentro da Floresta Impassável.

CAPÍTULO 2

A Floresta Impassável de uma Cidade

Até onde Prue conseguia se lembrar, todo mapa que ela já tinha visto de Portland e áreas rurais ao redor era manchado com uma grande área verde escura no centro, estendendo-se como um terreno coberto de musgo desde o canto noroeste até o canto sudoeste, e rotulada com as iniciais "F. I.". Ela não tinha pensado em perguntar sobre isso até certa noite, antes de Mac nascer, quando estava sentada com os pais na sala de estar. Seu pai tinha trazido para casa um novo atlas, e eles estavam deitados na poltrona reclinável juntos, folheando as páginas, passando os dedos sobre linhas de fronteiras e repetindo os nomes de lugares exóticos de países distantes. Quando chegaram a um mapa do Oregon, Prue apontou para o pequeno mapa detalhado de Portland no canto da página e fez a pergunta que sempre a havia intrigado:

— O que é esse F. I.?

— Nada, querida — foi a resposta do pai.

Ele virou a página novamente para o mapa da Rússia que estiveram olhando momentos antes. Com seu dedo, traçou um círculo sobre a enorme parte nordeste do país, onde as letras da palavra *Sibéria* obscureciam o mapa. Não havia nenhum nome de cidade ali; nenhuma rede de linhas amarelas errantes indicando autoestradas e ruas. Apenas vastas poças de todos os tons de verde e branco e a ocasional fina linha azul que ligava os incontáveis lagos remotos que salpicavam a paisagem.

— Há lugares no mundo em que as pessoas simplesmente não vão morar. Talvez seja muito frio, ou haja árvores demais, ou as montanhas sejam íngremes demais para se escalar. Mas qualquer que seja a razão, ninguém pensou em construir uma estrada lá e, sem estradas, não há casas e, sem casas, não há cidades. — Ele voltou ao mapa de Portland e bateu com o dedo contra o lugar onde o "F.I." estava escrito. — Isso quer dizer "Floresta Impassável". E é exatamente o que aquilo é.

— Por que ninguém vive lá? — perguntou Prue.

— Por todas as mesmas razões pelas quais ninguém vive naquelas partes da Rússia. Quando os colonizadores chegaram à área e começaram a construir Portland, ninguém queria construir suas casas ali: a floresta era muito fechada, e as montanhas, muito íngremes. E, como não havia casas, ninguém pensou em construir uma estrada. E, sem estradas e casas, o lugar simplesmente meio que ficou daquela forma: sem pessoas. O lugar, com o tempo, apenas ficou mais coberto de vegetação e mais inóspito. E então — disse ele —, começaram a chamá-lo de Floresta Impassável, e todos aprenderam a se manter afastados. — Seu pai passou a mão de forma indiferente sobre o mapa e a levantou para apertar delicadamente o queixo de Prue entre o polegar e o indicador. Ele trouxe o rosto dela para perto do seu. — E não quero nunca, *nunca mesmo*, que você entre lá. — Ele movia a cabeça dela para a frente e para trás de forma brincalhona. — Você me entendeu, garota?

Prue fez uma careta e libertou o queixo do aperto:

— Sim, entendi.

Os dois olharam de volta para o atlas, e Prue encostou a cabeça contra o peito do pai.

— Estou falando sério — disse o pai. Ela podia sentir o peito do pai se retesar sob a sua bochecha.

Assim, Prue soube que não devia chegar perto dessa "Floresta Impassável" e, apenas uma outra vez, voltou a perturbar os pais com perguntas sobre aquilo. Mas ela não podia ignorar o fato. Enquanto no centro da cidade continuavam a brotar altos prédios de condomínios, e recém-construídos shoppings de ponta de estoque de terracota afloravam ao lado da autoestrada nos subúrbios, Prue ficava intrigada que uma área de terra tão impressionante fosse deixada de lado, intocada, não desenvolvida, bem no limite da cidade. E, mesmo assim, nenhum adulto parecia comentar ou mencionar o lugar em conversas. Aquilo parecia nem mesmo existir na mente da maioria das pessoas.

O único lugar em que a Floresta Impassável recebia alguma atenção era entre as crianças na escola de Prue, onde ela cursava o oitavo ano. Havia uma história apócrifa contada pelos alunos mais velhos sobre um homem — talvez o tio de fulano ou sicrano — que tinha entrado na F.I. por engano e desaparecera por anos e anos. Sua família, depois de um tempo, se esqueceu dele e seguiu com a vida até que um dia, do nada, ele reapareceu na porta de casa. O homem não parecia ter lembranças dos anos que se passaram, dizendo apenas que tinha ficado perdido na mata por um tempo e que estava terrivelmente faminto. Prue tinha suspeitado da história desde a primeira vez em que a ouvira; a identidade desse "homem" parecia mudar a cada vez que o caso era contado. Era o pai de alguém em uma versão, um primo afastado em outra. Além disso, os detalhes mudavam toda vez. Um aluno do Ensino Médio que visitou o colégio contou a um grupo de ávidos colegas de classe de Prue que o indivíduo (nessa versão, o irmão mais velho do garoto) tinha voltado de sua estranha estada na Floresta Impassável envelhecido além do que se poderia acreditar, com uma enorme barba branca que se esticava até os sapatos esfarrapados.

Independentemente da verdade questionável dessas histórias, ficou claro para Prue que a maioria de seus colegas de escola tinha tido com os próprios pais conversas similares à que ela havia tido com o seu. O assunto da Floresta se filtrou em suas brincadeiras de forma furtiva: o que um dia era um lago de lava venenosa em volta da quadra era agora a Floresta Impassável e má sorte acometia qualquer um que deixasse passar a bola de borracha vermelha e fosse forçado a correr atrás dela naquelas matas. Quando jogavam bobo, você não era mais o bobo, e sim designado o Coiote Selvagem da F.I., e era sua missão correr atrás da bola, latindo e rosnando.

Foi o espectro desses coiotes que fez Prue perguntar aos pais uma segunda vez sobre a Floresta Impassável. Ela havia sido acordada uma noite, assustada com o inconfundível som de cachorros ladrando. Sentando-se na cama, ela podia ouvir que Mac, então com quatro meses, tinha acordado também e estava sendo tranquilamente acalmado por seus pais enquanto gemia e choramingava no quarto ao lado. O ladrar dos cachorros era um eco distante, mas, de qualquer forma, era de fazer os ossos tremerem. Era uma melodia desafinada de violência e caos e, enquanto crescia, mais cachorros na vizinhança se juntavam ao coro. Prue notou então que os latidos ao longe eram diferentes dos latidos dos cachorros do bairro; eram mais estridentes, mais desordenados e raivosos. Ela jogou o cobertor de lado e correu para o quarto dos pais. A cena era esquisita: Mac tinha se acalmado àquela altura e estava sendo ninado nos braços da mãe, que estava junto com seu pai, os dois parados em frente à janela, olhando sem piscar por sobre a cidade do lado de fora para o horizonte ocidental, seus rostos pálidos e assustados.

— O que é esse som? — perguntou Prue, andando em direção aos pais. As luzes de St. Johns se espalhavam à frente deles, uma variedade de estrelas cintilantes que acabava no rio e se dissolvia em negridão.

Os adultos tomaram um susto quando ela falou, e o pai disse:

— Apenas alguns velhos cães uivando.

— Mas e mais longe? — perguntou Prue. — Aquilo não soa como cães.

Prue viu os pais trocarem um olhar e a mãe disse:

— Na floresta, querida, há alguns animais muito selvagens. Aquilo provavelmente é uma matilha de coiotes, querendo revirar o lixo de alguém em algum lugar. Melhor não se preocupar com isso.

Ela sorriu.

O ladrar cessou, os cães da vizinhança se acalmaram, e os pais de Prue a acompanharam até seu quarto e a acomodaram confortavelmente em sua cama. Tinha sido a última vez que a Floresta Impassável fora mencionada, mas aquilo não tinha matado a curiosidade de Prue. Ela não podia evitar se sentir um pouco aflita; seus pais, normalmente duas fontes de força e confiança, pareciam estranhamente abalados pelos barulhos. Eles pareciam tão desconfiados do lugar quanto Prue.

Então dá para imaginar o terror de Prue quando ela testemunhou a nuvem negra de corvos desaparecer, carregando o irmãozinho, adentrando a escuridão da Floresta Impassável.

🌿

A tarde tinha desbotado completamente, o sol desaparecia atrás das montanhas da Floresta, e Prue estava parada, arrebatada, boquiaberta, na beira do penhasco. Uma locomotiva se arrastava mais abaixo e cruzava a Ponte Ferroviária, passando perto dos prédios de tijolos e metal da Zona de Resíduos Industriais. Uma brisa tinha começado a soprar, e Prue tremeu sob o sobretudo. Ela estava olhando fixamente para uma fenda na linha de árvores por onde os corvos tinham entrado.

Começou a chover.

Prue teve a sensação de que alguém tinha aberto um buraco em seu estômago do tamanho de uma bola de basquete. Seu irmão tinha sumido, *literalmente* capturado por pássaros e carregado para uma floresta distante e intocável e sabe-se lá o que fariam a ele naquele lugar. E era tudo culpa dela. A luz mudou de um azul profundo para um cinza-escuro, e as lâmpadas da rua lentamente, uma a uma, começaram a se acender. A noite tinha caído. Prue sabia que sua vigília era sem esperanças. Mac não ia voltar. Prue lentamente virou a bicicleta e começou a empurrá-la de volta pela rua. Como contaria a seus pais? Eles ficariam devastados além do que ela podia imaginar. Prue seria castigada. Já ficara de castigo antes por chegar tarde em casa em dias de semana, andando de bicicleta pelo bairro, mas essa punição certamente não seria como nada que já tivesse experimentado. Tinha perdido Mac, o único menino dos pais. Seu irmão. Se uma semana sem televisão era a punição-padrão por se atrasar para um par de toques de recolher, ela não podia imaginar qual seria a punição por perder irmãozinhos. Andou por diversos quarteirões, em transe. Percebeu que estava segurando as lágrimas quando, em sua mente, relembrou o desaparecimento dos corvos na mata.

— Componha-se, Prue! — disse em voz alta, limpando as lágrimas das bochechas. — Pense em algo!

Respirou fundo e começou a estudar as opções em sua mente, pesando os prós e contras de cada uma. Ir até a delegacia estava fora de questão; eles indubitavelmente achariam que ela estava louca. Ela não sabia o que a polícia fazia com pessoas malucas que chegavam à delegacia reclamando sobre nuvens de corvos e bebês de 1 ano abduzidos, mas podia suspeitar: ela seria carregada em uma viatura blindada e jogada em uma cela subterrânea de algum manicômio distante, onde viveria o resto de seus dias escutando os lamentos de seus companheiros de internação e tentando desesperadamente convencer o servente de plantão de que não era louca e de que tinha sido internada ali por engano. A ideia de correr para casa para contar a seus pais a aterrorizava; seus corações ficariam irreparavelmente partidos. Eles tinham esperado tanto tempo por Mac. Não sabia de toda a história, mas entendia que eles queriam ter um segundo filho mais cedo, mas aquilo simplesmente não tinha sido possível. Eles ficaram tão felizes quando descobriram sobre Mac. Estavam realmente radiantes; a casa toda parecia estar leve. Não, ela não podia ser a pessoa que lhes daria essa terrível notícia. Podia fugir — essa era uma opção legítima. Podia pular em um daqueles trens que cruzavam a Ponte Ferroviária, fugir de St. Johns e viajar de cidade em cidade fazendo bicos e lendo o futuro das pessoas para sobreviver — talvez até encontrasse um golden retriever na estrada que se tornaria seu amigo mais próximo, e eles poderiam cruzar o país juntos, um par de ciganos em fuga, e ela nunca teria de encarar os pais novamente ou pensar sobre seu querido irmão desaparecido.

Prue parou no meio da calçada e balançou a cabeça com pesar.

No que você está pensando? Repreendeu a si mesma. *Você perdeu a cabeça!* Respirou fundo e continuou andando, empurrando a bicicleta a seu lado. Um arrepio passou seu corpo quando percebeu qual era sua única opção.

Ela tinha de ir atrás dele.

Tinha de entrar na Floresta Impassável e achá-lo. Parecia uma tarefa impossível, mas ela não tinha escolha. A chuva tinha ficado mais pesada e estava caindo com força nas calçadas e na rua, criando grandes poças, que ficavam cheias de flotilhas de folhas mortas. Prue arquitetou seu plano, avaliando cuidadosamente os perigos de tal aventura. O frio na noite estava envolvendo as ruas do bairro varridas pela chuva; seria perigoso tentar entrar na calada da noite. *Irei amanhã*, pensou ela, inconsciente de que estava murmurando algumas das palavras em voz alta. *Amanhã de manhã, assim que o dia começar. Mamãe e papai não precisam saber.* Mas como evitar que eles descobrissem? Seu coração apertou quando ela chegou à cena da abdução de Mac: o parquinho. A estrutura usada para brincar estava abandonada sob a chuva torrencial, e o pequeno carrinho vermelho de Mac abandonado no asfalto, uma bagunça de cobertores molhados em seu interior, juntando água.

— É isso! — disse Prue, e correu até o carrinho. Ajoelhando-se no chão molhado, começou a moldar o cobertor encharcado na forma de um bebê enrolado. Dando um passo atrás, ela o estudou. — Plausível — disse ela.

Prue havia começado a fixar o carrinho à traseira de sua bicicleta quando ouviu uma voz gritar:

— Ei, Prue!

Prue enrijeceu e olhou por cima do ombro. Parado na calçada perto do parquinho estava um garoto, camuflado sob uma capa de chuva que combinava com sua calça. Ele tirou o capuz de sua capa e sorriu.

— Sou eu, Curtis! — gritou ele, acenando.

Curtis era um dos colegas de turma de Prue. Ele morava com os pais e as duas irmãs na mesma rua de Prue. Suas mesas na escola ficavam a duas fileiras de distância. Curtis estava sempre se metendo em confusão com o professor por passar tempo da aula fazendo desenhos de super-heróis em diversas batalhas contra seus arqui-inimigos. Sua obsessão por desenhar também causava problemas com seus colegas, pois a maioria deles já tinha abandonado os desenhos de super-heróis há anos, isso quando já não tinham abandonado o hábito de desenhar por completo. A maioria das crianças usava o talento de desenhista para criar logos de bandas nas capas de papel pardo de seus livros; Prue era uma das únicas que tinha feito a transição de super-heróis e contos de fada para desenhos de pássaros e plantas. Os colegas olhavam com desconfiança para ela, mas pelo menos não a importunavam. Curtis, por se ater àquela expressão artística ultrapassada, era repelido.

— Ei, Curtis — disse Prue, tão relaxadamente quanto podia. — O que você está fazendo?

Ele colocou o capuz de volta.

— Eu tinha apenas saído para dar uma volta. Gosto de andar na chuva. Menos pessoas em volta. — Ele tirou os óculos e puxou um canto da camisa que estava por baixo da capa para limpá-los. O rosto redondo de Curtis era coberto por uma massa de cabelo encaracolado que saía de dentro do capuz da capa como pequenas molas de palha de aço. — Por que você estava falando sozinha?

Prue congelou:

— O quê?

— Você estava falando sozinha. Bem ali. — Ele apontou na direção da ribanceira enquanto apertava os olhos e colocava os óculos de volta. — Eu estava meio que te seguindo, acho. Tentei chamar sua atenção antes, mas você parecia tão... distraída.

— Não estava nada — foi tudo que Prue conseguiu pensar para falar.

— Você estava falando consigo mesma e andando e então parando e sacudindo a cabeça e fazendo todo o tipo de coisas estranhas — disse ele. — E por que ficou parada na ribanceira por tanto tempo? Apenas olhando para o vazio?

Prue ficou séria. Empurrou a bicicleta até perto de Curtis e apontou um dedo no rosto do menino:

— Escute o que vou falar, Curtis — disse ela, usando seu tom mais intimidador. — Tenho muitas coisas na minha cabeça. Não preciso de você me perturbando agora, certo?

Para seu alívio, Curtis parecia se intimidar facilmente. Ele levantou as mãos e disse:

— Certo! Certo! Eu estava apenas curioso, só isso.

— Bem, não fique — disse ela. — Apenas esqueça tudo o que viu, entendeu?

Ela começou a empurrar a bicicleta na direção de casa. Enquanto subia no banco da bicicleta e colocava os pés no pedal, virou-se para Curtis e disse:

— Eu *não* estou louca.

E saiu pedalando.

CAPÍTULO 3

Atravessar uma Ponte

Estava se aproximando de sete horas quando Prue chegou perto de casa, e dava para ver a luz na sala de estar e a silhueta da cabeça de sua mãe, abaixada sobre seu tricô. O pai não estava à vista enquanto ela andava nas pontas dos pés pelo lado da casa, se movendo lentamente para não fazer barulho nas pedrinhas que preenchiam o caminho até a porta. O cobertor encharcado no carrinho se passava por um convincente bebê de 1 ano, mas definitivamente não ia passar por uma inspeção mais próxima. Então, Prue prendeu o fôlego na esperança de não dar de cara com uma mãe ou um pai cheio de perguntas. Suas esperanças foram por água abaixo quando ela deu a volta no canto da casa e viu o pai mexendo no lixo e nas latas de reciclagem. No dia seguinte ia passar o caminhão de lixo; sempre tinha sido uma tarefa de seu pai carregar as latas de lixo até o meio-fio. Ao ver Prue, ele esfregou as mãos e disse:

— Ei, garota!

A luz da varanda criava um brilho enevoado sobre o gramado escurecido.

— Oi, pai — disse Prue, com o coração disparado enquanto empurrava a bicicleta lentamente até a lateral da casa e a encostava à parede.

Seu pai sorriu.

— Vocês dois ficaram fora até tarde. Estávamos começando a imaginar onde estavam. Você perdeu o jantar, por falar nisso.

— Nós paramos no Proper Eats no caminho de casa — explicou Prue — e dividimos um prato. — Ela deu um passo lateral de forma esquisita para se colocar entre o pai e o carrinho. Estava dolorosamente ciente de cada movimento que fazia enquanto tentava fingir tranquilidade. — Como foi seu dia, pai?

— Oh, ok — respondeu ele. — Foi uma "canfeira". — Ele fez uma pausa. — Captou? Cansado na feira de artesanato? "Canfeira"?

Prue soltou uma risada alta e aguda. E imediatamente repensou sua reação; normalmente ela gemia ao escutar os terríveis trocadilhos do pai. Ele também parecia ter notado a inconsistência do comportamento, levantou uma das sobrancelhas e perguntou:

— Como está Mac?

— Ele está ótimo! — soltou Prue, talvez rápido demais. — Está dormindo!

— Sério? Está cedo para ele.

— Hmm, nós tivemos um dia realmente... ativo. Ele correu um bocado por aí. Parecia bem esgotado. Então, depois de comermos, apenas o envolvi em seu cobertor e ele pegou no sono. — Prue sorriu e apontou para o carrinho atrás dela. — Simples assim.

— Hmm — falou o pai. — Bem, leve-o para dentro e vista o pijama nele. Talvez ele durma direto.

Ele suspirou, olhou de volta para as latas de lixo reciclável e começou a arrastá-las ao longo da casa na direção da rua.

Prue soltou o ar, aliviada. Virando-se, ela cuidadosamente tirou o cobertor molhado do carrinho e entrou na casa, ninando e fazendo barulhos suaves para o embrulho enquanto andava.

A porta dos fundos dava para a cozinha, e Prue andou tão delicadamente quanto pôde pelo piso de cortiça. Tinha quase chegado à escada quando sua mãe a chamou da sala:

— Prue, é você?

Prue parou e pressionou o cobertor molhado contra o peito.

— Sim, mãe?

— Vocês dois perderam o jantar. Como está Mac?

— Bem. Está dormindo. Nós comemos no caminho de casa.

— Dormindo? — perguntou ela, e Prue podia imaginar seu rosto coberto com os óculos se virando para olhar para o relógio sobre a lareira. — Oh, acho que é melhor colocar...

— O pijama — terminou Prue por ela. — Estou indo cuidar disso.

Ela subiu a escada apressada, pulando alguns degraus, e correu para o quarto, jogando o cobertor encharcado em seu cesto de roupas sujas. Então foi até o corredor e seguiu para o quarto de Mac. Pegou um de seus bichos de pelúcia — uma coruja — e o colocou no berço, envolvendo cuidadosamente o boneco com cobertores. Satisfeita porque aquela massa, de relance, se parecia com um bebê dormindo, balançou a cabeça para si mesma, desligou a luz e voltou para o quarto. Fechou a porta e se jogou na cama, enterrando a cabeça nos travesseiros. Seu coração ainda estava batendo freneticamente e só depois de algum tempo conseguiu fazer sua respiração voltar ao normal. A chuva fazia um barulho fraco contra o vidro de sua janela. Prue levantou a cabeça da cama e olhou em volta do quarto. No andar de baixo, podia ouvir seu pai fechando a porta de fora atrás de si e entrando na sala. Os murmúrios abafados das vozes dos pais se seguiram, e Prue rolou para fora da cama e começou a se preparar para a aventura do dia seguinte.

Tirando a bolsa-carteiro de baixo da escrivaninha, ela a virou de cabeça para baixo e despejou tudo no chão: o livro de ciências, um bloco em espiral e um monte de canetas esferográficas. Ela pegou a lanterna que mantinha debaixo da cama e tirou o canivete suíço que o pai lhe dera em seu aniversário de 12 anos da gaveta da escrivaninha e os colocou no fundo da bolsa. Ficou parada por um momento no meio do quarto e roeu uma unha. O que uma pessoa deveria levar para uma viagem a uma floresta impassável para recuperar o irmão? Ia pegar comida na despensa pela manhã. Por enquanto, só precisava esperar. Caiu de volta em sua cama, pegou *O guia Sibley de aves* dentro do sobretudo e passou as páginas, tentando livrar a mente dos pensamentos frenéticos que corriam em sua cabeça.

Depois de mais ou menos uma hora, ela ouviu os pais subirem as escadas, e o coração começou a bater com força novamente. Ouviu uma batida na porta.

— Hum-uhm? — falou ela, novamente fingindo tranquilidade. Prue não sabia por quanto tempo mais conseguiria manter essa fachada, tanto esforço para parecer que estava calma. Era um trabalho exaustivo.

Seu pai abriu uma fresta da porta e olhou por ela.

— Boa noite, querida — disse ele.

Sua mãe completou:

— Não fique acordada até muito tarde.

— Ã-hã — respondeu Prue.

Ela se virou e sorriu para seus pais, e eles fecharam a porta.

Prue franziu a testa quando ouviu passos sobre o piso de madeira indo na direção do quarto de seu irmão. O som da porta do quarto de Mac rangendo ao abrir parecia o ribombar de um trovão para os ouvidos hiperativos de Prue, sua respiração ficou presa na garganta. Pensando rápido, Prue pulou da cama e correu até a porta, passando a cabeça pela moldura.

— Ei, mãe? Pai? — sussurrou ela um pouco mais alto.

— Que foi? — perguntou o pai, com a mão na maçaneta.

O brilho fraco da luz de cabeceira de Mac saía para o corredor.

— Acho que ele está realmente esgotado. Talvez seja bom tentar não acordá-lo, não é?

Sua mãe sorriu e balançou a cabeça.

— Com certeza — disse ela, antes de enfiar a cabeça no quarto de Mac e dizer baixinho:

— Boa noite, Macky.

— Bons sonhos — sussurrou o pai.

A porta rangeu até fechar, e Prue sorriu para seus pais quando esses passaram por ela a caminho do quarto. Ao ver a porta se fechar atrás deles, voltou a sua cama e respirou aliviada. O suspiro veio do fundo do peito, como se ela o tivesse segurado o dia inteiro.

Naquela noite Prue teve um sono agitado, povoado de sonhos com grandes bandos de aves gigantes — corujas, águias e corvos — de plumagem deslumbrante, descendo, levando embora o pai e a mãe, e deixando Prue sozinha em sua casa vazia. Ela tinha ajustado o alarme para cinco horas da manhã, mas já estava acordada há um bom tempo quando ele finalmente tocou. Rolou para fora da cama, tomando cuidado para não fazer muito barulho. A casa estava silenciosa. O mundo ainda estava escuro do lado de fora e o bairro ainda não tinha acordado, o único som que se ouvia era o de um carro ocasional que passava pela casa. Prue vestiu a calça jeans, uma camisa e um suéter. Seu sobretudo ainda estava pendurado na cadeira da escrivaninha desde a noite anterior, e passou um cachecol em volta do pescoço antes de vestir o casaco. Colocou seus pés dentro de um par de tênis pretos e saiu para o corredor. Então encostou um ouvido à porta do quarto dos pais e esperou escutar o ronco rascante de seu pai. Eles estavam dormindo pesado. Ela calculou que teria uma hora antes de eles acordarem, tempo suficiente para fugir. Prue andou até o quarto do irmão, tirou o bicho de pelúcia do berço e bagunçou os cobertores, pegou uma muda de roupas quentes no baú vermelho com gavetas de Mac e colocou tudo em sua bolsa-carteiro. Descendo a escada na ponta dos pés, Prue escreveu um bilhete curto no quadro branco ao lado da geladeira:

Mãe, pai:
Mac acordou cedo. Queria se aventurar por aí.
Voltamos mais tarde!
Com amor, Prue

Ela abriu a despensa e ficou pensando sobre as possíveis rações que podia levar, decidindo-se por um punhado de barras de cereal e um pacote de mix de frutas secas e castanhas que tinha sobrado do acampamento do último verão. Ao lado dos itens básicos de acampamento estava o kit de primeiros socorros da família, e Prue enfiou o estojo de plástico na bolsa. Uma buzina de ar, um tipo de tubo com uma buzina de plástico em forma de trompete em cima, chamou sua atenção e ela pegou o objeto para inspecioná-lo. No rótulo havia o desenho de um urso pardo ameaçador. As palavras FORA DAQUI URSO formavam um arco sobre ele. Aparentemente, o barulho era alto o suficiente para espantar animais selvagens, algo que ela achou que pudesse ser útil numa floresta impassável. Prue pôs a buzina em sua bolsa-carteiro e vasculhou a cozinha antes de sair pela porta dos fundos para o jardim. O ar estava frio e frágil, e uma leve brisa balançava as folhas que amarelavam nos carvalhos. A menina empurrou silenciosamente sua bicicleta, com o carrinho da Radio Flyer ainda preso a ela, até a rua. Os primeiros lampejos da manhã podiam ser vistos a distância no leste, mas as luzes da rua ainda iluminavam as calçadas cobertas de folhas enquanto Prue empurrava sua bicicleta até uma distância segura da casa antes de subir no selim. O cachecol que sua mãe tricotara para ela no inverno anterior estava um pouco apertado em seu pescoço; ela ganhava velocidade sobre o calçamento, indo na direção sudoeste pelas ruas e becos. Luzes nas casas começaram a se acender e o zumbido de carros nas ruas crescia enquanto o bairro acordava para mais uma manhã.

Seguindo a trilha de sua perseguição no dia anterior, Prue abriu caminho pelo parque até a ribanceira, o carrinho pulando e chacoalhando preso à bicicleta. Uma névoa pesada flutuava sobre a superfície do rio, escondendo a água completamente. As luzes da Zona de Resíduos Industriais na outra margem do rio piscavam sob a neblina. Um barulho misterioso de algo batendo era carregado pela depressão do rio, ecoando nas paredes do penhasco da ribanceira. Aquilo soava para Prue como as engrenagens de um relógio de pulso gigante se arrastando umas nas outras. A única coisa visível sobre a cama de nuvens além da ribanceira era a imponente estrutura de ferro da Ponte Ferroviária. Ela parecia flutuar, sem apoio, sobre a névoa do rio. Prue desceu da bicicleta e rumou para o sul ao longo da ribanceira, na direção de uma área em que a beira do penhasco sofria um declive para dentro das nuvens. O mundo ao seu redor ia ficando cada vez mais esbranquiçado à medida que ela descia.

Quando o chão sob os pés de Prue finalmente voltou a ficar plano, ela percebeu que estava parada em uma paisagem totalmente estranha. A névoa dominava tudo, deixando o mundo com um brilho fantasmagórico. Uma brisa leve soprava pelo desfiladeiro, e a névoa ocasionalmente se movia, revelando as formas distantes de árvores secas curvadas pelo vento. O chão estava coberto de grama amarela morta. Logo além de uma fileira de árvores, um conjunto de trilhos da linha ferroviária formava uma linha reta de leste para oeste, desaparecendo na bruma do outro lado. Imaginando que os trilhos levariam até o outro extremo da ponte, Prue começou a segui-los na direção oeste.

À sua frente, o nevoeiro abrandou e ela pôde ver o topo da Ponte Ferroviária. Enquanto andava naquela direção, repentinamente começou a ouvir um som de passos no chão de pedra às suas costas. A menina congelou. Depois de um momento, olhou com cautela por cima do ombro. Não havia ninguém ali. Prue já se virara e retomara o percurso quando ouviu o som novamente.

— Quem está aí? — gritou ela, vasculhando a área atrás de si.

Não houve resposta. Os trilhos da linha ferroviária, ladeados pela fileira de estranhas árvores baixas, desaparecia dentro da neblina; não havia nenhum sinal de um perseguidor.

Prue deu um suspiro tão profundo que estremeceu, e apressou o ritmo na direção da ponte. De repente, os passos foram ouvidos novamente de forma inconfundível, e ela se virou a tempo de ver uma figura pular para fora dos trilhos para um buraco entre duas das árvores. Sem pensar, ela largou a bicicleta e saiu em perseguição, seus sapatos levantando algumas pedrinhas quando ela fez a curva para dentro das árvores.

— Pare! — gritou ela.

Ela podia agora ver a pessoa através da neblina — era bem baixa e vestia um pesado casaco de inverno. Um gorro de lã estava bem enfiado em sua cabeça, escondendo o rosto. Quando Prue gritou, a pessoa momentaneamente olhou para trás... e escorregou em um pedaço de terra fofa, batendo com o ombro no chão e soltando um grito rouco de surpresa.

Prue mergulhou sobre a forma prostrada de seu perseguidor e arrancou o gorro de lã da cabeça dele. Ela soltou um grito assustado:

— Curtis!

— Oi, Prue — disse Curtis, sem fôlego. Ele se retorcia debaixo dela. — Você pode sair de cima de mim? Seu joelho está bem em cima do meu estômago.

— De jeito nenhum — disse Prue, recompondo-se. — Não até você me dizer por que estava me seguindo.

Curtis suspirou.

— Eu n-não estava! Sério!

Ela afundou seu joelho com mais força nas costelas dele, e Curtis soltou um grito.

— Certo! Certo! — gritou ele, sua voz tremendo, à beira do choro. — Acordei cedo para levar o lixo reciclável para fora e acabei vendo você passando de bicicleta, e aí fiquei imaginando aonde ia! Ouvi você falando consigo mesma ontem à noite sobre seu irmão e como ia encontrá-lo, e então a vi sair de casa tão cedo hoje de manhã, por isso imaginei que algo tinha que estar acontecendo e não consegui me conter!

— O que você sabe sobre meu irmão? — perguntou Prue.

— Nada! — respondeu Curtis, fungando. — Só sei que ele... que ele sumiu. — Ele ruborizou um pouco. — Aliás, não sei quem você estava tentando enganar com aquele cobertor molhado no carrinho.

Prue abrandou a pressão sobre as costelas de Curtis, que soltou o ar.

— Você me assustou um bocado — disse Prue. Ela saiu de cima do corpo dele, e Curtis se sentou, limpando a poeira da calça.

— Desculpe, Prue — disse Curtis. — Eu realmente não pretendia fazer nada. Estava só curioso.

— Bem, não fique — falou Prue. Ela se levantou e começou a se afastar. — Isso não é da sua conta. É um problema meu, e eu é que preciso lidar com ele.

Curtis se levantou com dificuldade.

— D-deixe-me ir com você! — gritou ele, seguindo-a.

De volta aos trilhos, Prue levantou sua bicicleta do chão de pedra e começou a andar na direção da ponte.

— Não, Curtis — disse ela. — Vá para casa.

A margem do rio se elevou até o começo da ponte, criando uma espécie de península, e o trilho seguia um aclive delicado para encontrar a estrutura da ponte. Prue empurrava sua bicicleta no meio da linha do trem enquanto se equilibrava em um dos trilhos. Enquanto ela seguia, a neblina começou a se dissipar e revelou o primeiro suporte da ponte. As torres guardavam o mecanismo de roldanas que levantava a seção central quando barcos maiores precisavam passar debaixo dela e eram cobertas de luzes vermelhas piscantes. Prue soltou um suspiro aliviado ao ver que o vão central estava abaixado, permitindo que ela atravessasse.

— Você não está preocupada com a possibilidade de um trem aparecer? — perguntou Curtis, atrás dela.

— Não — disse Prue, apesar de, na verdade, aquilo ser uma coisa que ela não tinha realmente levado em consideração.

Entre os trilhos e a lateral da ponte havia um espaço de menos de 1 metro, e as pedrinhas soltas não eram muito amigáveis para o tráfego de pedestres. Quando chegou ao meio da ponte, ela olhou sobre o parapeito e engoliu em seco. A névoa se acumulava pesadamente sobre a bacia do rio e criava um chão de nuvens que escondia a água sob elas, criando a ilusão de que a ponte estava a uma altura absurda, como uma daquelas delicadas pontes de corda sobre algum precipício peruano nebuloso que Prue tinha visto na revista *National Geographic*.

— Estou um pouco preocupado com a possibilidade de um trem passar — admitiu Curtis.

Ele estava parado atrás de uma das torres no meio da linha do trem.

Prue parou, apoiou a bicicleta na lateral da ponte e pegou uma pedra no chão.

— Não me obrigue a fazer isso, Curtis — disse ela.

— Fazer o quê?

Prue jogou a pedra, e Curtis pulou para evitá-la, quase tropeçando no trilho.

— Por que você faria isso? — gritou ele, protegendo a cabeça com as mãos.

— Porque você está sendo burro e está me seguindo, e já lhe disse para não fazer isso. É por isso.

Ela se abaixou e escolheu outra pedra, dessa vez mais pontuda e maior que a anterior. Ela a jogava de uma das mãos para a outra, como se estivesse avaliando seu peso.

— Qual é, Prue — disse Curtis —, deixe-me ajudá-la! Sou um bom ajudante. Meu pai era o líder das tropas do grupo de escoteiros do meu primo. — Ele largou a própria cabeça. — Eu até trouxe a faca de caça do meu primo.

Ele bateu com a mão no bolso de seu casaco e sorriu de forma encabulada.

Prue atirou a segunda pedra e praguejou quando ela quicou no chão em frente a Curtis, errando por poucos centímetros. Curtis soltou um grito agudo e dançou para fora do caminho.

— Vá PARA CASA, Curtis! — gritou Prue.

Ela agachou e escolheu outra pedra, mas parou quando sentiu o chão estremecer de repente debaixo dela. As pedras começaram a chacoalhar, e a ponte tremeu longa e violentamente. Ela olhou para Curtis, congelado no meio da linha de trem. Eles se encararam, os olhos arregalados, enquanto o tremor ficava cada vez mais forte, as vigas de aço da lateral da ponte rangiam em protesto.

— TREM! — gritou Prue.

CAPÍTULO 4

A Travessia

Pela visão rápida que Prue pôde ter do trem, viu que ele não era longo, mas estava se movendo em um ritmo bem constante, subindo a encosta da montanha que eles tinham escalado há poucos minutos. Ela se virou e correu para sua bicicleta, levantando-a de onde a encostara à lateral da ponte e a jogando entre os trilhos da linha do trem. Ela pulou sobre o assento e pisou firme nos pedais, fazendo o pneu de trás rodar em falso contra as pedras soltas entre os dormentes da linha do trem.

— Espere por mim! — gritou Curtis atrás dela.

O metal da ponte estava agora se levantando e chacoalhando sob o peso da locomotiva que se aproximava. Prue já estava em movimento e deu uma olhada rápida por cima do ombro para medir a distância entre a bicicleta e o trem. Tendo como cenário o agourento rosto de metal do trem que abria caminho pela névoa, Curtis corria na direção dela, os braços balançando em arcos frenéticos. O quadro da bicicleta sacudia a cada dormente de madeira pelo qual passava e ela tinha de manter um olho atento no espaço à sua frente para poder conservar a bicicleta de pé sobre o piso acidentado. O carrinho Radio Flyer a reboque pulava de um dormente ao outro, ameaçando virar a cada pedalada.

— Pule na traseira — gritou Prue mais alto que o chiado ensurdecedor do trem.

— Não consigo! Você está indo muito rápido! — respondeu Curtis.

Prue praguejou baixinho e acionou os freios no guidão, seu pneu traseiro derrapando no chão coberto de pedras. O trem, agora chegando à porção central da ponte, soltou um apito em staccato, os trilhos audivelmente gemendo sob seu peso. Curtis mergulhou sobre o Radio Flyer e soltou um grito que penetrava nos ossos quando seu corpo encontrou o chão de metal. Ele se segurou nas laterais do carrinho, gritou *"Vai!"*, e Prue arrancou, levando um pedaço de xisto da linha do trem e partindo a toda velocidade na direção do fim da ponte.

No outro lado da ponte, os trilhos se dividiam em um Y em um conjunto de árvores denso e verde-escuro. Prue estava ganhando velocidade no declive gradual enquanto o fim da ponte aparecia no seu campo de visão e sua bicicleta pulava e quicava com as batidas dos pneus contra os dormentes. O carrinho, agora carregando o corpo contorcido de Curtis, permanecia no chão com frequência maior, apesar de Prue estar ofegando para manter o ritmo. O barulho do trem estava ficando mais alto atrás deles. Ela não podia se dar o luxo de dar uma espiadela para checar seu progresso; os olhos estavam atentos no outro lado do rio.

— Segure-se, Curtis! — gritou ela mais alto do que todo aquele barulho enquanto chegava ao local em que os trilhos se dividiam e faziam uma curva para longe da ponte nas duas direções. Ela pisou fundo com seu pé direito no pedal e levantou a roda da frente, mandando a bicicleta por cima dos trilhos para a vala cheia de pedras soltas que ficava ao lado da linha do trem no final da ponte. O pneu traseiro e o carrinho seguiram logo depois, e a bicicleta inteira tombou para a frente em um espasmo violento, mandando os dois ocupantes por cima do guidão, e eles caíram sobre um tapete de vegetação rasteira do outro lado da vala. O trem passou zunindo, os trilhos de aço gemendo sob o peso da locomotiva rumando na direção sul para dentro do nevoeiro.

Prue estava deitada estatelada contra o chão frio, arquejando profundamente. Cada membro de seu corpo parecia carregado de eletricidade. Ela se colocou de joelhos e cuspiu, livrando-se de uma bola de lama em sua bochecha. Olhou ao redor; estava sentada em um bueiro raso em um campo sem cor coberto de grama morta. Logo além ficava a Zona de Resíduos Industriais, um bairro bizarro e imponente de prédios sem janelas e silos; depois daquilo ficava a primeira subida de uma montanha íngreme, coberta densamente por um cortejo estonteante de árvores enormes. Eles estavam na fronteira da Floresta Impassável. Ela estremeceu. Um resmungo foi escutado no tapete de grama ao seu lado, e ela se virou para ver Curtis se colocando sobre seus joelhos com dificuldade, o carrinho Radio Flyer se prendendo obstinadamente às costas dele como um casco de tartaruga. Ele o arremessou para longe e esfregou a nuca.

— Au — disse Curtis. Ele olhou para Prue tristemente e repetiu. — Au.

— Talvez você não devesse ter me seguido, então — disse Prue, colocando-se de pé.

Os destroços de sua bicicleta e do carrinho estavam em uma pilha bagunçada ao lado deles. Prue grunhiu enquanto levantava o quadro de sua bicicleta presa nos arbustos sobre o bueiro e estudou os restos mortais: a maior parte da bicicleta tinha aguentado bem o impacto, mas a roda dianteira estava irreparavelmente dobrada, seus raios retorcidos saindo do aro em ângulos irregulares.

Praguejando em voz alta, ela deixou a bicicleta cair e chutou um amontoado de arbustos espinhentos, levantando uma cortina de poeira.

Curtis estava sentado de pernas cruzadas, maravilhando-se com a ponte atrás deles.

— Não acredito que conseguimos — disse ele, ofegante. — Nós fomos mais rápidos do que aquele trem.

Prue não estava escutando. Parada com as mãos na cintura, olhava fixamente para os destroços da roda dianteira de sua bicicleta, sua testa profundamente franzida. Tinha trabalhado o verão inteiro para incrementar sua bicicleta. O aro dianteiro, agora desfigurado de forma irrecuperável, era praticamente novo em folha. Sua missão definitivamente não estava começando com o pé direito.

— Nós nos saímos muito bem lá atrás — estava dizendo Curtis. — Quero dizer, nós trabalhamos juntos muito bem. Você estava conduzindo a bicicleta e eu estava... no carrinho. — Ele riu enquanto massageava suas têmporas com os dedos. — Nós éramos como parceiros, não?

A bolsa-carteiro de Prue tinha sido jogada no chão durante a queda, e ela parou para apanhá-la, passando a alça sobre o ombro.

— Tchau, Curtis — disse ela.

Deixando a bicicleta e o carrinho para trás, ela começou a andar pela Zona de Resíduos Industriais na direção da montanha íngreme cheia de árvores.

O campo amarelo-tostado de grama seca e queimada levava para dentro de uma rede apertada de prédios misteriosos. Alguns pareciam ser depósitos, cobertos de metal enrugado, enquanto outros tinham o aspecto de enormes silos em forma de caixa, portas extremamente altas que pareciam se abrir para lugar nenhum e metros de dutos de metal se enroscando a sua volta, levando a outros prédios vizinhos. Alguns dos prédios tinham janelas que brilhavam com piscantes luzes vermelhas, como se enormes chamas estivessem queimando dentro deles. Ao longo de toda essa "cidade", um barulho metálico insistente se fazia presente, e o jorro gasoso de chaminés dava a aparência mais estranha de estar completamente abandonada e ao mesmo tempo perfeitamente ativa. Ao longe, os grunhidos e gritos de estivadores, seus corpos perdidos na névoa baixa, ecoavam nas paredes de metal. Enquanto Prue andava, passou os olhos ao redor; ninguém que ela conhecia tinha se aventurado aqui antes. Mal iniciara sua jornada, ela já se sentia como a primeira exploradora em algum mundo alienígena. A neblina continuava a se dissipar. Recuada na grade de avenidas cobertas de pedras estava uma mansão de pedra cinza, o telhado coberto de musgo com uma torre de relógio no topo. Um sino badalava a hora; Prue contou seis badaladas.

Depois de um tempo, as estruturas em forma de caixa da Zona Industrial deram espaço a uma profunda inclinação de arbustos verdes; Prue cruzou sobre o ramal norte da linha ferroviária e se encontrou imersa em um matagal exuberante de samambaias que chegavam à altura de seu joelho. O chão continuava a se inclinar para cima na direção das primeiras árvores que marcavam o limite entre o mundo exterior e a Floresta Impassável. Prue respirou fundo, ajustou a bolsa no ombro e começou a entrar na mata.

— Espere! — gritou Curtis. Ele tinha se colocado de pé e estava lutando para alcançá-la. Ele parou na barreira de árvores. — Você vai entrar ali? Mas aquilo é... aquela é a Floresta Impassável.

Ignorando-o, Prue continuou sua marcha. O chão era macio sob seus pés, e folhas de mirtilo e de samambaia chicoteavam suas panturrilhas enquanto ela andava.

— Ã-hã — falou ela. — Eu sei.

Curtis estava sem palavras. Ele cruzou seus braços e gritou enquanto Prue se aventurava ladeira acima, adentrando a floresta:

— É *impassável*, Prue!

Prue parou e olhou em volta.

— Parece que estou passando numa boa — disse ela, e continuou andando.

Curtis correu para a frente a fim de permanecer a uma distância em que Prue pudesse escutá-lo.

— Bem, sim, agora, talvez, mas quem sabe como será quando você estiver mais lá para dentro. E essas árvores... — Então ele parou e examinou uma das árvores mais altas da encosta de cima a baixo. — Bem, tenho de dizer que não estou recebendo uma vibração muito amistosa delas.

Suas advertências não tiveram nenhum efeito sobre Prue, que continuou marchando ladeira acima, apoiando-se nos troncos das árvores enquanto caminhava.

— E coiotes, Prue! — continuou Curtis, subindo a encosta apressado, mas parando na primeira árvore da fronteira. — Eles vão destroçar você! Tem de haver outra forma de ir!

— Não há, Curtis — disse Prue. — Meu irmão está aqui em algum lugar e preciso achá-lo.

Curtis estava chocado:

— Você acha que ele está *aqui*?

Prue já tinha entrado o suficiente na mata agora para Curtis mal poder distinguir o vermelho de seu cachecol entre o emaranhado de árvores. Antes que ela desaparecesse completamente de vista, Curtis respirou fundo e entrou na floresta.

— Certo, Prue! Vou ajudá-la a encontrar seu irmão! — gritou ele.

Prue parou e se encostou a um pinheiro, observando o entorno verdejante. Até onde o olho podia ver, era verde. Tantos tons de verde quanto Prue podia imaginar se descortinavam na paisagem: o esmeralda elétrico das samambaias, o oliva pálido do líquen e o imponente verde-acinzentado dos galhos dos pinheiros. O sol estava se elevando cada vez mais no céu, e seus raios passavam pelas fendas na mata densa. Ela olhou para trás para ver Curtis subindo a montanha, ofegante, atrás dela e continuou andando.

— Uau — falou Curtis, entre arfadas —, os garotos na escola não vão *acreditar* nisso. Quero dizer, ninguém nunca entrou na Floresta Impassável antes. Pelo menos nunca ouvi falar sobre isso. Isso é animal! Olhe para essas árvores, elas são tão... tão... altas!

— Tente ficar frio, Curtis — disse Prue, finalmente. — Nós não queremos alertar toda a floresta para o fato de que estamos aqui. Quem sabe o que há por aí?

Curtis parou, e seu queixo caiu.

— Você disse "nós", Prue! — gritou ele, e então continuou, repetindo com um sussurro grave. — *Você disse "nós"!*

Prue revirou os olhos e se virou, cutucando Curtis com um dos dedos:

— Como se eu tivesse escolha. Mas, se você vai vir comigo, tem de ficar perto de mim. Meu irmão desapareceu enquanto eu tomava conta dele e não quero perder um colega de escola idiota também. Isso ficou claro?

— Claro como... — começou Curtis. Ele fez uma careta, lembrando-se da instrução de Prue e sussurrou o resto. — *... como cristal!*

Ele levantou a mão até a testa, aparentemente imitando algum tipo de saudação especial. Parecia que tinha um ferimento no olho.

Eles andaram em silêncio por um tempo; um barranco profundo no meio das árvores se abria à esquerda, e eles desceram a encosta com dificuldade até o fundo, derrapando sobre o solo lodacento da floresta. Um pequeno riacho abria uma fenda no vale do barranco, e nenhuma árvore crescia, apenas penachos baixos de samambaia e arbustos. A caminhada era mais fácil aqui, apesar de eles serem ocasionalmente forçados a passar por baixo de algumas das árvores caídas que entrecortavam o barranco. A luz do sol salpicava o solo em padrões difusos, e o ar parecia puro e intocado às bochechas de Prue. Enquanto andava, ela pensava sobre a majestade do lugar, seus medos diminuindo com cada passo na mata incrível. Pássaros cantavam nas árvores enormes sobre o barranco e os arbustos eram periodicamente perturbados pela carreira repentina de um esquilo ou uma tâmia. Prue não podia acreditar que ninguém nunca tivesse se aventurado até tão longe na Floresta Impassável; ela tinha achado aquele um lugar acolhedor e sereno, cheio de vida e beleza.

Depois de um tempo, Prue foi arrancada de suas meditações pela voz de Curtis, sussurrando:

— Então qual é o plano?

Ela parou.

— O quê?

Ele sussurrou um pouco mais alto:

— Eu disse *qual é o plano?*

— Você não precisa sussurrar.

Curtis parecia desconcertado.

— Oh — disse ele, com sua voz normal —, achei que você tinha dito que tínhamos de manter nossas vozes baixas.

— Falei para mantê-las baixas, mas você não precisa sussurrar. — Ela olhou à volta. — Não sei muito bem de que estaríamos nos escondendo, de qualquer forma.

— Coiotes, talvez? — sugeriu Curtis.

— Acho que coiotes só aparecem à noite — falou Prue.

— Oh, certo, li isso em algum lugar — disse Curtis. — Você acha que vamos acabar antes de a noite chegar?

— Espero que sim.

— Onde você acha que seu irmão está?

A pergunta, por mais simples que fosse, fez Prue empalidecer. Ela estava começando a perceber que a missão de achar Mac poderia ser mais difícil do que parecera inicialmente. Pensando melhor, será que ela tinha ao menos pensado sobre o que faria assim que *entrasse* na Floresta Impassável? Uma coisa era ousar começar a jornada, mas... e agora? Improvisando, ela respondeu:

— Não sei ao certo. Os pássaros desapareceram em torno...

Curtis a interrompeu:

— Pássaros? Que pássaros?

— Os pássaros que sequestraram meu irmão. Corvos, na verdade. Um bando inteiro deles. Uma *revoada*. Você sabia disso? Que um bando de corvos é chamado de revoada?

O queixo de Curtis caiu.

— O que você quer dizer com pássaros sequestraram seu irmão? — gaguejou ele. — Tipo, *pássaros*?

Os olhos de Prue chamejaram, e ela disse:

— Tente me acompanhar aqui, Curtis. Eu não faço ideia do que está acontecendo, mas não sou insana e preciso acreditar no que vi. Então, se você vai me acompanhar, vai ter de acreditar nessas coisas também.

— Uau — falou Curtis, balançando a cabeça. — Certo, entendi. Estou com você. Bem, como você vai descobrir aonde esses pássaros foram?

— Eu os vi mergulhar para dentro da floresta nas montanhas sobre a Ponte Ferroviária e não os vi sair de lá. Então suponho que eles devem estar aqui em algum lugar. — Ela estudou o local à sua volta. A floresta parecia infinita e imutável, o barranco subindo ao longo da montanha até onde se podia ver. A palavra *desesperada* repentinamente surgiu em sua mente. Ela a empurrou para longe. — Acho que vamos apenas ter de continuar procurando e torcendo pelo melhor.

— Ele entende inglês? — perguntou Curtis.

— O quê?

— Seu irmão. Se nós o chamássemos, ele responderia?

Prue pensou por um momento e disse:

— Nah. Ele fala a própria língua esquisita. E balbucia bem alto, mas não tenho certeza de que responderia se começássemos a gritar seu nome.

— Complicado — disse Curtis, coçando a cabeça. Ele olhou para Prue, encabulado. — Sem querer mudar de assunto nem nada — disse ele —, mas você não trouxe, por acaso, um pouco de comida, trouxe? Estou com um pouco de fome.

Prue sorriu.

— Sim, tenho algumas coisas. — Ela se sentou em um galho de árvore quebrado e passou sua bolsa-carteiro sobre o ombro. — Você gosta de frutas secas e castanhas?

O rosto de Curtis brilhou:

— Oh, sim! Eu *mataria* por um pouco disso nesse momento.

Eles se sentaram juntos sobre o galho e levaram punhados da mistura até a boca, olhando para o barranco coberto de vegetação rasteira. Conversaram sobre a escola, sobre o coitado do professor de inglês beberrão, o sr. Murphy, que tinha chorado enquanto lia o monólogo inicial do Capitão Cat em *Under Milk Wood*.

— Eu faltei nesse dia — falou Curtis. — Mas ouvi falar do caso.

— As pessoas foram tão cruéis a respeito daquilo, pelas costas dele — disse Prue. — Eu não entendi. Quero dizer, é um trecho realmente bonito, não é?

— Hmm — falou Curtis. — Não cheguei até essa parte.

— Curtis, essa parte fica, tipo, nas primeiras dez páginas — zombou Prue, jogando outro punhado de amendoins na boca.

Eles começaram a falar de seus livros favoritos. Curtis falou brevemente sobre seu mutante favorito dos X-Men, e Prue o provocou de forma brincalhona antes de admitir uma certa inveja da telecinese de Jean Grey.

— Então por que você parou? — perguntou Curtis, depois de uma pausa.

— O que você quer dizer?

— Bem, se lembra que no quinto ano nós costumávamos passar desenhos um para o outro? De super-heróis? Você fazia bons bíceps. Eu copiei descaradamente sua técnica de bíceps.

Curtis olhava timidamente para baixo, para o saco de frutas secas e castanhas, pescando entre as passas e os amendoins para pegar os M&Ms.

Prue teve a sensação de estar sendo repreendida.

— Não sei, Curtis — disse ela, finalmente. — Acho que apenas perdi o interesse naquele tipo de coisa. Ainda gosto de desenhar, gosto muito de desenhar. Apenas coisas diferentes. Estou ficando mais velha, acho.

— Sim — falou Curtis. — Talvez você esteja certa.

— Desenhos botânicos, esse é o tipo de coisa de que gosto agora. Você deveria tentar.

— Botânicos? O quê, tipo desenhar plantas e coisas assim? — Ele estava incrédulo.

— Sim.

— Não sei. Talvez eu tente alguma hora. Talvez eu ache uma folha para desenhar — falou ele baixinho, quase sem ânimo.

Prue olhou para o galho em que estavam sentados. Um emaranhado selvagem de hera tinha reivindicado o território; quase nenhuma casca da árvore podia ser vista debaixo das folhas verdes. Parecia que a hera em si tinha sido a razão de a árvore cair.

— Olhe para estas folhas de hera — disse ela, tentando reproduzir o tom de uma professora de artes. — Como as pequenas linhas brancas desenham padrões contra o verde da folha. Quanto mais detalhe você acrescentar, mais divertido fica.

Curtis deu de ombros. Ele puxou uma das trepadeiras. Ela estava agarrada à casca da árvore de forma tenaz, como algum animal obstinado. Soltando a planta, ele silenciosamente esticou a mão na direção do saco de frutas secas para pegar outro punhado.

Prue tentou deixar o clima mais leve.

— Ei — disse ela, enfaticamente. — Pare de escolher apenas o chocolate. Isso é *totalmente* ilegal.

Envergonhado, Curtis sorriu e devolveu o saco para ela.

Depois que tinham acabado com metade do pacote, Prue pegou sua garrafa de água e bebeu um gole. Ela a entregou a Curtis, e ele também bebeu. A luz do começo da manhã enfraqueceu quando um grupo de nuvens cinzentas se formou sobre as árvores e cobriu o sol.

— Vamos continuar andando — disse Prue.

Eles continuaram marchando barranco acima, segurando-se à hera para se equilibrar enquanto o solo ficava mais íngreme debaixo deles. O leito do rio, que avolumava muita água durante o inverno e a primavera, estava raso e quase seco, e eles logo descobriram que era mais fácil se o usassem como uma trilha improvisada. O aluvião se tornava plano no topo de uma montanha, e eles estavam novamente parados no meio das árvores sobre um leve planalto.

— Preciso fazer xixi — disse Prue.

— Certo — falou Curtis, olhando distraidamente para o barranco atrás dele.

— Então vá para lá — disse Prue, apontando para um matagal de samambaia — e não olhe.

— Oh! — disse Curtis. — Sim. Certo. Vou te dar um pouco de privacidade.

Prue esperou até que ele estivesse fora do seu campo de visão entre os galhos, achou um local atrás de uma árvore e agachou. Bem quando estava terminando, ouviu um som abafado vindo do matagal. Ela abotoou a calça jeans rapidamente e deu a volta na árvore com cuidado; não havia ninguém ali.

— Prue! — repetiu o barulho abafado.

Era Curtis.

— Curtis, já falei que você não precisa sussurrar — disse ela, aliviada por ser ele.

— V-venha aqui! — gaguejou Curtis, ainda sussurrando. — E fique em *silêncio*!

Prue andou na direção da voz dele, abrindo caminho por um emaranhado de trepadeiras. Do outro lado do matagal, Curtis estava abaixado e olhando para longe.

— Olhe para lá! — sussurrou ele, apontando.

Prue piscou e olhou fixamente.

— O quê... — começou ela, antes de ser interrompida por Curtis.

— Coioites — disse Curtis. — E eles estão falando.

CAPÍTULO 5

Habitantes do Bosque

O solo descia na borda do matagal de uma forma muito íngreme, criando uma espécie de promontório sobre um pequeno prado entre as árvores. No meio da clareira estava reunida cerca de uma dúzia de vultos em volta dos restos do que parecia ser uma fogueira. De longe era difícil distinguir detalhes, mas os vultos eram definitivamente coiotes: tinham uma pelagem cinza fosca e suas ancas eram magras. Alguns vagavam em volta das brasas da fogueira sobre as quatro patas, enquanto outros estavam de pé sobre as patas traseiras e farejavam o ar com seus longos focinhos cinzentos. De qualquer forma, havia dois aspectos bastante surpreendentes na cena: um, todos eles pareciam estar usando uniformes iguais com longos capacetes emplumados na cabeça e, dois, eles estavam definitivamente conversando entre si. Na mesma língua que Prue e Curtis falavam.

Os coiotes falavam de um jeito entrecortado e agudo e pontuavam suas frases com rosnados e latidos, mas Prue e Curtis podiam ocasionalmente entender o que eles estavam dizendo.

— Você é patético! — gritou um dos maiores coiotes, mostrando os dentes amarelos para um de seus colegas menores. — Eu peço uma simples fogueira, e vocês *idiotas* não conseguem fazer nem uma única brasa pegar fogo.

Alguns dos animais tinham o que pareciam ser sabres embainhados presos a cintos em volta de suas cinturas, enquanto outros estavam apoiados a longos rifles com baionetas nas pontas. O coiote maior repousou a pata na empunhadura ornada de uma espada longa e curva.

O coiote a quem era voltada essa repreensão estava se encolhendo na grama e soltando pequenos ganidos em resposta.

— Esse pelotão não está pronto para servir — continuou o maior —, se é incapaz de completar um exercício simples de escoteiros.

Ele olhou em volta para o resto do grupo.

Curtis sussurrou para Prue:

— Eles são... soldados?

Ela assentiu com a cabeça lentamente, ainda muito chocada.

— E vejam a condição imunda de seus uniformes — uivou o coiote maior, que Prue assumiu ser algum tipo de comandante.

Sua farda estava um pouco mais limpa que a dos soldados, e os ombros eram ornamentados com condecorações. Ele estava usando uma espécie de chapéu grande com uma pena que Prue pensou reconhecer de um documentário sobre Napoleão que o professor de história tinha mostrado. O comandante continuou:

— Eu deveria levá-los diante da Governatriz Viúva nesse estado e ver como ela os receberia. — Ele mordeu com força o vazio, na direção de outro coiote, que estava acuado no chão atrás dele. — Ela os expulsaria do Bosque Selvagem, é o que ela faria, e nós veríamos como vocês se sairiam sem sua alcateia. — Ele enrijeceu e ajeitou a empunhadura da espada ao lado do corpo. — Eu deveria fazer isso agora mesmo, mas prefiro não sujar minhas patas traseiras chutando-os para escanteio.

O coiote com quem o comandante estava gritando finalmente falou palavras em meio aos ganidos envergonhados:

— Sim, Comandante. Obrigado, Comandante.

— E onde estava o seu maldito destacamento de guarda? — latiu o comandante, batendo o pé no chão com força. — Cheguei até aqui sem que uma única alma piscasse um olho. Vocês são a vergonha da corporação, uma mancha no legado de cada soldado coiote que veio antes de vocês.

— Sim, Comandante — foi a resposta do coiote acuado.

O Comandante farejou o ar e disse:

— Vai escurecer em breve. Vamos terminar este exercício e voltar ao acampamento. Você, e você! — Ele apontou para dois dos soldados que estavam parados de prontidão ao lado da fogueira. — Entrem na mata e comecem a coletar lenha. Vou acender esse fogo nem que tenha de arremessar cada um de vocês na fogueira como gravetos!

O grupo voltou à atividade com esse comando. Curtis e Prue se jogaram no chão, congelados sob os ramos de um grupo de samambaias particularmente grandes. Alguns coiotes começaram a circular, afastando-se do grupo, à procura de lenha enquanto outros permaneceram em formação no centro do prado e continuaram a ser repreendidos pelo comandante.

— O que fazemos se nos virem? — murmurou Curtis, enquanto alguns dos coiotes se aproximavam deles.

— Apenas faça silêncio — sussurrou Prue.

Seu coração estava disparado no peito.

Dois dos coiotes vagaram até alguns arbustos logo abaixo do esconderijo de Curtis e Prue e começaram a coletar galhos de árvores mortas em seus braços compridos. Eles estavam trocando acusações enquanto trabalhavam, e Prue prendeu a respiração ao escutar o arranca-rabo canino.

— É culpa sua que nos metemos nessa confusão, Dmitri — disse um coiote para o outro. — Minha companhia habitual nunca é tão incompetente. Isso é vergonhoso.

O outro, abaixado entre galhos, retrucou:

— Oh, cale a boca, Vlad. Foi você quem insistiu para que todos "demarcassem o território" por todo lado. Nunca vi tanto mijo em um lugar. Não é de estranhar que o maldito fogo não acendesse.

Vlad balançou um galho de bétula na direção do rosto de Dmitri, os olhos arregalados de raiva.

— Essa é... essa é a *porcaria* do protocolo! Verifique no seu manual de campo. Ou será que você não sabe ler?

Dmitri deixou cair seu carregamento de lenha e mostrou os dentes. Os coiotes estavam próximos o suficiente agora para que Prue pudesse ver seus lábios se contorcerem em rosnados até revelarem uma série de assustadores dentes amarelos lascados emergindo de suas gengivas de um vermelho vivo.

— Vou lhe mostrar o protocolo! — gritou Dmitri.

Os dois ficaram em silêncio por um momento até que Vlad se pronunciou:

— O que você quer dizer com isso? — perguntou Vlad.

Dmitri soltou um latido agudo e saltou na garganta do colega, seus dentes brilhando.

Em meio à cobertura de musgo do chão, Curtis arrastou a mão até encontrar a de Prue e apertou seus dedos. Ela apertou de volta, sem ousar tirar os olhos dos coiotes que brigavam. Os dois soldados tinham caído ao chão e rolavam em um redemoinho desesperado de movimento, a mandíbula de um na garganta do outro. Seus ganidos dolorosos e raivosos chamaram a atenção imediata do resto do pelotão, e o comandante rugiu enquanto corria na direção do emaranhado dos dois soldados. Ele tinha sacado o sabre de sua bainha e, quando chegou até os coiotes briguentos, agarrou o primeiro em que conseguiu botar as mãos — Vlad — e o arrancou da confusão, encostando a lâmina de sua espada na garganta dele.

— Vou empalar suas cabeças em galhos de árvores! — jurou o Comandante. — Vou vê-los esquartejados, membro a membro, com a graça de Deus. — Ele jogou seu prisioneiro no chão e girou, balançando a ponta de sua espada de forma que esta passou a um fio de cabelo do focinho de Dmitri. Ele falou mais devagar. — E você, seu arremedo de coiote melequento e esfarrapado: estou preparado para acabar com isso bem aqui e agora.

Dmitri se encolheu ao ver a ponta da espada, e o comandante a levantou até uma altura suficiente para proferir o golpe. De cima, Curtis ficou boquiaberto, e Prue enterrou sua cabeça nas mãos para evitar testemunhar a cena medonha que seguiria.

De repente uma brisa soprou e passou entre as árvores, viajando sobre os corpos de Prue e Curtis desde seus pés até suas nucas, por cima do promontório e descendo no prado abaixo. A cena violenta que estava se desenrolando debaixo deles congelou quando as orelhas de cada um dos coiotes se levantaram, e seus focinhos farejaram o ar. O Comandante bufou, o sabre imóvel sobre a cabeça no meio do golpe. Dmitri, sua sentença temporariamente suspensa, soltou uma lufada de ar e olhou ao redor. Prue levantou a cabeça de suas mãos. Lentamente, o Comandante ergueu seu focinho e inalou de forma demorada e profunda.

— HUMANOS! — gritou o Comandante, quebrando o silêncio e balançando sua espada para apontar para as samambaias sobre eles. — NAS ÁRVORES!

Numa explosão de movimento, vários soldados que estavam flanqueando o Comandante dispersaram e começaram a subir a encosta na direção de Prue e Curtis.

— CORRA! — gritou Curtis, levantando-se do chão.

Prue se ergueu com dificuldade e mergulhou para fora dos arbustos, afastando-se da encosta. Os coiotes ganiam freneticamente atrás dela enquanto chegavam ao topo do planalto e atravessavam as samambaias. Ela correu de volta entre as árvores até chegar ao barranco que eles vinham seguindo. Ela deu um passo alucinado sobre a borda, prendeu o pé em um emaranhado de um arbusto espinhoso e foi jogada de cabeça no barranco.

Curtis tinha corrido em uma direção diferente, escolhendo, por sua vez, subir a montanha no sentido para o qual estavam caminhando. A encosta era íngreme e implacável naquela área densamente coberta de árvores, e os galhos de bétula e as vinhas de amora batiam no seu rosto, impedindo uma fuga rápida. Os coiotes, acostumados ao terreno, correram através dos arbustos baixos sobre quatro patas, e Curtis mal tinha se afastado 10 metros da encosta antes de o primeiro coiote pular em suas costas e o jogar ao chão.

— Você é meu! — rosnou o coiote, e os braços e pernas de Curtis foram empurrados e presos contra o chão enquanto mais soldados chegavam à cena de sua captura.

🌿

— C-curtis? — murmurou Prue, recuperando os sentidos.

Estava claro que ela tinha ficado inconsciente momentaneamente; estava deitada com o rosto enfiado nas samambaias do barranco com uma dor de cabeça de rachar e o gosto metálico de sangue na boca. Ela ouviu uivos distantes e foi sacudida de volta à realidade. Mantendo-se próxima do solo, ela se arrastou pelos arbustos baixos e espiou sobre a borda do barranco. Aparentemente, os soldados não tinham visto seu salto de cabeça nas samambaias e tinham preferido ir atrás de Curtis. De onde estava, Prue podia ver os soldados colocando-o de pé. Ela observou o Comandante se aproximar lentamente, segurar Curtis pela gola do casaco e enfiar o focinho nos dois lados da garganta de Curtis, farejando. Ela podia ver o medo nos olhos de Curtis. Ele estava cercado por um grupo de soldados coiotes que se esgueiravam em volta de seus pés sobre as quatro patas, ganindo e rosnando. O Comandante latiu uma série de ordens, e seu prisioneiro foi amarrado com uma corda e jogado nas costas de um dos coiotes maiores. Então o grupo desapareceu mata adentro.

Prue lutou contra a vontade de chorar; podia sentir os soluços vindo do seu estômago, e os olhos começando a se encher de lágrimas. Seus dedos se fecharam em volta de um tufo de grama e apertaram com força enquanto ela tentava fazer a própria mente se acalmar. Sentiu com a língua o local no lábio em que havia uma pequena bolha de sangue e o lambeu para limpá-lo. O ar estava silencioso e a luz estava fraca enquanto o sol do começo da tarde começava a perder o brilho. Ela pensou sobre o bilhete que tinha deixado para seus pais naquela manhã. *Volto mais tarde*, era o que ele dizia. Independentemente da gravidade da situação, ela não podia evitar abafar uma risada. Ela se levantou do chão e se sentou na beira do barranco, limpando a mancha de terra dos joelhos da calça jeans. Um esquilo mostrou a cabeça de trás de um toco de árvore apodrecido e olhou para ela, perplexo.

— O que você quer, esquilo? — debochou ela. Ela riu para si mesma e falou: — Acho que preciso tomar cuidado com o que falo. Você provavelmente também fala. Não fala?

O esquilo não disse nada.

— Ótimo, isso na verdade é um grande alívio — disse ela, apoiando o queixo nas mãos. — Embora você possa apenas ser do tipo caladão.

Ela vasculhou à sua volta e então olhou novamente para o esquilo, que tinha inclinado a cabeça para o lado para estudá-la.

— Então, o que eu faço agora? — perguntou Prue. — Meu irmão foi sequestrado por pássaros. Meu amigo foi capturado por coiotes. — Ela estalou os dedos. — E quase esqueci: minha bicicleta está quebrada. Parece uma canção country. Se canções country fossem muito, mas muito esquisitas.

O esquilo repentinamente levantou o corpo e congelou, suas orelhas alertas. No fundo do chiado da brisa nos galhos das árvores surgiu um som inesperado: o ronco de um motor de carro. Conforme ficava mais forte, o esquilo pulou de seu poleiro e desapareceu. Prue se levantou apressada e começou a correr na direção do som, abrindo caminho com dificuldade entre os galhos de árvore caídos e os arbustos.

— Pare! — gritou ela, quando o som pareceu ficar mais alto.

A mata era particularmente densa nesse ponto e a encosta muito íngreme. Então a corrida de Prue parecia mais um cambaleio desesperado enquanto ela tentava alcançar o som. Uma cerca-viva de amoras silvestres florescia à sua frente, e ela mergulhou sobre aquilo, sentindo os espinhos rasgarem seu casaco e passarem por seu cabelo. Seus olhos se fecharam, ela lutou contra os arbustos, debatendo-se entre os galhos que a arranhavam até repentinamente ser libertada de suas garras e cair para a frente sobre o primeiro solo nivelado e exposto que ela tinha visto desde que entrou na mata. Ela olhou para cima para descobrir que tinha caído no que parecia ser uma *estrada*. E se aproximando rapidamente ao longo da estrada vinha o que parecia ser uma *van*. Prue se levantou em um pulo, balançou os braços de forma frenética e o motorista pisou fundo no freio, os pneus do veículo derrapando na terra da estrada.

Era uma van vermelha de carga e parecia ter vivido dias melhores. Não dava para determinar a idade, embora a quantidade de ferrugem e tinta arranhada sugerisse que já tivesse sofrido um bocado. A lateral ostentava um brasão estranho que Prue não conseguiu reconhecer.

Enquanto, sem acreditar, olhava fixamente para aquele veículo misterioso, ela ouviu o *clique* inconfundível de uma espingarda sendo engatilhada. Ela se virou e viu a janela do lado do motorista sendo baixada rapidamente, e uma cabeça grisalha ficando careca emergiu, olhos estreitados atrás do que parecia ser um enorme rifle de cano duplo, uma relíquia da Guerra Civil.

— Um movimento, mocinha, e vou enchê-la de furos — disse o motorista.

Prue levantou as mãos.

O motorista cautelosamente abaixou o rifle e olhou embasbacado para Prue.

— Você é... — balbuciou o motorista. — Você é uma *Forasteira*?

Prue não sabia muito bem como responder; a pergunta era bizarra. Ela ficou olhando sem expressão por um momento antes de se arriscar a explicar:

— Eu moro em St. Johns, em Portland.

A espingarda estava agora abaixada em um ângulo muito menos ameaçador, e o sangue que correra freneticamente relaxou em seu peito.

— É assim que vocês chamam? — perguntou o homem na van.

— Acho que sim — respondeu Prue.

O homem ainda estava olhando embasbacado para Prue.

— Incrível — disse ele. — Simplesmente incrível. Em todos os meus anos de vida, nunca pensei que um dia esbarraria em um de *vocês*. Alguém do *Exterior*.

Agora que a espingarda não estava mais na frente dos olhos do homem, Prue tinha uma visão melhor do motorista. Era um homem idoso — sua pele era pálida e envelhecida e duas grandes plumas de cabelo crespo eram suas sobrancelhas —, mas havia algo que Prue não conseguia identificar que parecia exalar dele, algo que o fazia se diferenciar de qualquer pessoa que ela já conhecera. Era uma espécie de aura ou brilho, como a forma de uma paisagem familiar que se transforma sob a luz de uma lua cheia.

Prue juntou sua coragem e falou:

— Senhor, posso abaixar minhas mãos? — Quando ele balançou a cabeça em consentimento, ela deixou as mãos caírem dos lados do corpo e continuou: — Estou com um pequeno problema. Meu irmãozinho, Mac, foi sequestrado ontem por um bando de pássaros. Corvos, na verdade. E ele foi trazido para algum lugar desta mata. Além disso, meu colega de escola, Curtis, foi estúpido o suficiente para me seguir mata adentro, e fomos atacados pelo que acho que eram soldados coiotes. Eu consegui escapar, mas ele foi capturado. Estou realmente cansada e um pouco confusa com tudo que aconteceu hoje e, se o senhor não se importar em me ajudar, eu realmente, realmente ficaria agradecida.

O discurso pareceu deixar o homem totalmente sem palavras. Ele puxou a espingarda de volta para dentro da van e olhou para trás de si, examinando a estrada. Então olhou novamente para Prue e disse:

— Certo, entre na van.

Prue deu a volta até a lateral da van, e o motorista abriu a porta por dentro. Ela entrou na cabine e estendeu a mão para o homem, dizendo:

— Meu nome é Prue.

— Richard — falou o homem, apertando sua mão. — É um prazer conhecê-la.

Ele girou a chave na ignição, e a van resmungou para pegar. Atrás da cabine havia um portão de metal que levava a uma área de carga. Pelo portão Prue podia ver montes de caixas cor de baunilha e engradados lotados com pilhas bem-organizadas de envelopes.

— Espere — disse Prue. — O senhor é um... carteiro?

— Agente geral do correio, senhorita, às suas ordens — disse Richard.

Ele usava um uniforme esfarrapado: um paletó azul-real com detalhes em amarelo sujo. Bordado em seu peito estava o mesmo emblema que Prue tinha visto na lateral da caminhonete. Seu queixo apresentava uma barba branca que parecia não ser feita há uma semana e seu rosto era marcado por rugas.

— Certo — disse Prue, entendendo a situação. — Bem, isso vai ter de servir. Agora: meu amigo Curtis foi levado bem ali atrás. Eles não podem ter ido muito longe. Juntando o senhor, eu e aquela sua espingarda, acho que podemos pensar em algum tipo de plano... aonde o senhor está indo?

Richard tinha acelerado a van, e ela tinha seguido adiante, chacoalhando ao longo da estrada desnivelada. Ele precisou gritar sua resposta mais alto do que o ronco do motor:

— De forma alguma vamos voltar lá — berrou ele. — É perigoso demais.

Os olhos de Prue se arregalaram:

— Mas... senhor! Eu tenho de ajudá-lo! Ele está lá fora sozinho!

— Nunca vi esses soldados coiotes de que você está falando, mas ouvi falar deles e, acredite em mim, seu amigo já não pode mais ser ajudado a essa altura. Não faz sentido morrermos também por causa disso. Não, o melhor que podemos fazer é voltar para o Bosque do Sul e relatar isso ao Governador-Regente.

— O *quem*? — gaguejou Prue, e então, antes de esperar Richard responder. — Escute: aqueles coiotes podem parecer assustadores, mas eles têm apenas espadas e rifles que parecem muito velhos. O senhor tem uma arma realmente muito grande. Só de balançar aquela espingarda perto deles, tenho certeza de que podemos entrar e sair de lá sem um arranhão.

— Tenho um trabalho a fazer — disse Richard, apontando para as pilhas de correspondência na área de carga. — E não estou disposto a colocá-lo em risco por causa de algum moleque que foi apanhado por coiotes. Isso aqui é o Bosque Selvagem, menina, e não posso me dar o luxo de parar por nada. Você tem sorte de ter pulado no meu caminho. Se não fosse por isso, eu a teria deixado no meio da estrada.

— Tudo bem — disse Prue, e começou a passar a mão na porta ao seu lado, tentando alcançar a maçaneta. — Gostaria que me deixasse sair, por favor. Vou salvá-lo sozinha.

Antes que ela pudesse abrir a porta, Richard esticou a mão sobre o colo dela e segurou a porta, a van dando uma guinada quase até cair em uma vala ao lado da estrada. Apenas uma das rodas passou sobre um galho de árvore desgarrado, e Richard gritou:

— Não vá lá para fora se você dá valor à sua vida... não estou de brincadeira!

Prue encolheu sua mão e cruzou os braços, mal-humorada.

— Escute o que vou dizer — disse Richard calmamente. — Esse não é um lugar para uma jovem menina ficar andando sozinha. Principalmente uma *Forasteira*. Aqueles animais vão sentir seu cheiro a um quilômetro. Não sei como chegou tão longe sozinha, mas posso lhe dizer que sua sorte provavelmente não duraria muito mais. Se os coiotes não a capturassem, os bandidos que acampam por essas partes a pegariam. A cabine dessa van é o lugar mais seguro em que você pode estar nesse momento. Tenho de levá-la diretamente para o Governador-Regente. Esse é o protocolo.

— Quem é o Governador-Regente? — perguntou Prue. — E por que todos aqui chamam esse lugar de Bosque Selvagem? Ouvi os coiotes falarem isso também.

Richard tirou um charuto meio mastigado do cinzeiro e o colocou entre os dentes, inclinando-se na direção da janela para cuspir alguns flocos de tabaco na estrada.

— O Governador-Regente — falou ele, ainda com o charuto na boca — é o líder do Bosque do Sul. O nome dele é Lars Svik. — De repente, ele baixou a voz: — Embora, cá entre nós, ele tenha ao seu redor, cochichando conselhos em seus ouvidos, cobras suficientes para povoar o salão de um sultão. — Ele olhou para Prue. — Cobras figurativas, na verdade. Burocratas e gente desse naipe.

"O Bosque Selvagem — continuou Richard — é o país não civilizado. — Usando o painel como um mapa, ele passou seu dedo sobre o vinil. — Ele se estica desde a fronteira mais ao norte do Principado Aviário até a fronteira do Bosque do Norte. Eu a encontrei mais ou menos no meio do nada, exatamente no centro do Bosque Selvagem, onde não há nada além de lobos, coiotes e ladrões vivendo do que conseguem coletar do chão ou saquear do ocasional caminhão de suprimento. Ou caminhonete do correio. E é por isso que eu carrego esse pedaço de ferro aqui comigo. — Ele apontou para a espingarda. — Por ser o agente geral do correio, é meu trabalho entregar correspondências, suprimentos e o que mais for do povo do Bosque do Sul para o povo do campo no Bosque do Norte e vice-versa, e faço isso dirigindo nessa droga de estrada. Ela é chamada de Longa Estrada... que é um nome que não precisou de muita criatividade... para cima e para baixo entre os dois lugares, aventurando-me por essa loucura e colocando minha vida e meus membros em grande risco toda semana. E lhe digo uma coisa, Prue de Port-Land, ser um empregado do Estado não é um caminho para dinheiro e posses."

— Você pode me chamar apenas de Prue. — Foi tudo em que ela conseguiu pensar para falar. Ela estava embasbacada com o monólogo de Richard. Ela tinha tantas perguntas girando em sua cabeça, implorando para serem feitas, que mal era capaz de organizá-las. — Então há outras pessoas. Vivendo aqui. Nessas matas. De onde eu venho, esse lugar é chamado de Floresta Impassável.

Isso fez Richard rir com tanto gosto que o charuto voou de sua boca e ele precisou tatear o chão a seus pés para achá-lo novamente.

— Floresta Impassável? Minha nossa, antes fosse. Talvez eu pudesse ficar um pouco mais de tempo em casa. Que nada, não sei quem lhe contou isso, mas vocês, pessoas do Exterior, entenderam tudo errado. É claro que você é a primeira pessoa dos seus que eu já vi aqui. Então parece razoável que ninguém nunca tenha feito um esforço para descobrir nada sobre os Bosques... Selvagens, do Norte ou do Sul. — Ele olhou para Prue e sorriu. — Parece que você pode ser a pioneira, Prue de Port-Land.

CAPÍTULO 6

O Covil da Viúva; Um Reino de Pássaros

As cordas arranhavam os pulsos de Curtis, e seu peito doía de ficar quicando contra as costas ossudas do coiote. A alcateia se movia rapidamente pela floresta, sem se importar com as samambaias e galhos baixos que chicoteavam o rosto de Curtis. O chão da floresta era um borrão sob os pés de seu captor coiote, mas Curtis manteve os olhos abertos, tentando registrar qualquer mudança no ambiente que pudesse ajudá-lo a se lembrar do caminho. Esse esforço parecia inútil até que a alcateia passou por uma área de vegetação particularmente densa e chegou ao que parecia uma larga estrada de terra. Os coiotes ganharam velocidade no solo plano, e Curtis olhou de lado para o terreno que se aproximava. A alcateia estava chegando perto do que parecia ser uma ponte de madeira muito grande. Eles a atingiram numa velocidade vertiginosa e Curtis soltou um pequeno ganido quando

olhou para além da borda, através da grade ornada da ponte: um enorme abismo se espreguiçava sob eles, esticando-se para baixo escuridão adentro. Tão rápido quanto tinham chegado à ponte, saíram do outro lado e abandonaram novamente a estrada, embrenhando-se na mata. Curtis se esforçou para se virar e dar mais uma olhada naquela fenda incrível que eles tinham cruzado, mas os pinheiros muito altos engoliam a paisagem, e ele voltou a olhar para o solo da floresta.

Ele não tinha certeza de há quanto tempo estavam viajando, mas era o fim da tarde quando a alcateia finalmente emergiu em uma larga clareira na mata. No centro da clareira havia um pequeno morro, coberto de hera e restos de plantas no lugar onde um buraco do tamanho de um homem tinha sido cavado na terra. Sem dizer uma palavra, o grupo atravessou o buraco e começou a seguir um longo túnel escuro para dentro do solo. Fios de hera e de raízes de árvores apoiavam o teto do túnel que se inclinava e, aqui e ali, tochas acesas presas às paredes de terra forneciam uma luz fraca. O aroma inconfundível de cachorro molhado estava por todo lado, embora Curtis achasse que tinha notado um cheiro de algo como comida caseira e pólvora também. Finalmente, o túnel se abriu em uma câmara enorme e muito movimentada. Ele estava no covil dos coiotes.

Um grupo de soldados no centro do aposento estava reunido em uma formação bem-organizada realizando um exercício e era comandado por um sargento ameaçador. Um contingente de coiotes usando aventais estava preparando o jantar em um caldeirão de ferro preto que repousava sobre uma fogueira ardente, onde uma fila de soldados ávidos esperava pacientemente com os pratos estendidos. Uma chaminé tosca de pedra carregava a fumaça do fogo para o alto, até o centro do tronco de uma árvore gigantesca, cujas raízes forneciam a estrutura física do recinto. Os cachos sinuosos das raízes da enorme árvore emolduravam as aberturas para um sem-fim de grutas e túneis saindo do espaço principal. As paredes eram cobertas de estantes de madeira onde repousava um enorme arsenal de armas: rifles, alabardas e sabres. Num canto do aposento havia caixotes virados, com o feno que estivera no interior todo espalhado, e uma pequena tropa de soldados estava ocupada checando seu conteúdo. Mosquetes com aparência muito antiga estavam sendo inspecionados; sacas de pólvora foram descarregadas e armazenadas com segurança em um buraco próximo.

Uma fila de bandeiras maltrapilhas em pequenos mastros levava até uma grande porta circular no outro lado do aposento feita de uma única fatia larga de um enorme cedro. Em frente à porta estavam dois coiotes carregando rifles. Foi para essa porta que Curtis finalmente foi arrastado, seus pulsos amarrados libertados com um *slick* da espada do Comandante.

— Segurem-no firme — ordenou o comandante, enquanto se aproximava e falava com os guardas diante da porta.

Dois coiotes colocaram Curtis de pé, segurando seus braços com suas patas grudentas. Um dos guardas da porta assentiu para o Comandante e abriu a porta, desaparecendo do lado de dentro. Depois de pouco tempo, o guarda voltou e fez um gesto para que o comandante e seu prisioneiro entrassem. Curtis foi empurrado para a frente e atravessou o portal para dentro da sala.

A luz era muito fraca ali, as únicas fontes visíveis eram alguns braseiros cintilantes e a luz que conseguia entrar por várias claraboias toscas cavadas no teto que levavam ao solo acima. Raízes de árvores escuras se contorciam pelo teto e pelas paredes; os cachos brancos de raízes de árvores ficavam pendurados sobre suas cabeças, e a sala tinha um cheiro nítido de cebola. Do outro lado da câmara estava um púlpito elaborado, decorado com longas heras e almofadas felpudas de musgo acumulado. No centro do púlpito havia uma cadeira diferente de qualquer outra que Curtis já tivesse visto: parecia talhada à mão a partir de um único tronco de árvore, dava a impressão de ter nascido diretamente da terra. Os apoios dos braços se contorciam em volta do assento acolchoado e sobre eles haviam sido esculpidas garras; as pernas se agarravam ao solo com o que pareciam ser patas de coiote. O encosto do assento se agigantava no quarto e os dois postes em cada lado do encosto subiam para se encontrar no topo, onde a madeira tinha sido entalhada em uma assustadora forma de coroa com apenas uma ponta. Curtis ficou olhando maravilhado para aquela cena até que ouviu uma voz atrás dele perguntar:

— O que você acha? — Era uma voz de mulher e Curtis se viu acalmado pelo tom melodioso. — Uma maravilha do artesanato, não é? Mandei fazer especialmente para esse aposento. Demorou *séculos*.

Curtis se virou e colocou os olhos sobre a mulher mais linda que ele já tinha visto na vida. Seu rosto era oval e pálido, embora seus lábios tivessem um brilho vermelho como o das maçãs mais maduras do fim do verão. Seu cabelo era de um vermelho-cobre elétrico e pendia em tranças, salpicadas com penas de águia. Ela usava um vestido simples de couro amarelo-tostado que ia até o chão e uma estola pesada em volta dos ombros. Dava para notar que era humana, mas ainda assim dava a Curtis a impressão de ser totalmente sobrenatural, como se tivesse sido tirada de um velho afresco desbotado de uma catedral. Ela se agigantava sobre sua corte de coiotes e eles a seguiam apressados enquanto ela se aproximava de Curtis.

— É muito bonita — disse ele.

— Fizemos o melhor que podíamos — continuou ela, apontando à sua volta. — Foi difícil a princípio juntar os confortos básicos... os confortos daquelas *criaturas*... mas conseguimos. É um milagre, na verdade, levando em consideração que começamos do zero. — Ela sorriu, refletindo, e permitiu que sua mão fina acariciasse a bochecha de Curtis. — Um Forasteiro — disse ela, pensativa. — Uma criança forasteira. Como você é lindo. Qual é o seu nome, criança?

— C-Curtis, senhora — gaguejou ele.

Ele nunca tinha chamado ninguém de *senhora* antes. Mas, agora, aquilo parecia apropriado.

— Curtis — disse a mulher, retraindo a mão —, bem-vindo ao nosso covil. Meu nome é Alexandra, apesar de a maioria me chamar de Governatriz Viúva. — Ela subiu no púlpito e se colocou sobre o assento do trono. — Você está com fome? Sede? Deve ter viajado muito hoje. Nossos estoques estão minguados, mas se sinta à vontade para comer ou beber o que pudermos oferecer.

— Claro — disse Curtis. — Estou com muita sede.

— Borya! Carpus! — disse ela bem alto, enquanto estalava os dedos para dois coiotes que vagabundeavam. — Uma garrafa de vinho de amora para nosso convidado. E folhas! Brotos de dente-de-leão e samambaia. E uma tigela do ensopado de veado para Curtis, a criança Forasteira! Rápido! — Ela mostrou um largo sorriso a Curtis e apontou para um monte de musgo acumulado que cercava o trono. — Por favor, sente-se — disse ela.

Curtis, surpreso por ser tratado com tanta hospitalidade, se acomodou na almofada profunda do musgo.

— Somos gente simples, Curtis — começou a Governatriz. — Protegemos os nossos e pedimos pouco da floresta. Você poderia nos chamar de guardiões do Bosque Selvagem. Tomamos a nosso encargo esta mata indomada e estabelecemos uma ordem, que era o que estava faltando. Nossa intenção é cultivar uma linda flor a partir desse solo duro e infértil. Por exemplo, quando cheguei ao Bosque Selvagem, esses coiotes que você está vendo eram um bando selvagem e desesperado. Praticamente anarquistas em sua organização, estavam constantemente em guerra entre si, reduzidos à forma mais baixa de habitante da floresta: o carniceiro. Mas eu os organizei.

Um coiote subalterno apareceu na porta e caminhou até Curtis, carregando um grande prato de metal coberto de folhas frescas, uma tigela de ensopado e uma caneca de madeira de um líquido roxo escuro. Ele os colocou diante do garoto. Então o coiote tirou uma garrafa fechada com uma rolha de debaixo do braço e a colocou ao lado da bandeja.

A Governatriz acenou com a cabeça, e o coiote se curvou profundamente antes de sair do aposento.

— Por favor, coma — disse a Governatriz Viúva, e Curtis mergulhou com gosto na comida, sorvendo ruidosamente o ensopado de veado. Ele bebeu um gole saudável da caneca de madeira, e seu rosto ruborizou enquanto o líquido quente descia pela garganta.

A Governatriz o observava atentamente.

— Você me lembra um garoto que conheci — disse ela, pensativa. — Ele não devia ser muito mais velho que você. Quantos anos você tem, Curtis?

— Vou fazer doze em novembro — disse Curtis, enquanto mastigava.

— Doze — repetiu ela. — Ele era apenas alguns anos mais velho, esse garoto. Seu aniversário teria sido em julho. Ele nasceu quando o verão estava no auge.

Seus olhos se desviaram para olhar fixamente para um ponto sobre o ombro de Curtis. Curtis fez uma pausa em sua mastigação e olhou para trás; não havia nada ali.

A Governatriz sorriu e, voltando de seu transe, olhou novamente para Curtis.

— Como está a comida? — perguntou ela.

Ele estava com a boca cheia de folhas e teve de engolir tudo rapidamente para responder. Ele tirou um broto perdido que acabara grudado entre seus dentes e o colocou de volta no prato.

— Oh, muito boa — respondeu ele, finalmente. — Embora essas samambaias sejam um pouco estranhas. Não sabia que dava para comê-las.

Ele afundou a colher novamente no ensopado cremoso e a trouxe, cheia, até a boca.

A Governatriz riu e então, ficando séria, disse:

— Mas Curtis, estou muito curiosa para saber o que o trouxe a essa mata. Faz muito, muito tempo que vocês Forasteiros não pensam em nos visitar.

Curtis parou no meio da colherada, abaixou sua colher e engoliu. Não tinha passado pela sua cabeça, no caos de sua captura, qual explicação ele deveria dar para sua presença na mata. Decidiu que seria melhor não entregar a missão de Prue até ter uma ideia melhor das intenções da Governatriz.

— Eu estava apenas caminhando, na verdade, e me embrenhei nas árvores. Então me perdi e foi quando seus... seus coiotes me acharam.

Ele só podia torcer para que os soldados não tivessem visto Prue.

— Apenas caminhando? — perguntou a Governatriz, levantando uma sobrancelha.

— Sim — disse Curtis. — Vou ser totalmente honesto com você: eu estava matando aula. Estava matando aula e achei que seria bom sair em uma pequena aventura. Você não vai me entregar ao diretor, vai?

Alexandra jogou a cabeça para trás e riu.

— Oh, não, querido Curtis — disse ela entre risadas —, eu nunca o entregaria. Desta forma eu não teria o prazer de sua companhia! — Ela esticou o braço para pegar a garrafa de vinho. Tirando a rolha, ela derramou mais do líquido escuro no copo de Curtis. — Por favor, beba mais. Você deve estar com tanta sede.

— Obrigado, Senhora Governa... — Ele se confundiu com o título e se corrigiu: — Alexandra, senhora. Vou beber um pouco mais. É realmente bom. — O vinho era doce e forte, e, quando o bebia, ele sentia seu estômago emanar calor para o resto do corpo. Bebeu outro grande gole. — Eu nunca tinha tomado vinho de verdade antes... quero dizer, já tinha tomado um pouco de Manischewitz na Páscoa judaica, mas não é nada como este aqui.

Ele bebeu outro gole.

— Então você estava caminhando. Nestas matas — repetiu a Governatriz.

Curtis engoliu o vinho, pegou um monte de brotos de dente-de-leão e os colocou na boca. Ele fez que sim com a cabeça.

— Mas Curtis, meu querido — disse Alexandra —, isso simplesmente não é possível.

Curtis mastigou suas folhas e ficou olhando para a Governatriz.

— Literalmente impossível — disse ela, ficando séria. — Veja bem, Curtis, minha criança Forasteira, existe uma coisa chamada Magia do Bosque que protege este bosque da curiosidade do mundo exterior. Essa é a coisa que separa nossa espécie da sua. Cada ser nesta floresta tem Magia do Bosque correndo em suas veias. Se algum dos seus, um Forasteiro, acabasse entrando nessa mata... acho que vocês usam para se referir a ela a charmosa expressão "Floresta Impassável"... iria acabar imediatamente e irreversivelmente preso no Anel Periférico, um labirinto em que cada curva resulta num beco sem saída. A floresta se torna algo como uma sala de espelhos, sua imagem repetida em uma ilusão até o horizonte, entende, e a cada curva a pessoa se encontra exatamente no lugar onde começou. Se você tivesse sorte, a mata o cuspiria de volta para o mundo exterior, embora você tivesse a mesma chance de ficar perdido para sempre, vagando na reflexão infinita da floresta até morrer ou ficar maluco.

Curtis lentamente terminou de mastigar os brotos de dente-de-leão e os engoliu com um barulho alto.

— Não, meu doce Curtis — disse a Governatriz, pensativamente mexendo em uma das penas de águias presas em seu cabelo —, a única forma de você ter sido capaz de cruzar a fronteira e viajar por essas matas é se você mesmo tivesse nascido da Magia.

Curtis olhou fixamente para a Governatriz, um calafrio subindo por sua espinha.

— Ou — continuou ela —, se você estivesse *acompanhado* por alguém que tivesse a Magia do Bosque.

A Governatriz Viúva olhou diretamente para os olhos de Curtis, o azul metálico de suas íris piscando na luz dos fogos cintilantes, e sorriu.

O sol estava se pondo e Prue estava ficando com sono enquanto a van do correio seguia balançando pela Longa Estrada, ocasionalmente dando uma guinada para evitar os galhos de árvores caídos e os buracos lamacentos que cobriam o caminho. A conversa morrera, e Richard, após apagar o charuto no cinzeiro, começou a assoviar para si mesmo. Prue repousou sua cabeça contra a porta e estava olhando pela janela, observando a mata mudar de um nó de vegetação densa e árvores delgadas para largos bosques de enormes e velhos cedros e pinheiros, seus galhos encarquilhados caindo sobre a estrada.

— O Velho Bosque — disse Richard, enquanto eles passavam sob a cobertura das árvores gigantes. — Estamos chegando mais perto.

Prue sorriu e balançou a cabeça para Richard, uma grande onda de cansaço tomou conta dela, e ela se sentiu quase adormecendo, o chacoalhar da van a ninando até um sono profundo. Ela acordou de repente quando sentiu a van tremer até parar. Estava escuro agora e ela não sabia por quanto tempo tinha dormido. Na luz torta projetada dos faróis da van, Prue achou ter visto pássaros, embora sua visão estivesse muito embaçada pelo sono para ela ter certeza. Richard puxou o freio com as duas mãos e deixou a van parada enquanto se virava para Prue e dizia:

— Barreira de verificação. Talvez você tenha de sair da van.

Ele abriu a porta e saiu para a estrada.

Prue esfregou os olhos para ver melhor e os apertou para olhar pelo para-brisa sujo. Havia uma cintilação estranha bem perto dos faróis, e ela se esforçou para tentar entender o que estava acontecendo, quando repentinamente um par de garras escamosas pousou no capô à sua frente. Ela soltou um grito de surpresa e recostou em seu assento. Uma gigantesca águia-real (*Aquila chrysaetos* — ela reconheceu imediatamente do *Guia Sibley*) abaixou a cabeça e olhou curiosamente para dentro da cabine da van. Abruptamente, a luz do farol atrás da águia estava se enchendo de pássaros de toda plumagem: melros, garças, águias e corujas, alguns voando em volta da luz, outros pousando sobre o solo, alguns lutando para conseguir colocar suas garras sobre o capô da van. Prue empurrou o corpo mais para trás, grudando-se no assento, enquanto a águia no capô continuava a inspecionar a cabine. Richard aparecia no meio da rajada de vento, andando na direção dos faróis. Ele estava balançando um pequeno livro aberto com o braço esticado. A águia no capô virou o corpo do para-brisa e saltou no ar para pousar sobre um galho em frente a Richard, as asas poderosas batendo de forma rápida e forte.

— O senhor vai ver que está tudo em ordem, General — disse Richard à águia, que estava estudando atentamente o caderno na mão de Richard. Satisfeito, ele voou de volta para seu poleiro anterior sobre o capô da van. Ele assustou alguns pássaros menores enquanto pousava e virou seus olhos duros novamente para Prue.

— E quem é sua acompanhante, Agente geral do correio? — perguntou a águia.

Richard sorriu e soltou uma risada.

— Bem, eu ia chegar a essa parte — disse ele, andando até a janela do lado do motorista. Ele bateu no vidro e gesticulou para que Prue saísse. — Uma criança Forasteira, senhor. Uma menina. Eu a achei na estrada.

Prue abriu sua porta e pisou no chão de cascalho. Ela foi imediatamente saudada por um grupo de pássaros menores, tentilhões e gaios, que voavam em torno de sua cabeça e de seus ombros em círculos frenéticos, desarrumando seu cabelo e bicando seu sobretudo.

— Uma Forasteira? — perguntou a águia, incrédula.

O pássaro voou até o outro lado da van e, pousando, soltou um guincho alto que fez os pássaros menores voarem para as árvores. Ele olhou atentamente para Prue e disse:

— Incrível. Como você achou o caminho, garota?

— Eu... andei — respondeu Prue, perplexa. Ela nunca tinha chegado tão perto de uma águia antes. Ela era deslumbrante.

— Você *andou*? — perguntou a águia. — Ridículo. O que quer no Bosque Selvagem?

Prue ficou muda. A águia aproximou a cabeça da dela até o bico ficar a centímetros de seu rosto.

— Ela está procurando o irmão — interrompeu Richard. — E seu amigo, aliás.

— A menina Forasteira pode responder por si mesma! — guinchou a águia, sem desviar os olhos de Prue.

— É v-verdade — gaguejou Prue, finalmente. — Meu irmão, Mac. Ele foi levado por corvos e, até onde posso dizer, para algum lugar nesta floresta. Então vim aqui para achá-lo. E, no caminho, fui seguida por meu amigo, Curtis, e ele foi capturado por um grupo de coiotes.

A águia olhou fixamente para Prue em silêncio por um momento.

— Corvos, você diz — disse o pássaro. — E coiotes.

Ele lançou um olhar carregado de significado para seus companheiros pássaros e passou as garras sobre o capô da van.

— Isso — disse Prue, juntando sua coragem. — Qualquer ajuda para encontrar Mac e Curtis seria muito apreciada. Senhor.

Evidentemente satisfeito, o general eriçou suas penas e olhou para trás, para Richard.

— Aonde você está planejando levá-la, Agente do correio?

— Ao Governador-Regente — respondeu Richard. — Essa foi a melhor opção em que pude pensar.

A águia fez um som de deboche e olhou novamente para Prue.

— O Governador-Regente — repetiu a águia, um tom ácido surgindo em sua voz. — Tenho certeza de que será muito prestativo. Espero que você não esteja com muita pressa para encontrar seu irmão e seu amigo, Forasteira. Se consigo me lembrar corretamente, Pedido de Ajuda em Busca de Humano Abduzido por Corvo é um clássico documento H1 sub 6 barra 45E, que precisa ser assinado em três vias por todos os Comissários Metropolitanos reinantes.

O bando de aves cercando a águia começou a piar, rindo. Prue não entendeu a piada. Richard sorriu de forma nervosa e disse:

— Tenho certeza de que ele vai ser muito solidário, General. A não ser que o senhor tenha uma ideia melhor.

— Não, não — disse a águia. — Imagino que essa seja a melhor tacada. Além disso, a história dela, se for verdade, pode dar credibilidade a nosso apelo quando o Príncipe Coroado visitar o Bosque do Sul.

— O Príncipe Coroado — disse Richard, com surpresa —, no Bosque do Sul?

— Em pessoa — respondeu a águia. — As aves estão cansadas de esperar seus comissários agirem enquanto a segurança do Principado está em risco. Nossos embaixadores foram ignorados, para não dizer logo expulsos; nossas súplicas por auxílio e aliança foram deixadas sem resposta. Se o Príncipe Coroado não conseguir alcançar resultados, então é a opinião de uma humilde águia que os Protocolos do Bosque Selvagem sejam considerados nulos e sem validade. Há uma tempestade se formando sobre o Bosque Selvagem. Eu a vi. Não podemos mais ficar sentados esperando esses bárbaros passarem por cima de nós.

— Entendido, General — disse Richard. — Agora, se eu estiver liberado para ir... — Ele apontou para a van. — Tenho muita correspondência para entregar.

O General abriu suas asas na envergadura máxima e voou, saindo de cima do capô da van. Com apenas algumas batidas robustas de suas asas ele estava no ar, pousando sobre o galho de uma árvore acima.

— Sim, Agente do correio — disse a águia —, você está livre para ir. Avise aos outros mensageiros da Longa Estrada, no entanto: vamos continuar a deter viajantes na estrada até a segurança do Principado ser assegurada. — O resto dos pássaros circulou no ar sobre a van antes de desaparecer no escuro da linha de árvores. — E você, menina Forasteira — continuou a águia —, a você eu desejo boa sorte. Espero que encontre o que perdeu.

Com aquilo, a águia desfraldou suas asas e desapareceu por entre as árvores, produzindo uma rajada de vento que balançou os galhos e fez farfalharem nas folhas.

Depois que os pássaros tinham partido, Richard sorriu para Prue do outro lado da van e secou a testa mostrando alívio.

— Bem! — disse ele, abrindo a porta do lado do motorista e entrando no veículo. — Essa barreira de verificação está ficando mais desafiadora a cada dia. Entre. Vamos partir antes que eles mudem de ideia.

Prue, um pouco chocada, voltou ao banco do carona. Richard deu a partida no motor da van e começou a dirigir, passando as marchas arduamente.

— O que foi todo aquele papo? — perguntou Prue.

— Oh, isso é complicado, Prue de Port-Land — disse Richard. — Estamos passando pelo Principado Aviário, um reino de aves. É um país soberano entre o Bosque do Sul e o Bosque Selvagem; eles têm pressionado o Governador-Regente para permitir que entrem no Bosque Selvagem para se defender dos ataques que vêm acontecendo em suas fronteiras.

— O que os está impedindo? Por que precisam da permissão do Governador-Regente? — perguntou Prue.

— O que ele disse: uma coisa chamada Protocolos do Bosque Selvagem. Basicamente, qualquer signatário do tratado está proibido de se expandir para o Bosque Selvagem. E isso inclui incursões militares — explicou Richard. — O que é ridículo, se você pensar bem. Por que alguém ia querer entrar no Bosque Selvagem vai além da minha compreensão. O lugar é selvagem. Coberto de vegetação. Traiçoeiro. Insubmisso. Você não conseguiria pagar a seus cidadãos para tentar se estabelecer naquele lugar.

— Mas quem está atacando os pássaros? Obviamente, tem alguém vivendo no Bosque Selvagem.

— Eles vêm alegando que tropas de coiotes, provavelmente as mesmas dos seus soldados coiotes, têm atacado aves sentinelas ao longo da fronteira. Eles acreditam que esses coiotes, tipicamente um bando desordenado, estão sob a liderança da deposta Governatriz Viúva, a antiga líder do Bosque do Sul. — Ele soltou uma risada baixinha, como se a história fosse alguma piada interna. — Pássaros loucos.

Prue se virou para ele, dizendo:

— Espere. Quem?

— A Governatriz Viúva. Ela era a esposa do falecido Governador-Regente Gregor Svik. Chegou ao poder depois de sua morte. Uma governante terrível. Ela foi removida de seu cargo há cerca de quinze anos e foi exilada no Bosque Selvagem como uma criminosa comum. Pronto. Está fora da jogada.

— Richard! — disse Prue, seu rosto se acendendo. — Os coiotes! Eles mencionaram o nome dela!

— De quem, da Governatriz Viúva? — perguntou Richard, que estava olhando fixamente para ela.

— Sim! — disse Prue. — Quando Curtis e eu vimos os coiotes pela primeira vez, eles estavam discutindo. Um deles ameaçou entregar o outro à Governatriz Viúva. Tenho certeza.

— Não pode ser — disse Richard. — Não há como aquela mulher ter sobrevivido. Jogada no meio do Bosque Selvagem. Sem nada além das roupas do corpo.

Prue sofreu com a descrença de Richard.

— Juro para você, Richard — disse ela — que um dos coiotes disse que ia dar queixa do outro para a Governatriz Viúva. Escutei com muita clareza. E eu nem sei o que esse título significa.

Richard engoliu em seco:

— Bem, Governatriz... ela era a herdeira fêmea da cadeira do governador. E Viúva... isso quer dizer que ela perdeu o marido. Seu marido morreu, entende? — Ele soltou um assovio grave entre seus lábios. — Oh, caramba. Se ela estiver viva... e preparando um exército, ainda por cima... acho que isso é um mau presságio para o Governador-Regente Svik e o povo do Bosque do Sul. Tenho certeza de que o Governador-Regente vai querer escutar sua história. Até agora, ninguém deu um passo à frente para testemunhar o que as aves estão alegando. Ele não está acreditando apenas na palavra dos pássaros.

Richard tirou outro charuto do bolso de seu paletó e começou a mastigar a ponta, pensativo.

— Talvez o Governador-Regente possa me ajudar, no fim das contas — disse Prue. — Quero dizer, se essa tal Governatriz é realmente uma ameaça ao país dele, ele vai ter de me ajudar a recuperar Curtis! E então, quem sabe; talvez ela possa nos levar a Mac. — Ela encostou a testa na própria mão. — Não acredito que estou dizendo essas coisas. Não acredito que estou aqui, nesse mundo esquisito. Nessa van do correio. Contemplando pássaros falantes e uma Governatriz-Vigente.

— Viúva — corrigiu Richard.

— Certo. E seu exército de coiotes.

Prue olhou suplicantemente para Richard, o único rosto amigável que ela tinha visto desde que chegara a essa terra estranha. Uma enxurrada de emoções tomou conta dela.

— O que estou fazendo aqui? — perguntou ela, sem forças.

— Eu imagino — respondeu Richard — que as coisas tendem a acontecer por uma razão. Tenho uma suspeita de que você estar aqui não é um acidente. Sou levado a achar que você está aqui por uma razão, Prue de Port-Land. — Ele cuspiu um chumaço de tabaco pela janela. — Só acho que ainda não sabemos qual é.

CAPÍTULO 7

O Entretenimento de uma Noite; O Fim de uma Longa Jornada; Em Busca de um Soldado

Apesar do fato de a noite já estar caindo e de ele estar tão longe dos pais quanto já tinha estado, debaixo da terra em um covil de coiotes e de ser o prisioneiro de um exército de animais falantes e sua estranha e misteriosa líder, Curtis estava se sentindo muito bem. Tinha repetido o ensopado de veado, que achara incrivelmente saboroso, e já perdera a conta de quantas vezes sua caneca de vinho de amora, que havia achado igualmente maravilhoso, tinha sido reabastecida. As circunstâncias presentes, ele ponderou, poderiam parecer bastante estranhas e assustadoras se ele tivesse que olhar para elas à fria luz do dia, mas ali, nos confins aquecidos da toca sob a terra, com os braseiros queimando e o musgo debaixo dele de forma tão confortável, estava com uma visão particularmente otimista. Estava cativado por sua anfitriã, a mulher mais linda que já conhecera, e gostava da ideia de que, a cada vez que enchiam sua caneca, ele mesmo ficava mais charmoso e carismático. Ele a brindava com a história real de como ele e um colega de turma tinham quebrado uma fila inteira de lâmpadas fluorescentes enquanto martelavam moedas até entortarem sobre uma bigorna na oficina de metal. Ele tinha acertado uma moeda em um ângulo errado e ela tinha subido como uma bala e...

— ... explodiu a luz toda! BUUUUM! E aí, tipo, todo mundo ficou se perguntando "QUE FOI ISSO?" — Ele fez uma pausa para dar ênfase enquanto Alexandra ria com vontade. Ela gesticulou para um subalterno completar a caneca de vinho do garoto. — E eu apenas andei até o... oh, claro, vou beber um pouco mais... até todo o vidro quebrado e daí peguei a moeda e falei "Vou ficar com isso, *muito obrigado*." — Ele riu e imitou o gesto de colocar a moeda no bolso de sua calça jeans. Então bebeu mais um pouco do vinho, derramando um pouco em seu casaco. — Oh, caramba, isso vai deixar uma mancha!

Ele riu com tanta intensidade que precisou deixar a caneca no chão para se recompor.

A Governatriz também estava rindo com ele, apesar de sua risada ter desaparecido quando ela começou a falar:

— Oh, Curtis, que *engraçado*. Que *excelente*. Você é realmente uma pessoa ímpar. É *compreensível* que tenha desbravado essa mata sozinho. Você é verdadeiramente um espírito independente, não é?

— Oh, sim, claro — disse Curtis, tentando manter a sobriedade. — Eu... bem, sempre fui uma espécie de solitário, eu acho. Só eu e eu mesmo, você sabe. Mas é assim que eu, hmm, funciono. Você sabe, buscando ser o melhor. *Et cetera, et cetera.* — Ele bebeu mais um gole de sua caneca. — Mas sou bom em equipe, também. Sério. Quero dizer, se você um dia estiver precisando de um parceiro, sou o homem ideal. Prue não acreditou em mim a princípio, mas formamos um time e tanto por um tempo... éramos como, tipo assim, parceiros de verdade.

— Quem?

— Quem? Eu disse o nome de alguém? Prue? Acho que eu disse *tu*, como em: "Tu não acreditou em mim." — Curtis ficou pálido. — Uau. Esse negócio é realmente forte. — Ele se abanou com a mão e colocou a caneca no chão.

— Prue. Você disse o nome Prue — falou a Governatriz, a expressão ficando séria. — Então talvez você não estivesse sozinho, no fim das contas, em seu pequeno passeio na mata.

Curtis juntou as mãos entre os joelhos e respirou fundo, fazendo barulho ao soltar o ar. O vinho tinha tido um efeito inesperado: ele perdera totalmente o controle do que estava falando. E se viu lutando para voltar à consciência.

— Certo — disse ele, finalmente —, posso não ter sido totalmente honesto com você nesse sentido.

A Governatriz levantou uma sobrancelha.

— Foi ideia da Prue vir à floresta. Ela é minha, bem, amiga, eu acho. Ela é uma colega de turma. Ela se senta a duas fileiras da minha mesa na sala de aula. E estamos na mesma classe de inglês e estudos sociais. Só que nós nunca andamos muito juntos, fora da escola.

Alexandra impacientemente gesticulou com a mão para que ele continuasse:

— E o que os trouxe à floresta?

— Bem, eu a segui hoje de manhã. Veja bem, ela estava entrando na mata para procurar por seu... seu irmãozinho, que tinha sido... — Aqui ele fez uma pausa, olhando em volta do recinto. — Poderia dizer que isso pode parecer loucura, mas se levar em consideração tudo que vi hoje, parece bastante comum, na verdade. O irmão dela tinha sido, eu acho, sequestrado por corvos. Um monte deles. Eles estavam se amontoando. Eles apenas apanharam o garoto e o levaram para dentro da mata, aqui, e então Prue foi atrás deles.

A Governatriz estava olhando para Curtis atentamente.

— E eu fui atrás dela. Achando que ela podia precisar da minha ajuda. E aqui estamos nós — terminou Curtis. Ele olhou para Alexandra de forma suplicante. — Por favor, não fique zangada. Sei que disse que entrei aqui sozinho a princípio, mas não tinha certeza do que estava acontecendo ou se vocês eram, você sabe, confiáveis. — Massageando a barriga, ele estufou as bochechas e soltou o ar entre lábios fechados. — Não estou me sentindo muito bem.

Houve um longo silêncio. Uma brisa fria e com cheiro de mofo soprou no ambiente, sacudindo as chamas nos braseiros. Um serviçal coiote no canto tossiu, limpou sua garganta, e pediu desculpas.

— Oh, nós somos muito confiáveis, Curtis — disse a Governatriz, saindo de seu devaneio. — Acho que você não deveria ter medo de nos contar nada. Isso pode ser um choque e tanto para você, tendo crescido no mundano Exterior, com suas experiências do dia a dia e seus animais domesticados, com tão pouca inteligência que não têm nem a capacidade de falar. Posso entender sua reserva em confiar em mim, especialmente depois que meu Comandante e seus subordinados brutos o trataram de forma tão desrespeitosa. Eles podem ser um bando de miseráveis. Posso apenas oferecer minhas mais humildes desculpas. É que não estamos acostumados a ter visitantes por aqui. — A Governatriz estava passando o dedo ao longo das fibras em forma de redemoinho da madeira do apoio de braço. — E posso lhe dizer diretamente que essa não foi a primeira vez que escutamos reclamações a respeito desses corvos intrometidos. A espécie deles como um todo tende a esse tipo de atividade arruaceira. Não imagino que eles tenham a intenção de fazer algo inapropriado ao irmão de sua amiga. É provável que o mantenham por perto por um tempo e brinquem com ele como alguma bugiganga e, assim que se cansarem de sua companhia, o devolverão ao lugar de onde foi roubado.

— B-brincar com ele? Sério? — perguntou Curtis.

— Oh, sim — respondeu a Governatriz. — Apesar de eu não imaginar que eles lhe causarão nenhum dano *real*. — Ela pensou por um momento e continuou. — Contanto que ele não caia de um de seus ninhos.

— Cair? De seus ninhos?

— Sim, eu imagino que é lá que o manteriam. Eles são conhecidos por construí-los bem no alto das árvores. Mas ele deve ficar bem; corvos são muito protetores com suas posses. Ele ficará perfeitamente seguro, se não for roubado por um abutre vizinho ou algo assim.

— Um abutre o roubaria?

Ela balançou a cabeça:

— Oh, sim, e então, querido Curtis, não sei se algo poderia ser feito. Abutres *adoram* carne humana.

O corpo de Curtis sofreu um espasmo, e ele colocou a mão na boca. Ele tinha ficado consideravelmente mais pálido nos últimos minutos.

— Mas não se preocupe, Curtis! — disse a Governatriz, inclinando-se para a frente. — Vou pessoalmente me assegurar de que um batalhão seja destacado para procurar e recuperar o irmão de sua amiga. Nós já lidamos com esses corvos antes; não tenho dúvida de que vamos recuperar o garoto dentro de alguns dias, confie em mim.

A luz fraca do covil tremia na visão de Curtis, e as paredes de terra começaram a girar levemente, mandando uma sensação de enjoo para seu estômago. A sensação melhorava quando ele fechava os olhos. Então ele falou, com uma voz meio rouca:

— Acho que deveria apenas descansar os olhos um pouco, se estiver tudo bem.

E ele cerrou as pálpebras, reclinando mais na cama de musgo.

— Você deve estar exausto, meu querido menino. — Veio a voz da Governatriz, parecendo mais próxima agora na escuridão. — Você deveria descansar. Nos falamos novamente pela manhã. Até lá, fique deitado. Durma. Durma e sonhe.

E Curtis fez exatamente aquilo.

Enquanto dormia, ele não viu a Governatriz olhar para ele com afeto. Ele não sentiu quando ela colocou um cobertor de pele sobre seu corpo e ajeitou a bainha com cuidado debaixo de seu queixo. Ele não a ouviu suspirar profundamente ao vê-lo dormir.

Os primeiros raios fracos da alvorada estavam sendo filtrados pelas árvores quando a van do correio parou em frente a uma enorme muralha de pedra. Um par de portas de madeira gigantescas fornecia uma passagem pela parede e uma placa entalhada que dizia PORTÃO NORTE estava afixada à pedra angular. Prue esfregou os olhos para mandar o sono embora, exausta depois de uma noite inteira no carro, e olhou pela janela para o muro imponente que se esticava em ambas as direções para longe da estrada até ser engolido pelas árvores ao longe. Uma bruma suave polvilhava a vegetação do chão da floresta, e o verde se arranjava em um brilho cristalino com o orvalho remanescente do início da manhã. Alguns pássaros cantavam. Richard apagou seu terceiro charuto da noite no cinzeiro que já estava transbordando e acenou para os dois guardas armados que ficavam um de cada lado da porta. Eles se aproximaram da janela da van e olharam através do vidro. Quando viram Prue, seus olhos se arregalaram, e Richard abriu a janela.

— Uma Forasteira — explicou ele, cansado. — Estou a levando para o Governador-Regente.

— Nós tínhamos ouvido falar — disse um dos guardas, um homem mais velho. Sua barba grisalha se espalhava em volta das tiras que prendiam sob o queixo um capacete de metal que se parecia bastante com um prato virado para baixo. — Ficamos sabendo pelos Aviários. Vocês podem passar.

O outro guarda era mais novo e parecia mais espantado com a presença de Prue na van. Enquanto as portas de carvalho do portão eram abertas lentamente e Richard passava debaixo do arco de pedra, Prue viu de relance pelo espelho lateral que o guarda mais novo estava parado como pedra no meio da estrada, observando a van. O olhar a deixou desconfortável; ela se sentia examinada detalhadamente, como algum inseto estranho debaixo de uma lupa. Prue voltou a atenção para a estrada diante da van, que se alargava sobre o solo depois do portão.

— Bosque do Sul — disse Richard. — Em casa, finalmente.

A floresta aqui tinha um aspecto completamente diferente dos arbustos selvagens e das árvores tortas gigantescas do Bosque Selvagem: Prue começou a ver estruturas estranhas aparecendo na mata ao longo da estrada que mais pareciam ser casas e edifícios modestos. Alguns ficavam dramaticamente separados das árvores, construídos de pedra áspera e tijolo, enquanto outras pareciam crescer das próprias árvores, a partir dos galhos e camadas de musgo. Outros saíam do solo como tocas com portas de madeira coloridas e pequenas janelas como escotilhas e chaminés de metal inclinadas que brotavam e soltavam nuvens de fumaça sobre a beirada do telhado, feitos de treliça. Uma rede de vielas e pontes ligava os galhos mais elevados das árvores, e Prue entortou o pescoço para olhar para cima e viu que elas levavam a mais casas, cabanas e pequenos prédios nos topos das árvores. Pessoas entravam e saíam das construções e povoavam as vielas e portas de casa, mas não apenas pessoas: animais também. Veados e texugos, coelhos e toupeiras andavam entre os humanos nesse mundo impossível. Outras estradas apareciam e cruzavam a Longa Estrada: vias principais, laterais e becos, algumas calçadas com lajotas e tijolos, outras cobertas de pedras e terra e salpicadas de poças deixadas pela chuva da noite anterior.

A própria Longa Estrada, depois de um tempo, se tornava uma grande avenida através das árvores, e havia sulcos tênues e antigos em seus paralelepípedos. Residências extravagantes começavam a povoar a Estrada, casas de campo de vários andares construídas com granito branco pálido e tijolos muito vermelhos, com pórticos graciosos e janelas divididas por mainéis. Algumas das casas pareciam construídas em volta das próprias árvores, troncos retorcidos de cedros se estendendo do centro dos telhados ou saindo pelas paredes laterais. O aroma acre de carvão queimado e creosoto manchava o ar, uma mudança dramática do ar limpo e fresco do Bosque Selvagem. A Estrada aqui se tornava congestionada com trânsito, inclusive: carros barulhentos e velhas lambretas em cacarecos brigavam por espaço ao longo das lajotas entre ciclistas, pedestres e carretas chacoalhantes puxadas por bois, cavalos e mulas que (literalmente) reclamavam.

— Isso é incrível — finalmente murmurou Prue, assim que se recuperou do choque de ver a floresta ganhar vida. — Não acredito que isso esteve aqui esse tempo todo e eu nunca nem soube.

Richard, o braço repousando na janela aberta da van, tinha acabado de repreender um ciclista vacilante por tê-lo fechado. Ele olhou para Prue e sorriu.

— Sim, aqui está. O Bosque do Sul em toda sua glória. Um pouco abarrotado pra meu gosto. A calma do Bosque do Norte é mais o meu estilo. Gente do campo. Coisas simples.

A parte da estrada em que eles viajavam agora passava pela lateral de uma montanha, e uma ponte de pedra encaroçada permitia a passagem sobre um córrego corrente antes de a estrada começar a ziguezaguear em outra encosta, esta bordeada com as fachadas de madeira e pedra de edifícios berrantes com placas carnavalescas anunciando cafés e tabernas, lojas de sapatos e lanchonetes. O trânsito aqui estava pior que em qualquer outra parte, e a van seguia sacolejando ao longo das ruas íngremes e lotadas, Richard praguejando baixinho cada vez que era obrigado a pisar no freio por causa de um carro parado ou de um pedestre. Finalmente eles chegaram ao topo da montanha, o trânsito melhorou e os prédios ficaram para trás enquanto a floresta se abria para revelar uma visão extraordinária: uma gloriosa mansão de granito no meio de um parque impecável, suas janelas brilhando no sol forte da manhã. Prue suspirou; aquilo era realmente lindo.

— A Mansão Pittock, construída há séculos por um tal William J. Pittock para servir como a sede do poder do Bosque do Sul. Ela mudou de mãos muitas vezes ao longo dos anos, na maioria das vezes de forma pacífica, embora em algumas a força tenha sido aplicada — explicou Richard, como um guia turístico —, como você pode ver pelos muitos buracos no granito causados por canhões e balas. Esse país foi forjado no conflito das divisões, Prue de Port-Land, e não muitos desses desentendimentos foram esquecidos, entristece-me dizer.

Obviamente Prue conseguia ver as marcas na pedra imponente, apesar de elas não diminuírem a grandeza do local, com seus dois cantos virados para o norte cobertos por torreões de telhado vermelho sobre uma linda varanda no segundo andar.

O terreno da Mansão abrigava um jardim inglês cuidado com perfeição: cercas vivas e árvores de flores (desnudadas pela estação) se abriam em padrões simétricos, afastando-se da porção central da Mansão — um contraste agudo ao abarrotamento e o caos das ruas lotadas na mata

abaixo. Alguns casais passeavam pelos caminhos de pedra; uma família de castores dava migalhas de pão a gansos entusiasmados que nadavam em uma fonte resplandecente que tinha uma estátua em seu centro. Aqui, a van saiu da Longa Estrada e seguiu por uma estrada tortuosa de paralelepípedos até o complexo interior da Mansão. Uma cerca de ferro fundido estava aberta no fim da estrada, e Richard conduziu a van pelo tumulto de carruagens e veículos oficiais que a ocupavam. Ele parou em frente a um par de portas retráteis de vidro.

— E aqui estamos — disse Richard, enquanto desligava a van, que ainda fazia barulho, em frente à Mansão.

— E aqui vamos nós — murmurou Prue, ao abrir a porta e pôr os pés sobre a estrada de paralelepípedos.

Curtis, por outro lado, não teve uma apresentação tão agradável à manhã.

Logo antes de acordar, teve a sensação muito clara de estar em casa, na cama, aconchegado em seu edredom do Homem-Aranha. Ao acordar, com os olhos ainda fechados, ele se maravilhou com o sonho bizarro e realista que tinha tido, algo envolvendo ele e Prue McKeel e uma viagem à Floresta Impassável; tinha sido um sonho aterrorizante em alguns momentos, mas agora ele sentia uma relutância distante e incômoda em acordar novamente para sua vida normal. Quando finalmente deu o braço a torcer e abriu os olhos, ele gritou.

Sobre ele estava um corpo sem cabeça, vestido com o casaco de um oficial, seus braços e pernas feitos de galhos de uma árvore cheia de folhas. Aquilo se agigantava sobre ele, inspecionando-o, pronto para atacar. Curtis tentou puxar seu edredom e descobriu que ele não estava ali; suas mãos se afundaram no chão coberto de musgo do púlpito. O espaço a seu redor entrou em foco: o trono ornado, o teto coberto de raízes, a lama rachada das paredes. Ele percebeu imediatamente onde estava: na sala do trono da Governatriz Viúva. Recuou, encostando seu corpo à parede áspera, e se preparou para enfrentar seu agressor. O corpo não se moveu.

Uma voz veio do meio da sala:

— Bom dia, Mestre Curtis — disse a voz, num rosnado rouco e entrecortado.

Curtis virou o rosto para ver um dos soldados coiotes, como os que tinha acabado de ver em seu sonho, ficar à luz dos braseiros.

Uma sensação pesada de náusea se espalhava pelo corpo de Curtis. Sua boca estava desconfortavelmente seca. Ele rapidamente olhou de volta para o vulto uniformizado ao lado da cama de musgo e percebeu, para seu alívio, que era apenas um boneco.

— A Governatriz Viúva desejou dar-lhe esse uniforme. Ela me instruiu a vesti-lo e me assegurar de que coubesse corretamente — disse o coiote, apontando para o manequim, com um levíssimo tom de ressentimento colorindo a voz.

O uniforme pendurado em seus ombros parecia mais novo do que as roupas maltrapilhas dos soldados coiotes que ele tinha visto no dia anterior: o casaco era azul-escuro, fechado com botões de bronze. Os ombros eram cobertos de condecorações e as mangas terminavam em punhos vermelhos, ornados com cordões dourados. O peito do casaco estava coberto de medalhas e broches que pareciam importantes. Um largo cinto de couro preto tinha sido jogado sobre um dos braços de graveto do boneco, e nele estava presa uma bainha incrustada com pequenos seixos; o cabo de uma espada, brilhando dourado e com uma empunhadura coberta de pedrinhas fluviais, saía de um dos lados da bainha. Uma calça escura gasta e com detalhes prateados estava presa às pernas do boneco.

Curtis ficou encarando aquilo fixamente.

— Para mim? — perguntou ele.

A surpresa tinha mandado um solavanco através de seu corpo, e o estômago se revirou. O coiote balançou a cabeça positivamente e começou a tirar o uniforme do manequim. Assim que o tinha removido, ele o balançou pelos ombros, as medalhas tilintando, e esperou pacientemente até que Curtis se levantasse.

A sala parecia desnivelada quando ele se ergueu, e o garoto teve de se segurar ao braço do trono. A pulsação suave de uma dor de cabeça apertava o interior de seu crânio. Passou por sua cabeça que aquilo podia ser uma consequência da bebida que a Governatriz tinha lhe servido na noite anterior. A língua parecia ter sido lixada. Apesar disso, a sensação logo ficou em segundo plano enquanto a realidade da situação se apoderava dele.

— Por que ela quer que eu vista isso? — perguntou ele, olhando para o uniforme da Guerra da Crimeia sobre a cama. A perspectiva de vestir o que estava lhe sendo oferecido era no mínimo instigante.

— Você vai precisar perguntar a ela — respondeu o coiote, impacientemente. — Estou apenas fazendo o que mandaram.

Curtis estava desconfiado.

— Você não imagina que eu vá ter de lutar contra alguém, não é? — perguntou ele, prevendo um arranca-rabo estilo *Mad Max* com algum brutamontes do covil. Em sua cabeça, aquilo vivia acontecendo nos filmes e histórias em quadrinhos. — Não posso fazer isso. Sou um pacifista — disse ele.

Um amigo seu mais novo e mais fraco, Timothy Emerson, tinha uma vez usado essa desculpa para explicar por que ele não tinha reagido quando alguns garotos mais velhos da série acima da sua o derrubaram do trepa-trepa durante o recreio. Aquilo tinha parecido impressionante na época.

O coiote não disse nada. Ele balançou o uniforme novamente e limpou a garganta.

— Essa *realmente* é uma espada muito bacana — admitiu Curtis, admirando a espada embainhada no cinto. — Posso vê-la?

O coiote deixou o casaco sobre o púlpito e tirou a espada da bainha, entregando-a a Curtis com o cabo virado para ele, com uma pose profissional. Curtis a segurou e a balançou no ar — era mais pesada do que ele imaginara. A lâmina tinha praticamente o mesmo tamanho de seu antebraço e era feita de aço prateado extremamente polido. As luzes das tochas fracas da câmara refletiam no metal enquanto ele desenhava um oito no ar com a lâmina. Apesar de ser estranho, o peso da espada em sua mão abriu as portas para uma corrente de imaginação — naquele instante não era mais Curtis Mehlberg, filho de Lydia e David, morador de Portland, Oregon, fã de quadrinhos, solitário perseguido; ele era Taran, o Errante, era Harry Flashman. Ele massageou a empunhadura do cabo com a palma de sua mão e estreitou os olhos na direção do coiote.

— Certo — disse ele —, ajude-me a vestir aquele uniforme.

CAPÍTULO 8

Capturar um Adido

A calma relativa da calçada foi perturbada assim que um par de funcionários fardados abriu as portas retráteis e acompanhou Prue e Richard para dentro do saguão da Mansão. Os dois congelaram imediatamente. O saguão era um caldeirão de atividade frenética. Um oceano de vultos, animais e humanos, ocupava a grande sala principal do edifício, alguns andando de um lado para outro, envolvidos em conversas acaloradas, outros cruzando, apressados, o chão de granito em diversas direções. O que soava como um milhão de vozes ecoava pela câmara, e a cabeça de Prue girava tentando distingui-las. Todos os vultos, vestidos em sua maioria com ternos pretos e gravatas, carregavam maços de papel debaixo do braço e eram ladeados por outras figuras vestidas de forma similar tentando desesperadamente se manter junto do bando. O único obstáculo a esse borrão de movimento perpétuo era uma escadaria central magnífica que partia do piso quadriculado. Um javali vestindo um terno de três peças de veludo cotelê verde estava chamando atenção no meio da escada; um pequeno séquito de espectadores se juntou a sua volta enquanto ele falava, os polegares divididos enfiados nos bolsos do colete. Um par de veados de rabo preto, as gravatas em suas camisas sociais combinando com os rabos, discutia veementemente ao lado do busto de mármore de um homem que parecia importante; um esquilo estava parado na beira do pedestal do busto, concordando com a cabeça.

Ocasionalmente a atenção coletiva do aposento era desviada para seguir um único personagem, um homem grisalho com óculos de lentes bifocais, enquanto ele cruzava o salão, apressado, com uma pilha intimidadora de documentos e pastas de papel pardo abraçadas contra o peito. Quando esse homem aparecia, entrando no recinto por um par de portas e saindo pelo lado oposto por outro par, muitos dos vultos no salão paravam o que estavam fazendo e tentavam chamar sua atenção. Invariavelmente, o homem ignorava todas as investidas, e, depois que tinha desaparecido atrás de outro par de portas, a sala voltava ao zumbido caótico de atividade. Richard finalmente falou:

— Acho que aquele é o sujeito com quem você precisa falar, o adido do Governador.

Prue olhou para ele e percebeu que ele estava tão aturdido quanto ela. Ela respirou fundo e estendeu a mão para ele.

— Acho que vou ficar bem agora — disse ela. — Você tem correspondência para entregar.

Richard parecia aliviado. Ele esticou a mão e apertou a dela.

— Foi um grande prazer conhecê-la, Prue de Port-Land. Espero que nossos caminhos se cruzem novamente. Desejo a você toda a sorte do mundo.

Virando-se para partir, ele hesitou ao chegar à porta e se virou novamente:

— Se você precisar de alguma coisa, estou no prédio do correio. Ele fica a sudoeste desta Mansão aqui. Quero dizer, se eu não estiver na estrada.

Ele sorriu de forma calorosa.

— Obrigada, Richard — disse Prue. — Obrigada por tudo.

Depois que Richard saiu, Prue ficou parada por um tempo, observando a corrente de vida agitada na sala enquanto as pessoas iam e vinham. Ela acenou com a cabeça para um urso-negro idoso que passou por ela na direção da porta de saída; sorriu educadamente para uma mulher com óculos de gatinha que quase a atropelou, de tão concentrada que estava na pilha de papéis em suas mãos. Finalmente, Prue ouviu o som revelador da atenção da sala sendo voltada novamente para um par de portas distantes enquanto elas se abriam e o adido usando óculos saía de dentro delas e começava sua investida pela antecâmara abarrotada.

Prue deu um passo à frente, levantou a mão e começou a falar, mas foi imediatamente silenciada quando o recinto entrou em erupção com cada som imaginável do reino animal: súplicas gritadas dos humanos, rugidos ensurdecedores dos ursos e piados estridentes dos gaios, andorinhas e trepadeiras-azuis que batiam as asas furiosamente em volta do salão. Destemido, o adido mergulhou de cabeça na multidão e começou a abrir caminho até o lado oposto da sala. Prue observava aquilo desesperada, enquanto ele era imediatamente engolido pela onda de humanos e animais, todos competindo desesperadamente por sua atenção. Enquanto a multidão passava a poucos metros de onde estava parada, ela levantou a mão timidamente e disse:

— Senhor!

Mas aquilo saiu tão fraco que era indistinguível do rebuliço.

— Você vai ter de se esforçar mais do que isso — disse uma voz a seu lado.

Ela olhou em volta e não viu ninguém.

— Aqui embaixo — disse a voz.

Prue olhou para baixo e viu um camundongo calmamente mastigando uma avelã partida ao meio. Ele parecia estar na hora do almoço.

Estava sentado, encostado à base de uma das colunas do salão com um guardanapo estendido à sua frente que exibia uma seleção de comidas: um naco de cenoura, um pequeno pedaço de queijo e um dedal de cerveja. Ele bebeu um gole da cerveja para ajudar a avelã a descer, limpou a garganta e disse:

— Você está na lista?

— Lista? — perguntou Prue, perplexa. — Que lista?

O rato revirou os pequenos olhos pretos.

— Imagino que você esteja aqui para ver o Governador-Regente. E qualquer um que queira uma audiência com o Governador Svik precisa ser registrado no gabinete do Governador. Assim que você é registrada no gabinete do Governador, seu nome é colocado em uma lista de espera. Quando o nome estiver no topo da lista, você será contatada pelo adido, e uma audiência com o governador será agendada. — O camundongo disse tudo isso enquanto inspecionava o pedaço de queijo em uma das patas com dedos finos. Evidentemente satisfeito, ele enfiou a coisa toda na boca.

— Mas... — começou Prue, desalentada. — Quanto tempo isso leva?

— Bem — respondeu o camundongo, com a boca cheia de queijo —, o escritório de registro é no edifício sul, descendo a estrada. É lá que você se registra para uma audiência. Acredito que eles ficam abertos de meio-dia às três horas, quartas e sextas.

— Q-quartas e sextas? — gaguejou Prue. Se ela se lembrava bem, hoje era domingo.

— Ã-hã — respondeu o rato casualmente. — Chegue lá cedo, sempre tem uma fila. E então, quando você estiver na lista, normalmente demora de cinco a dez dias úteis até você ser contatada para agendar uma reunião. Normalmente são por volta de três ou quatro semanas no mínimo, dependendo da temporada.

Prue estava devastada. Ela podia sentir as lágrimas brotando em seus olhos.

— Mas e meu irmão? Meu irmão foi abduzido e preciso encontrá-lo! Ele está lá fora naquela mata em algum lugar. Não há como ele sobreviver por tanto tempo!

O camundongo deu de ombros, sem se comover com a história:

— Nós todos temos problemas, senhorita.

Ele jogou o pedaço restante de cenoura na boca, bebeu o resto da cerveja para ajudar a descer e começou a arrumar o local de seu pequeno piquenique.

Prue engoliu em seco. Ela olhou em volta para as hordas de humanos e animais que vagavam pelo salão. O adido tinha deixado o espaço novamente, e as criaturas tinham voltado a suas atividades anteriores enquanto esperavam que ele retornasse.

— E quanto a eles? — perguntou ela ao camundongo.

Ele estava limpando os cantos da boca com o guardanapo.

— Eles? — perguntou ele.

— Sim... se há uma lista de espera e o gabinete do governador entra em contato com você para agendar uma reunião, por que eles todos estão tentando chamar a atenção do secretário?

O camundongo enfiou o guardanapo do bolso de seu colete e esfregou as mãos:

— Bem, é um sistema imperfeito. Algumas vezes funciona se você apenas gritar alto o suficiente para ser notada. Quem sabe?

Ele deu de ombros, fez uma breve saudação e saiu na direção do saguão.

Prue esperou por um momento e estudou, pensativa, a multidão na sala. Ficou imaginando qual seria o melhor local para se aproximar; onde ela conseguiria chamar a atenção do atormentado secretário com mais facilidade. Embora não se importasse de ficar no meio de multidões — o anonimato de lugares lotados lhe dava uma espécie de confiança estranha —, *essa* multidão era horrivelmente intimidadora. Finalmente, juntando coragem, ela andou até o ponto onde a escadaria começava e ficou ali parada, a mão repousando no corrimão de marfim. Um homem de meia-idade e um texugo que estavam parados a seu lado, ocupados em uma discussão abafada, olharam rapidamente quando ela chegou e acenou com a cabeça. Então olharam com mais atenção. Prue sorriu e acenou timidamente.

O homem que estivera conversando com o texugo se virou para Prue e perguntou:

— Com licença, senhorita. Meu amigo e eu estávamos conversando... e estávamos nos indagando se você não é do Exterior. — Ele tinha uma barba longa salpicada de cinza e, pelo seu uniforme, parecia ser alguma espécie de oficial da marinha.

— Sim — respondeu Prue. — Sou do Exterior.

— Incrível — disse o oficial. — E você tem uma audiência com o Governador-Regente?

— Bem, não exatamente — disse Prue. — Não tenho um horário marcado ou algo do tipo. Mas realmente preciso falar com ele e então achei que talvez pudessem me encaixar em algum momento.

O oficial franziu a testa e balançou a cabeça.

— Boa sorte com isso. Tenho uma reunião marcada há semanas e ainda não consegui ver o Governador. Meu navio está atracado com a tripulação impaciente e preciso apenas que essa maldita papelada seja carimbada para eu poder zarpar. — Ele sacudiu de forma irritada o maço de papel em sua mão. — Vou lhe dizer... — Agora o oficial olhou ao redor da sala de forma conspiratória. — Esse país ainda não se recuperou do golpe, mesmo depois de tantos anos. Esses tolos não sabem como um governo funciona, muito longe disso. — Ele ajeitou e esticou a frente de seu paletó com a palma da mão e olhou para Prue. — É assim que as coisas funcionam no Exterior? Vocês têm de lidar com essa loucura?

Prue pensou por um momento. Sua única luta contra a burocracia foi quando ela estava esperando por um livro particularmente popular na biblioteca.

— Acho que sim — disse Prue. — Mas não sei realmente. Tenho apenas 12 anos.

O oficial mal teve tempo de responder com um insatisfeito *Hmmm* antes de as portas duplas do outro lado do saguão serem abertas, e o adido entrar apressado no salão, com uma longa fila de assistentes e parasitas em sua cola. O salão novamente se rendeu à cacofonia, com todos os vários grupos que esperavam no recinto entrando em ação, lutando para chegar ao adido antes que ele desaparecesse novamente. O oficial e o texugo ao lado de Prue saltaram da escadaria e começaram a gritar seus apelos para o secretário exausto. Prue, pega de surpresa, recuperou a compostura e mergulhou na confusão, empurrando de lado uma raposa vermelha que estava quicando sem parar, tentando olhar por cima do amontoado de pessoas.

— Desculpe! — gritou ela, quando foi praticamente levantada e carregada ao longo do chão de mármore pelo bando em carreira. — Senhor Secretário! — gritou ela, balançando um braço sobre a cabeça. A maior parte das criaturas na multidão era muito maior do que Prue e isso era tudo o que ela podia fazer para manter os olhos no centro da tempestade, onde o adido, em posição de combate, podia ser visto com sua pilha de papéis, fazendo o melhor que podia para ignorar os gritos suplicantes da turba que o acossava. Um halo de cores vivas de pássaros circulava sua cabeça, guinchando por atenção. — Senhor Secretário! — repetiu ela, um pouco mais alto.

Ela podia sentir cotoveladas em suas costelas enquanto outros se juntavam e competiam pelo terreno.

— Senhor Secretário! — gritou ela o mais alto que conseguiu. — Preciso falar com o Governador! Meu irmão foi sequestrado! Senhor Secret... *uuf!* — O pedido foi interrompido quando um castor que se debatia, empurrado do centro da confusão, deu uma cabeçada diretamente em seu estômago e todo o ar saiu de seus pulmões. Ela e o castor saíram voando da aglomeração e caíram enrolados no chão. Prue praguejou, colocando-se de pé. Partiu determinada na direção do adido e da horda à sua volta, que tinham, a essa altura, alcançado as portas duplas. Ela repentinamente se lembrou da buzina de emergência que tinha colocado na bolsa e, então, rapidamente jogou a bolsa sobre o ombro, levantando a aba, e tirou a lata de dentro dela.

— SENHOR SECRETÁRIO!!! — gritou ela uma última vez antes de apertar o mecanismo da buzina.

O salão se encheu com o som. Era um barulho de tremer os ouvidos, de levantar os cabelos. O som se demorou por alguns segundos.

Todos congelaram.

A caneta de alguém bateu no chão.

Um urso-negro com um colete de gabardine entrou em pânico e saiu correndo pela porta da frente.

A multidão inteira, silenciada pelo impressionante volume da buzina, se virou lentamente para encarar a fonte. Prue estava parada sozinha no centro do chão do saguão, momentaneamente chocada com o poder da buzina. Ela limpou a garganta.

— Hmm — entonou ela, baixinho —, Senhor Secretário. Eu... hmm... preciso falar com o Governador.

O enxame em volta do adido ficou parado, arrebatado, e Prue achou estranhamente perturbador ter a atenção de todo o salão. Finalmente,

a massa de pessoas começou a se mover enquanto um vulto forçava a passagem entre os corpos. Era o adido. Com a testa profundamente franzida, ele estava olhando para Prue através das lentes bifocais dos óculos que estavam apoiados em seu nariz enquanto se desvencilhava da multidão. Fazendo uma pausa, ele a estudou com atenção, alternando a visão sobre os óculos e através de suas lentes.

— Você é... — começou ele. — Você é... uma *Forasteira*?

— Sim, senhor — respondeu Prue.

Ela colocou a buzina de volta em sua bolsa.

— Quero dizer... quero dizer... — balbuciou o adido. — Do *Exterior*?

— Sim, senhor — disse Prue. — E a razão por que vim aqui é que...

Ela foi interrompida pelo adido:

— *Como* você chegou aqui?

Prue Sorriu de forma desconfortável, repentinamente tímida por causa de sua ávida plateia.

— Eu vim caminhando, senhor — respondeu ela.

— Você veio *andando*? — perguntou o adido, sem acreditar. — Mas... mas... você *não pode* fazer isso.

Prue, sem palavras, permaneceu em silêncio.

O adido, sua profunda perturbação evidente, balançou a cabeça e esfregou a testa com a mão livre.

— Quero dizer... quero dizer... é absolutamente impossível! Ou *deveria* ser absolutamente impossível, a não ser que... a não ser que... — Ele parou e ficou olhando para Prue e então, mudando de ideia, balançou a cabeça de novo e continuou. — Deve haver uma brecha em algum lugar ou uma quebra no Anel Periférico. Uma lesão no encanto. Aqueles nortistas confusos. Idiotas do interior! — Ele estalou os dedos frágeis, e um assistente correu até seu lado. Falando com o canto da boca, o adido começou a ditar suas ordens:

— Traga um formulário 45 barra C... eles devem ter na contabilidade... e avise o Secretário de Exterior que vou precisar que ele assine isso imediatamente. Melhor ainda: entre em contato com o gabinete de Relações com o Bosque do Norte e os avise de que...

Prue, recompondo-se, o interrompeu:

— Senhor, tenho um problema sério.

O adido, afastando os olhos de seu assistente, soltou uma risada nervosa para Prue.

— Mademoiselle, você é um problema sério.

Sem se abalar, Prue continuou:

— Senhor, meu irmão, Mac, foi levado ontem por corvos. Eu os vi, trazendo-o para dentro da mata. Para dentro do Bosque Selvagem. — A congregação no saguão escutava, enfeitiçada. — E realmente só quero recuperá-lo. — Ela podia sentir lágrimas de desespero se juntando em seus olhos. — E prometo nunca mais vir aqui. — Timidamente juntou as mãos em um gesto de súplica. — Prometo.

O salão permaneceu em total silêncio enquanto o adido olhava sem acreditar. Finalmente, o assistente ao lado do adido se aproximou e cochichou algo em seu ouvido. O adido balançou a cabeça em silêncio, nunca tirando os olhos de cima de Prue.

— Muito bem — disse o secretário, depois do que pareceu a Prue uma eternidade. — Como você está numa posição excepcional, vamos ver se conseguimos encaixá-la. Siga-me.

A multidão cercando o adido se dispersou, e ele levou Prue até o topo da escadaria de alabastro.

Apesar de não haver nenhum relógio pendurado no salão cavernoso da Governatriz, Curtis sabia que a manhã estava quase em seu fim na hora em que ele terminou de andar casualmente pelo aposento em seus novos trajes, usando o sabre em movimentos de ataque e defesa no estilo grandioso e dramático dos espadachins aventureiros que ele tinha visto em filmes e sobre os quais lera em livros. As condecorações no peito tilintavam deliciosamente com cada movimento, e a espada fazia um maravilhoso *vuush* a cada vez que ele golpeava o ar. O auxiliar coiote, aparentemente acostumado a servir mestres excêntricos, esperava pacientemente ao lado do trono, movendo-se apenas para se esquivar de um dos contragolpes selvagens de Curtis.

— Muito bom, senhor — disse o auxiliar, depois que a energia de Curtis tinha se esgotado. — Você é um espadachim talentoso. Para um *pacifista*.

Curtis estava parado no centro da sala e chutou o chão de terra batida.

— Bem, eu nunca, você sabe, *lutaria* contra alguém. — Ele estava levemente ofegante do esforço. — Mas... — continuou ele — você acha mesmo?

— Oh, certamente — disse o coiote.

— Isso meio que cansa pra caramba, não é mesmo? — perguntou Curtis.

Ele conseguiu dar um último golpe antes de deixar a espada cair ao lado do corpo. E massageou o braço com a mão livre.

— O senhor vai se acostumar — respondeu o coiote.

Curtis olhou para o coiote com desconfiança.

— Qual é o seu nome? — perguntou ele.

— Maksim, senhor — disse o coite.

— Maksim, hein? — disse Curtis, girando a espada em sua empunhadura. — Vocês realmente têm nomes engraçados.

Maksim meramente levantou uma sobrancelha.

— Então o que você faz por aqui, Maksim? — perguntou Curtis.

— Sou o braço direito da Governatriz. Fui designado para supervisionar sua orientação.

— Minha orientação?

— Sim — respondeu o coiote. — A Governatriz parece ter planos auspiciosos para você.

Curtis, tentando adivinhar o significado da palavra *auspicioso* (será que era algo como *hospício*?), ficou revirando a informação por um momento antes de responder:

— Onde está a Governatriz?

— No campo, senhor — disse Maksim. — Esperando sua companhia.

— No campo? — perguntou Curtis. — O que é o campo?

Maksim ignorou a pergunta.

— Fui instruído a acordá-lo, vesti-lo e mandá-lo até ela assim que o senhor estivesse pronto. — Ele fez uma pausa. — O senhor está pronto?

Curtis limpou a garganta e balançou a cabeça.

— Acho que sim — disse ele, e então completou com uma voz tão adulta quanto conseguiu: — Leve-me até ela, Maksim.

Ele enfiou a espada na bainha do cinto.

Saindo do salão, Curtis notou que o covil estava estranhamente desprovido do rebuliço do dia anterior. Não estava ali a multidão de coiotes que tinham se juntado em volta do caldeirão central e cujos exercícios militares tinham tatuado o chão de terra. Alguns soldados circulavam, remendando paredes que desmoronavam e carregando lenha, mas, comparado ao dia anterior, o covil parecia praticamente inabitado. Curtis sentiu as garras de Maksim ajustarem os ombros de seu uniforme, que tinha deslizado para um lado.

— Vai ficar melhor quando você crescer — disse Maksim por fim, aparentemente insatisfeito com o caimento. Então começou a guiar Curtis por um dos muitos túneis que saíam da sala principal. — Por aqui.

De volta à superfície, Curtis franziu a testa por causa da claridade. As nuvens baixas do início da manhã tinham se dissipado, e a luz estava forte no bosque. A luminosidade provocou uma segunda onda de náusea pela sua espinha, do cérebro até a barriga. Maksim ia na frente pela clareira aberta e entre o aglomerado de árvores que a cercava. Um pequeno grupo de soldados na altura das árvores, ocupado com uma estaca que se recusava a ser afixada ao solo, abruptamente parou sua atividade quando Maksim e Curtis se aproximaram e, em estado de alerta, produziu uma saudação com as mãos. Enquanto se aproximavam, Curtis percebeu que os soldados *o* estavam saudando, não Maksim. Curtis acenou de volta, constrangido, enquanto eles passavam e os coiotes voltaram ao trabalho.

— O que aquilo quis dizer? — sussurrou Curtis, quando eles estavam a uma distância segura dos soldados.

— Eles estavam mostrando o devido respeito a seu superior. Você é um oficial, afinal de contas — disse Maksim.

Ele parou e apontou para um dos broches que estavam presos no peito de Curtis. Era algo simples: uma trama bem-feita de cachos de amora com uma grande pétala de um lilás, arranjados sobre bronze escuro. Curtis passou o dedo sobre o emblema, ajustando seu lugar no paletó.

— Um oficial — repetiu ele baixinho.

Maksim continuou a adentrar a mata.

— Opa. Espere um segundo — disse Curtis. — Um of-oficial? O que eu fiz para merecer isso?

— Você terá de perguntar à madame.

— Não sei se você está, você sabe, familiarizado com a *espécie humana* ou não — disse Curtis, mas não sou tecnicamente um adulto. Vou fazer 12 anos em novembro. Não sei quanto isso dá em anos de coiote, mas em anos humanos é um jovem. Um garoto. Uma criança! — Ele estava andando rapidamente para acompanhar Maksim. Curtis esperou por uma resposta e, quando percebeu que não haveria nenhuma, continuou: — Então o que isso significa? Eu preciso fazer alguma coisa? Já falei para vocês, sou um pacifista. Não posso realmente usar essa espada. Qualquer *habilidade* que eu estivesse demonstrando mais cedo era totalmente, mas totalmente acidental. Apenas algo que copiei de, sei lá, filmes do Kurosawa.

— Imagino que tudo será esclarecido quando encontrarmos a Governatriz — respondeu Maksim, afastando galhos de seu caminho, sem tentar esconder a irritação na voz.

Curtis olhou para trás, tentando encontrar a entrada para o covil entre a vegetação densa da mata. Ele ficou pasmo ao perceber que todos os sinais do acampamento coiote tinham desaparecido completamente na floresta enquanto eles se afastavam cada vez mais.

— Tipo, eu vou ter de comandar... algo? — perguntou Curtis.

— Não faço ideia — disse Maksim. — Eu mesmo estou um pouco surpreso.

Eles caminharam em silêncio por um momento. A madeira foi ficando mais escura, as copas mais agressivas.

— Como você se tornou um... braço direito? — perguntou Curtis.

— Braço direito? Fui indicado.

— O que você fez para merecer isso?

— Acho que me distingui — respondeu Maksim — no campo de batalha.

— Oh, meu Deus — disse Curtis, a preocupação crescendo.

— Apesar de eu não ter nascido um guerreiro. Na verdade, devo minha vida e meu destino à Governatriz Viúva. Nasci em uma alcateia pobre na mata; meu pai tinha morrido em um deslizamento de terra e minha mãe trabalhava como uma escrava para criar meus cinco irmãos e eu. Nós

estávamos passando fome quando a Governatriz nos achou. Ela nos levou ao acampamento; ela nos alimentou e nos ensinou a construir e a lutar.
— Maksim contava sua história sem uma sombra de sentimentalismo.
— E por isso: eu daria minha vida pela Governatriz de bom grado. Ela elevou toda a espécie de nossa posição como carniceiros e larápios; ela trouxe os coiotes a uma posição de honra entre as feras da floresta. E nós teremos um lugar à mesa quando o Bosque Selvagem for nosso.
— Sim — disse Curtis. — Escute, Maksim. Posso perceber perfeitamente como isso funciona para você e admiro seu comprometimento, mas, veja bem, não sei se estou na mesma página, você sabe, a ponto de ser um oficial. Só estou aqui há um dia e ainda estou tentando me acostumar a tudo.

Uma voz, uma voz de mulher, surgiu de cima deles:
— E é por isso que estamos aqui, caro Curtis.

Curtis olhou para cima e viu Alexandra, a Governatriz Viúva, montada em um cavalo negro, emergir de trás de uma pequena elevação entre dois cedros enormes. Ela estendeu a mão fina.
— Vamos lá — disse ela a Curtis —, vou lhe mostrar o mundo.

CAPÍTULO 9

Um Svik Inferior; Para o Front!

—Por aqui, senhorita...? — indicou o adido, quando eles alcançaram o topo da escadaria e estavam parados em frente a uma enorme porta de carvalho.

Ele estava olhando através da sujeira de suas lentes bifocais para a prancheta; tinha anotado os detalhes das circunstâncias de Prue em um dossiê de uma única página.

— McKeel — disse Prue, distraidamente.

Ela espiou pela fresta na porta enquanto um dos assistentes do adido a abria. Um largo corredor foi revelado, com lambris de madeira escura, e sobre eles painéis empoeirados de seda verde. Com a porta totalmente aberta, Prue podia ver que o corredor terminava na outra ponta em outra grande porta, que abria e fechava como um marisco gigante. Cada abertura, produzia homens de ternos pretos carregando maços de papel e pastas, entrando e saindo antes que ela se fechasse novamente.

— Não ligue para a toda essa atividade, srta. McKeel — disse o adido. — Embora isso dê uma impressão de caos, posso lhe assegurar de que o governador está trabalhando com tranquilidade e eficiência como sempre.

Ele abriu um largo sorriso, revelando duas fileiras tortas de longos dentes amarelados. Ele respirou fundo, franziu a testa e a acompanhou no corredor.

— Com licença. Perdão. Senhor, pode, por obséquio... — dizia o adido a cada passo, enquanto eles se desviavam da corrente de agentes governamentais que iam e vinham. Prue sentiu o corredor se dobrando em sua visão enquanto seguia até a porta afastada, o redemoinho de corpos passando por sua visão periférica como uma praga de insetos. — Apenas um pouco mais adiante... com licença, senhor!... e aqui estamos nós — disse o adido, quando chegaram à porta. — Apenas um segundo.

Quando a porta se abriu novamente, o secretário se esgueirou pela fresta e desapareceu. A porta permaneceu fechada por alguns momentos silenciosos antes de ser aberta e o adido sinalizar para que Prue entrasse.

A sala era imponente; caçadores caçavam cervos em uma frisa pastoral ao longo do topo da parede, iluminados por um enorme lustre de cristal pendurado no teto. A sala parecia, no entanto, em sério desuso. Grandes pinturas emolduradas, que evidentemente deviam estar penduradas, estavam encostadas à parede de forma aleatória e o tapete decorado que cobria o piso de madeira estava gasto devido a excesso de uso e negligência. No centro do tapete, o piso suportava o peso de uma grande escrivaninha de madeira, coberta com pilhas de papel tão altas que a pessoa sentada atrás dela estava completamente escondida pela bagunça. Na verdade, você nem saberia que havia alguém sentado se não fosse pela multidão de homens vestidos de ternos pretos parados em volta, competindo pela atenção da pessoa atrás das pilhas de papel. Quando o adido chegou à frente da escrivaninha, todos os homens de ternos pretos prestaram atenção.

— Senhor — disse o secretário —, conheça Prue McKeel. De St. Johns, do Exterior.

O topo pálido e calvo de uma cabeça apareceu atrás da montanha de papel. O homem a quem ela pertencia apareceu logo em seguida, com enormes óculos de armação de casco de tartaruga e um largo bigode no rosto de queixo protuberante. A pele dele estava molhada de transpiração, e seus lábios tremiam enquanto ele falava.

— Como vai?

Prue foi surpreendida pela aparência desgrenhada do homem. Esse era o Governador-Regente? Seu terno estava amassado e pequenos brotos de suor floresciam dos sovacos do paletó. Sua gravata, uma peça simples cor de vinho, tinha o laço frouxo e estava pendurada torta sobre uma camisa aberta até logo abaixo de seu pomo de adão. Aparentemente notando a surpresa de Prue, o Governador fez uma tentativa de se arrumar, ajustando o nó da gravata e ajeitando alguns cachos de cabelo oleoso sobre a área careca.

— Meu nome é Lars. Lars Svik. O Governador-Regente do Bosque do Sul.

Encontrando uma abertura entre duas das enormes pilhas de papel, Lars esticou a mão, e Prue se aproximou para apertá-la.

— Como vai, senhor? — respondeu a menina. — Eu sou Prue.

— Sim, sim — disse o Governador-Regente, olhando novamente para sua escrivaninha, para a folha de papel que o adido lhe entregara. Ele empurrou os óculos da ponta do nariz e começou a estudar o papel. — Prue McKeel, menina humana — ele leu em voz alta com um murmúrio monótono. — De Port-Land, no *Exterior*. Filiação desconhecida. Descoberta pelo agente do correio no Bosque Selvagem, área 12A, Longa Estrada. Aparentemente em apuros. Queixa-se da perda do irmão, Mac, e do amigo abduzido, Curtis Mehlberg. Suspeitos: corvos, coiotes respeitavelmente. Respeitavelmente? — Ele olhou para Prue, perplexo.

— Respectivamente, senhor — corrigiu o ajudante ao seu lado, um homem magro com uma barba bem-aparada e um pincenê. — Corvos no caso do irmão, coiotes no caso do amigo.

— Ah, sim — disse Lars, olhando de volta para o papel. — Claro. Obrigado pelo esclarecimento, Roger.

— Não há de quê, senhor — respondeu Roger, sorrindo.

Lars continuou a ler o dossiê:

— Suspeitos: corvos, coiotes *respectivamente*. Procura ajuda do Bosque do Sul para recuperar tais pessoas abduzidas. Fez uma referência ligeira à Governatriz Viúva no início... — Lars parou e olhou fixamente para o papel. Ele empurrou os óculos novamente e releu a frase, movendo a boca em silêncio. Quando terminou, olhou para Prue, assombrado.

— A Governatriz Viúva? — perguntou ele. — Você tem *certeza* de que escutou isso?

Antes que Prue tivesse uma chance de responder, Roger, o homem magro, interrompeu:

— Totalmente especulação, senhor. Antes de escutar as insinuações de uma menina Forasteira, gostaria de lembrá-lo de que não há provas substanciais quaisquer que nos levem a acreditar que a Governatriz sobreviveu.

Prue olhou para o homem.

— Posso apenas contar o que ouvi, *senhor* — disse ela. — E escutei os coiotes dizerem especificamente aquilo.

Roger desafiou:

— E o que lhe dá tanta certeza de que eram coiotes, srta. McKeel? Poderiam ser cães ou... qualquer coisa! Na bruma da floresta, uma toupeira de mau humor poderia ser confundida com um...

— Eram coiotes, senhor, tenho certeza disso. E eles estavam usando uniformes e carregavam espadas, rifles e outras coisas — exclamou Prue.

Roger fez uma pausa e estudou Prue:

— Sou levado a acreditar que você teve problemas para cruzar a fronteira. Você teve uma pequena, como devo dizer, *confabulação* com as aves sentinelas.

Prue fez uma pausa, tentando descobrir as intenções do assistente:

— Sim — disse ela. — Acho que sim.

— Qual foi a natureza da conversa?

— Eles, hmm, queriam saber o que eu estava fazendo. Eles disseram que estavam à procura de coiotes.

Roger se virou para Lars:

— O senhor está vendo? Ela pode muito bem ter sido colocada nisso pelos pássaros. Ela é um peão. Um chamariz pago em favor da causa deles. — Ele olhou de volta para Prue. — E bem esperta, devo admitir. Bem em tempo para a chegada de sua *Eminência* aviária.

Prue ficou sem palavras. O assistente tinha uma habilidade incrível para manipular as circunstâncias.

— Isso não é verdade — murmurou ela.

— Minha cara — disse Roger, com um tom gelado —, você deve estar muito inquieta. É possível que esteja sofrendo de alguma forma de choque cultural por estar aqui no Bosque. Eu recomendaria um banho quente e uma compressa aquecida em sua testa. Nosso mundo é muito diferente do seu. O que me faz lembrar... — Nesse momento ele se virou para o Governador-Regente. — ... que a presença de uma menina Forasteira aqui é *sem precedentes*. Segundo a subseção 132C do Código de Lei da Fronteira, está claro que Forasteiros não são legalmente autorizados a cruzar os limites do Exterior sem uma permissão apropriada, no caso de a mágica da fronteira, o Anel Periférico, estar de alguma forma comprometida, o que posso apenas presumir...

Prue o interrompeu, irritada:

— Eu sei que não deveria estar aqui. E ficarei perfeitamente feliz de ir embora e nunca mais perturbá-los, mas não posso fazer isso sem levar meu irmão e meu amigo, Curtis, comigo.

O Governador-Regente ainda parecia pasmo. Alguns novos pingos de suor tinham se formado em sua enorme testa, ameaçando cair. Ele apertava os dedos que pareciam cenouras uns contra os outros.

— Você está certa de que os ouviu se referindo à Governatriz Viúva? Essas palavras exatas? — perguntou ele.

Prue respondeu:

— Sim, senhor. Tenho toda a certeza.

Lars rangeu os dentes e bateu em sua mesa com um punho cerrado.

— Eu sabia! — disse ele. — Sabia que exílio era muito brando. Deveríamos ter previsto isso!

Roger falou com um tom grave e firme:

— Senhor, esses são rumores sem substância de uma pequena menina com alucinações.

Lars o ignorou.

— E pensar que ela conseguiu trazer os coiotes para seu lado. Impensável! — Seus olhos se arregalaram. — Isso quer dizer que o que os pássaros estão dizendo é verdade? Será que pode ser?

A voz dele foi perdendo força enquanto ele se perdia em seus pensamentos, os olhos sem piscar e fixos em algum ponto distante.

O rosto de Roger ficou vermelho como uma beterraba.

— P-palhaçada! — gritou ele, antes de se recompor. — Se o senhor perdoa minha franqueza. — Ele levou seus dedos finos até o bigode, ajeitou as pontas e então colocou a mão no ombro do Governador para consolá-lo. — Senhor, acalme-se. Não há absolutamente nenhuma razão para se aborrecer com isto. Se a Governatriz estivesse viva, teríamos ouvido falar disso há muito tempo. Não há absolutamente nenhuma possibilidade de uma mulher como ela sobreviver na natureza por tanto tempo. Esses *soldados coiotes* que a menina viu são aparições, ilusões... o produto de uma mente traumatizada. — Antes que Prue pudesse interromper, ele levantou a mão. — *Mas* — continuou ele —, se isso for acalmar o Governador, devo sugerir que mandemos um pequeno pelotão, algumas dúzias de homens, até essa área do Bosque Selvagem para ver que tipo de informação eles conseguem coletar com os nativos. É um método não ortodoxo, e fico hesitante em recomendá-lo, mas se isso for satisfazer as súplicas da menina e afugentar quaisquer receios que o senhor possa ter, sr. Svik, acho que seria a melhor forma de agir. Pense na sua *condição*, senhor.

Lars grunhiu, concordando, e começou a controlar sua respiração calma e intencionalmente de uma forma meditativa, seus olhos se fechando.

— E Curtis? — perguntou Prue. — Vocês procurariam por Curtis?

Roger sorriu:

— Claro.

— E quanto ao meu irmão? Meu irmão Mac?

— Certo, o *outro* Forasteiro que você perdeu em suas aventuras — respondeu Roger. — Abduzido por *corvos*, você diz, não é?

— Sim. Em um parque em St. Johns. Em Portland... no Exterior, acho.

Ela estava distraída pela respiração ritmada que emanava do Governador-Regente, que mantinha agora um dedo no pulso, monitorando seus batimentos cardíacos.

— Bem, isso pode estar fora de nossa jurisdição. Um caso para seus amigos no Principado Aviário, eu diria, embora seja altamente suspeito que qualquer criatura aviária possa estar envolvida na abdução de uma criança humana do Exterior. Altamente suspeito. — Roger fez uma pausa e bateu com os dedos no queixo, pensativo. — Essas podem ser informações muito valiosas, srta. McKeel.

Ele se abaixou e sussurrou algo no ouvido do Governador enquanto Lars parava brevemente seu exercício de respiração. Quando Roger terminou, o Governador balançou a cabeça seriamente e olhou para Prue.

— Se o que você está dizendo é verdade — disse o Governador, a mão de Roger ainda repousando sobre seu ombro —, isso pode significar coisas muito sérias para as relações entre o Bosque do Sul e o Principado Aviário.

Roger interveio:

— O que o Governador está tentando dizer, srta. McKeel, é que qualquer incursão que um pássaro ou que os pássaros tenham feito ao Exterior, sem falar da sugestão de que eles possam ter voltado com alguém *a reboque*, é muito claramente uma violação de um sem-número de citações das Leis Periféricas, e gostaríamos de agradecer por trazer essas informações à nossa atenção.

— E meu irmão? — perguntou Prue impacientemente, seu cérebro muito perturbado para ela aguentar aquela conversa sobre política.

— Seria do interesse do Bosque do Sul ajudar a encontrar seu irmão para que possamos levar os culpados à justiça mais rapidamente — respondeu Roger.

Prue soltou um suspiro de alívio.

— Oh, obrigada! — gritou ela. — Muito obrigada. Sei que ele está lá fora; sei que ele ainda está vivo.

Roger tinha dado a volta na escrivaninha e andado até o lado de Prue, passando um braço em volta de seu ombro. Ele gentilmente a acompanhou de volta até a porta.

— Claro! Claro! — disse ele de forma reconfortante. — Faremos *tudo* em nosso poder para achar seu irmão, prometo.

— E você vai me avisar quando tiver achado? — perguntou Prue.

— Com certeza — disse Roger, enquanto eles se aproximavam da porta. — Você será a primeira a saber.

— Ele está usando um casaco marrom de veludo cotelê — gaguejou ela. — E... e ele não tem nenhum cabelo.

— Casaco marrom — repetiu Roger suavemente. — Nenhum cabelo. Certo.

Eles chegaram ao outro lado da sala, e Roger acenou com a cabeça para o adido, que estava esperando à saída. A porta foi aberta para eles.

— Ficaríamos honrados de tê-la como hóspede da Mansão — disse Roger, enquanto eles estavam parados diante da porta aberta. — Você vai encontrar acomodações confortáveis a aguardando na Torre Norte.

Espere em seus aposentos e a alertaremos assim que soubermos qualquer coisa sobre seu irmão ou seu amigo Constance.

— Curtis — corrigiu Prue.

— Curtis — repetiu Roger, e então completou: — Por favor, não hesite em avisar ao secretário se houver qualquer outra coisa que possamos fazer para que sua estada aqui no Bosque do Sul seja mais agradável. — A mão dele na base das costas dela a empurrou gentilmente para o corredor. — Adeus, Prue. Foi muito bom conhecê-la.

A porta se fechou atrás dela.

O adido sorriu seu sorriso amarelado e mostrou o caminho através do corredor.

🌿

Os cascos do cavalo batiam na grama macia enquanto o garanhão saltava sobre valas e galhos de árvore, e Curtis se segurou firme à cintura esbelta da Governatriz. Jogando as rédeas de couro para a frente e para trás em volta do largo pescoço do cavalo, a Governatriz conduzia sua montaria pela vegetação selvagem da floresta.

— Segure firme! — Alexandra lembrava Curtis às vezes, quando estavam prestes a saltar uma grande árvore caída ou mergulhar em uma ravina profunda.

— Aonde estamos indo? — berrou Curtis, esquivando-se dos galhos que balançavam em seu rosto e seus ombros.

— Ao front! — gritou a Governatriz, incitando o cavalo a correr mais rápido. — Quero lhe dar uma noção de nossa luta, nossa batalha por justiça!

A floresta passava por ele em um ritmo furioso, o eco suave de cada batida de casco ressoando na mata. Curtis olhava assombrado para as árvores gigantescas que passavam voando por eles, suas copas cobertas por um véu de bruma.

— Certo! — gritou Curtis em resposta. — Contanto que eu não tenha de lutar!

— O quê? — berrou Alexandra.

O ar gelado batendo em seu rosto trouxe lágrimas aos olhos de Curtis:

— Eu falei, CONTANTO QUE EU NÃO TENHA DE LUTAR!

A Governatriz puxou as rédeas, e o cavalo empinou enquanto eles chegavam ao topo de uma montanha, um vale profundo coberto de samambaias se abrindo diante deles. Vapor saía das narinas do cavalo, e ele relinchou ao sentir o carinho da Governatriz em seu pescoço.

— Bom garoto — falou Alexandra.

Curtis olhou para baixo, para o tapete de um verde intenso que cobria o solo do vale, um cânion de musgo e pedra surgindo de cada lado de um córrego cheio. O vão era entrecortado por velhas árvores caídas, e conjuntos de colunas de altos pinheiros e cedros se elevavam majestosamente nas duas encostas opostas.

— É realmente lindo — disse Curtis.

Alexandra sorriu e olhou para ele:

— Foi exatamente o que pensei quando cheguei ao Bosque Selvagem. Soube imediatamente que aqui era o meu lar; esse país selvagem era o lugar ao qual eu pertencia.

— Há quanto tempo você está aqui? — perguntou Curtis, desconfortavelmente ajustando sua posição sobre o lombo do cavalo. O cavalo fez um tipo de passo de dança sobre o solo da floresta, trocando os pontos de apoio sob as duas pessoas montadas. — Você se mudou para cá de algum lugar?

— Vamos apenas dizer, doce Curtis, que não vim para cá por minha livre e espontânea vontade — respondeu a Governatriz —, e no início fiquei profundamente infeliz. Mas logo percebi que meu exílio aqui no Bosque Selvagem tinha sido predestinado, que existiam forças maiores por trás de tudo. Comecei a ver meus perseguidores como meus libertadores.

Em algum lugar, ao longe, um grande galho se quebrou, e o barulho que ele fez ao cair ao chão ecoou pela mata. Um pássaro entoava seu gorjeio em alto e bom som sobre um arbusto próximo.

— Vi no Bosque Selvagem, esse país esquecido, um modelo para um novo mundo. Uma oportunidade para devolver aqueles valores há muito esquecidos que estão programados bem no fundo de nós, o chamado da natureza. Achei que, se eu fosse capaz de capturar e focar essa poderosa lei da natureza, eu poderia trazer ao Bosque o tipo de ordem que se origina na desordem e governar a terra como sempre deveria ter sido governada.

— Não sei ao certo se estou acompanhando — disse Curtis.

A Governatriz riu.

— Tudo em seu tempo — falou ela. — Em seu tempo, tudo será esclarecido. — Ela se virou e olhou para Curtis novamente, os olhos frios, brilhantes e penetrantes. — Preciso de gente como você, Curtis, ao meu lado. Posso contar com você?

Curtis engoliu em seco.

— Acho que sim.

O sorriso de Alexandra se tornou melancólico. Seus olhos vagaram sobre o rosto de Curtis.

— Que garoto — disse ela baixinho, como se estivesse falando consigo mesma. — É uma coincidência, a semelhança?

— Perdão? — perguntou Curtis, sua confusão se redobrando.

A Governatriz piscou rapidamente e franziu a testa:

— Mas estamos perdendo tempo aqui! Ao front!

Ela apertou os calcanhares na barriga do cavalo, e ele partiu em disparada, descendo o barranco e seguindo até o outro lado. Curtis envolveu a cintura de Alexandra firmemente com as mãos e trincou os dentes enquanto o cavalo passava a toda velocidade entre as árvores.

Eles tinham viajado por quase uma hora quando chegaram a uma pequena clareira no topo de uma montanha. Lá, um grupo de soldados coiotes tinha se juntado, e uma pequena vila de tendas fora montada em uma formação circular. Um dos soldados, vendo a aproximação de Alexandra e Curtis, correu até o cavalo e segurou suas rédeas, permitindo que a Governatriz pulasse para o chão. Sem ser ajudado, Curtis passou uma perna sobre o lombo do cavalo e desconsertadamente deslizou para o solo, quase caindo ao fazê-lo.

— O batalhão está posicionado, senhora — informou um soldado, saudando os dois. — Aguardando instruções adicionais.

— Algum sinal dos bandidos? — perguntou a Governatriz Viúva, amarrando um cinto que lhe fora entregue por outro soldado em volta do corpo. Nele, uma espada longa e fina estava pendurada em sua bainha pela trama. O soldado também lhe apresentou um rifle desgastado pelo tempo, que ela levantou até o ombro, olhando pelo cano e checando a mira.

— Sim, senhora — respondeu o soldado. — Estão se agrupando na cordilheira do lado oposto.

Abaixando o rifle na lateral do corpo, a Governatriz sorriu:

— Vamos mostrar a esses malfeitores a verdadeira lei do Bosque Selvagem.

Curtis, enquanto isso, estava parado ao lado do cavalo, ainda abalado pela cavalgada. Ele saiu de seu transe para notar um dos soldados coiotes, ainda em posição de sentido à sua frente, saudando-o.

— Descansar — disse Curtis, uma fala repetida de inúmeros filmes de guerra que ele tinha visto. Satisfeito, o soldado se afastou e deixou Curtis, repentinamente emocionado, com um sorriso estampado em seu rosto. — Descansar — repetiu ele, em um sussurro para o ar.

— Curtis! — gritou a Governatriz, parada entre a multidão de soldados. — Fique perto de mim!

— Segurando o punho da espada, Curtis correu até onde Alexandra estava.

🌿

O quarto era simples e, sendo o único aposento no último andar da Torre Norte da Mansão, tinha o formato de um meio círculo. Algumas gravuras emolduradas decoravam as paredes forradas com papel fosco. Em uma delas, um navio com velas quadradas, com a quilha exposta, manobrava em volta de uma pedra gigantesca sob um furioso temporal. Outra mostrava uma cena pastoral de uma clareira desmatada, no centro da qual se elevava uma enorme árvore retorcida que fazia o que estava a sua volta parecer pequeno. Uma fila de vultos rodeava a base da árvore, suas cabeças pouco mais altas que as raízes expostas. Prue estudou os quadros por um tempo, admirando o traçado, antes de uma onda de cansaço tomar conta de seu corpo — então a menina andou até a cama e se jogou sobre ela. A mola do colchão soltou um chiado em protesto. Ela pegou o único travesseiro da cama e o abraçou na altura do rosto, sentindo seu cheiro de mofo. Não tinha percebido o quanto estava exausta até esse momento. Antes de ter qualquer outra chance de refletir, ela sentiu-se tragada em um sono profundo.

Ela foi acordada por algo que inicialmente parecia uma rajada de vento colossal e duradoura, como a repentina investida de uma tempestade de verão. Logo percebeu que o som era, em vez disso, o farfalhar coletivo das asas de uma centena de pássaros.

— Os corvos! — gritou ela, ainda parcialmente dormindo.

Ela pulou da cama e correu até a janela, a tempo de ver o maior e mais variado bando de pássaros que já vira, girando em uma estampa líquida e circular contra o céu. Um vertiginoso conjunto de pássaros, trepadeiras azuis e gaios, andorinhões e águias, todos cortando o ar na multidão veloz. Entre os guinchos e as risadas nervosas, Prue podia ouvir as palavras: "Abram caminho!" e "Ele se aproxima!", e ela esticou o pescoço para ver qual era o motivo de toda aquela inquietação. No pé da torre, podia ver que a entrada para a Mansão estava em polvorosa, todo o séquito da Mansão correndo para dentro e para fora das portas duplas em um pânico caótico. Olhando para cima, Prue viu uma procissão se aproximando ao longo da estrada que se curvava pelo gramado luxuriante da propriedade. Essa procissão, no entanto, era inteiramente em voo, uma variedade de pequenos tentilhões marrons cercando uma figura central: o maior e mais magnífico corujão-orelhudo que Prue já tinha visto.

Enquanto a procissão aérea se aproximava da entrada da Mansão, as portas duplas foram abertas e Prue reconheceu os vultos do Governador-Regente e seu assistente, Roger, enquanto eles se adiantavam para encontrá-la. A coruja, quase do mesmo tamanho do corpulento Governador, chegou à entrada, e os tentilhões que a cercavam se dispersaram na direção das árvores, dos parapeitos e dos beirais no exterior da Mansão. O Governador-Regente se curvou respeitosamente. A coruja, toda malhada de marrom, branco e cinza, pousou no solo e balançou a cabeça, seus olhos amarelos arregalados brilhando em meio à plumagem. Roger abaixou a cabeça levemente para dar as boas-vindas, gesticulando para que o corujão cruzasse as portas. Juntos, eles caminharam e desapareceram no interior da Mansão.

— Uau. — Prue finalmente respirou. — Ele é bonito.

— É o Corujão Rei — disse a voz de uma garota atrás dela. — Ele realmente é, não é mesmo?

Prue tomou um susto. Virando-se, viu que uma camareira tinha entrado enquanto ela estava à janela e se ocupara deixando toalhas e um roupão de banho no pé da cama. Ela parecia ter cerca de 19 anos e estava vestida de uma forma muito antiquada, com um vestido e um avental.

— Oh! — falou Prue. — Não escutei quando você entrou.

— Não se preocupe — disse a garota. — Estarei fora do seu caminho em um instante.

Prue olhou pela janela, observando o refluxo da atividade na porta de entrada abaixo dela.

— Essa foi uma entrada e tanto — disse ela finalmente.

— Os pássaros, quero dizer.

— Oh, sim — respondeu a camareira. — Nunca vi isso antes, a coruja vindo à Mansão. Geralmente é um pássaro subalterno ou outro que vem representar os interesses do Principado. Nunca soube de o Corujão Rei ter colocado os pés no Bosque do Sul. Ou deveria dizer, "colocado as garras"? — Ela riu e encolheu os ombros. — Ei, não é minha intenção me intrometer, mas... você é aquela menina Forasteira, não é? Aquela sobre quem todos estão falando.

— Sim — respondeu Prue —, acho que essa sou eu.

— Eu sou Penny — disse a garota. — Moro no Distrito dos Trabalhadores. Posso ver os topos dos seus edifícios do meu quarto em minha casa. Sempre imaginei como era no Exterior.

— É bem diferente daqui — disse Prue. — Então ninguém nunca foi... ao Exterior? Ninguém do Bosque?

— Não que eu saiba — foi a resposta de Penny. — É perigoso demais. — Ela caminhou até a beira da cama e começou a dobrar a ponta da colcha. — Como você entrou?

— Eu vim andando — respondeu Prue. — Mas imagino que eu não deveria ser capaz de fazer isso. Algo sobre uma fronteira, não é?

— Sim — disse Penny. — Existe uma coisa chamada de Periferia; isso nos mantém a salvo do Exterior. Você só pode passar por ela se for, você sabe, *daqui*. — Ela fez uma pausa e pensou por um momento. — Mas você não é daqui.

— Definitivamente não — disse Prue.

As duas garotas ficaram paradas em silêncio no quarto, cada uma pensando solitariamente no paradoxo.

— Então, ouvi dizer que você perdeu seu irmão. — comentou Penny, finalmente.

Prue assentiu.

— Fico realmente muito triste de saber disso — disse Penny. — Tenho dois irmãos em casa e os odeio com todo o coração algumas vezes, mas não consigo imaginar o que faria se eles um dia desaparecessem. — Repentinamente receosa de estar passando dos limites, Penny se recolheu até a porta com sua sacola de produtos de limpeza. — Existe alguma coisa que eu possa fazer por você, senhorita? — perguntou ela.

— Não, estou bem — disse Prue, sorrindo. — Não imagino que você saiba quando eles virão me ver, não é mesmo? Quer dizer, para me dar notícias sobre o que descobrirem.

Penny sorriu de forma solidária:

— Sinto muito, querida — disse ela. — Não sei nada sobre o que acontece lá. Eu apenas faço a limpeza.

Prue balançou a cabeça e observou a garota sair para o corredor e fechar a porta atrás de si. Atravessando o quarto até um espelho que ficava sobre uma penteadeira que parecia uma relíquia, Prue despenteou o cabelo e ficou olhando para o reflexo. Parecia cansada; estava com olheiras e com o cabelo embaraçado, porque ela havia acabado de acordar. Ficou parada ali e deixou o tempo passar lentamente por ela, pensando em seus pais e em como eles deviam estar devastados, agora que ela e Mac estavam desaparecidos há dois dias. Ela apostava que já tinham informado o desaparecimento deles à polícia e que uma equipe de busca seria formada, passando um pente-fino nos parques e becos de St. Johns e no centro de Portland. Ela ficou imaginando quanto tempo demoraria até eles desistirem, declararem-nos desaparecidos, e suas fotos começarem a aparecer no verso de caixas de leite e no saguão dos postos do correio. Talvez, depois de um tempo, pegassem velhas fotografias da escola e os envelhecessem digitalmente como ela tinha visto na TV, criando uma aproximação estranha da influência da idade e do tempo no rosto de uma jovem menina e no sorriso sem dentes de um bebê. Ela suspirou de forma pesada e andou do espelho até o banheiro, pegando uma toalha e o roupão no caminho. Talvez um banho quente melhorasse tudo.

CAPÍTULO 10

Chegam os Bandidos;
Um Bilhete Ameaçador

— Fiquem em fila! Mantenham a formação! — vociferava a Governatriz Viúva, enquanto andava de um lado para outro atrás de uma longa fila de soldados coiotes acampados na margem de um largo e profundo aluvião. Curtis tinha dificuldade em acompanhar o ritmo. As laterais do aluvião ficavam gradualmente menos íngremes, permitindo que várias fileiras distintas de soldados se posicionassem. A primeira fileira era composta de fuzileiros, armados com mosquete e agachados nos tufos de avenca que cobriam a inclinação. Diretamente atrás deles havia uma longa fileira de arqueiros, com os arcos preparados, o solo a seus pés repleto de flechas emplumadas. Uma terceira e mais larga fileira ficava atrás desses dois batalhões, e esses eram os cães da infantaria, os soldados rasos que estavam inflamados com a expectativa da batalha vindoura, latindo um para o outro e batendo nervosamente com as patas traseiras no chão.

— Abram caminho para os canhões! — gritou um soldado, e Curtis olhou para trás e viu uma fileira de canhões, dez pelo menos, que estavam sendo empurrados ladeira acima sobre a clareira em que o acampamento dos soldados foi montado.

Cada canhão tinha quatro soldados responsáveis por movê-lo, porém o solo acidentado da floresta uma superfície que não cooperava com as pesadas rodas de metal. Quando eles finalmente chegaram à fileira traseira da infantaria, os coiotes saíram do caminho para que os canhões pudessem ser posicionados, com cerca de 5 metros de distância entre um e outro, no ponto mais alto da cordilheira. Os soldados que tinham empurrado os canhões caíram quando alcançaram seu objetivo, apenas para serem repreendidos por seus comandantes e empurrados de volta para a formação.

Enquanto Alexandra se afastou para repreender um sargento cuja coluna estava meio torta, Curtis ficou vagando entre as fileiras de soldados (entoando "descansar" para cada soldado que se virava para bater continência) até a dianteira da fileira. Chegando à fileira de arqueiros, ele olhou por cima dos ombros, tentando ter uma visão do inimigo que justificaria uma demonstração tão impressionante de poder militar.

O lado afastado do barranco estava vazio.

Curtis olhou em volta para a aparentemente infinita fileira de coiotes que povoava a encosta, para os soldados cujos olhos gelados estavam fixos nas montanhas do outro lado do aluvião e ficou imaginando o que eles poderiam estar enxergando que ele não via. Ele olhou novamente para o lado oposto do barranco e apertou os olhos. Ainda nada; apenas troncos de pinheiros e carvalhos brotando de um solo coberto de musgo, samambaias e azaleias. Ele sussurrou para o arqueiro mais próximo:

— Então, contra quem estamos lutando?

— Os bandidos — respondeu o soldado antes de completar —, senhor.

Curtis balançou a cabeça como se tivesse entendido.

— Certo — sussurrou ele.

Ele ainda não conseguia ver nada.

Um momento se passou.

— Onde eles estão? — perguntou Curtis.

— O quê, os bandidos? — perguntou o soldado, claramente desconfortável por ter um oficial falando com ele dessa forma.

— Sim — disse Curtis.

— Eles estão nas árvores, ali, senhor — disse o arqueiro, apontando para a encosta distante.

— Ah, certo — disse Curtis, ainda confuso. — Entendi. Obrigado. Descansar.

Murmurando desculpas, ele abriu caminho novamente até a retaguarda e encontrou a Governatriz conversando com um pequeno grupo de oficiais. Quando viu Curtis, ela se virou e sorriu.

— Curtis, bem a tempo — disse ela. — Estamos prestes a começar nossa investida. Estava pensando em posicioná-lo em um galho alto de uma dessas árvores. Assim você teria uma visão melhor da batalha. Gostaria disso?

Olhando para cima para os enormes galhos, Curtis balançou a cabeça.

— Sim — disse ele. — Talvez seja o melhor.

Um pequeno grupo de soldados ajudou Curtis a subir até os galhos mais baixos de um prestativo cedro, e de lá ele seguiu escalando até os galhos mais espessos que brotavam da parte central do tronco nodoso da velha árvore. Escolhendo um galho particularmente forte, ele se esgueirou sobre a superfície de madeira até achar um local em que o ramo se dividia e ele era capaz de se acomodar na interseção, com uma boa vista para o barranco. De sua posição, podia ver toda a legião de coiotes descendo a cordilheira. Ainda não conseguia, no entanto, ver nada do outro lado do barranco. Ouviu um comando vindo de baixo e observou enquanto os fuzileiros levaram os mosquetes aos ombros em uníssono. As fileiras ordenadas de soldados atrás dos rifles cessaram seus movimentos inquietos e ficaram paradas, atentas e prontas para agir. Os latidos de ordens foram interrompidos e se fez o silêncio no barranco, a não ser pelo leve sussurro do vento e o farfalhar dos galhos altos das árvores. Curtis se pegou prendendo a respiração enquanto vasculhava a encosta oposta em busca de sinais de movimento.

De repente, as árvores ganharam vida.

🌿

Prue saltou de dentro da banheira, ouvindo a miragem sonora de uma batida na porta. Na esperança de que fosse um dos assistentes do Governador vindo lhe dar boas notícias, ela vestiu o roupão de banho e correu até a porta, espiando o corredor que se esticava à frente. Seu coração afundou quando viu que não havia ninguém ali.

— Olá? — gritou ela.

Seus olhos pararam sobre a figura de um grande cachorro, um mastim, vestido com um uniforme azul, encostado à parede no fundo do corredor. Ele lançou-lhe um breve olhar antes de voltar a encarar as próprias patas. Ele levou um cigarro até a boca. O brilho de um palito de fósforo aceso repentinamente iluminou o pelo macio de seu rosto enquanto ele o aproximava do cigarro. Deu um trago pensativo e olhou de volta para Prue. Ele a saudou com a cabeça.

— Oh, olá — disse Prue.

O mastim não disse nada. Prue apertou os olhos, distinguindo um distintivo no ombro de sua jaqueta. Ali, a palavra ESPADA estava escrita em letras maiúsculas.

— Com licença — gritou Prue. — Você trabalha aqui?

O cachorro não deu nenhuma resposta.

— Imagino que você nada saiba sobre meu irmão, não é mesmo? Foi o Governador que o mandou aqui?

O silêncio permaneceu. O cachorro encolheu os ombros e afastou o olhar para o outro lado do corredor.

Bem, isso é um tanto rude, pensou Prue. Ela estava pronta para perguntar o que o cachorro *estava* fazendo ali quando um homem alto de terno entrou no corredor e saudou o cão. Eles se cumprimentaram e começaram a conversar em voz baixa.

Ele estava apenas esperando por alguém, pensou Prue, perdendo as esperanças. *Só isso*.

Ela fechou a porta e voltou ao banheiro, onde começou a secar o cabelo molhado com a toalha. Uma música do rádio surgiu em sua mente e ela começou a cantarolar, cantando uma versão aproximada do refrão quando chegou nessa parte. Distraidamente passando a toalha sobre o pescoço e a nuca, ela vagou pelo quarto sob a luz enfraquecida do começo da noite.

Quase uma hora tinha se passado quando um barulho repentino vindo de baixo a levou até a janela. Chegou a tempo de ver a enorme quantidade de tentilhões que vira mais cedo deixar seus esconderijos no prédio e pairar diante das portas duplas da entrada da Mansão. Depois de alguns momentos, as portas foram abertas e por ela saiu o resplandecente Corujão Rei, acompanhado por Roger, o assistente do Governador. Prue ficou observando, maravilhada, enquanto a enorme coruja se virava e acenava com a cabeça para seu acompanhante. Roger repetiu sua leve reverência e entrou de volta na Mansão, as portas se fechando atrás dele. Sozinho no pátio, o corujão hesitou antes de alçar voo; ele vasculhou o horizonte e pareceu apreciar o ar por um momento antes de, impressionantemente, virar sua cabeça orelhuda para olhar diretamente para a janela de Prue.

Prue saltou para longe da abertura com a surpresa. Os olhos amarelos vivos da ave continuaram parados sobre ela enquanto Prue o encarava de volta. Finalmente, depois do que pareceu uma eternidade, ele girou de novo a cabeça, abaixou-se e abriu suas imensas asas pintadas. Com uma guinada tremenda, o corujão se lançou ao céu. Rodeou duas vezes a entrada da Mansão, quase pré-histórico em sua postura, antes de voar para a floresta, a massa de tentilhões planando atrás dele como estática contra o céu, que ia ficando cinzento.

Prue balançou a cabeça, nervosa com a experiência. Será que ele estava olhando para ela? Ele não podia estar, decidiu; por que um príncipe coruja teria algum interesse em uma garota humana? Deve ter sido pura coincidência, uma ilusão de que ele olhara para a janela, nada mais.

Algo chamou sua atenção no parapeito da janela, logo do lado de fora do vidro. Era um pequeno envelope branco. As palavras *srta. Prue McKeel* estavam escritas na parte da frente com uma letra delicada e elaborada. Ela rapidamente abriu a janela e pegou a carta no parapeito. Olhou pela janela; os pássaros tinham partido. Rasgando o selo que lacrava o envelope, Prue removeu um pedaço de papel branco, que, desdobrado, revelava um recado curto escrito no papel timbrado em relevo da própria Mansão. Ele dizia:

Cara srta. McKeel,
É de vital importância que eu me encontre com você esta noite. Por favor, venha a meus aposentos na Casa da Pedra Branca, à Rue Thurmond, número 86. Assegure-se de que ninguém a siga.
Você pode estar correndo um grave perigo.
Atenciosamente, Corujão Rei

Prue releu o bilhete em um silêncio atônito. Vagou pelo quarto, revirando o pedaço de papel nas mãos, uma pontada de medo florescendo em seu peito. Leu o bilhete novamente, dessa vez com um sussurro abafado, repetindo a última frase várias vezes antes de dobrar o papel em um pequeno quadrado.

Ela andou até a porta e lentamente abriu uma fresta, espiando o lado de fora. O mastim com o uniforme azul ainda estava ali no fim do corredor. A atenção estava focada em suas patas dianteiras; ele estava cutucando suas garras com uma lixa. Prue o viu começar a virar sua enorme cabeça bochechuda em sua direção e silenciosamente fechou a porta, voltando para o interior do quarto.

Em transe, ela andou até a cama, onde estava sua calça jeans. Enfiou o bilhete no bolso da frente. A luz estava enfraquecendo lentamente no quarto e ela ligou a pequena luminária na mesa de cabeceira. Então se sentou na cama, sentindo o coração bater com força na caixa torácica, como se estivesse explodindo.

※

Curtis tinha, a certa altura, sido um fã ardoroso do canal Animal Planet. Passava o dia inteiro assistindo a seus programas. Desde que tinha 2 anos, contaram-lhe, seus pais o deixavam sentado em frente à televisão depois do jantar e ele ficava sentado, maravilhado, absorvendo qualquer coisa que o canal de TV paga transmitisse, independentemente da espécie, do habitat ou do clima em questão. A obsessão acabou um dia (substituída por várias outras: Robin Hood, o Egito antigo, Flash Gordon — a lista continuava), mas ele sempre se lembrava das imagens que criaram aquele fascínio. Uma delas era a cena, sempre presente em qualquer programa envolvendo criaturas que contavam camuflagem como suas vantagens evolutivas, em que a câmera era apontada sobre uma savana ou um prado tranquilo e vazio, e você, o espectador, ficava desconcertado com o motivo por que eles estavam gastando o precioso filme em um gramado sem animais, quando, de repente, um leão, uma cobra ou uma pantera saía de dentro da grama ou de trás de um arbusto e você ficava chocado com sua inabilidade de detectá-los.

Foi isso que surgiu na mente de Curtis enquanto observava a floresta do outro lado do barranco ganhar vida.

Começou de forma imperceptível, os movimentos delicados dos cachos das samambaias e dos galhos baixos lentamente pareciam exalar um aspecto mais ameaçador e cheio de propósito, e Curtis achou ter visto um piscar de metal por trás de uma pequena pilha de galhos e folhas. Então, foi como se a vegetação rasteira tivesse criado pernas e começado a se mover, desgarrada do solo da floresta. Os corpos de humanos logo começaram e se distinguir do fundo e Curtis tomou um susto ao ver os vultos emergindo da vegetação, seus rostos escuros pintados de forma selvagem com tinta marrom e verde. Enquanto Curtis observava, mais e mais corpos se juntavam a esses poucos até que a encosta oposta estivesse lotada de gente, gente coberta com roupas esfarrapadas e segurando uma variedade estranha e selvagem de armas: rifles, facas, tacos e arcos. A multidão continuava a crescer, e Curtis estimava que seu número fosse bem maior que duzentos — pelo menos tantas pessoas quanto ele se lembrava de ver no ginásio de sua escola em uma reunião de alunos. Seus movimentos não produziam sons, a não ser pelo clique dos rifles sendo engatilhados e o ranger das flechas sendo apontadas.

Abaixo dele, a Governatriz apareceu, novamente sobre seu cavalo. Ela destemidamente manobrou a montaria até a frente da tropa, desembainhou a espada e apontou para o exército que emergia do outro lado do barranco.

— Bandidos! — gritou ela. — Estou lhes dando uma última chance de abaixar suas armas e aceitar a derrota. Aqueles que se renderem serão tratados com justiça e tolerância. Aqueles que não se renderem enfrentarão a morte!

O cavalo andou de lado e relinchou sobre a inclinação exuberante. Não houve resposta do outro lado. Uma brisa balançava os galhos das árvores. A luz da tarde entrava de lado na mata, formando longas e gigantescas sombras no solo.

— Muito bem! — continuou Alexandra. — Vocês escolheram seu destino. Comandante, prepare o...

Ela foi interrompida pelo *vush* de uma flecha, passando por sua bochecha e se alojando com um *pop* no tronco de uma árvore próxima. Seu cavalo empinou, e ela teve dificuldades em acalmá-lo, o tempo todo mantendo o olhar furioso fixo no outro lado do barranco.

Um homem se destacou da multidão na encosta oposta. Ele tinha uma barba ruiva espessa e o que pareciam ser os vestígios recuperados de uma jaqueta de oficial, seu tecido vermelho e suas tranças decorativas desfigurados pela terra e pelas cinzas. Listras da largura de um dedo de tinta marcavam as bochechas de seu rosto envelhecido pelo clima. Ele segurava um longo arco nodoso na mão coberta por uma luva, a corda retesada ainda tremendo depois do disparo. Uma coroa de hera e azaleias estava emaranhada em seu crespo cabelo ruivo e embaraçado, e a testa era marcada com uma tatuagem de algum totem aborígene.

— Esse país não é seu! — gritou o homem. — Você será rainha do Bosque Selvagem quando estivermos mortos e enterrados no solo!

O exército de bandidos que o cercava soltou gritos exaltados em resposta ao desafio do homem.

A Governatriz riu.

— Não poderia estar mais de acordo! — gritou ela, finalmente acalmando o cavalo. — Embora eu não saiba ao certo qual autoridade o coroou rei, Brendan!

O homem, Brendan, grunhiu algo baixinho antes de gritar:

— Não seguimos nenhuma lei, não aceitamos nenhum governo. Eles me chamam de Bandido Rei, mas tenho tanto direito a esse título quanto qualquer um aqui, qualquer animal, pássaro ou homem que segue o código e o credo dos bandidos.

— Ladrões! — gritou Alexandra, furiosa. — Ladrões baixos e larápios! Rei dos Pedintes é o seu título de direito!

— Cale a boca, bruxa — foi a resposta firme de Brendan.

A Governatriz riu e estalou a língua para seu cavalo, esporeando-o para longe do barranco. Passando pelo Comandante, ela se virou para ele e disse, sem rodeios:

— Acabe com eles.

— Sim, madame — disse o Comandante, sorrindo. Parado na frente das tropas, ele levantou seu sabre e gritou. — Fuzileiros! Apontar!

A artilharia atendeu seu comando, juntos, levaram os rifles ao ombro.

— FOGO!

Um staccato inconstante de estalos se seguiu, e o ar do barranco foi preenchido por uma fumaça densa e cáustica quando os fuzileiros atiraram nas tropas dos bandidos na margem oposta.

Através da bruma da clareira, Curtis observou vários bandidos tombando para dentro do barranco, os corpos sem vida rolando entre as samambaias, enquanto outros ocupavam seus postos abandonados. Houve uma espécie de meio segundo de silêncio de choque que pareceu durar uma eternidade para Curtis antes de o silêncio ser quebrado por um grito coletivo veemente de toda a encosta, e as tropas dos bandidos entrarem em ação, descendo o barranco com espadas em punho, tacos e facas erguidos de forma selvagem sobre suas cabeças. Uma fileira mal organizada de arqueiros atrás deles soltou uma saraivada densa de flechas sobre as tropas dos coiotes, e Curtis ficou boquiaberto ao ver a linha de fuzileiros dizimada, dezenas de atiradores coiotes caindo de joelhos no barranco com flechas alojadas no peito.

Antes que as forças terrestres dos bandidos tivessem a chance de alcançar o outro lado do barranco, os arqueiros coiotes, atendendo o comando, deram um passo à frente, ocupando a posição dos fuzileiros, com as flechas preparadas.

— Arqueiros! — gritou o comandante, parado entre eles. — FOGO!

O aluvião foi novamente cruzado por uma trama estreita de flechas em voo, dessa vez na direção oposta, e o barranco ficou coberto com os corpos dos bandidos desafortunados que se encontravam no caminho das flechas. Os arqueiros bandidos, pegando mais munição, permitiram que alguns poucos atiradores retardatários tomassem a frente e disparassem sobre a formação dos coiotes; muitos disparos atingiram seus alvos, e mais corpos de coiotes começaram a se juntar aos dos bandidos no barranco esfumaçado. Curtis olhava fixamente para o número crescente de mortos e feridos. E a batalha tinha acabado de começar.

— Infantaria! — berrou o Commandante. — MARCHE!

Os soldados rasos na traseira da formação marcharam adiante, passando pelos arqueiros e fuzileiros, bem a tempo de encontrar os bandidos enquanto eles subiam a inclinação gradual do barranco. As duas tropas bateram de frente em uma explosão de som: sabres se chocando, uivos selvagens, gritos ardentes e ossos estalando. Curtis fez uma careta, seu estômago se revirando. O lado romântico que ele tinha associado a esses tipos de batalhas, principalmente de romances históricos que tinham recentemente caído em seu gosto, estava começando a ser manchado. A realidade estava se provando muito mais feia.

As duas forças em guerra se transformaram em um emaranhado de corpos, pelos e carne, metal e madeira, enquanto suas respectivas artilharias disparavam flechas e balas sem parar sobre a encosta oposta. Mas, independentemente da quantidade de bandidos que descia da margem para o barranco, mais apareciam de dentro da floresta para substituí-los e, por um momento, parecia que os coiotes seriam horrivelmente superados em número.

Foi então que os canhões entraram em cena.

Com quatro coiotes em cada arma, elas foram empurradas através do que tinha restado das fileiras de arqueiros e fuzileiros, e posicionados no topo da cordilheira. Um comandante ficava parado ao lado do canhão e uivava ordens para os outros, que, um de cada vez, carregavam o canhão com pólvora e uma bala na larga abertura do canhão com eficiência disciplinada. Quando as armas estavam carregadas, os ordenadores levantavam seus sabres e, ao grito de "FOGO!" do Comandante, a floresta ribombava com uma série de estrondos tonitruantes.

As balas de canhão colidiram contra as linhas dos bandidos, mandando corpos voando em todas as direções. As balas, ao atingirem seus alvos, levantavam gigantescas colunas de terra e estilhaçavam até mesmo os maiores troncos de árvores como se fossem palitos de dente. Árvores anciãs e tão altas quanto o céu, que pareciam ter nascido quando a Terra ainda era nova, eram derrubadas, batendo nas árvores vizinhas e fazendo voar galhos lascados e ramos para todos os lados. Mais do que uns poucos guerreiros sem sorte no barranco, no calor da batalha, foram esmagados por esses colossos cadentes.

Os ouvidos de Curtis ainda estavam zumbindo por causa dos disparos dos canhões quando ele viu os bandidos se reagrupando na encosta. A fuzilaria os desarmara temporariamente, mas eles estavam crescendo novamente em número, suas forças continuamente se alimentando da mata atrás do barranco. A linha de arqueiros estava se preparando novamente para outra saraivada mortal. Em uma tentativa de capitalizar sobre o sucesso inicial da artilharia, o Comandante rapidamente ordenou que disparassem novamente. Curtis observou os movimentos dos coiotes atentamente, fascinado pela rapidez da equipe de artilharia abaixo dele.

Exatamente quando o comandante latiu sua ordem para disparar, uma flecha cruzou o barranco e acertou em cheio o pescoço do coiote incumbido de acender o pavio. Ele caiu para trás, morto, e o palito de fósforo em brasa em sua mão tombou sobre uma pilha de trepadeiras secas no pé da árvore em que Curtis estava empoleirado. O resto da equipe de artilharia foi repentinamente acossado por bandidos enquanto uma onda deles chegava ao topo da inclinação, e os coiotes foram forçados a deixar seus postos, entrando em combate corpo a corpo.

A brasa do palito de fósforo rapidamente ateou fogo na vegetação seca, e pequenas chamas começaram a lamber a base da árvore de Curtis. Curtis se encolheu, olhando para baixo, na direção do fogo crescente.

— Droga — resmungou ele. — Superdroga, droga, droga.

Ele rapidamente deixou a posição sobre o galho e deslizou pelo tronco da árvore, a casca áspera arranhando seu uniforme nos joelhos e cotovelos. Pousando no solo, pegou o palito de fósforo onde ele tinha caído e começou a pisar o fogo nas raízes da árvore.

— Droga, droga, droga — repetia incessantemente.

As folhas secas rapidamente esfarelaram sob seus sapatos, e o fogo estava extinto. A ponta do palito de fósforo aceso brilhava em sua mão. Ele ficou parado por um momento, paralisado pela ação à sua volta, e então olhou para o canhão abandonado, seus encarregados ainda na luta corpo a corpo com seus adversários bandidos.

— Por que não... — decidiu sua voz interior.

Ele correu até o canhão e encostou o palito aceso ao pavio. Em um instante, o pavio se acendeu, o canhão disparou, e Curtis foi arremessado quando o canhão deu um coice, e uma chuva de fumaça e fagulhas encheu o ar, e o mundo à sua volta ficou em silêncio, a não ser por um leve e distante zumbido agudo.

— Uau. — Ele se sentiu sussurrar, embora não conseguisse escutar nada.

Prue não conseguia se lembrar de um dia ter ficado mais impaciente pelo por do sol do que estava agora. Ela estava sentada à janela de seu quarto na Mansão e observava a grande esfera descer para trás dos distantes picos da Cordilheira das Cascatas até que a floresta estivesse escura. Com o fim da luz do dia, a atividade na Mansão parecia diminuir e se acalmar, e as idas e vindas que ela tinha testemunhado durante toda a tarde nas portas da frente chegaram a um silencioso fim. O som de passos no corredor do lado de fora de sua porta tinha cessado, e a Mansão parecia ter caído em um sono noturno silencioso. Prue concluiu que era sua chance.

Ela entrou silenciosamente no banheiro e abriu a torneira da pia no máximo. O jorro da água espirrava no azulejo branco do chão. Ela então voltou ao aposento principal e segurou a maçaneta da porta. Respirando fundo, girou a maçaneta. *Pronta ou não, aqui vou eu*, pensou ela.

A porta se abriu com um rangido, revelando o longo corredor. Algumas instalações de luz iluminavam um tapete persa decorado que saía de seu quarto. Como ela esperava, o mastim ainda estava de sentinela na outra ponta do corredor. Ouvindo a porta abrir, ele brevemente olhou para cima. Fiapos de fumaça saíam de um cigarro aceso em sua mão.

— Com licença! — gritou Prue. — Com licença, senhor?

O cachorro, aparentemente surpreso por falarem com ele, olhou em volta. Assim que percebeu que ela estava falando com ele, grunhiu de forma desconfortável e se levantou de sua posição encostado à parede.

— Sim, senhorita? — falou ele.

— Eu estava imaginando... apenas preciso de uma ajuda — disse Prue na sua melhor interpretação de donzela em apuros. — Não estou conseguindo desligar a água da pia do banheiro. Acho que a torneira está quebrada. Tenho medo de que acabe transbordando.

O cachorro fez uma pausa, evidentemente avaliando a conveniência de sua ajuda. Ele se mexeu em seu uniforme, que ficava apertado naquele grande corpo peludo.

— Por favor? — pediu Prue.

O mastim soltou um pequeno *auf* e se afastou da parede. Ele apagou o cigarro no chão de madeira. Quando chegou mais perto de Prue, disse:

— Não sou nenhum bombeiro, claro. — A voz era baixa e mal-humorada. — Mas verei o que posso fazer.

Prue deu uma olhada melhor no distintivo em seu ombro; debaixo da palavra ESPADA estava a imagem sinistra de uma lâmina cercada por algo que parecia arame farpado.

Prue deixou o cachorro entrar no quarto e o seguiu enquanto ele andava na direção do banheiro. Ele abriu a porta e entrou, aproximando-se da pia. Prue ficou para trás no quarto. Esticando o braço, ele rodou rapidamente a torneira, e o fluxo de água parou. Antes que ele tivesse a chance de levantar qualquer tipo de objeção de surpresa, Prue tinha fechado a porta do banheiro com força atrás dele.

— Ei! — gritou o cachorro, sua voz abafada atrás da porta.

A cabeça ornada de uma chave podia ser vista enfiada no buraco da fechadura. Com um rápido giro, Prue trancou a porta, escutando o *clique* pesado da tranca sendo acionada.

— Ei! — gritou o cachorro novamente, agora mais irritado. Ele começou a tentar girar a maçaneta freneticamente. — Deixe-me sair!

— Sinto muito! — gritou Prue, sentindo uma angústia genuína por ter enganado o mastim. — Eu realmente sinto muito mesmo. Tenho certeza de que alguém vai chegar para ajudá-lo. Coloquei um saco de frutas secas na banheira para o caso de você ficar com fome. Tenho de ir. Desculpe!

Ela rapidamente saiu do quarto, escutando os ecos dos latidos irritados do mastim sumindo atrás de si no corredor. Enquanto caminhava, pediu uma bênção rápida à santa padroeira dos detetives.

— Nancy Drew — sussurrou —, esteja comigo agora.

No fim do corredor havia uma porta. Ela a abriu e deu de cara com outro longo corredor. O espaço à frente estava vazio. Prue cautelosamente colocou um pé sobre o tapete, fez uma pausa ao primeiro rangido da tábua de madeira do chão e então começou a andar nas pontas dos pés pelo corredor.

Aquela área parecia particularmente vazia e, com cada passo, Prue ganhava confiança de que não seria pega; até que uma porta se abriu de repente e um jovem de óculos saiu, carregando uma maleta com um sobretudo pendurado sobre ela.

— Boa noite, Phil — disse ele a alguém dentro da sala de que tinha saído.

— Boa noite — veio a resposta de dentro.

Prue congelou. Sem lugar algum em que pudesse se esconder, a menina não teve outra escolha a não ser ficar imóvel no meio do corredor, rezando para que o jovem não se virasse e a visse. Para seu grande alívio, ele não se virou. Aparentemente muito ocupado em ir embora, ele simplesmente desceu o corredor e desapareceu em uma esquina. Sem se mover, Prue olhou com o canto do olho para a sala, que tinha agora a porta aberta para o corredor. Outro homem estava sentado em uma escrivaninha, ativamente atento a seu trabalho. Uma luminária verde de braço dobrável iluminava os papéis à sua frente. Ocasionalmente ele mergulhava uma caneta de bico de pena em um tinteiro.

Prue passou apressada pelo bloco de luz sobre o chão formado pela porta da sala aberta praticamente não ousando respirar até que tivesse passado pela abertura. Quando não ouviu nenhum grito mandando-a parar, ela começou a andar mais rápido.

O tapete acabava em uma grande porta de madeira, e Prue a abriu um pouco e espiou pela fresta. Além da porta estava o topo da escada e abaixo estava o saguão, agora sinistramente desprovido de toda a atividade frenética que ela tinha presenciado aquela tarde. As portas duplas para a ala leste estavam fechadas e o que parecia ser um labrador de uniforme cáqui dormia roncando alto em uma cadeira do lado de fora.

Prue empurrou a porta e saiu bem devagar para o topo da escada. Chegando aos degraus, começou a descer cuidadosamente, contando cada degrau até chegar ao fim. Ao chegar, ela meio andou e meio correu através do mármore quadriculado do chão e estava quase na porta da frente quando repentinamente ouviu uma voz de homem, alta e reprovadora.

— O que você pensa que está fazendo?

O corpo de Prue congelou, a meros passos da liberdade da porta da frente.

— Quantas vezes já lhe disse que o Governador gosta de *creme* com o chá de camomila? — continuou a voz.

Prue olhou em volta para ver a fonte da bronca e viu, por uma porta do saguão, um homem — alguma espécie de mordomo — repreendendo rigidamente a menina que Prue reparou, sob a fraca luz da luminária do pequeno quarto, era ninguém menos que sua camareira, Penny. O homem estava segurando uma bandeja com uma xícara e uma chaleira.

— Desculpe, senhor — foi a resposta encabulada de Penny. — Isso não acontecerá novamente.

Os olhos de Penny se levantaram e em um instante ela viu Prue, congelada no saguão. Seus olhos se arregalaram. Os olhos de Prue também. Elas olharam uma para a outra por um momento antes de o mordomo falar:

— Bem, não espero que você cometa esse erro novamente. Caso contrário, de volta para a área de serviço com você... e isso seria brando de minha parte!

Penny olhou de volta para o homem.

— Sim, senhor — disse ela. — Entendido, senhor. Entregue-me o chá, senhor, vou levá-lo ao Governador.

O mordomo bufou de forma aprovadora e entregou a bandeja a Penny, saindo do pequeno quarto por uma porta nos fundos, de costas para Prue o tempo todo. Quando ele tinha desaparecido, Penny olhou novamente para Prue, seus olhos outra vez arregalados com a surpresa.

— O que você está fazendo? — sussurrou ela.

Prue percebeu que não tinha outra escolha a não ser contar a verdade.

— Preciso ver o Corujão Rei — sussurrou Prue de volta. — Ele me mandou um bilhete. Disse que eu deveria ir vê-lo. Hoje à noite! — Ela passou o pé no chão à sua frente de forma envergonhada. — E, oh Deus!, eu meio que tranquei alguém em meu banheiro, um cachorro que eu acho que estava me vigiando. É possível que eu esteja em apuros.

— Você fez o quê? — sussurrou Penny, horrorizada.

— Eu... o tranquei no meu banheiro. Está tudo bem, deixei um saco de frutas secas lá dentro para o caso de ele ficar com fome.

Penny ficou sem palavras momentaneamente. Finalmente disse baixinho:

— Bem, não vá naquela direção! Há sentinelas de 5 em 5 metros na porta da frente!

Prue olhou para as portas na frente dela, surpresa com o fato de aquilo não ter passado pela sua cabeça.

— Oh.

Penny fez uma expressão de impaciência.

— O que você vai fazer, trancá-los no seu banheiro também? Venha por aqui.

Prue se juntou a Penny no pequeno quarto, que parecia ser uma espécie de área reservada para os empregados. Penny colocou a bandeja do chá sobre uma mesa e abriu a pequena porta pela qual o mordomo tinha saído. Ela passou a cabeça pela fresta e, satisfeita que tudo estava livre, acenou para que Prue a seguisse.

Penny guiou Prue por um labirinto de passagens, iluminadas pela ocasional luz tremulante de uma lâmpada a gás. Em certos momentos, as passagens pareciam ser apenas artérias conectando outros corredores, onde outros pareciam estar sendo usados como despensas ou depósitos, suas paredes cobertas de prateleiras que acomodavam sacos de farinha e fileiras de vegetais estranhos em potes. Prue perdeu a noção de onde estavam depois que a quinta interseção foi cruzada e simplesmente começou a seguir Penny às cegas, consentindo silenciosamente a cada ordem em voz baixa da camareira, que dizia "por aqui" e "siga-me". Elas finalmente chegaram a uma porta que parecia particularmente antiga e Penny a abriu, revelando um lance de escadas velhas que levavam à escuridão. Penny pegou duas velas em uma caixa no chão e, acendendo as duas em uma lâmpada a gás obsequiosa, entregou uma a Prue.

— O que é isso? — sussurrou Prue.

— São os túneis — disse Penny. — Eles vão para todos os lados. Podemos segui-los para ir até a cidade.

— E quanto ao chá? O Governador não está esperando por você? — perguntou Prue.

Penny deu um sorriso maldoso.

— Aquele velho insano? Ele vai se virar.

Prue parou na porta.

— Obrigada — sussurrou ela. — Por me ajudar. Não sei o que dizer.

— Escute — respondeu Penny —, posso me meter em uma grande encrenca por causa disso. Mas acredito firmemente que as pessoas têm

de fazer o que elas têm de fazer. E, se o Príncipe Coroado quer vê-la, você vai. Deus sabe que você provavelmente vai ficar melhor do que aqui, juntando poeira naquele quarto de hóspedes. — Ela olhou para Prue atentamente. — Logo que a vi, meu coração parou. Só de imaginar perder um irmão. — Ela suspirou e segurou sua vela passando pela porta, iluminando os degraus. Uma brisa leve, fria e silenciosa soprava pela abertura e tinha o aroma de pedras mofadas e úmidas. — Vá em frente.

Prue deu um passo sobre a pedra lisa da escada, desgastada pelo que parecia ser uma eternidade esquecida de passos. A umidade da escadaria era de causar arrepios e ela tremeu enquanto descia. Penny a seguiu, fechando a porta atrás de si. As velas em suas mãos projetavam sombras cintilantes contra as paredes de tijolos, as chamas tremulando no ar estagnado.

No fim da escadaria, o corredor se ligava a uma única passagem que levava em ambas as direções à escuridão completa. As paredes do túnel irradiavam um frio úmido, a vastidão manchada aqui e ali por riachos de água que pingava do teto arqueado. O chão era coberto por poeira de cinzas e Prue podia sentir o frio passando por seus sapatos.

A construção do túnel mudou quando elas se afastaram mais; os tijolos vermelhos e a argamassa das paredes deram espaço à pedra e ao granito talhados de forma grosseira. Em alguns momentos, o túnel parecia ser cavado diretamente das pedras no solo. O teto ficava mais alto e tinha o aspecto de uma caverna; em outros momentos, elas eram forçadas a rastejar e engatinhar por passagens baixas. Depois do que pareceu uma eternidade, chegaram a uma interseção e Penny apontou sua vela para um novo corredor.

— Aqui é o mais longe que irei — disse ela. — Tenho um chá para servir. Siga esta passagem. Depois de um tempo você vai chegar a uma escada na parede. Use-a para chegar à superfície. A partir de lá, você está por conta própria.

— Muito obrigada — disse Prue. — Não sei o que teria feito sem você.

— Não há de quê — respondeu Penny. — Sei que você vai achá-lo, seu irmão.

Ela sorriu e se virou para partir, a auréola de luz que sua vela formava se apagando na escuridão do túnel.

Prue começou a caminhar por essa nova passagem. Pouco tempo depois, chegou à escada que Penny descrevera. Os degraus estavam lascados e gastos, e se curvavam com o peso dos pés de Prue enquanto subia agilmente. A escada a levava até um longo duto cilíndrico no teto do túnel que acabava no que parecia ser uma tampa de bueiro. Segurando-se aos degraus, Prue levantou a tampa e a deslizou para o lado. Uma revigorante lufada de ar fresco a pegou de surpresa, e ela respirou fundo. Com cautela, passou a cabeça pela abertura e olhou em volta.

Estava de volta na mata.

CAPÍTULO 11

Um Soldado Distinto; Audiência com uma Coruja

Curtis, apoiando-se nos cotovelos para se levantar, verificou os danos que tinha causado. Os soldados coiotes que, apenas momentos mais cedo, participavam ferozmente da batalha estavam parados, congelados com surpresa, seus adversários tendo desaparecido miraculosamente. O curso da bala de canhão tinha aberto um caminho ordenado na vegetação rasteira, cruzara o enorme barranco e continuara seu caminho até o outro lado. Vários bandidos, imóveis, estavam caídos em seu rastro. Curtis piscou rapidamente.

Os soldados levantaram seus sabres em uma breve comemoração antes de uma nova onda de bandidos aparecer na margem do barranco e eles voltarem à batalha. Curtis ouviu o som de cascos batendo atrás dele.

— Curtis! — ressoou a voz da Governatriz. — Venha comigo!

Ele se virou e viu Alexandra sobre ele, sua mão estendida. Eles se seguraram, a mão de um no antebraço do outro, e ele foi levantado até o lombo do cavalo. A audição de Curtis só agora estava retornando.

— Você viu aquilo? — gritou ele, mais alto que o tumulto da batalha que estava se desenrolando.

Ele podia sentir que estava radiante, tanto de admiração quanto de orgulho.

— Vi! — Foi a resposta de Alexandra. — Muito bom trabalho, Curtis! Ainda vamos transformá-lo em um guerreiro!

Com uma das mãos segurando a espada e a outra nas rédeas, ela incitou o cavalo a um galope enquanto ele habilmente ziguezagueava pelas árvores. Sua habilidade para cavalgar era de primeira, e pobres dos bandidos que tentassem levantar um rifle ou um sabre em sua direção conforme ela seguia: eles certamente seriam partidos ao meio.

— Aonde estamos indo? — perguntou Curtis, o rosto enfiado na pele da estola de Alexandra.

— Você verá! — gritou ela.

Eles chegaram à ponta mais afastada da cordilheira, onde o aluvião era mais fundo e as paredes do barranco subiam como se fossem um cânion. A cordilheira toda era um emaranhado de bandidos e coiotes, frente a frente, suas baionetas e espadas fazendo estrépito. Alexandra saltou de cima do cavalo, com um golpe de espada rapidamente se livrou de um bandido que a atacava e correu até a margem da cordilheira. Curtis engoliu em seco de forma enfática e a seguiu. Quando chegou ao lado dela, a Governatriz apontou para a depressão da vala, onde um grupo de bandidos estava sofrendo para empurrar um gigantesco canhão obus barranco acima.

— Lá — disse ela, delicadamente. — Se aquela arma chegar mais longe, nosso batalhão estará à mercê desses selvagens.

O enorme obus fazia os canhões dos coiotes parecerem fogos de artifício; sua boca tinha facilmente um metro de diâmetro, e o tubo era tão comprido que dois homens poderiam deitar dentro dele. O ferro da arma era extensivamente decorado com a forma perversa de um dragão, a boca da arma emoldurada pelas presas mordazes do monstro. Um disparo daquilo, Curtis supôs, e você poderia derrubar uma encosta inteira.

— O que podemos fazer? — perguntou Curtis.

— Começar a atirar — respondeu Alexandra. Ela empurrou um rifle nas mãos dele antes de levar o próprio ao ombro, ajustando a mira sobre a guarnição do obus abaixo deles.

Curtis empalideceu, e o vazio em seu estômago cresceu. Ele havia disparado o canhão, claro, mas aquilo tinha parecido tão anônimo e aleatório. Ele não tinha certeza de que seria realmente capaz de *disparar uma arma* contra alguém. Paralisado, ele ficou simplesmente imóvel, segurando o rifle nas mãos.

A Governatriz, enquanto isso, tinha disparado várias vezes contra o aglomerado de gente que cercava o enorme canhão, derrubando dois bandidos que foram rapidamente substituídos enquanto mais reforços subiam correndo a encosta. Batendo com a soleira do rifle no chão, ela praguejou enquanto desaparafusava a vareta do rifle e começava rapidamente a recarregar a arma.

Desesperado por uma estratégia alternativa, Curtis vasculhou a encosta. Os olhos pararam sobre algo que deixou seu coração na garganta.

— Espere! — gritou ele para Alexandra, deixando o rifle no chão.

Ele correu até um afloramento coberto de musgo com visão para o barranco, onde um enorme cedro tinha caído, sua casca áspera coberta de hera e samambaias. Ele estava sobre a vegetação rasteira, perigosamente equilibrado na margem do barranco, sua parte central suspensa por outra árvore caída. Curtis calculou a distância e a altura da queda, o tempo todo olhando alternadamente para os bandidos e a árvore morta. Satisfeito, ele pulou novamente por cima da árvore e se jogou no chão, levantando os pés em busca de um apoio para fazer uma alavanca contra a casca do tronco da árvore. Com um grunhido de esforço, ele começou a empurrar com toda a força que foi capaz de juntar. O tronco começou a girar em seu eixo, a terra viva debaixo dele se soltando, até que as energias do garoto se exauriram, e a árvore girou de volta para seu local de repouso. Ele respirou fundo e, grunhindo mais alto, começou a empurrar novamente. O tronco levantou um pouco mais dessa vez, mas ainda não o suficiente para se soltar de sua posição.

— Alexandra! — gritou ele. — Venha me ajudar!

A Governatriz, que vinha disparando seu rifle contra os bandidos que se amontoavam debaixo dela sem nenhum efeito significante, olhou para ele e, entendendo o plano de Curtis, correu até onde ele estava deitado. Ela se jogou no chão, também começando a empurrar o tronco da árvore com os pés cobertos por mocassins.

— Um... dois... três! — contou Curtis, e os dois empurraram com toda a força.

O tronco da árvore soltou um tremendo gemido antes de tombar de seu ancoradouro e rolar sobre a borda do barranco com um estalo ensurdecedor. Alexandra e Curtis levantaram do chão correndo, a tempo de ver a árvore gigantesca descer rolando a parede íngreme do barranco, ganhado velocidade a cada giro. Apenas alguns dos bandidos, aqueles que estavam atentos, conseguiram pular para fora do caminho antes que a árvore colidisse com o obus, mandando estilhaços e casca de árvore pelo ar. O obus desabou de seu transporte e tombou no chão, o enorme tronco do cedro enfim repousando sobre seu cano. Os bandidos que formavam a guarnição do obus, os poucos que restaram, saíram correndo barranco abaixo e desapareceram nos arbustos.

Curtis começou a saltitar.

— Caramba... caramba... — repetia ele inarticuladamente. — CACILDA! Isso realmente acabou de acontecer?

Alexandra olhou para ele e sorriu.

O som inconfundível de uma concha sendo soprada os distraiu da celebração, e de repente a maré de bandidos estava recuando da encosta, subindo desesperadamente o lado oposto do barranco e voltando para a mata. Os soldados coiotes sobreviventes os perseguiram brevemente, pegando alguns dos retardatários no caminho, antes de levantarem os braços em uma comemoração coletiva. O barranco era deles.

🌿

Prue saiu e, sentada na beira do bueiro, inspecionou os arredores; o nó da cobertura da floresta se agigantava sobre ela, e as poucas estrelas no início da noite brilhavam através dos galhos acima. Ela descobriu que estava em uma pequena clareira, cercada por uma densa trama de árvores.

Porém mal tivera tempo de pensar sobre a presença de um bueiro (no topo estavam gravadas as palavras PROPRIEDADE DO CONSELHO DE RECURSOS DE DRENAGEM DO BOSQUE DO SUL) nessa clareira remota quando ouviu um barulho estranho de madeira atrás de si. Ela se virou e viu um riquixá amarelo brilhante vindo em sua direção. Ele estava sendo puxado por um texugo.

— Olá — disse o texugo, quando chegou perto de Prue.

Ele desacelerou até parar.

— Oi.

O texugo piscou e olhou para o bueiro.

— Você acabou de sair daí? — perguntou ele, intrigado.

Prue olhou novamente para o buraco:

— Sim.

— Oh — falou o texugo, e então complementou, como se repentinamente tivesse se lembrado de sua ocupação. — Precisa de uma carona?

— Na verdade, preciso — disse Prue, tirando o bilhete da coruja do bolso. — Preciso chegar na Rue Thurmond. Número 86. Fica longe?

— Que nada, não é nem um pouco longe — disse ele. — Fica no fim da estrada. — Ele sacudiu a cabeça, apontando para o riquixá. — Entre, vou levá-la até lá.

— Não tenho nenhum dinheiro — disse Prue.

O condutor do riquixá fez uma pausa por um momento antes de responder:

— Não se preocupe. Última corrida da noite. Fica no caminho da minha casa.

Prue agradeceu gentilmente e subiu na cadeira acolchoada do riquixá. A espalhafatosa pintura amarela do veículo era acentuada com formas em vermelho vivo e pequenas decorações de lã que pendiam do teto. Com um rápido aviso ("Pode ser que chacoalhe um pouco") do texugo, o riquixá entrou em movimento, e logo eles estavam chacoalhando ao longo do solo da floresta em um ritmo acelerado. Fazendo algumas curvas ligeiras, o riquixá começou a seguir um caminho bem-trilhado, e pequenos casebres em ruínas começaram a aparecer na mata. Depois de um tempo, a terra da estrada deu lugar a ruas pavimentadas, e a mata foi ofuscada por uma fileira impressionante de casas coloniais chiques, suas janelas salientes refratando a luz de candelabros sobre a calçada.

— Esse aqui é um lugar chique — comentou o motorista, irônico. — Seu amigo está numa boa.

A rua começou a se inclinar gradualmente, e o texugo abaixou a cabeça para concentrar as forças enquanto o riquixá subia a ladeira. Quando eles chegaram ao topo, o veículo parou em frente à casa mais grandiosa do bloco — era um colosso de três andares de pedra branca de alabastro e havia querubins gêmeos carregando trompetes em relevo, talhados na moldura decorada da janela do primeiro andar. Uma luz quente banhava as cortinas abertas em frente à janela e o número 86 estava escrito em uma placa sobre a porta da frente.

— Aqui está — disse o texugo, recuperando o fôlego. — Número 86 da Rue Thurmond.

Prue desceu do veículo.

— Muito obrigada — disse ela.

O texugo assentiu e foi embora.

A menina subiu os degraus de mármore da porta da frente e parou um momento para admirar o batedor pendurado ali: uma cabeça de águia de bronze com um pesado aro dourado no bico. Tremendo mais do que só um pouquinho, ela levantou o aro e o deixou cair sobre a porta de carvalho. Aquilo produziu um barulho ressoante, e ela se afastou, esperando. Não houve resposta. Tentou o batedor novamente e ainda ninguém veio até a porta. Afastando-se, olhou para a placa uma segunda vez, assegurando-se de que essa era mesmo a casa número 86. Deixou o grande aro dourado bater mais algumas vezes antes de começar a se preocupar.

De repente, a porta se abriu alguns centímetros e parou. Ela estava prestes a se aproximar quando a porta se fechou com força, apenas para se abrir um pouco mais do que na vez anterior. Intrigada, Prue espiou pelo espaço entre a porta e o portal e falou:

— Olá?

O som de penas tremulando de forma desesperada respondeu sua saudação, e ela pôde ver que dois pardais estavam tentando, com muito pouco sucesso, girar a maçaneta.

— Desculpe! Desculpe! — disse um deles, a garra atacando o bronze polido.

— Oh! — falou Prue. — Deixe-me ajudá-lo!

Ela cuidadosamente abriu a porta e passou pela entrada.

— Obrigado! — disse um dos pardais, pairando diante de Prue. — Não estamos acostumados a esse tipo de geringonças de bípedes.

— Você deve ser a menina Forasteira, McKeel — disse o outro pardal. — O Príncipe está esperando por você.

Os pardais, depois de tirarem o casaco sem fazer nenhum esforço e o levarem voando para pendurá-lo em um gancho ao lado da porta, guiaram Prue por outra porta, passando por um corredor curto e entrando em uma enorme sala de estar.

Um fogo alto rugia na lareira sob uma moldura de madeira decorada do outro lado da sala e sua luz projetava sombras em redemoinho contra o teto alto. A mobília estava, em sua maioria, envolvida em tecido branco, exceto duas poltronas de costas altas posicionadas para ficar de frente para a lareira. As paredes eram cobertas de estantes de livros altas, os milhares de lombadas enfileiradas em suas prateleiras dando a ilusão de uma tapeçaria multicolorida. O pano que cobria um quadro emoldurado sobre a moldura da lareira tinha caído um pouco para o lado, revelando a figura de um gaio azul vestindo um robe austero, e Prue percebeu que a sala exalava uma espécie de melancolia confortável.

— Boa noite — disse uma voz idosa que vinha de trás de uma das poltronas. — Espero que você tenha achado seu caminho até aqui em segurança. Por favor, sente-se.

Uma asa gigante apareceu de trás da poltrona, suas inúmeras penas marrons e brancas se articulando para apontar a poltrona à frente.

Prue sussurrou um agradecimento e atravessou a sala na direção da cadeira. O calor do fogo a saudou quando ela se aproximou, e a menina se sentou, a calça jeans absorvendo o calor das chamas, olhando nos olhos do Corujão Rei.

Ele era ainda mais impressionante em pessoa, com as penas que davam a ideia de ele ter um orelhão se estendendo para o alto em sua cabeça, o corpo marrom malhado preenchendo facilmente o estofado da poltrona. Ele estava vestindo um colete de veludo macio e tinha uma boina empoleirada no topo da cabeça, entre os dois tufos de penas. As garras nodosas repousavam sobre um pufe, e os olhos amarelos penetrantes olhavam fixa e atentamente para Prue.

— Peço desculpas pelo estado dos aposentos — continuou ele. — Quase não temos achado tempo para terminarmos de nos instalar aqui. Coisas mais urgentes demandam nossa atenção. Mas eu deveria estar lhe oferecendo alguma bebida. Você deve estar sedenta por causa da viagem. Chá ou café?

— Chá, por favor — respondeu Prue, ainda se recuperando do espanto. — Quero dizer, chá de ervas. Se você tiver. Menta ou algo assim.

— Chá de hortelã! — gritou a coruja, girando a cabeça para a lateral da cadeira. Uma repentina batida de asas atrás deles indicou que a ordem tinha sido recebida. Ele se virou novamente para a convidada, as contas de seus olhos penetrantes nos de Prue. — Uma menina. Uma menina Forasteira. Bastante fascinante. Ouvi dizer que você... você simplesmente entrou andando?

— Sim, senhor — respondeu Prue.

— Já sobrevoei sua cidade Exterior muitas vezes, mas não posso dizer que tive algum interesse em parar. Você gosta de se aninhar lá? É confortável? — perguntou o Corujão Rei.

— Acho que sim — disse Prue. — Nasci lá, e meus pais vivem lá, então acho que realmente não tenho escolha. É um lugar bem agradável. — Ela fez uma pausa, pensando, antes de continuar. — A maioria das pessoas... e animais... que encontrei ficou bastante surpresa por eu estar aqui. Você não parece muito perturbado com isso.

— Oh, Prue, se você viver até ser tão velha quanto eu, verá muitas, mas muitas coisas estranhas e maravilhosas. E quanto mais coisas estranhas e maravilhosas você vir, menos provável será que fique, como você mesma diz, "perturbada" por elas.

A coruja levantou uma de suas asas manchadas e cutucou levemente a parte de baixo com o bico antes de retorná-la à lateral do corpo.

Prue, na pausa da conversa, arriscou a pergunta que estava morrendo de vontade de fazer desde que chegou à casa:

— Senhor Rei, você sabe o que os corvos fizeram com meu irmão?

A coruja suspirou:

— Fico muito, muito triste de lhe dizer que não sei. Se é verdade, como você diz, que os corvos são responsáveis pelo sequestro do seu irmão, então tenho tanta autoridade para encontrar e processar seus sequestradores quanto teria se as culpadas fossem as salamandras.

Prue não estava conseguindo acompanhar o raciocínio.

— Veja bem — continuou o Príncipe Coroado —, os corvos... a subespécie inteira, para você ter uma ideia... desertou do Principado há alguns meses. Eles sempre foram um bando de encrenqueiros, propensos a pilantragens e pequenos furtos, e pareciam sofrer da ilusão de que, de alguma forma, estavam acima de seus irmãos aviários. Um sentimento separatista se desenvolveu. Naturalmente, nós lutamos contra essa questão muitas vezes durante muitos anos, mas isso não os impediu de abandonar nosso Principado em massa numa tarde de julho. E é um desalento dizer que ouvimos falar muito pouco deles desde então.

O tremor rítmico de asas atrás da poltrona alertou Prue para a chegada de seu chá, e ela graciosamente aceitou a xícara e o pires das garras dos dois pardais que lhe serviam a bebida. Uma bandeja de chá foi trazida e colocada delicadamente sobre uma pequena mesa ao lado de sua cadeira; um dos pardais levantou a chaleira e derramou o líquido escuro na xícara oferecida a Prue. Agradecendo ao pássaro, ela melancolicamente mexeu um torrão de açúcar dentro do líquido marrom translúcido, abatida por mais uma potencial pista ter sido eliminada.

O Corujão Rei, detectando seu desespero, se manifestou:

— Mas isso não quer dizer que não estamos eminentemente preocupados com o paradeiro deles. Pelo contrário, suas traquinagens são uma pedra no nosso sapato no momento. Veja bem, durante os últimos meses, os assentamentos isolados do norte, na fronteira do Bosque Selvagem, têm sido ameaçados em diversas ocasiões por bandos errantes de o que nossos cidadãos pássaros chamam de "soldados coiotes". Coiotes, as criaturas mais infamemente desorganizadas e maltrapilhas da floresta, para você ter uma ideia, que, de alguma forma, se uniram o suficiente para formar uma força militar coesa. Se eu não fosse tão dedicado ao bem-estar de meus súditos, seria o primeiro a rejeitar essas informações como absolutamente implausíveis. Mas ouvi histórias, Prue, vi as famílias angustiadas, seus ninhos destruídos, as árvores que eram seus lares derrubadas, o solo que lhes serve para buscar alimentos espoliado. Eles não podem ser ignorados.

"Nossos emissários apelaram para a Mansão diversas vezes para que nos permitissem que defendêssemos nossos súditos e a força de nossa fronteira, revidando a esse bando de coiotes, mas eles sempre nos embromaram. Fui até lá por conta própria para solicitar que as emendas do Protocolo do Bosque Selvagem que nos proíbem de usar ação militar dentro do Bosque Selvagem sejam suspensas até que nossas fronteiras estejam em segurança novamente. E aqui vêm notícias de corvos, corvos ingratos e intrometidos, levando embora uma criança Forasteira e a depositando dentro das fronteiras do Bosque Selvagem, claramente uma atividade ilegal que cria uma imagem muito errada dos Aviários em geral. Estou tão irritado e desapontado com essa situação quanto você, Prue. Como a Mansão não reconhece a posição de ruptura dos corvos, suas ações têm o potencial de destruir nossos planos."

Ele fez uma pausa, procurando palavras:

— A Mansão tem, já há anos, procurado formas de restringir as liberdades dos Aviários. E me preocupa que isso possa lhes dar ainda mais motivos.

— Por quê? — perguntou Prue.

A coruja deu de ombros.

— Desconfiança. Intolerância. Medo. Eles não gostam do nosso jeito de ser.

Isso era desconcertante para Prue. Os pássaros que ela tinha conhecido até agora nesse lugar estranho pareciam muito gentis e prestativos.

O Corujão Rei abruptamente levantou suas asas e, com algumas batidas ligeiras, foi até a pilha de lenha ao lado da lareira; o fogo estava agora perdendo a força. Ele segurou uma tora fresca com as garras e a jogou sobre os carvões, e o fogo começou novo. Ele voltou ao assento, ajustou a boina e continuou:

— Já se foram os dias em que a Mansão podia ser vista como um local para aconselhamento sábio e um governo justo. Agora é um covil de oportunistas políticos e aspirantes a déspotas, cada um desesperadamente se agarrando a cada possível caco de poder. Esse é o vazio que restou desde o golpe.

— Do golpe? — perguntou Prue. Ela estava mexendo seu chá todo esse tempo, arrebatada pela história da coruja. Ela se recompôs e colocou a colher sobre o pires com um pequeno *clink*.

O Príncipe Coroado balançou a cabeça com seriedade.

— Tudo isso requer um pouco de explicação. O golpe em que a Governatriz Viúva, a esposa do finado Governador-Regente Grigor Svik, foi deposta e exilada no Bosque Selvagem.

— Grigor Svik... pai de Lars? — perguntou Prue.

— Tio — respondeu o Corujão Rei. — E que governante ele era. Um homem nobre, um homem bom. Tão compreensivo com outras espécies quanto se podia esperar. Ele e eu éramos grandes amigos. Quando assumimos nossas respectivas posições de poder, chegamos a um acordo sobre a soberania do Principado Aviário e do país do Bosque do Norte, países que existiam há séculos, mas que não tinham sido reconhecidos por seus vizinhos. Permitimos passagem livre e segura para todos os súditos entre essas nações. E, mais importante, fomos os autores dos Protocolos do Bosque Selvagem, o mesmo tratado que estou agora tentando desfazer, que separava o vasto país indomado do Bosque Selvagem como um local livre e selvagem, livre dos barões industriais que o explorariam para os próprios fins. Quando Grigor morreu, eu fiquei... consternado.

O Príncipe Coroado abaixou a cabeça.

Prue se mexeu em seu assento desconfortavelmente.

— Como ele morreu? — perguntou ela com delicadeza.

O Corujão Rei se recompôs, olhando fixamente para as chamas na lareira.

— Desgosto, eu acho. Ele e sua esposa, Alexandra, tinham um filho, um filho único. Seu nome era Alexei. Eles o adoravam. Desde muito novo ele foi preparado para assumir o governo depois do pai, então foi um golpe devastador para o país também, assim como para a família, quando ele caiu de um cavalo logo depois de seu aniversário de 15 anos. Ele não sobreviveu à queda. Grigor e Alexandra, naturalmente, ficaram devastados. Depois de um funeral particular, Grigor foi para sua cama na Mansão e nunca mais a deixou.

"Alexandra lidou com essas duas incomensuráveis tragédias tão bem quanto foi possível, e assumiu o governo, ganhando o título de

Governatriz Viúva, mas seu pesar a estava corroendo por dentro e ela se tornou distante e fechada até para com aqueles que a conheciam melhor. Ela se isolou na Mansão e tinha companhias muito estranhas: profetas, ciganos e praticantes da artes negras. Seus assistentes eram incapazes de impedi-la. Finalmente, ela chamou os dois mais renomados fabricantes de brinquedos do Bosque do Sul e, atrás das paredes da Mansão, ordenou que eles criassem uma réplica mecânica do filho morto, Alexei.

"Em um sótão isolado da Mansão, os dois artesãos de brinquedos trabalharam arduamente em sua criação durante meses até apresentarem à Governatriz o produto final, e ele parecia ser uma cópia muito notável do precocemente finado futuro governador. Ainda era, no entanto, um brinquedo. Era necessário dar corda em intervalos regulares, e ele fazia pouco mais do que andar de forma dura por aí, produzindo sons metálicos e zumbidos."

— Que bizarro — interveio Prue. — Quero dizer, como ela pôde pensar que aquilo substituiria seu filho?

O Corujão Rei balançou a cabeça sobriamente, dizendo:

— Ela tinha outros planos. Usando magias aprendidas com seus atendentes místicos sombrios, ela colocou a arcada dentária completa de Alex, que ela tinha recuperado de seu cadáver, na boca do autômato. Lançando um poderoso feitiço na máquina, ela trouxe de volta a alma morta de Alexei para essa criança mecânica.

Prue arquejou de susto. O fogo estalou na lareira. Um relógio na moldura suavemente badalou a chegada de mais uma hora.

☙

Curtis nunca tinha estado tão eufórico em sua vida. A floresta à sua volta carregava um brilho sobrenatural, o ar tinha gosto de ambrosia e ele estava sendo carregado sobre os ombros de uma grande quantidade de soldados coiotes que comemoravam, seus gritos excitados ocasionalmente se unindo para entoar: "CURTIS! CURTIS! CURTIS!". Esse desfile desordeiro marchou pela mata, as tochas crepitantes dos soldados iluminando o caminho.

Sua vitória tinha sido decisiva e suas perdas, mínimas. A batalha da tarde acabara em um estrondoso sucesso e Curtis era o herói do dia. Alexandra trotava em seu cavalo ao longo da procissão, sorrindo orgulhosamente o tempo todo.

Quando chegaram ao covil, a grande sala estava iluminada por braseiros em chamas, e o aroma de um ensopado substancioso vinha da entrada da toca. Uma melodia torta e insolente era entoada por uma fanfarra variada, e a procissão marchou carregando Curtis em cinco voltas na sala do trono da Governatriz antes de depositá-lo, com muita animação, no musgo do púlpito do trono. Uma caneca colocada em sua mão foi enchida até a borda com vinho de amora antes que ele tivesse a chance de recusar.

O Comandante fez o aposento se calar com um latido alto.

— Escutem, seus vira-latas! — gritou ele, quando o clamor no recinto começou a se acalmar. — Seus cães bastardos e fétidos! — Ele agarrou um soldado que estava perto dele com um braço livre, o que não estava segurando uma caneca transbordante de vinho, e o prendeu em uma gravata bruta. — Nunca vi um bando de sarnentos mais podres e fedidos em minha vida. — A sala ficou em silêncio, sem saber o que esperar do comandante. O Comandante sorriu e rosnou. — E o que nós *fizemos* com eles hoje?

O aposento explodiu em comemoração, e o Comandante tascou um beijo desajeitado na testa de seu soldado aprisionado antes de soltá-lo. Então, cambaleando até se equilibrar no ombro de outro coiote, ele enrijeceu e ficou sério.

— A mata vai ressoar nossa vitória. Com o tempo, todos os animais estarão falando sobre nossas ações. Nossa presença não mais será ignorada. E, quando entrarmos marchando no Bosque do Sul, aqueles maricas pálidos não terão outra escolha a não ser abaixar suas armas, e os salões dourados da Mansão Pittock vão ressoar com os ecos de nossas celebrações.

Ele foi interrompido por Alexandra, que tinha caminhado entre os soldados que celebravam para se sentar em seu trono decorado.

— O que sobrar da Mansão — disse ela friamente.

O Comandante, sentindo que tinha ultrapassado seus limites, se curvou profundamente e levantou a caneca.

— Quando acabarmos com o Bosque do Sul, não existirão duas paredes de pé para formar um eco — disse Alexandra, com maldade.

— Sim, madame — falou o Comandante.

O tom da sala tinha esfriado consideravelmente.

— Mas, hoje à noite, nós celebramos nossa vitória! — gritou a Governatriz, levantando-se em frente a seu trono. — E ergamos nossas canecas para Curtis, matador de canhões, aniquilador de bandidos e *esmagador de árvores*. — Ela tinha se virado para Curtis e estava sorrindo, seu cálice de madeira levantado em um brinde. Ele ruborizou e ergueu a própria caneca em resposta. O salão solenemente se juntou, um mar de copos toscos levantados em saudação. — Que a banda toque! — berrou ela, olhando para o aposento, e o som arrastado de um trompete comandou a fanfarra em outra canção bêbada. Os soldados gritaram alto e voltaram a suas comemorações. Sorrindo de orelha a orelha, Curtis batia com sua mão no joelho da calça azul-marinho no ritmo da música.

— Nunca vão acreditar em mim quando eu voltar à escola — gritou Curtis mais alto do que a música louca da banda. — Nem em um milhão de anos.

— Talvez você não devesse voltar à escola — respondeu Alexandra, seus olhos vagando sobre o salão de coiotes que celebravam.

— O quê, largar a escola? Meus pais iam... — começou Curtis. Ele então empalideceu momentaneamente. — Oh — continuou ele, pensativo —, você quer dizer...

— Sim, Curtis — disse Alexandra —, fique conosco. Junte-se a nossa luta. Deixe sua vida humana modesta e simples para trás. Junte-se à brigada do Bosque Selvagem e sinta o sabor da nossa inevitável vitória.

— Bem — disse Curtis —, eu não sei. Acho que meus pais ficariam muito chateados, para começar. Eles já reservaram uma vaga para mim no acampamento no próximo verão e acho que podem até já ter feito um depósito.

Alexandra fez uma expressão de tédio e riu:

— Oh, eu gosto de você, Curtis. Realmente gosto. Mas há coisas mais importantes em risco aqui. A salvação do Bosque Selvagem está em jogo. Você se provou hoje; mostrou a todos nós que dentro dessa pequena moldura bate o verdadeiro coração de um guerreiro. — Ela apontou para o aposento cheio de soldados. — Tenho tremendo respeito por esses coiotes. Eles assumiram um risco extraordinário ao se aliarem a mim. Mas faz falta a companhia de *humanos*. E não espero montar um gabinete de conselheiros com esses caninos maltrapilhos. Eles são impetuosos demais.

Ela bebeu um pequeno gole de seu vinho e fixou seu olhar em Curtis, tom ficando sério.

— Quero que você seja o segundo no comando, Curtis. Quero que você esteja ao meu lado quando marcharmos para o sul. Quero que você se sente ao lado do meu trono quando ele for colocado sobre as ruínas em brasas da Mansão. E juntos poderíamos reconstruir essa terra, esse lindo país selvagem. — Aqui ela fez uma pausa, seus olhos fugindo lentamente da atividade para se fixar sobre um ponto distante e indefinido. — Podemos governar juntos, você e eu.

Curtis estava sem palavras. Finalmente, abaixando sua caneca de vinho, ele encontrou a voz:

— Uau, Alexandra. Bem, não sei o que dizer. Talvez eu tenha de pensar sobre isso. É meio que uma coisa muito importante simplesmente abandonar meus pais, minhas irmãs e minha escola dessa forma. Quero dizer, não me entenda errado: isso é incrível. Todos têm sido muito gentis comigo e tenho de dizer que hoje foi bastante épico. Eu também não sabia realmente que tinha isso dentro de mim. — Ele se moveu desconfortavelmente em seu assento. — Apenas me dê um momento, é tudo.

— Gaste tanto tempo quanto precisar, Curtis — disse Alexandra, sua voz ficando mais suave. —Temos todo o tempo do mundo.

Um dos coiotes que tinha testemunhado o disparo improvisado do canhão de Curtis veio cambaleando até o púlpito, gesticulando para ele:

— *Curtishh*! *Shenhor*! — falou ele com a voz arrastada, depois de saudar de forma desleixada tanto Curtis quanto Alexandra. — Estou contando a *hish-hish-hishtória* de seu *ti-tiro* de canhão. Aqueles vira-latas não acreditam em mim! Você precisa me ajudar aqui!

Alexandra sorriu e balançou a cabeça para Curtis, movendo os lábios para dizer silenciosamente *"Vá"*. Rindo, Curtis aceitou a pata do soldado para ajudá-lo a se levantar do musgo. O coiote passou o braço sobre o ombro de Curtis, e eles saíram andando juntos até um grupo de soldados que estavam agrupados ao lado do barril de vinho. Alexandra o observou atentamente enquanto ele se afastava, seu dedo arranhando distraidamente a madeira do trono.

CAPÍTULO 12

Uma Coruja Algemada; O Enigma de Curtis

—Sério? — perguntou Prue, sem acreditar. — Os dentes dele? Um pardal passou voando sobre o ombro de sua poltrona e, pegando o atiçador com suas garras, começou a remexer as brasas brilhantes da lareira.

O Corujão Rei balançou a cabeça, de forma afirmativa.

— Isso é nojento.

— Nunca subestime o poder do pesar, Prue — disse a coruja.

— Então, de repente, Alexei estava de volta à vida? Simples assim?

— Sim — respondeu o Corujão. — Sua morte tinha sido mantida em segredo do povo do Bosque do Sul, explicada como um período de convalescença enquanto o jovem príncipe se recuperava de ferimentos decorrentes do acidente. Muita festa saudou sua volta à vida pública. Alexandra, por sua parte, fez tudo que podia para esconder o fato de que ele era um autômato. Ela chegou ao ponto de exilar os dois fabricantes de brinquedo responsáveis pela criação no Exterior. Nem mesmo o menino Alexei estava ciente de que ele mesmo era uma máquina. Sobre o período de sua morte, ele simplesmente achou que tinha ficado inconsciente por causa da queda. Ele estava, é claro, desesperado por causa da partida repentina do pai, mas o pesar acabou diminuindo, e ele assumiu o governo com entusiasmo e desenvoltura. Até que um dia, enquanto estava trabalhando no jardim da Mansão (uma paixão particular do garoto), acabou abrindo uma placa em seu peito que expunha o funcionamento interno de seu, digamos, chassi. Perturbado com essa revelação, ele confrontou a mãe, que revelou a verdade por trás de sua morte. Ele ficou horrorizado e se trancou em seus aposentos na Mansão e, abrindo a portinhola no próprio peito, removeu uma peça indispensável, uma pequena engrenagem de bronze, do mecanismo de seu corpo e a destruiu. A máquina parou, e o garoto ficou novamente sem vida.

"A empreitada foi desmascarada. A Governatriz, arrastada diante da suprema corte e, em um julgamento prolongado, tudo se revelou. Ela foi sentenciada ao exílio no Bosque Selvagem pelo uso criminoso de magia negra. O processo sugeria até que ela havia sido responsável pela morte de seu marido, Grigor. Era esperado que ela não sobrevivesse ao banimento; que seria destroçada por coiotes ou morta por bandidos errantes."

O Corujão olhou bem nos olhos de Prue e levantou uma sobrancelha cheia de penas.

— Parece que nenhum desses destinos se abateu sobre ela.

Prue balançou a cabeça, concordando.

Olhando novamente para o fogo, o Corujão continuou:

— No vácuo que se seguiu à deposição da Governatriz, Lars Svik, na época um jovem peão em funções administrativas, foi indicado pelos militares como o herdeiro de direito do governo. Muitos se opuseram a ele. No entanto, em vez de arriscarem uma guerra civil, os progressistas abdicaram, e Svik e seus comparsas assumiram o gabinete do Governador-Regente.

Um vento estava soprando constantemente do lado de fora, e um galho bateu na vidraça de uma das janelas da sala. O Corujão Rei tomou um susto com o barulho. Então se voltou para Prue e disse:

— Desde então, já há quinze anos, o clima político do Bosque do Sul mudou radicalmente. Dissidentes não são mais tolerados. Pessoas que se opõem publicamente ao governo inepto de Lars foram rebaixadas, aprisionadas ou, em alguns casos, simplesmente desapareceram. Seu desrespeito evidente em relação à soberania dos países independentes do Bosque é claro. Sua intolerância para com os outros, óbvia. O que me traz ao motivo pelo qual a chamei aqui. Serei o primeiro a admitir que me tornei um pouco tagarela depois de virar um velho senil, mas peço que escute com atenção o que vou falar agora.

Prue inclinou o corpo para a frente, escutando atentamente. A coruja começou a falar em um tom abafado e conspiratório:

— Há pessoas no Bosque do Sul que podem ajudá-la. Há pessoas que são confiáveis, que estão tentando mudar a regra da lei de dentro para fora. Mas eles são a minoria. Quanto ao Governador e seus assistentes, não se pode confiar neles. Se for do interesse deles, Prue, e você é um *problema* para eles, eles vão *fazer esse problema desaparecer.* Isso está claro?

Atordoada com a insistência da pergunta da coruja, Prue continuou encarando.

— Eu falei: *isso está claro?*

— Sim — disse Prue rapidamente. — Totalmente claro.

— E depois de falar com eles hoje — continuou o Corujão — temo que sua presença aqui tenha o potencial de se tornar *problemática.*

Na mente de Prue surgiu a imagem do sentinela mastim que ela havia trancado no banheiro.

O Corujão Rei se recostou em sua poltrona e olhou fixamente para as chamas trêmulas da lareira, a luz refletida no brilho de seus olhos.

— Não consigo expressar como é difícil testemunhar tudo isso; o desmoronamento lento e certo de tudo que Grigor tinha construído.

Temo que isso tenha partido meu coração. — Ele encostou a ponta da asa no próprio peito e soltou um longo suspiro. Olhou de volta para Prue com o rabo do olho. — Espero não tê-la assustado demais... e você me parece ser uma menina muito inteligente. Não tenho dúvidas de que será capaz de contornar esses assuntos com coragem e sabedoria. Apenas achei que era necessário que soubesse com que tipo de pessoas está lidando.

— O que devo fazer? — perguntou Prue, sentindo-se desesperada. — Não sei a quem mais recorrer.

A coruja ficou em silêncio por um momento. O tique-taque do relógio sobre a moldura da lareira enchia a sala silenciosa.

— Imagino que — começou o Corujão —, se tudo mais falhar, você poderia visitar os Místicos.

— Os Místicos?

— Do Bosque do Norte — explicou a coruja. — Eles têm pouco contato com o Sul. São um povo recluso. Mas podem ter uma intuição sobre seu problema. Eles são responsáveis pelo Anel Periférico, o feitiço protetor lançado sobre as árvores da fronteira do Bosque que nos protege e nos separa do Exterior. Aquela coisa que você conseguiu negligenciar ao simplesmente entrar aqui caminhando.

Nesse momento a coruja soltou um pequeno sorriso malicioso para Prue.

— Sinto muito — sussurrou Prue, encabulada.

Ele continuou:

— Os Místicos do Bosque do Norte têm uma conexão com a mata que ninguém mais tem. A grande Árvore do Conselho, cujas raízes nos alcançam até mesmo aqui no Sul, registra cada passo no Bosque. É em volta dessa árvore que os Místicos se reúnem; é daí que tiram seu poder. É uma jogada arriscada, mas, se você não tiver outra opção, eles podem ter pistas do paradeiro de seu irmão. E talvez também de seu amigo. — Ela balançou a cabeça delicadamente. — Mas é uma jornada longa; uma que é cheia de perigos. E nada garante que você será recebida com cortesia. Os Místicos prezam muito seu isolamento. No entanto, mesmo que você fosse capaz de convencê-los a ajudá-la, eles não têm um exército próprio. É inconcebível que eles tenham a habilidade ou o contingente humano para recuperar à força seu irmão ou seu amigo. — O peito da coruja se levantou em um suspiro profundo. — Você está verdadeiramente em um impasse, Prue. Gostaria de poder ser mais útil.

Uma repentina explosão frenética de guinchos acabou com o silêncio do aposento, e o ar vibrou com o bater de asas. Os dois assistentes pardais passaram voando em volta das poltronas e pousaram apressados na beira da moldura da lareira em frente a Prue e ao Corujão Rei, uma pequena quantidade de penas flutuou até o chão em seu rastro.

— Senhor! — gritou um. — O senhor precisa se esconder! O senhor precisa...

— O que ele está tentando dizer, senhor — balbuciou o outro —, é que eles estão... a rua está... nós não achamos que seremos capazes de...

O outro interrompeu:

— É vital que o senhor se esconda, porque...

Essa última frase foi interrompida pelo barulho inconfundível da porta da frente da casa sendo arrombada com um chute.

— A ESPADA! — gritou um dos pardais. — ELES ESTÃO AQUI!

Prue olhou em pânico para o Corujão Rei.

— A *quem*? — perguntou ela.

— A polícia secreta da Mansão — disse o Corujão, desesperadamente vasculhando a sala. — O Gabinete do Bosque do Sul para Reabilitação e Detenção, carinhosamente conhecido como A ESPADA. Eles agiram mais rápido do que eu suspeitava. Rápido! Precisamos escondê-la.

O Corujão Rei levantou as asas e saiu de sua poltrona. Prue se levantou e o seguiu em um arco rápido e frenético pela sala. Ele parou perto de um grande cesto de vime ao lado de uma das estantes de livros e, abrindo a tampa com as garras, mandou Prue entrar. A confusão da entrada estava agora se alastrando até a sala de jantar — um barulho de solas de coturnos contra o chão de tábua corrida e de cadeiras sendo derrubadas poluía o ar enquanto os pardais tentavam desesperadamente desviar os intrusos com guinchos de objeção. Prue mergulhou dentro do cesto e se aninhou em uma pilha de velhos jornais mofados conforme o Corujão Rei fechava a tampa e a deixava na escuridão, sua mão no peito em um esforço para acalmar seus batimentos cardíacos acelerados.

Logo que a tampa se fechou e o Corujão Rei voou até ficar a uma distância segura do cesto, as portas duplas no outro lado da sala foram arrombadas de forma selvagem, e o aposento foi tomado pelo som de coturnos batendo no chão.

— Onde está ela, coruja? — gritou uma das vozes.

Prue prendeu a respiração, seu coração como um beija-flor aprisionado dentro das costelas.

— Receio não fazer ideia de a quem você está se referindo — respondeu o Corujão Rei civilizadamente.

O homem riu:

— Isso é bem típico de vocês pássaros, se fazerem de burro.

Um pardal interveio:

— Isso é um ultraje! Ninguém fala dessa forma com o Príncipe Coroado!

O Corujão Rei acenou para que o pardal parasse de falar:

— Se está se referindo à menina Forasteira, Prue, ela esteve aqui mais cedo, mas saiu há algum tempo. Não tenho a menor ideia de aonde foi.

Houve um curto silêncio antes de o homem falar novamente:

— É mesmo?

Prue podia discernir o som dos oficiais da ESPADA andando pela sala. Alguns passos se aproximaram do cesto antes de parar, e Prue pôde ouvir o som de um livro sendo aberto, páginas sendo viradas.

Quando a coruja não ofereceu nenhuma resposta, o homem perto da estante de livros limpou a garganta e disse com uma voz alta e autoritária:

— Corujão Rei, Príncipe Coroado do Principado Aviário, estamos levando-o preso pela violação dos Protocolos do Bosque Selvagem, Seção Três, abrigar um ilegal, e por conspirar para derrubar o governo do Bosque do Sul. As acusações estão claras para você?

Prue segurou uma arfada em sua garganta, os olhos arregalados. O silêncio que se seguiu a instigou a levantar uma fresta da tampa do cesto para ter uma visão da sala. O Corujão Rei estava parado em frente a um pequeno grupo de homens com capas de chuva pretas idênticas e quepes da polícia. Dois deles, enquanto Prue olhava, sacaram pequenas pistolas de seus casacos e as apontaram para a coruja.

— Sua lei é uma farsa — disse a coruja de forma desafiadora — e uma distorção grosseira dos princípios fundadores do Bosque do Sul.

— Sinto muito que você se sinta dessa forma, coruja. — Veio a voz do homem que estava parado perto da estante ao lado do cesto. Ele jogou algo pesado, que Prue imaginou ter sido um livro, sobre o cesto, forçando a tampa a se fechar com força. Ela engoliu um grito de surpresa, um chiado que por sorte foi mascarado pelo ligeiro ranger da tampa se fechando. — Mas vá em frente: bote para fora suas denúncias. Proclame a injustiça! Grite para quem quiser ouvir! Só vai tornar as coisas piores para você mesmo. Agora: pode vir tranquilamente ou pode vir lutando.

Um silêncio se abateu sobre o aposento.

— Muito bem, eu me rendo — veio a voz da coruja.

Abrindo levemente a tampa do cesto novamente, Prue viu o Corujão Rei estender suas asas para seus aspirantes a captores, como se estivesse suplicando piedosamente.

— Prendam-no, rapazes — disse o homem, e um dos outros oficiais se aproximou e colocou um grande par de algemas em volta das pontas das asas da coruja. Outro par prendia suas duas garras juntas com uma pequena extensão de corrente. A cabeça do Corujão Rei se encostou em seu peito.

— E quanto à menina? — perguntou um deles.

— Vasculhem o prédio — disse o homem. — Ela não pode ter ido longe.

Prue, sem respirar, recuou para o fundo do cesto e escutou o som do Corujão Rei sendo arrastado para fora do quarto, a corrente de suas algemas roçando o chão de madeira.

Curtis observou os companheiros soldados mergulharem de cabeça nas comemorações. A experiência anterior com a bebida de amora da Governatriz ainda estava marcada em seu cérebro e, em vez de realmente ingerir aquilo, ele fez um grande esforço para simplesmente fingir que estava bebendo. O resto da tropa estava evidentemente se abstendo dessa estratégia. Um barril de vinho que vinha rolando pelo corredor mal tinha acabado antes de outro aparecer por um dos túneis que levavam ao salão principal do covil. Diversos soldados, os uniformes desabotoados até a cintura, expondo a pelagem cinzenta embaraçada de seus peitorais espichados com as costelas aparentes, estavam amontoados debaixo das torneiras dos barris, avidamente sorvendo cada gota que caía. Curtis fez o melhor que pôde para se manter um participante ativo das comemorações. Seus pés estavam cansados de andar em volta do salão até cada grupo que acenava para ele, pedindo que contasse mais uma vez a história da batalha — o disparo do canhão e a parte em que empurrou o tronco de árvore sobre o obus dos bandidos. Ele se viu, depois da sétima ou oitava vez que contava a história, deixando os outros coiotes terminarem suas frases e prepararem o clímax das histórias. De vez em quando a voz ficava rouca, ele achava um barril virado no canto da sala e se sentava, sorrindo educadamente para cada soldado que vinha até ele, cada um trazendo uma caneca nova cheia de vinho, até que seus pés estivessem cercados por um pequeno exército de bebidas intocadas.

Um tenente, com a faixa do uniforme amarrada de qualquer jeito em volta da testa, tinha subido em uma pequena torre de engradados de vinho e estava brandindo seu sabre como se fosse o bastão de um maestro. Ele limpou a garganta e começou a cantar uma melodia, que o resto da sala acompanhou com uma orgulhosa familiaridade gutural:

Nasci no mato, filhote de um carrasco
Cresci comendo um rango que dá asco
Arrancado dos bigodes do meu falecido pai
Escutem, meus amigos, se a mente não me trai.

Ei! Ei! Pegue aquele rato!
Amarre-o, cozinhe e bote no seu prato.
Arranque um dedo dele, se o pobre reclamar
E use como laço ou faça um colar.

Lá no fim do mundo, no pântano espinhoso.
Vi minha garota com outro cão raivoso
Levei-a pela orelha até o poço da cidade
E esta é sua casa para toda a eternidade.

Ei! Ei! Pegue aquele rato!
Amarre-o, cozinhe e bote no seu prato.

Curtis educadamente batucava com o dedo na barra da calça e inclusive fez uma tentativa não muito convincente de se juntar à cantoria no refrão quando eles chegaram nessa parte de novo, fazendo seus vizinhos gargalharem e levantarem as canecas para ele.

— O garoto está pegando o jeito da cantoria canina — uivou um.

— Esse é um bom chacal! — gritou outro.

Um coiote que tinha se jogado ao chão ao lado de Curtis e sua coleção de canecas de vinho intocadas se encostou a ele de forma desajeitada, quase fazendo os dois caírem para trás.

Curtis riu timidamente e se levantou.

— Com licença, rapazes — disse ele. — Preciso pegar um pouco de ar.

A atividade no salão estava começando a ficar um pouco barulhenta demais para seu gosto. Ele andou nas pontas dos pés em volta das fileiras de canecas e correntes de coiotes de braços dados cantando a plenos pulmões, na direção de um dos muitos buracos de túneis que saíam do salão. Algumas tochas presas à parede do túnel iluminavam o caminho, o chão nodoso sob seus pés vivo com as sombras piscantes formadas pelos coiotes festeiros. Enquanto ele seguia a curva do túnel, a canção continuava atrás dele, o volume diminuindo.

Mentiroso! Mentiroso!
Tojo, arbusto espinhoso!
Amarrem os seus pés e perfurem seu pescoço!

Com um calafrio percorrendo a espinha, Curtis ficou feliz por ouvir o barulho da multidão alucinada se esvair enquanto ele descia mais pelo túnel. Ele não tinha certeza de aonde ia — estava apenas seguindo um instinto repentino de procurar um lugar em que pudesse se sentar sozinho e refletir sobre tudo aquilo que tinha se passado nos últimos dois dias.

Vários túneis secundários, através dos quais Curtis podia ver paredes de antecâmaras e depósitos iluminadas por tochas, saíam desse corredor principal e ele tomou um cuidado redobrado para marcar mentalmente cada vez em que virava para poder ser capaz de voltar ao salão da Governatriz. O barulho da festa era um eco distante agora, a fumaça cinzenta da fogueira central apenas uma leve lembrança no ar com cheiro de mofo. As raízes de plantas penduradas no teto de terra do túnel acariciavam sua cabeça como longos dedos felpudos enquanto ele seguia. Curtis estava sentindo uma familiaridade confortável aqui, a sensação de estar em um casulo nesse covil labiríntico, e ele ficou se perguntando se esse era um lugar em que ele poderia ficar. A ansiedade dolorosa com que encarava cada dia de aula, a solidão silenciosa do pátio e a autoridade esmagadora de seus professores, técnicos desapontados e pais aflitos — tudo parecia ir sumindo aos poucos, como a cantoria dos coiotes atrás dele. Nunca havia sido recebido tão calorosamente por um grupo de pessoas em sua vida; sempre tinha ficado do lado de fora, desesperado, procurando a aprovação de seus colegas. A sugestão de Alexandra sobre sua relação — ela seria uma nova mãe para ele! Quantos garotos poderiam ter aquela oportunidade? — era excitante para Curtis, e a ideia do seu domínio nesse novo mundo parecia inebriante.

Vush.

O inconfundível som de asas batendo veio da distante escuridão do túnel.

Vush.

O sorriso sumiu do rosto de Curtis, substituído por uma expressão preocupada e intrigada.

Novamente, o barulho se repetiu: o som distinto de asas cheias de penas, o som de um pássaro fazendo breves círculos antes de pousar.

Ele continuou andando na direção do som. Um morcego? Não: ele tinha ouvido morcegos voando sobre o pátio de sua casa no crepúsculo. Eles mal faziam barulho. Mas o que um pássaro poderia estar fazendo em um covil subterrâneo? Até agora, ele não tinha visto nenhum outro animal incluído nas forças da Governatriz. Ele seguiu o som por uma passagem que levava para fora do túnel — uma pequena luz podia ser vista no fim. O teto aqui era mais baixo que no túnel principal e Curtis abaixou a cabeça enquanto caminhava. O ponto de luz no fim do túnel cintilava como um projetor de cinema, seu brilho fraco ocasionalmente manchado pelo repentino aparecimento e desaparecimento de algumas formas pretas. Curtis estreitou os olhos, o som de asas batendo cada vez mais alto.

— Olá? — disse ele.

A agitação intermitente das asas respondeu bruscamente ao som de sua voz e Curtis agora percebeu que deveriam ser centenas de pássaros, o som de seus voos, manobras e mergulhos se misturando.

De repente ele sentiu algo passar sobre seu ombro, tocando o tecido de seu uniforme. Ele instintivamente pulou para fora do caminho, caindo desconfortavelmente sobre a bainha de sua espada e contra a terra suja da parede do túnel. Uma única pena preta flutuava preguiçosamente até o chão no lugar onde ele estivera.

Curtis se ajeitou e tirou sua espada da bainha.

— Sério! Quem está aí? — gritou ele, enervado.

E foi então que ouviu o som de um bebê chorando. Um gemido curto e agudo de uma criança, surgindo debaixo do barulho perturbador das asas dos pássaros. Seu coração congelou ao ouvir o som.

— Cara, essa não — sussurrou Curtis, andando mais rápido pela passagem.

O túnel se abriu para uma câmara alta — quase do formato de um ovo — repleta de corvos até o teto. Corvos pretos como a noite, pretos como asfalto. Dezenas, centenas, todos voando e pairando, gritando e grasnando. As poucas tochas acesas na parede iluminavam suas penas pretas oleosas. O topo do aposento era coroado com uma pequena abertura, pela qual mais corvos chegavam e saíam.

No centro da câmara, sobre o chão de terra, estava um pequeno e simples berço feito com os ramos musguentos de mudas de faia. E nesse berço estava um bebê gorducho e efusivo, os olhinhos vacilando entre o medo e a estupefação diante da nuvem de corvos que girava sobre sua cabeça. Ele usava um casaco de veludo cotelê marrom, manchado de terra e o que pareciam ser fezes de pássaros.

O queixo de Curtis caiu:

— Mac? — gaguejou ele.

A criança olhou para Curtis e soltou um som suave. Um único corvo se desgarrou da massa que pairava sobre eles e pousou na beirada do berço, com uma longa e gorda minhoca pendurada no bico. Para o desgosto de Curtis, o corvo deixou a minhoca cair na boca aberta de Mac. Mac mastigou aquilo satisfeito.

— Que nojo — sussurrou Curtis, o estômago se revirando.

A mente de Curtis estava acelerada; será que a Governatriz sabia disso? Será que a companhia sabia que existiam esses intrusos no covil? Ele tinha certeza de que Alexandra, assim que fosse avisada, não toleraria essa invasão.

— Mac, vou tirá-lo daqui — disse Curtis, saindo de seu encanto.

Levantando seu sabre sobre a cabeça, ele começou a se mover na direção do estranho berço. Os corvos, ameaçados por esse usurpador, começaram a grasnar e a gritar loucamente. Vários mergulharam sobre ele enquanto Curtis se aproximava do berço, suas garras rasgando o tecido do uniforme. Balançando o sabre em volta da cabeça para impedir os ataques dos pássaros, ele chegou ao berço e, com a mão livre, pegou Mac nos braços. Mac balbuciou algo alegremente, um pedaço de minhoca parcialmente mastigada ainda em seu lábio. Os corvos, agora enfurecidos, redobraram seus ataques, e Curtis e Mac foram cobertos por um véu de penas pretas, bicos e garras. As unhas arranhavam seu rosto, e os bicos furavam sua roupa, fazendo sangrar a pele descoberta. Curtis cambaleou pelo chão, o sabre balançando inutilmente no ar diante dele. Mac começou a chorar. Curtis podia sentir as garras dos corvos se embaraçando em seu cabelo, suas asas batendo no rosto até que ele estivesse praticamente cego. Gritou, ao mesmo tempo por frustração e de dor. De repente, uma voz acabou com a algazarra no aposento.

— PAREM! — gritou a voz.

Curtis imediatamente reconheceu que era a voz de Alexandra.

— FORA! — comandou ela.

A tempestade de corvos diminuiu um pouco, e Curtis conseguiu levantar a cabeça e abrir os olhos. Através do decrescente mar de penas, ele pôde distinguir a figura de Alexandra, parada perto da entrada da câmara.

— Alexandra! — gritou ele. — Peguei Mac! Peguei o irmão de Prue!

Ele parou. Enquanto Alexandra permanecia parada, observando a cena, alguns corvos pousaram em seus ombros. Um pousou-lhe no braço, e ela acariciou as penas distraidamente com os dedos cheios de anéis.

— Ele estava... aqui — continuou Curtis, o vento parando de soprar em suas velas enquanto a realidade da situação começava a se abater sobre ele.

Alexandra, tirando os olhos de Curtis, levantou o braço para levar o corvo empoleirado ali ao nível de seus olhos. O corvo guinchou de forma reprovadora, e Alexandra reagiu sorrindo calmamente, fazendo sons reconfortantes. Satisfeito, o corvo voltou seu olhar gelado para Curtis.

— O que você está fazendo aqui, Curtis? — perguntou Alexandra.

Ele gaguejou uma resposta:

— Eu estava ap-apenas andando por aí e eu... bem, ouvi o som de choro de um bebê, então eu vim aqui para, hmm, checar o que estava acontecendo.

Mac ainda estava chorando.

Alexandra se aproximou, confiantemente, seriamente. O corvo em seu braço voou para longe. Alexandra tirou Mac dos braços de Curtis e o ninou, calmamente fazendo o choro parar.

— Pronto, pronto — disse ela. — Shhhh.

— Você... — começou Curtis. — Você sabia sobre isso?

Um fio de sangue da cabeça de Curtis tinha percorrido a distância da testa e se juntava em sua sobrancelha.

Alexandra balançava para a frente e para trás, seus olhos sobre a criança em seus braços, e Mac começou a se acalmar.

— Você sabia sobre isso? — repetiu Curtis, mais alto.

A voz alterada assustou Mac, que começou a chorar novamente. Alexandra olhou para Curtis com uma expressão irritada.

— Curtis, fale baixo — disse ela, voltando a balançar a criança. — Você já perturbou o bebê o suficiente.

O corvo sobre o ombro de Alexandra estalou o bico para Curtis.

— Mas — reclamou ele impotentemente —, por que você... como você... — Desanimado, ele pontuou suas palavras a esmo com: — Estou apenas confuso.

Alexandra mostrou um sorriso amarelo para Curtis e passou por ele na direção do berço vazio. Sussurrando palavras de conforto para o bebê inquieto, ela o colocou no arbusto musguento que cobria o fundo do berço. Tocando nos lábios de Mac com um dedo, ela produziu um *shhhh* final antes de voltar até Curtis, pegando-o pelo braço.

— Eu não estava totalmente preparada para mostrar isso a você, Curtis — disse ela, afastando-o do bebê. — Mas como você me forçou a fazer isso, não tenho outra escolha.

A multidão de corvos sobre eles, na presença da Governatriz, tinha se acalmado, e muitos tinham saído da câmara pela abertura no teto.

— Esses são tempos difíceis — continuou Alexandra. — Tempos difíceis e confusos. Um dia isso tudo vai fazer sentido para você, mas posso compreender sua confusão atual.

— P-por que você não me contou? — perguntou Curtis. — Quero dizer, você sabia por que eu estava aqui para começar. Por que você manteve isso um segredo?

— Eu não poderia ter lhe contado, Curtis — disse a Governatriz. — Pense em como isso teria sido um choque... antes de você ter se *aclimatado* devidamente ao Bosque Selvagem. Não, eu precisava lhe dar tempo antes de revelar isso. E, acredite em mim, essa era a minha intenção. Eu gostaria que você tivesse aproveitado sua noite de comemoração um pouco mais, mas não importa: agora é uma hora tão boa quanto qualquer outra.

Alexandra parou perto da entrada da câmara e se virou para Curtis, colocando as mãos nos ombros do garoto e olhando diretamente em seus olhos:

— Algumas vezes — começou ela, o tom mudando de doce para firme — você é colocado em uma posição contra sua vontade, uma posição que requer que retalie com qualquer arma que esteja à sua disposição, mesmo que isso prejudique outras pessoas. Aqueles depravados do Bosque do Sul fizeram isso comigo. Tiraram de mim minha dignidade, meu poder. E eu não só pretendo recuperá-los, como pretendo tirar o mesmo daqueles que os roubaram de *mim*. Qualquer ação que eu tome para alcançar esse objetivo que possa ser interpretada como imoral ou antagônica é uma consequência das decisões precipitadas deles. Você está entendendo?

Curtis fungou:

— Não, na verdade, não.

Alexandra sorriu.

— Aquela criança é minha por direito. Ele é devido a mim. Esperei treze longos anos por esse momento. *Treze* amargos anos. Curtis, a criança é a chave para o meu... para o *nosso*... sucesso nessa campanha. Você se lembra, mais cedo nessa noite, quando você e eu estávamos conversando? Estávamos falando sobre governar, você e eu. Sobre os escombros do Bosque do Sul. Trazer de volta a ordem natural, a lei natural, a esse país, comigo como sua rainha e você ao meu lado. Você se lembra disso?

Curtis balançou a cabeça dolorosamente, concordando.

— Bem, isso não é possível sem aquela criança, aquela coisa incoerente e tagarela ali. — Ela apontou para Mac, que estava distraidamente brincando com um pequeno ramo de planta em seu berço rústico. Ela olhou novamente para Curtis e segurou seu queixo entre o polegar e o indicador. — Aquela criança é a passagem para nossa vitória.

Curtis balançou a cabeça novamente antes de acrescentar:

— Como?

— A hera, Curtis. Nós precisamos dele para controlá-la.

— A hera? Tipo, a planta?

Alexandra fechou os olhos brevemente e respirou fundo.

— Curtis — disse ela —, escutar isso pode ser difícil para você. — Seus dedos saíram do queixo para acariciar as bochechas do garoto. Ela limpou uma pequena gota de sangue em sua pele. — A criança deve ser entregue como uma oferenda. Como uma oferenda à hera.

— O q-que isso quer dizer? — gaguejou Curtis.

Sua voz se tornou monótona e meditativa, como se ela estivesse recitando uma escritura primordial:

— No equinócio de outono, em três dias, portanto, no Alaque dos Anciãos, o corpo do segundo filho vai ser deitado. Sob meu encanto, as trepadeiras se aproximarão para consumir sua carne e beber seu sangue. Isso conferirá à hera um poder inestimável, o sangue humano correndo por seus talos, e, mais importante, isso vai deixar a planta sob meu comando. Quando marcharmos para o Bosque do Sul, precisaremos apenas seguir o caminho de destruição deixado no rastro da hera.

Levantando a mão da bochecha de Curtis, Alexandra se equilibrou para terminar essa breve explicação com um estalo de seus dedos.

— Simples — disse ela. *Tec.* — Assim.

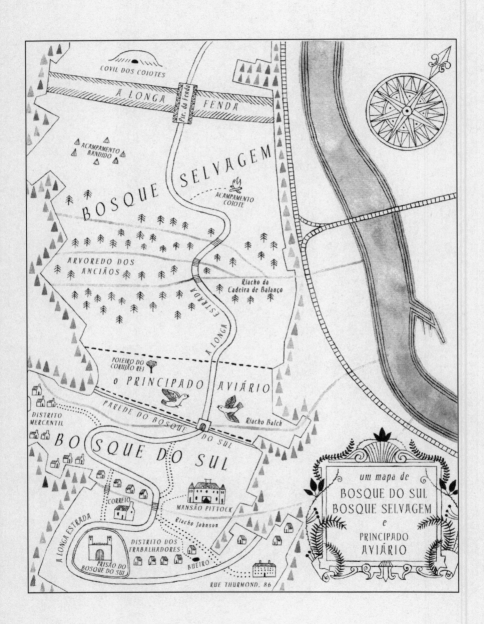

PARTE DOIS

CAPÍTULO 13

Capturar um Pardal;
Como um Pássaro em uma Gaiola

Um farfalhar selvagem de asas. O barulho penetrante de vidro estilhaçado. A rejeição mal-humorada diante da repreensão guinchada por um pardal. Todas essas coisas criaram uma colagem vívida na mente de Prue enquanto ela se mantinha agachada, congelada, no fundo do cesto de vime e escutava os sons da sala de estar do Corujão Rei sendo violentamente desmantelada. A equipe de busca, os oficiais restantes da ESPADA, parecia estar trabalhando de forma metódica; virando cadeiras, batendo portas e derrubando estantes de livros do outro lado do cômodo, lentamente se aproximando do local onde Prue estava escondida. Ela tinha pouco tempo.

Usando as erupções de som para encobrir os próprios, ela moveu o corpo sobre a pilha de jornais velhos debaixo de si e começou a puxar os que estavam logo debaixo dos pés. Durante as pausas silenciosas no trabalho dos oficiais, ela parava seus esforços e olhava, ofegante e em silêncio, para os feixes de luz que entravam pelas frestas do cesto até que o barulho da busca recomeçasse. Finalmente, logo quando os passos estavam chegando mais perto, ela conseguiu pegar várias pilhas de jornais dobrados de debaixo dos seus sapatos para colocar em cima da cabeça. Ela tinha acabado de fazer isso quando uma voz gritou:

— Que tal ali?

— Onde? — veio outra voz, a poucos centímetros de onde Prue estava.

— Debaixo do seu nariz, idiota! Aquele cesto!

— Oh — respondeu a voz. — Eu ia procurar ali agora mesmo.

Luz surgiu de cima de Prue e ela fechou seus olhos com força e desejou desaparecer.

— Ora, ora — disse a voz. — O que é que *temos* aqui?

Os olhos de Prue se abriram bruscamente.

A mão de alguém se esticou para dentro do cesto e remexeu na pilha de jornais equilibrada na cabeça dela. De repente, a tampa do cesto se fechou com força novamente. Prue percebeu que o peso do papel sobre sua cabeça tinha ficado um pouco menor.

— É o Jonesy e seu *jardinzinho bonitinho*! — anunciou o oficial, sua voz pingando um sarcasmo desmedido. — Na capa da *ilustre* seção Casa e Cia.

— O quê? — disse outra voz do outro lado do aposento.

— Sim, dê uma olhada: Jonesy ganhou uma linda medalha brilhante do Governador-Regente na semana passada por suas, escute só, *peônias premiadas.*

A sala explodiu com risadas enquanto o som de passos ecoava, aproximando-se da voz do homem. Uma ladainha de gritos de escárnio sucedeu:

— Mandou bem, Jonesy!

— Oh! Que aventalzinho bonitinho você está usando!

— A forma como você embala essas peônias, Jonesy, *muito* maternal. Finalmente, o motivo de todo esse riso, Jonesy, veio até perto do cesto e, julgando pelo som, arrancou o objeto incriminador da mão da pessoa fazendo a piada.

— Minha esposa me colocou nessa furada! — foi a explicação não muito convincente do homem.

A sala explodiu com mais risos, e Prue podia praticamente sentir a vermelhidão carmesim nas bochechas do pobre Jonesy através das paredes do cesto.

— Eu... eu... — gaguejou ele. — Bem, vocês sabem... — Finalmente ele desistiu. — Oh, QUE SE DANEM! Todos vocês! — Mais risadas. Em uma fração de segundo, a tampa do cesto foi aberta e o jornal foi arremessado, com força, novamente sobre a pilha em cima da cabeça de Prue. A tampa se fechou com força. — De volta ao trabalho! — gritou Jonesy. — Chega dessa palhaçada.

O rio de risadas foi perdendo a força até virar um córrego enquanto o som de passos e vozes se espalhava novamente pelo aposento. Mais portas se bateram, mais móveis foram empurrados e mais comentários maldosos sobre Jonesy foram sussurrados, mas Prue mal prestou atenção; ela estava contando mil obrigados aos Destinos, Deuses, ou a qualquer panteão de divindades que de alguma forma tinha lhe concedido esse alívio temporário.

Minutos se passaram. O pé esquerdo de Prue estava começando a ficar dormente, e ela começou a tentar ignorar a incessante dor perfurante praticando sua Pranayama. Era uma técnica de controle da respiração; ela a tinha aprendido em sua aula de ioga para principiantes. Independentemente de quanto controle ela estivesse conseguindo sobre sua respiração, aquilo não mudava o fato de que seu pé parecia estar prestes a cair de seu corpo. Finalmente, uma voz veio de fora das paredes do cesto.

— Nenhum sinal, senhor — disse o oficial. — Vasculhamos o prédio inteiro.

Prue soltou um suspiro de alívio pelo nariz.

— Em todos os lugares?

— Sim, senhor.

— Ela deve ter fugido. Alguém a avisou — disse o oficial no comando. — Bem, não importa. Ela vai acabar aparecendo na varredura.

— Sim, senhor — respondeu o outro oficial. — E os pardais? O que devemos fazer com eles?

— Prendam-nos — foi a resposta.

Outra voz surgiu no outro lado da sala:

— Só tem um, senhor.

— O que aconteceu ao outro?

— Deve ter fugido voando, senhor, na agitação.

— Houve um breve silêncio na sala.

— Fugido voando? Apenas... saiu voando?

— É o meu palpite — respondeu outro oficial calmamente.

— Idiotas! Idiotas sem cérebro! — gritou o comandante. — Sem cérebro e incompetentes e...

— Idiotas, senhor? — sugeriu um oficial.

— IDIOTAS! — O comandante se recompôs e continuou, sem levantar a voz: — O gabinete central não vai compactuar com isso. Podemos perder um meliante, mas eles vão atrás de nossos empregos se virem que perdemos dois. — Ele pensou por um momento antes de instruir. — Escreva no relatório que havia *um*, eu repito, *um* pardal atendendo o encarcerado no momento da nossa chegada.

— E a menina? — perguntou um oficial subordinado com a voz trêmula.

Outra pausa.

— Escreva que a menina Forasteira é suspeita de ter sido avisada da chegada da ESPADA e não estava em lugar algum do local.

— Sim, senhor — respondeu outro oficial.

— E você, pássaro — falou o comandante —, você vem conosco. Vamos ver como você vai voar depois de algumas semanas no xilindró.

Houve uma pausa na sala. Um oficial se pronunciou:

— No que, senhor?

— Xilindró. Xadrez. Gaiola. — Nenhuma resposta. — PRISÃO, idiotas! Agora vamos correr até lá antes que o local fique cheio. Deus sabe que as mãos do diretor da prisão vão estar ocupadas essa noite.

Um ribombar de passos de bota seguiu essa proclamação e em poucos momentos a sala estava sem nenhum som. A porta da frente foi batida ao longe e o ronco do motor de um carro pôde ser ouvido, dando a partida e descendo a rua. Depois de contar até trinta, Prue saiu de baixo da pilha de jornais que estava sobre sua cabeça e cautelosamente abriu a tampa do cesto. Espiando por cima da borda e não vendo ninguém, ela se levantou com um sopro de energia, sentindo o sangue correr do pescoço até os dedos do pé em uma corrente arrebatadora. Ela balançou o pé dormente e cuidadosamente saiu do cesto.

Ela estava sozinha na sala. As duas poltronas de costas altas em que, apenas minutos antes, ela e o corujão estavam sentados foram descuidadamente derrubadas de lado e as belas e altas estantes de livros tinham sido jogadas no chão, seus conteúdos espalhados pela sala em uma grande bagunça de lombadas retorcidas e páginas rasgadas. Algumas penas manchadas estavam caídas no centro do aposento e o coração de Prue se partiu ao ver aquilo. O que ela tinha feito? Aquilo tudo era culpa dela; a polícia tinha vindo atrás *dela*. E, ainda assim, ele a tinha protegido. A culpa tomou conta de Prue enquanto ela se ajoelhava e pegava uma das penas.

— Oh, Corujão — falou ela, com remorso. — Sinto muito, muito mesmo.

Ela se assustou com um som de batidas de asas aturdidas vindo da lareira. Olhando naquela direção, ela viu um dos assistentes pardais, sua barriga cinza-claro manchada com fuligem, emergir do duto da chaminé.

O pássaro voou de forma desajeitada até onde Prue estava parada e pousou na borda de uma das estantes de livros derrubadas. Ele sacudiu uma nuvem de poeira da asa esquerda e olhou de forma desesperada para Prue.

— Ele se foi — disse o pardal, a voz dele tão cinzenta quanto sua plumagem. — O Príncipe Coroado. Se foi.

Prue conseguiu apenas balançar a cabeça demonstrando solidariedade. Ainda estava desapontada por causa do que tinha acontecido.

— Como você escapou? — perguntou ela. — Tinha certeza de que todos vocês seriam levados.

— Eu também. Achei que eles achariam você... quando abriram o cesto — disse ele, antes de apontar sua cabeça para a lareira. — E, na confusão, consegui me enfiar na chaminé. — Ele abaixou o bico e olhou para o chão. — Mas de que adianta? Nosso Príncipe Coroado, encarcerado! — Ele então virou os olhos suplicantes, tristes e cheios de lágrimas, para encontrar os de Prue. — Foi covarde de minha parte? Será que eu não deveria ter dado minha vida, ou pelo menos minha liberdade, em defesa do meu Príncipe?

— Não, não, não — disse Prue em um tom reconfortante. E esticou uma das mãos e limpou uma mancha de fuligem na cabeça do pardal. — Ele não gostaria que você fizesse isso. Você fez o melhor.

Ela se sentou na borda da estante de livros e apoiou seu queixo nas palmas das mãos. O apito estridente de uma sirene soava ao longe.

O pardal deu de ombros.

— Nunca achei que veria esse dia chegar — disse ele, baixinho. — Todo o nosso trabalho, nossa diplomacia cuidadosa para criar essa aliança frágil. Tudo destruído.

A sirene, agora acompanhada por outra, ficou mais alta. Prue se levantou e andou na direção da janela, onde uma luz piscante vermelha estava projetada sobre o vidro. Ajoelhando e cuidadosamente puxando a cortina, ela pôde ver, a várias portas de distância na rua, um grupo de oficiais da ESPADA de coturnos acompanhando um pequeno bando de pássaros para fora de um prédio na direção de uma van blindada.

— O que está acontecendo? — perguntou Prue.

O pardal, sem se levantar, deu um palpite a respeito do horror no rosto dela:

— Imagino que eles estejam levando todo mundo. Todos os pássaros, moradores do Bosque do Sul e membros do Principado igualmente. — Ele repetiu, solene. — Nunca achei que veria esse dia chegar.

Mais sirenes soaram; mais camburões da polícia barulhentos desciam o calçamento de pedra da Rue Thurmond. Mais adiante na rua, Prue observou enquanto um pequeno grupo de garças-brancas, suas penas brilhantes pintadas de carmesim sob a luz da sirene, era levado até um caminhão encostado. No entanto, antes que chegassem às portas blindadas, uma se desgarrou do grupo e, com suas pernas muito compridas correndo sobre os paralelepípedos, abriu as asas, ganhando o ar. Logo que ela fez isso, um oficial da ESPADA sacou o rifle do ombro, mirou e atirou. Prue colocou a mão sobre a boca para impedir que um grito agudo saísse. A garça despencou sobre as pedras em um amontoado flácido de penas brancas. Algumas palavras apressadas foram trocadas entre os oficiais, e o caminhão partiu, descendo a rua fazendo barulho. O corpo da garça-branca ficou deitado onde caíra, imóvel. Depois de alguns momentos, um oficial da ESPADA desgarrado que tinha saído de um dos outros prédios casualmente chutou o corpo da garça para a sarjeta, tirando-o do meio da rua.

Prue rangeu os dentes e bateu com o punho no peitoril da janela.

— Assassinos! — disse ela, com raiva.

Ela olhou novamente para o pardal, esperando vê-lo perturbado por causa do tiro, mas ele continuava sentado onde ela o havia deixado, a cabeça ainda mais enfiada em seu peito.

— Temos de fazer algo! — gritou Prue, marchando de volta para onde estava o pardal. — Isso é uma injustiça! Como alguém pode apoiar isso?

— Medo — respondeu o pardal, baixinho. — O medo controla as pessoas. Os poderosos, por medo de perderem o poder, ficaram cegos. Todos são inimigos. Alguém precisa pagar o pato.

Prue resmungou, irritada, e começou a andar de um lado para o outro na sala.

— Bem, de uma coisa eu tenho certeza: não vou apenas ficar sentada aqui e esperar até eles ficarem sem ideias e voltarem para nos prender. ISSO é loucura.

— Não sei o que lhe dizer — murmurou ele.

Prue parou de andar.

— Norte. Ir para o norte. — Ela mandou um olhar na direção do pardal. — Foi isso o que o Corujão falou. Logo antes de a polícia chegar. Ele falou que se tudo mais desse errado, eu poderia ir ao Bosque do Norte e procurar aqueles... mágicos.

— Místicos — corrigiu o pardal, olhando para ela.

— Sim — disse Prue, agora balançando o dedo indicador, pensativa. — Eu estaria a salvo lá. E eles poderiam saber onde meu irmão está.

— *Talvez* você ficasse a salvo lá; o povo do Bosque do Norte valoriza seu isolamento.

Prue deu de ombros.

— Mas vale a tentativa, não vale?

O pardal, a essa altura, tinha se animado consideravelmente.

— Talvez. Talvez. Mas como é que você ia fazer para chegar lá?

Franzindo a testa, Prue distraidamente coçou a bochecha.

— Esse é o problema. Não faço a menor ideia.

— Você poderia ir voando — disse o pardal.

— Sim, isso realmente não vai ser nada difícil para mim — debochou Prue.

— Eu quis dizer que — disse o pardal, de pé sobre suas garras e balançando as asas — você poderia ser carregada.

— Carregada?

Prue estava começando a ver a solução.

— Você não deve pesar nada — disse o pardal, estudando-a. — Para uma águia-real, pelo menos. Se ao menos conseguíssemos levá-la até o Principado, lá tem muitos pássaros que poderiam carregá-la.

Mesmo com toda a escuridão da terrível situação em que estava, Prue não conseguia deixar de ficar silenciosamente animada com a proposta.

— Certo — disse ela. — Isso parece uma ideia muito boa. Então, como eu chego lá?

— Nós teríamos de passar pela fronteira com você escondida de alguma forma — disse o pardal, com toda a energia de volta. — É muito longe para ir andando e as ruas estão apinhadas com agentes da polícia secreta... Não, precisamos achar um veículo, um onde pudéssemos escondê-la. É a única forma.

Prue estalou os dedos, interrompendo o pensamento do pássaro.

— Já sei — disse ela.

☙

Em outra parte da floresta, bem debaixo da terra, outro estalo de dedos tinha acabado de ecoar pelas paredes de um covil cavernoso. Curtis olhava para Alexandra com uma expressão vazia. Mac tagarelava baixinho no berço no centro do aposento. Ao longe, o som de uma fanfarra coloria esse momento silencioso e tenso com uma trilha sonora cômica.

Curtis engoliu em seco longamente, fazendo barulho.

Alexandra, agora de braços cruzados, batia o dedo cheio de anéis contra um bracelete de estanho preso em volta do bíceps. O barulho era um *ting* oco que reverberava por toda a câmara.

Ting.

— Bem, eu... — começou Curtis.

Ting.

Ele apoiava o peso do corpo, desconfortável, em uma perna, e depois na outra. A rigidez do uniforme de repente ficou extremamente notória, o tecido de lã áspero roçando contra seus ombros. O dedão do pé direito parecia apertado demais no couro da bota. O calor no aposento ficou mais intenso, e pequenas gotas de transpiração se formaram perto de seu cabelo.

— Eu acho que... — recomeçou ele.

Ting.

— Você está comigo, Curtis? — perguntou Alexandra, finalmente. — Ou está contra mim? É um ou o outro.

Curtis soltou um risinho desconfortável.

— Entendo isso, Alexandra, eu só...

Ele foi interrompido:

— É uma decisão fácil, Curtis.

Curtis esperou silenciosamente que outro *ting* acabasse com o silêncio no aposento, mas, quando ele não veio (o dedo de Alexandra permaneceu preparado no ar sobre o bracelete), ele deu sua resposta.

— Não.

— Como é?

Curtis endireitou sua postura e olhou diretamente nos olhos de Alexandra:

— Eu disse não.

— Não, o quê? — perguntou a Governatriz, suas sobrancelhas desenhando um ângulo sinistro em sua testa. — Você *não vai* voltar para casa? Você *vai* se juntar a mim?

— Não, não vou me juntar a você. Não vou. — A saliva que tinha sido roubada de sua boca em seu terror inicial estava agora começando a voltar, e falar se tornou cada vez mais fácil. — De jeito nenhum. — Ele apontou para o bebê no berço atrás dele. — Isso é *errado*, Alexandra. Não me importo com quem fez o que a você, mas não posso ficar parado aqui e deixá-la pegar esse bebê e, bem, *sacrificá-lo* simplesmente para você conseguir sua vingança mesquinha. Não, não, não. Talvez você possa usar outra coisa; um esquilo, um porco ou algo assim. Talvez aquela hera nem mesmo perceba a diferença. Não importa. Tudo que sei é que para mim chega, muito obrigado. Então vou pegar minhas coisas e vou embora, se você não se importar.

A Governatriz permaneceu estranhamente silenciosa durante esse discurso, e Curtis tentou preencher o silêncio falando mais:

— Você pode pegar o uniforme de volta, o sabre também. Tenho certeza de que há outro coiote ou alguém em que ele vai caber e sei que vocês precisam de equipamento. Então nem pense nisso... isso definitivamente vai ficar com vocês. Eu só não sei onde minhas roupas estão aqui dentro; talvez alguém pudesse achá-las para mim, não?

A Governatriz permaneceu em silêncio, estudando Curtis enquanto ele passava um dedo inquieto no uniforme.

— Ou que se dane. Não *preciso* de minhas outras roupas. Uma coisa, no entanto — disse Curtis —, é que vou levar o bebê. Terei de levar Mac comigo. Devo isso a Prue.

Foi então que Alexandra quebrou seu silêncio:

— Não posso deixá-lo fazer isso, Curtis.

Curtis suspirou:

— Por favor.

— Guardas! — gritou Alexandra, virando-se levemente para gritar na direção do corredor atrás dela. Em alguns momentos, o som de pés batendo anunciou a chegada de um grupo de soldados coiotes uniformizados. Aparecendo na entrada para a câmara, eles a princípio ficaram ao ver Curtis.

— Madame? — perguntou um deles, confuso.

— Prendam-no — foi a ordem de Alexandra. — Ele é um vira-casaca.

Imediatamente Curtis foi acossado por coiotes, seus braços presos atrás do corpo, algemas em torno de seus pulsos. Ele não ofereceu resistência. Um dos coiotes arrancou a espada da bainha no cinto de Curtis, levantando a lâmina até seu rosto com um sorriso ameaçador. Alexandra observou calmamente, seus olhos nunca abandonando os de seu prisioneiro.

— Não faça isso, Curtis — disse Alexandra, o rosto agora demonstrando uma tristeza por baixo da fisionomia gélida. — Estou lhe oferecendo uma nova vida, uma nova direção. Um mundo de riquezas o espera, e você jogaria isso fora para salvar essa *coisa*? Essa... *coisinha* tagarela? Você teria um lugar à mesa, Curtis. Você seria o segundo no comando. E, talvez um dia, um herdeiro do trono. — Ela fez uma pausa antes de dizer. — Um filho para mim.

Os coiotes ao lado de Curtis fediam a pelo molhado e vinho. Eles bufavam de forma ameaçadora em seu ouvido, seus focinhos inquietos. As algemas machucavam a pele de seus pulsos.

Curtis ficou ainda mais determinado:

— Alexandra, estou pedindo para que você pare com isso; deixe eu e o bebê irmos embora. Eu... hmm... ordeno que você faça isso.

Alexandra soltou uma risada:

— *Ordena*? — disse ela, friamente. — Você *ordena* que *eu* faça algo? Oh, Curtis, não se superestime. Será que o vinho de amora lhe deu delírios de grandeza? Você não está exatamente em posição de ordenar nada a ninguém, infelizmente. — O sorriso parcial desapareceu do rosto dela, que se aproximou, a bochecha roçando na de Curtis, seus lábios no ouvido dele. Seu hálito era sobrenatural, como um veneno doce, raro e mortal. — Última chance — foi tudo o que ela sussurrou.

— Não — repetiu Curtis com a voz firme.

Mal a resposta tinha saído de seus lábios, e Alexandra se afastou, juntando as mãos.

— Levem-no — gritou ela, agora tirando os olhos de Curtis. — Para as jaulas!

O dedo dela correu sobre o tecido grosso do colarinho de seu uniforme até parar sobre a medalha, o ramo e o trílio em seu peito; com um movimento rápido de seu pulso, ela arrancou a condecoração do tecido e a jogou no chão.

— Sim, Madame! — Os coiotes latiram, e Curtis foi arrastado violentamente do aposento.

Ele ainda teve tempo de olhar rapidamente para trás: a silhueta alta e magra da Governatriz, iluminada por trás pelas tochas na câmara, escurecia a entrada do aposento, uma testemunha de sua retirada violenta. A luz fantasmagórica atrás dela tremulava com as batidas de uma porção de asas de corvos, e ela solenemente começou a se virar de volta para a câmara, para o bebê no berço — os carcereiros de Curtis tomaram um corredor estreito, e a cena assustadora sumiu.

Ele tinha dificuldades em acompanhar o ritmo dos coiotes. O corredor que eles seguiram se contorcia através da terra, vagando em todas as direções para se desviar da ocasional raiz de árvore ou de um pedregulho. O ar foi ficando mais frio e mais denso à medida que eles se afastavam do complexo central do covil, e o túnel lentamente começou a se inclinar para baixo.

— Escutem o que vou dizer — disse Curtis depois de um momento. — Vocês não têm de segui-la. Vocês sabem o que ela está fazendo? Ela está sequestrando um bebê... um garotinho... e ela vai *matá-lo*. Um bebê inocente! Isso parece certo para vocês?

Nenhuma resposta.

— Quero dizer, e se um de seus, seus... — Ele teve dificuldade para achar a palavra certa. — *Filhotes* fosse raptado por alguma pessoa, animal ou o que quer que fosse. E se eles fossem *sacrificá-lo*? Vocês concordariam com isso? — Sem receber uma resposta, ele próprio respondeu a pergunta. — NÃO! Não, vocês não concordariam. Isso não é certo!

O túnel estava tomado pelo som da respiração dos coiotes, ofegantes pelo esforço. Ao longe, na luz fraca, algo vagamente aracnídeo cruzou rapidamente o chão do túnel, desaparecendo em um grande buraco na parede.

— O que era aquilo? — perguntou Curtis, com a voz esganiçada.

— Quem sabe o que mora aqui embaixo? — disse um dos coiotes.

Outro entrou na brincadeira:

— Eu mesmo nunca cheguei tão longe no covil. Ouvi histórias, no entanto... dizem que há coisas aqui embaixo que nunca viram a luz do dia. Coisas loucas por um pedaço de boa carne em que possam afundar os dentes.

— Boa carne *humana* — completou outro coiote.

— Dê um rato para os ratos comerem — disse um deles. — É assim que tratamos vira-casacas por aqui.

— Escutem, apenas me deixem ir — disse Curtis. — Ninguém precisa saber... eu vou apenas seguir meu caminho e...

As palavras congelaram em sua boca quando os coiotes fizeram uma curva fechada, o túnel se abriu em uma sala grande, e Curtis viu as jaulas.

— Oh — disse ele, sem muita entonação. — Oh, não.

Parecia que a sala tinha se formado naturalmente: o chão era encalombado com cascalho e pedras, e as paredes irregulares partiam de inclinações do teto muito alto — mas isso era de longe a coisa menos extraordinária do ambiente. A coisa que imediatamente chamou a atenção de Curtis foi o emaranhado gigantesco de raízes penduradas no teto — e que árvore deveria estar sobre aquele conjunto de raízes! — e o conjunto nefasto de jaulas de madeira frágeis penduradas nas gavinhas espessas. Os ramos finos de bordo que serviam como barras nas jaulas se juntavam em uma coroa no topo; elas pareciam gaiolas de passarinhos em uma granja gigante. Cabos grossos de cânhamo prendiam as jaulas ao conjunto de raízes acima e produziam rangidos irritantes enquanto rodavam em seu lugar. Dentro de algumas, Curtis pôde distinguir alguns vultos — as jaulas pareciam grandes o suficiente para acomodar várias almas infelizes cada —, enquanto muitas permaneciam vazias. Ele não teve tempo para contá-las, mas parecia que o número estava na casa das dezenas.

— Carcereiro! — gritou um de seus captores, e um coiote inchado e grisalho apareceu de trás de uma pedra pontuda debaixo das jaulas penduradas. Um cordão em volta de seu pescoço carregava um conjunto impressionante de chaves, todas de diferentes tamanhos e formatos. Enquanto mexia nelas, ele murmurou uma citação de forma desinteressada:

— Abandone a esperança, ó prisioneiro, abandone a esperança. As barras das jaulas, impenetráveis. As trancas das jaulas, inquebráveis. A distância até o chão, impulável. Abandone a esperança. Abandone a esperança. — Ele fungava entre as frases, mal tirando os olhos do chão. Curtis, horrorizado, percebeu que o chão parecia salpicado com os ossos brancos e quebrados de antigos prisioneiros que caíram para suas mortes.

— Sim, sim, já sabemos — disse um dos coiotes segurando o braço de Curtis, impacientemente. — Chega de discursos horripilantes. Temos um traidor aqui. Tranque-o em uma jaula bem alta.

Enquanto o carcereiro se aproximava, uma voz pôde ser ouvida de uma das jaulas acima.

— O quê? Outro bípede? Achei que esta era uma cadeia apenas para coiotes.

Curtis olhou para cima, na direção da fonte das reclamações, e viu o focinho de um coiote entre as barras de madeira de uma das jaulas mais perto dele.

— Calado! — berrou o carcereiro de repente, abandonando seu tom monótono.

Uma voz que soava distintamente humana se levantou de uma das jaulas mais elevadas:

— Vocês chacais vão pagar por isso! Eu juro!

Curtis não conseguiu distinguir quem estava falando entre o emaranhado de raízes que se ramificavam.

— Viu?! — gritou o prisioneiro coiote. — Você escutou isso? Sou um soldado e fui jogado aqui com a escória dos bandidos! Achei que essa era uma prisão exclusivamente militar!

— CALADO! — gritou o carcereiro novamente, agora mais alto. — Ou vou algemar vocês todos.

O bandido, agora animado, começou a bradar:

— Liberdade ao Bosque Selvagem! LIBERDADE AO BOSQUE SELVAGEM!

Alguns outros prisioneiros, aparentemente bandidos também, se levantaram em suas jaulas e responderam ao chamado, gritando e balançando as barras de suas celas.

O carcereiro suspirou e andou até perto de Curtis.

— Grupo animado — disse ele, em meio aos gritos. — Tenho certeza de que você vai gostar da companhia.

Enquanto Curtis ainda estava sob os cuidados dos guardas, o carcereiro foi até a parede e pegou o que parecia ser a escada mais longa e frágil que Curtis já tinha visto. Cuidadosamente a equilibrando para que ficasse de pé, o carcereiro carregou a escada até o centro da sala, passando os degraus mais altos entre as raízes da árvore. Chegando a uma jaula vazia, ele prendeu o topo da escada contra as barras de madeira e fixou a parte de baixo sobre uma grande pedra no chão da caverna.

— Lá vamos nós — disse o carcereiro.

Ele subiu primeiro; chegando à jaula, abriu a tranca e desceu a escada. Com um aceno de cabeça do carcereiro, os pulsos de Curtis foram liberados das algemas, e ele foi empurrado rudemente em direção à escada que balançava e se curvava com seu peso enquanto ele subia. Quando finalmente chegou à jaula, desfaleceu de leve por causa da altura: estava facilmente a 20 metros do chão da câmara, e o solo estava coberto de pedregulhos, pedras e estalagmites pontudas; a queda não parecia convidativa. Assim que o menino foi empurrado para dentro da jaula, o carcereiro voltou ao topo da escada e fechou a porta com um enorme cadeado de ferro. Antes de retornar ao chão, olhou diretamente para Curtis e disse:

— Nem mesmo *pense* em fugir.

— Não faria isso — falou Curtis.

O carcereiro pareceu ter sido momentaneamente pego de surpresa pela resposta.

— Oh — falou ele. — Bom.

E, com isso, desapareceu escada abaixo. Curtis soltou um suspiro de desespero enquanto os degraus superiores se afastavam das barras e a jaula de madeira balançava livremente, o cabo que a sustentava rangendo e gemendo sob o peso de seu novo residente.

※

As lamparinas a gás, posicionadas como estavam em cada esquina, criavam cones pálidos de luz nas interseções calçadas das ruas; sombras tomavam conta dos espaços entre eles. Foi dentro dessas sombras que Prue achou esconderijo enquanto ela e o pardal ganhavam as ruas do bairro. Ela se mantinha escondida atrás de algum prestativo barril ou caixa de correio, enquanto o pardal (cujo nome era Enver, Prue acabou descobrindo) voava sem ser visto na frente, fazendo o reconhecimento da área dos beirais dos telhados e dos cata-ventos das casas majestosas que salpicavam a paisagem. Quando o pardal gorjeava que estava tudo livre, Prue saía de onde estava e corria até o próximo esconderijo. O ritmo era lento, mas eles faziam progressos constantes rua acima. A dinâmica só era interrompida quando o inevitável camburão da ESPADA descia a rua de forma barulhenta, sua sirene piscante tingindo as casas de vermelho berrante, e Prue e Enver tinham de manter suas posições até que o pardal estivesse convencido de que seus movimentos não seriam detectados.

— Acho que temos de virar à esquerda ali em cima — sussurrou Prue de trás de uma lata de lixo.

Enver estava empoleirado em uma lamparina pendurada sobre um cruzamento que levava em quatro direções. Os paralelepípedos daqui estavam sendo lentamente substituídos por terra e agulhas de pinheiros enquanto o bairro chique da Rue Thurmond dava lugar aos casebres menores da floresta, seus telhados cobertos de musgo ocultados pelos galhos pendurados dos pinheiros mais próximos.

— Você tem certeza? — perguntou Enver, vasculhando o horizonte de forma duvidosa.

— Não — sussurrou Prue. — É meio que apenas um palpite.

— Em que direção você disse que deveríamos ir? — perguntou o pardal.

— Logo a sudoeste da Mansão — disse Prue. — Foi o que me disseram.

O pardal produziu um som com seu bico.

— Um segundo — disse ele, olhando rapidamente para os quatro lados do cruzamento.

Assim que viu que o caminho estava livre, ele abriu suas pequenas asas cinzentas e partiu para o alto, manobrando entre os galhos elevados até não poder mais ser visto.

Prue esperou calmamente, o cheiro azedo do lixo que estava na lata impregnando o ar à sua volta. O uivo de uma sirene de polícia soava ao longe, e ela congelou quando um pequeno grupo de oficiais da ESPADA deu a volta na esquina e desceu marchando a Rue Thurmond. Prue deu uma espiadela por trás da lata de lixo enquanto eles se afastavam e percebeu que cada um deles estava carregando gaiolas. Entre as barras de metal, Prue conseguia ver penas de pássaros, felpudas e cinzentas.

Minutos se passaram. Finalmente, o som de asas se agitando soou do alto. Ela olhou para cima e viu Enver, sem fôlego, aterrissar sobre a lixeira.

— Desculpe — disse Enver. — Precisei esperar até eles irem embora. — Ele balançou uma das asas e se inclinou na direção de Prue. — Vi o topo da Mansão. Ainda está bem longe, mas estamos indo na direção certa. A julgar pelas estrelas. — E nesse momento Enver apontou o bico para o céu; era uma rara noite de céu limpo, e a escuridão estava salpicada com constelações. — Temos de seguir reto para nos mantermos rumo a sudoeste.

— Ótimo — sussurrou Prue. — Vamos continuar andando.

— Já foi a esse lugar? — perguntou o pardal. — Sabe como ele é?

— Não, mas acho que saberemos quando chegarmos lá — disse

Prue, antes de completar: — Imagino que, se você já tiver visto uma agência do correio, você viu todas.

E, com isso, Enver balançou a cabeça e começou a voar, indo na frente para achar outro poleiro de onde pudesse guiar Prue até seu próximo esconderijo.

CAPÍTULO 14

Entre Ladrões

I nsisto em ver um advogado! — gritou o coiote, a voz falhando no meio da frase. — Isto é um ULTRAJE!

Ele sacudiu as barras da jaula com as patas. Curtis o observava de cima com curiosidade; a jaula do coiote era muito mais para baixo no conjunto de raízes que a de Curtis.

— Oh, fale baixo — gritou um dos bandidos. Sua jaula era acima e à esquerda da de Curtis e ele estava sentado com as costas nas grades, cutucando as unhas. — Eles não estão escutando você. Não é como se tivesse *habeas corpus* por aqui.

— *Habeas corpus*? — debochou o coiote. — Onde você aprendeu essas palavras rebuscadas, seu imbecil?

Ele tinha se virado para olhar para o bandido, e naquele momento Curtis teve a chance de ver seu rosto; era um dos coiotes que ele havia visto primeiro com Prue — um dos soldados rasos que tinham brigado debaixo do esconderijo deles. Pelo que Curtis se lembrava, o nome dele era Dmitri.

— Oh, nós sabemos muito mais do que vocês chacais acreditariam — respondeu o bandido, batendo com um dedo na têmpora. — Alguns de nós podem parecer tapados, mas não se engane. Somos espertos como raposas. E é por isso que vocês nunca vão nos dominar. Não importa quantas batalhas vençam, não importa o quanto nossos números caiam, sempre haverá bandidos para continuar a luta.

— Oh, por favor, nos poupe de seu discurso motivacional — respondeu Dmitri. — Você está desperdiçando saliva comigo. Vim parar aqui por causa do alistamento obrigatório. Não me importaria nem um pouco se vocês bandidos dominassem o lugar; eu preferiria estar no covil do meu lar, de qualquer forma, cuidando de minha própria vida. O que me incomoda é que estou preso aqui como um criminoso comum. Achei que receberia apenas alguns deméritos e estaria liberado. Mas, em vez disso, estou na ala dos bandidos, tendo de escutar vocês falando.

— *Eu* não sou um bandido — intrometeu-se Curtis. — Sou um soldado. — Ele fez uma pausa e olhou para seu uniforme, para o tecido rasgado onde o broche costumava ficar. — Ou *era*.

O coiote bufou e se virou.

— Você — disse outro bandido, esse mais afastado. Sua jaula estava pendurada em uma das raízes mais espessas, a uma altura similar à da jaula de Curtis. — Então você é o Forasteiro, não é? Você lutou ao lado da Viúva, não lutou?

Curtis franziu a testa e balançou a cabeça.

— Lutei, sim — disse ele, envergonhado. — Mas gostaria de não ter lutado neste momento. Não sabia o que ela estava fazendo.

— O que você esperava? — perguntou o bandido do alto, seu veneno agora direcionado para baixo. — Que ela era a legítima Rainha do Bosque Selvagem? Apenas fazendo uma pequena limpeza na área? Se assegurando de que todos se lembrassem de quem é que manda? E você apenas aparece bailando do seu mundo do Exterior e decide ajudar?

— Bem, eu não tive muita escolha — disse Curtis, os cabelos da nuca se arrepiando. — Quero dizer, ela me capturou e, quando menos percebi, ela estava me alimentando, me dando roupas e me dizendo que eu era seu braço direito!

— Otário — veio uma voz.

A voz saía de uma jaula diretamente acima da de Curtis. Outro bandido estava olhando fixamente para o garoto, sentado com as pernas cruzadas, as bochechas apoiadas nas mãos.

— Sério — continuou Curtis. — Não fazia ideia do que ela estava tramando; nunca teria concordado em acompanhá-la se tivesse descoberto.

— Mesmo? — zombou o bandido mais afastado na raiz. — Qual foi sua primeira pista? Ela ter recrutado toda uma espécie animal? Ou talvez o fato de ela estar dizimando cada residente do Bosque Selvagem, um atrás do outro? Qual foi, pequeno gênio?

Algo molhado pingou na testa de Curtis, e ele se encolheu para olhar para cima e ver que o bandido na jaula diretamente acima da sua tinha acabado de soltar uma enorme bola de cuspe sobre ele. O rosto do bandido estava visível entre suas pernas dobradas e Curtis podia ver que ele estava se preparando para um segundo ataque. Gemendo, Curtis se esquivou e se moveu para outro canto da jaula.

— Vocês Forasteiros — disse outro bandido, um que tinha permanecido em silêncio durante toda a discussão —, vocês estão sempre procurando uma forma de conquistar e espoliar coisas que não são suas por direito, não é? Ouvi falar do que vocês fazem. Não pense que não sabemos que vocês viriam com tudo para cima deste Bosque, que teriam derrotado a Governatriz em seu próprio jogo se ela não tivesse chegado primeiro. Ouvi dizer que vocês praticamente arruinaram seu país, quase o colocaram no chão ao envenenarem seus rios, abrirem estradas sobre suas florestas e coisas assim. — A jaula era um pouco abaixo e à direita, Curtis observou enquanto o bandido se aproximou das grades da jaula e olhou para ele. Usava um cachecol quadriculado sujo em volta de seu pescoço e uma túnica larga de linho. Um chapéu de coco puído estava empoleirado na cabeça. — Aposto que você achou que esse lugar seria todo seu, não pensou? Bem, imagino que ele vá apenas mastigá-lo e cuspi-lo. Isso se você não acabar apenas apodrecendo aqui antes.

Curtis tremeu e se sentou no chão de sua jaula, encostando os joelhos no peito. Ele podia sentir o olhar de todos os prisioneiros perfurando seus ossos. Desejou naquele momento, mais do que nunca, poder estar de volta à sua casa com sua mãe e seu pai e suas duas irmãs irritantes. As cordas rangeram e tremeram, e as jaulas balançaram levemente para a frente e para trás na grande caverna. Dmitri, o coiote, ofereceu sua compaixão.

— Vai se acostumando. Eles nunca fazem uma trégua.

✿

Não demorou muito para que Prue e Enver chegassem à agência do correio, um pequeno prédio de tijolos vermelhos aninhado em uma densa área de coníferas. Uma cerca de madeira caindo aos pedaços, cinzenta e coberta de musgo, demarcava uma área atrás do edifício, e Prue pôde ver algumas vans vermelhas dilapidadas estacionadas no jardim enquanto subia os degraus até a porta. Uma placa de bronze estava presa aos tijolos sobre a porta e as palavras CORREIO DO BOSQUE DO SUL estavam gravadas sobre o metal.

A luz de uma das janelas iluminava uma sala bagunçada, com pilhas de pacotes marrons e envelopes que iam do chão ao teto, e Prue conseguiu distinguir o vulto de Richard, seu corpo parcialmente escondido pelas pilhas de pacotes e papéis.

— Pronta ou não, aqui vou eu — sussurrou ela para Enver, que estava equilibrado sobre um galho próximo, vigiando de forma nervosa a estrada deserta e escura.

Prue bateu com os nós dos dedos de leve contra a madeira da porta. Quando nenhuma resposta veio, ela bateu novamente.

— Estamos fechados! — veio a voz de Richard do lado de dentro. — Volte em horário comercial, por favor!

Prue juntou as mãos sobre a porta e, levando seus lábios até os dedos, falou:

— Richard! Sou eu, Prue!

— O quê? — veio a resposta de Richard; a voz, alta e impaciente, parecia chacoalhar as dobradiças da porta.

Enver gorjeou ansiosamente de cima.

— É a Prue. Você sabe, *Prue de Port-Land*!

Depois de um momento ela ouviu passos lentos e o *plac* oco de um ferrolho sendo aberto. Apenas uma fresta da porta se abriu, e Richard, seus olhos sonolentos e o cabelo grisalho todo desgrenhado, apareceu pela abertura.

— Prue! — gritou ele, claramente sem notar a abordagem silenciosa de Prue. — O que diabos você está fazendo aqui?

Enver gorjeou novamente, mais alto, em advertência, e Prue levou os dedos até os lábios rapidamente.

— Shhhh! Você precisa falar baixo — disse ela baixinho.

Richard, com os olhos arregalados, olhou para o pardal na árvore e depois de volta para Prue. Ele igualou o volume de Prue, dizendo:

— E você está acompanhada de um pássaro. Sabia que a polícia esteve aqui, há menos de duas horas, procurando por você? Não sei muito bem o que está acontecendo!

— Preciso da sua ajuda — disse Prue, hesitando antes de continuar. — É muito longo e complicado para explicar na varanda. Posso entrar?

Richard ficou parado, pensativo, por um momento.

— Hmm, certo — disse ele. — Mas tenha cuidado para que ninguém a veja. Isso seria uma quebra do protocolo.

— Exatamente! — concordou Prue.

Ela se virou e assoviou para Enver, que desceu voando de seu poleiro. Acenando para que os dois entrassem rapidamente, Richard olhou para os dois lados da rua antes de fechar a porta cuidadosamente e passar o ferrolho.

Uma divisória com uma janela passava bem no meio da sala, separando a parte pública do correio da parte privada, e Richard acompanhou Prue e Enver através de um portão até a parte de trás. Torres de pacotes criavam um labirinto de ruas de cidades liliputianas, e Prue manobrou graciosamente pelas vielas, os arranha-céus de papelão e papel pardo tremendo a cada passo seu. No canto da sala, as brasas de um fogo fraco queimavam em uma pequena lareira.

Richard limpou a garganta, envergonhado, enquanto retirava uma parte dos detritos.

— Sei que há outra cadeira por aqui em algum lugar — murmurou ele, procurando entre as pilhas. Não conseguindo achar uma cadeira, ele empurrou alguns engradados vazios que estavam debaixo da escrivaninha e os colocou na clareira em frente ao fogo. — Sentem-se — ofereceu ele.

Prue agradeceu e se sentou, aliviada por não precisar ficar de pé. Enver pousou sobre uma pilha de caixas ao lado da escrivaninha, batendo as asas de forma nervosa quando a pilha balançou com seu peso.

— Então o que está acontecendo? Por que tanto rebuliço? — perguntou Richard, sentando-se em uma cesta virada diante da lareira.

Prue respirou fundo e começou a narrar os acontecimentos desde que ela e Richard se separaram.

— Estavam prendendo todos os pássaros no Bosque do Sul — explicou ela, finalmente chegando ao fim de suas aventuras. — E sabe-se lá para onde estavam levando-os. Então fiquei presa lá imaginando o que fazer, e Enver e eu pensamos em vir até você e talvez pedir um favor.

Richard escutou atentamente toda a história com um espanto visível. Demorou um momento para ele perceber que lhe haviam feito uma pergunta.

— Um... um favor? — perguntou ele, esfregando uma têmpora com seus dedos cheios de calombos. — E o que seria?

— Bem — continuou Prue —, a coruja, logo antes de a polícia aparecer, disse que, se tudo mais desse errado, eu deveria ir ao Bosque do Norte. Para ver os Místicos. O Enver aqui parece achar que eu consigo arranjar uma carona com uma águia, se conseguir atravessar a fronteira com o Principado Aviário. E como todo o Bosque do Sul está procurando por mim e qualquer pássaro que calhe de estar nas redondezas, eu precisaria fazer isso sem ser detectada. — Ela mordeu o lábio. — Quero dizer, preciso de alguém que me tire daqui escondida.

Richard entendeu:

— Então você quer que eu a leve como contrabando. Até o outro lado da fronteira.

— Sim — disse Prue.

— Só posso imaginar que seja na van. Na própria van do governo.

— Ã-hã — falou Prue.

Esfregando a mão sobre a barba por fazer em seu queixo, Richard se levantou e andou até a lareira. Ele distraidamente mexeu nas brasas que restavam com um atiçador.

— Bem — disse Richard cuidadosamente —, posso dizer que não tenho nenhum amor pelo Governador-Regente e seus amiguinhos, pode ter certeza disso. E esses trogloditas da ESPADA, simplesmente passeando pela cidade, prendendo pessoas sem nenhuma razão... isso não é certo. Esse país não é o que já foi um dia, pelo menos não é o mesmo desde que Grigor morreu. Vivi mais do que muitos Governadores-Regentes desse lugar e posso dizer que Lars é provavelmente o pior que já apareceu. Mas levá-la até o outro lado da fronteira em um veículo dos correios; bem, se você for pega, isso custaria meu emprego, e meu emprego é tudo que tenho no momento, desde que minha Bette ficou doente... ela é minha esposa, entende? Ela está contando comigo para receber o contracheque. Pior ainda, isso provavelmente me deixaria na cadeia por um tempo, o que simplesmente não pode acontecer.

Prue estava cabisbaixa. Enver assoviou desalentado e olhou pela janela.

— Então acho que vamos ter de simplesmente não ser pegos, — disse Richard.

Prue saltou de seu engradado.

— Então você vai me ajudar? — perguntou ela.

— Sim, acho que sim — respondeu ele, suspirando.

Prue segurou as mãos dele e, apertando-as, conduziu Richard em uma espécie de dança improvisada aloucada na pequena clareira em frente ao fogo.

— Sabia que você o faria! — gritou ela, esquecendo-se de que precisava falar baixinho. — Sabia que diria sim!

Enver tinha deixado seu poleiro e estava fazendo manobras apressadas em forma de oito no espaço aéreo da sala, piando alegremente.

— Agora, acalmem-se — advertiu Richard, fazendo Prue parar. — Não vamos nos empolgar demais. E precisamos falar baixo. Os oficiais da ESPADA são como pequenos cupins quando querem: aparecem até dentro das paredes. Podem estar em qualquer lugar. — Ele soltou as mãos de Prue e andou até uma lâmpada de parafina sobre a moldura da lareira, a única fonte de luz da sala, e diminuiu a chama. Sombras se estenderam sobre o aposento. Ele olhou apressadamente pela janela antes de se voltar para Prue e falar. — Eu disse antes que era possível que você estivesse aqui por uma razão; talvez você tenha sido mandada para cá para trazer uma mudança legítima a esse lugar... colocar as pessoas novamente de pé. Esse é o tipo de causa que eu posso apoiar.

Prue sorriu, lágrimas se juntando em seus olhos.

— Muito obrigada, Richard — disse ela. — Não posso lhe dizer o quanto isso significa.

Richard balançou a cabeça antes de vasculhar o quarto com os olhos.

— Agora — disse ele —, precisamos achar uma caixa em que a mercadoria caiba.

※

Curtis teve dificuldade em achar um local confortável em sua jaula; o chão era feito de galhos de bordo entremeados, e a superfície cheia de calombos não fazia daquela uma área convidativa para se sentar. Ele acabou decidindo por um lugar de frente para a porta da jaula, onde a depressão em um dos galhos criava uma espécie de assento; e ali ele ficou, esperando pelo escárnio dos bandidos. Eles tinham se divertido com Curtis por boa parte de uma hora até que, o objeto da tormenta permanecendo calado, mudaram a atenção para outro alvo: primeiro o coiote Dmitri, que devolvia mais insultos na direção deles, e em seguida passaram a atormentar uns aos outros, repreendendo os prisioneiros vizinhos por causa de suas histórias de proezas de força e heroísmo.

— Três metros?! — desafiou um deles. — Já pulei mais longe dormindo! Três metros.

— Ah, é? — respondeu outro. — Adoraria escutar sobre seu melhor salto, Cormac.

Cormac, que estava mais adiante na raiz de Curtis, casualmente respondeu:

— Dez, com tranquilidade. A distância de cerca de cinco árvores. E não apenas aquelas pequenas mudas, para você saber, é de pinheiros adultos que estou falando. Durante aquela grande invasão, em agosto do ano passado. Connor me viu. Eu estava no topo de um enorme cedro e, de repente, uma enorme rajada de vento se formou, ouvi um *crac* e olhei pra baixo para ver que todo o topo da árvore estava se dividindo, bem no meio. Bem, eu estava muito alto para que houvesse alguma árvore de verdade pela qual pudesse passar, só havia alguns pinheiros muito abaixo de onde eu estava. Em um piscar de olhos, olhei em volta e vi... juro para vocês aqui, à distância de cinco pinheiros, 10 metros, no mínimo... outro cedro, do mesmo tamanho. Então subi até o topo da árvore, coloquei meu pé na divisão do galho mais alto e simplesmente pulei, com toda minha energia, bem quando o velho cedro ruiu e, quando menos esperava, estava lutando para conseguir me agarrar à árvore distante. Tenho tanta certeza disso quanto de que estou de pé aqui, cavalheiros. Dez metros.

Um dos bandidos em uma jaula abaixo de Curtis deu um risinho debochado.

— Tá bem! — zombou ele. — Ouvi de Connor que o topo do cedro apenas tombou e caiu em cima da outra árvore... Você conseguiria andar de um galho para outro se não tivesse coberto seus olhos por causa do medo!

Cormac gritou, repreendendo o colega:

— Eamon Donnell, que Deus me ajude, vou acabar com sua raça tão logo sairmos daqui... No segundo em que estivermos fora desse lugar, você e eu vamos cair na mão.

— Guardem sua energia, cavalheiros — aconselhou o bandido acima e à esquerda da jaula de Curtis. — Não vamos ver a luz do dia tão cedo.

— Você pode ter razão quanto a isso — disse outro. — Ei, Angus, não imagino que sua patroa vá ficar esperando você.

Angus, um bandido com uma voz rouca cuja jaula era a mais afastada, seu peso deformando a raiz, suspirou em resposta:

— Tomara que ela espere. Aquela criança vai nascer a qualquer momento, imagino. Tinha uma ponta de esperança de que estaria lá para o nascimento. — Chutou impotentemente as grades de madeira, fazendo sua jaula balançar lentamente. — Malditas jaulas. Malditos coiotes. Maldita guerra.

Dmitri tinha permanecido calado a maior parte do tempo dessa discussão; aqui ele interrompeu:

— Agora esperem um pouco, alguns de nós coiotes não queremos ser parte disso, exatamente da mesma forma que vocês. Devo dizer que por acaso eu tenho uma ninhada de filhotes no covil de minha casa esperando por mim. Não os vejo há séculos! Imagino que já estarão crescidos quando eu voltar. Se eu voltar.

Os bandidos não retrucaram essa confissão honesta; as jaulas ficaram silenciosas por um momento enquanto cada prisioneiro se perdia em um devaneio. Finalmente, Angus se pronunciou:

— Ei, Seamus — gritou ele.

— Sim? — foi a resposta.

— Cante algo para nós — disse Angus. — Nada muito triste, por favor... algo para levantar um pouco nosso moral.

Os bandidos em volta murmuraram sua aprovação com um coro de "Isso, isso".

Seamus, o bandido diretamente acima de Curtis, o próprio expectorador, se virou e falou com os outros prisioneiros:

— O quê? — perguntou ele. — Algo como "A Donzela do Bosque Selvagem"?

Cormac bufou.

— Oh, meu Deus, não... não essas coisas sentimentaloides e melosas. Algo para tirar nossas cabeças disso tudo.

Eamon gritou sua sugestão:

— Que tal aquela sobre o advogado... o advogado e Jock Roderick?

O pedido era popular; os outros bandidos gritaram sua aprovação.

Seamus balançou a cabeça concordando e então, se movendo em sua jaula, estufou o peito e começou a cantar, sua voz doce e melodiosa:

Conrado, o advogado, seguia sua vocação
Empilhando seu dinheiro, sentado no chão
Roubando os pobres e deixando os coitados
Sem nada além de seus olhos molhados.
Jock Roderick, o Bravo Bandido de Hanratty Cross.

*Quando Sawyer cruzava a Longa Estrada em maio
Para ver um cliente e tomar seu salário
Quem é que aparece mais que de repente
De pistolas na mão e uma faca nos dentes?
Jock Roderick, o Bravo Bandido de Hanratty Cross.*

*E Sawyer então diz: "Quer parte da grana
da viúva do sul que casou com um bacana?
É dinheiro pra nós ficarmos milionários!"
Mas Jock tem pistolas e um olhar temerário.
Jock Roderick, O Bravo Bandido de Hanratty Cross.*

*"És um jovem astuto", diz Sawyer, "tá certo.
Mas processo um cego por não ver de perto.
Divido o acordo, metade pra cada!"
Mas Jock não se move, nem perde a passada.
Jock Roderick, O Bravo Bandido de Hanratty Cross.*

"Mas sejamos claros, ou só racionais,
Processo um órfão por não ter os pais.
Rachamos os lucros! É mais de um milhão!"
E Jock ainda imóvel, com a arma na mão.
Jock Roderick, o Bravo Bandido de Hanratty Cross.

Diz Sawyer: "Então diz o que te ofereço.
Todo homem tem um fraco e tem o seu preço.
O que te interessa? O que queres tu."
E Jock: "Que voltes ao Bosque do Sul todo nu."
Jock Roderick, O Bravo Bandido de Hanratty Cross.

Então Jock tirou dele o ouro e metais
Levou os cavalos, bens e tudo mais
E nu pelo Bosque desfilou Conrado
Advogado é advogado, de roupa ou pelado.
Jock Roderick, o Bravo Bandido de Hanratty Cross.

A caverna explodiu em risos e aplausos com o último verso, e as jaulas balançaram sob o peso dos bandidos que gargalhavam. Curtis deixou escapar um sorriso contra sua vontade. O coiote, Dmitri, gritou de forma ácida de sua jaula:

— Bela canção, rapazes, realmente bela.

CAPÍTULO 15

A Entrega

As batidas do martelo pararam, o último prego enfiado na madeira do caixote, e Prue estava sozinha na escuridão, escutando atentamente os sons do lado de fora. Ela havia se despedido de Enver com uma promessa de se reunir a ele no outro lado da fronteira; tinha agradecido a Richard novamente e depois ficou sentada calmamente enquanto ele se preparava para embalá-la no caixote de entrega. De repente, houve uma *baque* alto, o som de madeira batendo no metal, e ela se sentiu tombando de lado, o mundo se movendo debaixo dela — imaginou que a caixa tinha sido levantada em um carrinho e estava sendo levada na direção da — *bang!* Da traseira da van. O topo de sua cabeça tinha batido na tampa da caixa, e ela engoliu um grito. Ouviu Richard sussurrar um "Desculpe!" através da madeira antes de dizer "Nos vemos do outro lado!". Uma batida metálica. Passos. O chiado do motor da van sendo ligado e um chacoalhar áspero enquanto a van ganhava potência e começava a se mover.

Prue ajeitou o peso do corpo na caixa, tentando ignorar a pressão que já estava sentindo nas juntas dos joelhos dobrados. Dividia o espaço com um bocado de aparas de madeira e papéis picados, usados previamente para embalar o material que estava originalmente no caixote. A caixa tinha um leve cheiro de cera.

A van passou sobre um buraco na estrada, e a caixa balançou fortemente, fazendo Prue cair de lado contra a parede do caixote. Dessa vez ela gritou de verdade um "AI!", o joelho batendo no chão. Ela se apoiou contra as paredes da caixa e ajeitou o corpo novamente, preparada para quaisquer novas convulsões.

Ela sentiu os choques da van ficarem mais leves à medida que a superfície mudava de chão de cascalho grosso para paralelepípedos suaves. O motor tremeu até chegar a uma marcha mais alta, e a van do correio ganhou velocidade. Prue podia ouvir o assovio do vento soprando ao longo do veículo. Um quarto de hora se passou dessa forma, e Prue se acalmou em sua jornada, sua respiração se ajustando em um ritmo calmo. O ruído brando do motor da van só era eclipsado pelo ocasional lamento de uma sirene distante — estava claro que a operação da ESPADA que ia de casa em casa prendendo pássaros continuava a todo vapor.

O tempo passou. A percepção de que ela não tinha dormido mais do que algumas horas em dois dias se abateu sobre ela; repentinamente ficou ciente de sua luta para manter as pálpebras abertas. Rendendo-se ao impulso, ela caiu em um sono imediato — e a ansiedade de sua situação atual pareceu se derreter como a cera de uma vela.

Até que a van parou com um solavanco.

Suas pálpebras se abriram imediatamente. Seu coração acelerou, um cavalo de corrida saindo do portão de largada. O som de passos, vozes sussurradas. Os barulhos se aproximaram da traseira da van e, de repente, com um estalo, ela podia ouvir as portas da van se abrindo, as vozes agora abafadas apenas pelo fino compensado de madeira que a separava do interior do veículo.

— ... essa hora da noite — disse uma das vozes. — Regras, você entende. Fomos instruídos para ficar vigilantes esta noite, com toda essa operação. O controle de fronteira, especialmente.

— Claro, Oficial.

Essa era a voz de Richard. Ela estava calma, segura. Sua confiança inspirou uma coragem renovada em Prue. Ela prendeu a respiração e esperou.

— Agora, vamos ver — disse a outra voz que Prue imaginou ser a de um guarda da fronteira. A van afundou um pouco quando ela sentiu o peso do oficial subir na área de carga. — Envelopes, pacotes — entoou o oficial, seus passos fazendo barulho contra o solo de metal. — Ã-hã, tudo parece estar em ordem.

De repente, houve um *crac* alto e oco contra a lateral da caixa. O oficial tinha chutado o caixote! Prue levou a mão rapidamente sobre a boca.

— O que tem nesse aqui, Agente do Correio? — perguntou o oficial.

A segurança sumiu da voz de Richard.

— Papel higiênico — disse ele, tropeçando nas primeiras consoantes —, toalhas e, hmm, roupas de baixo femininas.

O quê?, gritou a mente de Prue.

— O quê? — perguntou o oficial.

— Roupas de baixo, s-sim — gaguejou Richard. — E papel higiênico. Algumas meias, sim, algumas meias estão aí dentro. E, você não acreditaria, velhos... velhos fiapos de secadoras de roupas.

Prue colocou o rosto nas mãos.

— *Velhos fipos de secadoras de roupas?* — perguntou o oficial, incrédulo. — Que tipo de pacote é esse?

— Um muito estranho — disse Richard. — É o que imagino.

O jogo tinha acabado. Prue sabia disso. Ela já estava tentando imaginar quão bem ia se sair em sua vida na cadeia. Será que a deixariam ter uma TV? Será que a comida seria boa?

— Abra a caixa — ordenou o oficial.

— Como? — perguntou Richard.

— Você me escutou, Agente do Correio. Abra. Abra a caixa. Quero ver esses... esses fiapos de secadoras de roupas.

Richard grunhiu algo baixinho e andou ao longo da lateral da van, presumivelmente para pegar um pé de cabra. Enquanto ele fazia isso, o oficial batucava com os dedos impacientemente na tampa do caixote. Do outro lado da madeira, aquilo soava como o ribombar de trovões. Finalmente Richard voltou, e o veículo afundou novamente quando ele subiu na área de carga.

— Agora, qual delas era? — perguntou Richard. Prue ouviu o *toc* oco de algo sendo batido contra madeira, mas esse som vinha do outro lado da van. — Era esse aqui?

— NÃO — disse o oficial impacientemente. — Esse aqui do lado do qual estou parado, muito obrigado.

— Ah, sim — disse Richard, sua voz tremendo levemente. — Aquele ali. O negócio é que tenho um cliente que está esperando esse pacote e não consigo imaginar que ele vá ficar muito feliz se...

Ele foi interrompido pelo guarda da fronteira.

— Abra a caixa, Agente do Correio. Prometo que não vou estragar os *fiapos de secadoras de roupas* dele. — Ele estava começando a falar com o tom de um gato brincando com a presa. — É melhor que não tenha nada *ilícito* nesse pacote, ou você vai realmente desejar que houvesse toalhas, papel higiênico e roupas de baixo femininas aí dentro... são itens valiosos, até onde sei, na *prisão*.

Richard riu de forma desconfortável.

Prue se preparou para a grande revelação.

— E quanto à caixa que está ao lado dela? — perguntou Richard, de repente. — Talvez você gostasse mais do que está dentro — falou ele, com uma voz sugestiva.

— Escute, velho homem, estou cansado de seus... — disse o oficial, antes de parar abruptamente. — Espere. O que isso quer dizer?

— Acredito que você possa entender — disse Richard.

— Não é... pode ser? — perguntou o oficial.

Parecia haver um tremor de excitação na voz severa.

— Permita-me — disse Richard, a confiança retornando.

Um chiado de algo rangendo foi seguido por um *crac* alto, sugerindo que o caixote logo ao lado do de Prue tinha sido arrombado, e Prue ouviu o oficial perder o fôlego.

— Tudo seu — disse Richard. — Mas eu realmente preciso ir. Tenho um bocado de correspondência para entregar.

— Muito justo — disse o oficial, o tom profissional e breve. — Muito justo. Sinto muito por tê-lo perturbado. — Prue ouviu o som de mãos se batendo rapidamente, e um enxame de passos se aproximou da van. — Jenkins! Sorgum! Por favor, façam com que essa caixa aqui seja entregue em segurança em meu alojamento.

Essas instruções foram seguidas pelo som de uma caixa sendo arrastada pelo chão de metal da van.

— Muito bem — disse o oficial. — Obrigado pelo seu tempo. Desculpe a inconveniência.

— Não se preocupe com isso — disse Richard.

A suspensão da van gemeu levemente quando os dois homens desceram da área de carga e *bang*, as portas foram fechadas atrás deles. Alguém — Prue imaginou que tinha sido Richard — bateu rapidamente algumas vezes com os nós dos dedos na porta, e ela abriu um sorriso largo.

A van roncou até voltar à vida novamente e, com um barulho na transmissão, seguiu descendo a estrada, entrando no Principado Aviário.

Depois de um tempo, a van fez uma curva acentuada, seguiu mais um pouco por uma parte acidentada da estrada e foi diminuindo a velocidade até parar. As portas foram abertas com barulho, e Prue foi saudada com o som de um pé de cabra levantando o topo do caixote. Em um momento a tampa tinha sido jogada de lado, e Prue cautelosamente olhou para cima para ver Richard sorrindo para ela, os vales de seu rosto enrugado iluminados pela luz fraca da lâmpada do teto da van.

— Fiapos de secadoras de roupas? Roupas de baixo? — Essas palavras emergiram da boca de Prue como água derrubando uma represa, embora ela tenha imediatamente começado a rir, assim que as falou.

— Oh, Prue — disse ele, o sorriso dando espaço a uma careta envergonhada —, não sei o que se passou na minha cabeça! Toda aquela preparação e eu nem pensei no que falaria que estava dentro da caixa. Roupas de baixo, realmente! Graças aos céus eu ainda tinha um engradado de cerveja de papoula do norte... muito valiosa e banida no Bosque do Sul, ainda por cima. Nenhum soldado que se dê o respeito abriria mão de um tesouro como aquele!

Prue se levantou em um pulo e jogou seus braços em volta do pescoço de Richard.

— Oh, obrigada, obrigada, obrigada! — gritou ela.

Richard retribuiu o abraço brevemente antes de dizer:

— Vamos, você ainda tem um longo caminho a percorrer.

Ele a ajudou a sair da caixa e, limpando algumas pétalas de material

de embalagem de sua calça jeans, ela andou na direção da porta da van. Os dois estavam em uma espécie de beco sem saída natural, cercado por uma densa manta de arbustos de amora e avelãs do oeste. A luz tinha um brilho azul-cinzento profundo conforme os primeiros raios da alvorada passavam pelas árvores. Cantos de pássaros estavam por todos os lados, o som praticamente caía dos topos das árvores como chuva. Um farfalhar de asas anunciou a chegada de Enver enquanto ele pousava em um galho próximo.

— Enver! — gritou Prue. — Conseguimos!

O pardal assentiu.

— E foi na hora certa. Fecharam a fronteira para todos os viajantes, — Enver olhou para o céu, o ar orvalhado da manhã eriçando suas penas. — Ele deve chegar aqui a qualquer momento.

— Quem? — perguntou Richard.

— O General — disse Enver, e, como se as palavras fossem um encantamento, um pássaro gigante mergulhou na clareira, as batidas de suas asas balançando a folhagem como um pequeno furacão. Era uma águia-real, e Prue viu que era o mesmo que ela vira quando fora com Richard para o Bosque do Sul pela primeira vez. Ele pousou sobre um galho baixo de uma conífera, fazendo a árvore toda balançar dramaticamente.

— Senhor — disse Enver, curvando um pouco a cabeça.

O General se equilibrou em seu poleiro e olhou para Prue.

— Essa é a menina humana? A Forasteira?

— Sim, senhor — respondeu Enver, acenando com a cabeça para Prue.

— Olá, senhor — disse Prue. — Nos conhecemos antes, acho. Eu o vi...

O General a interrompeu:

— Sim, eu me lembro. — Ele moveu as grandes garras sobre o galho, e as folhas farfalharam de forma selvagem. — Você estava com o Príncipe quando ele foi preso?

Prue balançou a cabeça tristemente.

— Sim, senhor.

O General a observou, em silêncio. A luz ainda estava fraca e o ar, enevoado; a plumagem amarelo-escuro da águia contrastava fortemente com a parede verde que a cercava. Ele coçou a parte inferior da asa com o bico por um instante antes de se voltar de novo para Prue. Seus olhos amarelos penetrantes nos de Prue.

— Ele foi muito corajoso, senhor — disse ela baixinho. — Não sei mais o que dizer; devo minha vida a ele, acho. Foram atrás de mim, não dele. E ele me protegeu. Não sei por quê, mas foi o que ele fez.

Por fim, o general parou de encarar a menina. Ele olhou para um ponto ao longe, o rosto aparentemente desprovido de emoções. Então falou:

— Jurei aliança, como um general do exército aviário, ao trono do Príncipe Coroado. Minhas ordens vêm diretamente do nosso monarca. E agora ele se foi; aprisionado. Na ausência de sua autoridade, posso apenas inferir o que o Príncipe Coroado ordenaria. — Nesse momento, ele olhou de volta para Prue, uma reticência gelada se estabelecendo sobre a testa cheia de penas. — Se ele a protegeu, então devo protegê-la. Se ele arriscou a vida por você, tenho a obrigação de fazer o mesmo.

Enver gorjeou, concordando. O General abriu as enormes asas, sua envergadura facilmente tão grande quanto a altura de Prue, e saltou de seu poleiro para pousar de forma graciosa no chão diante dos pés dela.

— Se o que você quer é voar até o Bosque do Norte, então ficarei honrado em ser seu transporte — disse o General, curvando a cabeça com veemência.

Prue, sem conseguir encontrar palavras, respondeu com uma reverência desengonçada. Virando-se para Richard, ela estendeu a mão em agradecimento. Ele a tomou e a apertou firmemente, sua testa franzida gravemente.

— Outro adeus entre nós, Prue de Port-Land — disse ele. — Vamos torcer para que esse seja o último.

Ela sorriu.

— Obrigada novamente, Richard. Não me esquecerei disso. — Ela se virou para Enver. — E você — disse ela, esticando a mão para passar um dedo sobre a macia cabeça preta —, o melhor assistente que um Príncipe Coroado poderia esperar. Tenho certeza de que ele ficaria realmente orgulhoso de você, se estivesse aqui.

Enver arrulhou e se esquivou timidamente em seu poleiro.

Prue puxou o ar com força e se virou para o General, que ainda estava com a cabeça abaixada.

— Certo — disse ela. — Vamos.

A águia moveu suas garras e se virou para que Prue pudesse subir em suas costas, os dedos da menina passando pela plumagem para encontrar um apoio mais firme na curva dos ombros. Ela podia sentir o tendão tenso do músculo tremer enquanto ele flexionava as asas, preparando-se para o voo.

— Segure firme — disse ele.

Prue pressionou o corpo contra as costas do general, sua bochecha aninhada contra as penas macias, e a águia deu alguns passos ágeis antes de se impulsionar do solo. E eles estavam voando.

🌿

Curtis tinha sido colocado em algumas circunstâncias estranhas desde que tomara aquela decisão vital de seguir Prue Floresta Impassável adentro, mas certamente nada fora tão bizarro quanto isso, ficar sentado em uma gaiola gigante pendurada em um emaranhado de raízes em um covil subterrâneo, tentando se lembrar da letra de "Mustang Sally".

Mustang Sally (Mustang Sally)
You probably should slow the mustang down
(Você provavelmente deveria ir devagar com esse Mustang)

Mustang Sally (Mustang Sally)
You probably should slow the mustang down
(Você provavelmente deveria ir devagar com esse Mustang)
One of these something mornings
(Uma dessas... nã nã nã... manhãs)
Hmmm guess you something something something something eyes.
(Hmmm acho que você... nã nã nã nã nã... olhos)

— Nã...olhos? — perguntou Seamus, incrédulo. — O que diabos isso quer dizer?
— Não, não, não — disse Curtis, coçando a testa. — Esqueci a letra. É algo sobre olhos, no entanto. Olhos sonolentos? Oh, minha nossa, realmente sinto muito, rapazes. Achei que sabia essa melhor.

A canção era uma das favoritas de seus pais, e um clássico eterno das cantorias nas viagens de carro da família. Ele estava agora explorando seu repertório de música pop em um esforço para se igualar à última contribuição dos bandidos, uma canção melodiosa sobre um cigano raptando a filha de um lorde. Eles já estavam nessa por horas, trocando música por música, e o tempo estava voando. A caverna ecoava a voz dos prisioneiros.

— Mas estou um pouco confuso — disse Angus. — Então ela é um cavalo, essa Sally? E aí ela tem de fazer outro mustangue ir mais devagar?

Antes que Curtis tivesse uma chance de corrigir a interpretação errada, outro bandido se juntou:

— Angus, seu tolo, é *claramente* uma canção de amor de um homem para uma égua. O homem ama a égua, essa tal de Mustang Sally.

Isso fez com que toda a ala da prisão caísse na gargalhada.

— É, Curtis — gritou outro bandido, entre espasmos de riso. — Vocês Forasteiros têm umas manias bem estranhas!

Curtis tentou acabar com o riso, gritando:

— Rapazes, é um *carro*! Um tipo de *carro*!

Mas os bandidos não deram a mínima. Em vez de lutar contra aquilo,

Curtis começou a rir com eles. Um dos bandidos, Cormac, conseguiu falar mesmo com toda aquela balbúrdia:

— Outra, Curtis! Nos mostre outra canção Forasteira!

Mas antes que Curtis tivesse a chance de insistir que essa era, na verdade, a vez dos bandidos, surgiu um barulho alto de algo batendo debaixo deles.

— Calem a boca, seus vermes! — gritou uma voz. Era o carcereiro. Ele estava parado no chão da caverna, batendo com seu enorme chaveiro contra um caldeirão redondo preto de fuligem. — Hora da boia!

Um grupo de quatro soldados tinha entrado na caverna; dois carregavam o cabo de madeira em que o caldeirão estava pendurado, dois montavam guarda na porta. O carcereiro andou até o local em que a escada gigante estava encostada à parede da caverna e pegou uma vara, de comprimento similar, na ponta da qual estava presa uma concha de madeira.

— Preparem suas tigelas! — veio a próxima instrução gritada.

Os prisioneiros grunhiram e se moveram em suas clausuras gradeadas, fazendo com que o conjunto de jaulas rodasse e balançasse como enfeites em uma árvore de Natal depois de ser chacoalhada. Entre as grades das jaulas surgiam braços solitários, enegrecidos pela terra, segurando largas tigelas de metal. Curtis olhou para o lado e notou pela primeira vez que sua jaula, como as outras, vinha com uma tigela de metal. Ele a pegou, esticando-a para fora da jaula como seus companheiros de carceragem. O carcereiro mergulhava a ponta da vara com a concha no caldeirão e, cuidadosamente, levantava a vara de madeira e enchia cada uma das tigelas oferecidas pelos prisioneiros, uma a uma. Um pouco da gororoba se derramou sobre a mão de Curtis enquanto estava sendo servida e ele se encolheu com a expectativa de o líquido estar quente; ficou desapontado ao perceber que estava no máximo morno.

Depois que o carcereiro terminou, ele colocou a vara com a concha de volta em seu lugar de descanso (com a ponta da concha virada para baixo e encostada na terra, Curtis não pôde deixar de perceber) e conduziu os soldados para fora do aposento. O carcereiro também deixou a caverna, embora não antes de se virar e oferecer um sarcástico *"Bon appétit!"* aos prisioneiros.

Curtis olhou bem no fundo de sua tigela; a "gororoba" parecia algum tipo de caldo leitoso pálido, em que boiava uma flotilha de objetos que pareciam comida. Curtis cutucou um desses objetos com o dedo; parecia a cartilagem de algum bicho indeterminável.

Seamus, na jaula acima, gritou para Curtis:

— Não observe muito de perto, cara! Apenas coma a coisa.

Curtis olhou para cima e se encolheu antes de carregar a tigela até os lábios e tomar um gole considerável daquilo. Era mais nojento do que qualquer coisa que ele tinha provado em sua vida — e ele já tivera o desprazer de provar a couve-galega de sua mãe. Não era tanto o gosto que ofendia, no entanto, mas a perceptível falta de sabor — aquilo permitia que as texturas das cartilagens flutuantes e sabe-se lá o que mais sobressaíssem na experiência. Curtis fez um barulho alto quando quase vomitou. Os bandidos, que estavam aparentemente esperando escutar sua reação, caíram na gargalhada.

— Acostume-se, garoto! — gritou um deles.

— Nada como uma comida caseira, não é, Forasteiro? — berrou outro.

— Blerg! — disse Curtis, colocando a tigela no chão da jaula. — O que é essa coisa?

— Cérebro de esquilo, pés de pombo, tendões de gambá... tudo servido em um caldo rico de leite estragado — gritou Angus.

Dmitri, o coiote, não pôde evitar se intrometer:

— Não é tão ruim. Já provei coisas piores no refeitório dos soldados, acredite em mim!

Curtis franziu a testa para as sobras.

— Acho que vou guardar para mais tarde — disse ele, a ninguém em particular. — Não estou realmente com fome agora.

Ele se recostou contra as grades e ficou olhando para o chão da caverna debaixo deles, escutando os barulhos de líquido sendo sorvido nas jaulas vizinhas. *Deus me livre*, pensou ele, de *ficar aqui tempo suficiente para me acostumar a isso.*

Para grande surpresa de Curtis, uma voz repentinamente soou em algum lugar dentro de sua jaula.

— Você vai acabar com isso, então?

Curtis deu um salto, examinando a jaula à procura do dono da voz. No lado oposto da cela, parado sobre as patas traseiras, estava um rato alto de pelos cinzentos duros. Ele estava lambendo os lábios e esfregando os dedos finos com expectativa.

— Bem, vai ou não?

— Quem é você? — perguntou Curtis. — E o que você está fazendo na minha jaula?

Seamus, de cima, gritou entre goladas:

— Esse é Septimus. Septimus, o rato. Septimus, esse é Curtis, nosso novo amigo.

Cormac acrescentou à apresentação:

— Ele é um só um vagabundo. Nem mesmo é um prisioneiro. Fica por aqui por sua própria vontade.

Septimus se curvou dramaticamente.

— Como vai você? — perguntou ele.

— Muito bem, obrigado — disse Curtis. — E não, não acho que vou terminar isso.

O rato deu um passo adiante e estendeu uma das mãos.

— Você se importaria se eu terminasse?

Curtis pensou por um momento — perturbado pela ideia de volunta-

riamente compartilhar comida com um rato, de todas as criaturas —, mas então cedeu:

— Vá em frente.

Septimus abriu um sorriso e ajeitou a pelagem fosca da cabeça.

— Com todo prazer — disse ele, antes de mergulhar de cabeça na tigela de gororoba, lambendo-a com uma intensidade feroz.

Quando terminou, Septimus soltou um pequeno arroto antes de reclinar preguiçosamente contra as grades da jaula de Curtis. Ele colocou as mãos atrás da cabeça e fechou os olhos.

— Aaaah — falou ele. — Nada como relaxar depois de uma boa refeição. — Depois de um momento, abriu uma das pálpebras e olhou para Curtis. — Então, por que está aqui?

Curtis se sentou novamente. Ele tinha de admitir que era bom ter um pouco de companhia na jaula.

— Sou um vira-casaca, acho. — disse ele. — Um desertor de algum tipo. Descobri o que a Governatriz vai fazer e não poderia deixar que acontecesse. Então ela me jogou aqui.

— Ooh — falou Septimus. — Isso é muito sério. — Ele fez uma pausa antes de completar: — O que ela vai fazer?

— Ela vai oferecer o irmãozinho da minha amiga em sacrifício à hera para controlá-la e dominar o país todo.

Um sussurro coletivo se levantou das jaulas adjacentes.

— O quê? — murmurou um dos bandidos.

— Oh — falou Septimus —, isso é sério. Hera, não é mesmo? Negócio diabólico. — Outra pausa. — Você está falando de hera inglesa? Ou a outra coisa? Não me lembro; acho que uma é mais invasiva do que a outra...

Ele foi interrompido por Cormac, que estava escutando.

— Septimus, se a hera precisa *consumir uma criança humana* para se tornar todo-poderosa, é seguro presumir que é o tipo invasivo.

Septimus balançou a cabeça gravemente.

— Planta obstinada, essa hera.

— E não vamos nos esquecer da BRUXA obstinada cujo plano é alimentá-la com sangue humano e obrigá-la a fazer suas vontades! — gritou Seamus, deixando sua tigela de comida de lado com uma batida metálica. — Aquela mulher diabólica vai receber o que merece, acreditem em mim!

Dmitri, o coiote, se pronunciou de baixo:

— E o que você vai fazer a respeito disso agora, aí trancado em sua gaiola gigante?

Seamus se levantou de um pulo e balançou as grades de sua jaula, gritando:

— Não ache que você vai ser salvo também, cão! Não ache que seus filhotes em casa serão poupados quando aquela hera vier rastejando pela floresta. Ela os está usando, aquela Viúva! Ela vai deixar todos vocês de lado assim que conseguir o que quer.

Dmitri grunhiu algo em resposta e virou de costas para Seamus, passando uma pata preguiçosamente sobre as sobras de sua tigela.

Mas o humor de Seamus tinha sido desafiado, e ele começou a balançar as grades da jaula.

— Libertem o Bosque Selvagem! — gritou ele, então mais alto.

— LIBERTEM O BOSQUE SELVAGEM!

Os outros bandidos se juntaram, batendo com as tigelas de metal contra as grades de madeira. A caverna estava viva com o som caótico, o barulho metálico ecoando pela câmara. De repente, o carcereiro apareceu na porta abaixo com um par de guardas armados.

— Falem mais baixo aqui dentro, vermes! — gritou ele. — Ou vamos começar a usá-los para praticar a mira.

Um dos guardas acompanhantes, como se para dar credibilidade à ameaça do carcereiro, levantou o rifle até a altura do olho e começou a mirar indiscriminadamente em cada uma das jaulas penduradas.

Septimus, o rato, pulou de sua posição reclinada e subiu pela lateral da jaula de Curtis. Segurando-se na corda, ele olhou para baixo, na direção de Curtis, e sussurrou:

— E essa é a deixa para eu partir! Até mais tarde!

E ele foi embora escalando a corda.

Um dos bandidos, escondido em sua jaula, gritou um insulto abafado para o carcereiro.

— Já chega! — gritou o carcereiro robusto. — Nada de café da manhã para vocês amanhã!

Os bandidos gemeram alto em um protesto de escárnio..

— E nada de almoço!

Finalmente os prisioneiros ficaram em silêncio, o único som sendo o rangido das jaulas em suas cordas.

— Certo, então, apaguem as luzes! — Os dois guardas se separaram e começaram a apagar as tochas que se alinhavam na parede da caverna até que a câmara estivesse consumida pela escuridão. — Boa noite, vermes! — gritou o carcereiro, e foi embora mais uma vez.

Assim que ele saiu, Cormac colocou o rosto contra as grades e falou com os prisioneiros de sua jaula:

— Escrevam minhas palavras, companheiros — disse ele, em um sussurro rouco — enquanto Brendan, nosso Rei e camarada, andar nessa terra, o Bosque Selvagem *será* livre. Posso jurar.

Os prisioneiros responderam com uma saudação baixa.

— Ela está vindo nos salvar, rapazes — sussurrou Cormac. — Ele está vindo nos salvar, e nós vamos sair daqui colocando fogo e quebrando tudo no caminho. Escrevam minhas palavras. E nenhum soldado cão ou Rainha Viúva vai ficar no nosso caminho.

CAPÍTULO 16

O Voo;
Um Encontro na Ponte

Prue estava voando.

A sensação era *incrível*.

Ela havia voado em aviões, mas aquela tinha sido uma sensação estéril, uma experiência mediada que dava a ilusão de voar — que incluía as queixas estridentes da gravidade e as janelas do tamanho de televisões que transmitiam imagens de nuvens fofas e cidades em miniatura. Não era nada comparado a isso, essa verdadeira sensação de planar: o domo do céu sobre ela, a extensão verdejante de floresta abaixo. Seus braços estavam agora envolvendo de forma segura o pescoço macio do General, e seus sapatos acharam apoio na parte em que as penas do rabo da águia se separavam do corpo. Ela podia sentir os poderosos músculos das costas do General se estendendo e se contraindo com cada batida de asa, e o ar matinal frio e úmido atacava sua pele, soprando o cabelo para trás e fazendo seus olhos lacrimejarem. A luz da alvorada estava penetrante agora, coroando o topo dos pinheiros com um brilho dourado. O horizonte estava rosado e claro, refletindo um grupo de nuvens ao longe que talvez anunciassem uma tempestade vindoura.

Abaixo deles, salpicando os topos das árvores, havia uma variedade de ninhos, grandes e pequenos. Alguns eram elaborados, com vários andares conectando os galhos mais altos de uma árvore a uma série de ninhos, abrigos e plataformas de pouso. Muitos pareciam ser ninhos normais de melros, feitos de palha e pequenos galhos, enquanto outros ocupavam ramos inteiros de árvores, suas paredes construídas com grandes galhos, o solo coberto com uma lama cinza alisada. Vários cedros se agigantavam sobre seus vizinhos pinheiros, e Prue podia ver pequenas cidades de ninhos de andorinhas construídos contra os cascos das árvores, uma estonteante rede de pequenas moradias de barro. Estava na hora do café da manhã e, da posição elevada de Prue, ela podia ver os pequenos buracos, as entradas, para esses ninhos repletos de bicos estendidos de filhotes cheios de expectativa. Enquanto a manhã progredia, ela notou que o ar sobre essa verdadeira metrópole de ninhos estava ficando cada vez mais ativo, à medida que pássaros de todo tamanho e toda plumagem entravam e saíam em disparada do enorme cobertor de árvores, carregando minhocas e besouros, galhos e grama para atender a sua ninhada exigente.

— É lindo! — gritou Prue.

— A melhor forma de ver o Principado! — gritou de volta o General. O vento na altitude os chicoteava de forma barulhenta; era difícil conversar com todo aquele barulho. — Daqui de cima!

De repente, o General virou à esquerda e descreveu uma diagonal, descendo para margear os topos das árvores. Prue sentiu um frio na barriga. Ela soltou um gritinho quando as agulhas verdes recém-nascidas das gigantescas coníferas roçaram seus joelhos. Um bando de falcões-peregrinos adolescentes, fora do ninho para um voo matinal, entraram no vácuo do General e começaram a persegui-lo por diversão, entrando e saindo de sua rota, perturbando-o para que ele voasse mais rápido e tentasse despistá-los.

— Estou em uma missão importante, rapazes! — gritou ele.

Eles não se importaram; continuaram a brincar com o General até ele respirar fundo e, avisando a Prue para se segurar firme, fizesse uma subida em parafuso, parando brevemente no meio do voo para então mergulhar de cabeça na densa folhagem das árvores. Prue gritou. Ela agarrou as penas do pescoço da águia com força. Antes que descesse muito, no entanto, ele saiu do mergulho habilmente e começou a voar em meio à densa selva de galhos de árvores, magistralmente se entranhando nos ramos que surgiam em seu caminho. Os falcões-peregrinos tentaram acompanhá-lo do jeito que podiam, mas nem cinco minutos tinham se passado antes de eles serem obrigados a desistir. Assim que os perseguidores saíram de sua cola, a águia moveu as penas da cauda e subiu em disparada entre os galhos das árvores. Quando eles retornaram à altitude original, Prue viu algo extraordinário.

— Uau! — exclamou ela.

— O Ninho Real — explicou o General, adivinhando qual era o motivo do assombro.

Diante deles se erguia uma árvore solitária, um majestoso abeto, que apequenava as árvores vizinhas simplesmente por seu tamanho. O tronco, mesmo a essa altura elevada, era da largura de uma casa pequena — Prue só podia imaginar como seria sua largura no solo — e os galhos mais altos terminavam 15 metros acima— facilmente! — da árvore mais próxima. A coisa mais extraordinária a respeito da árvore, no entanto, era a impressionante rede de ninhos que enchia os galhos altos. Uma série imensa de ninhos menores ocupava alguns dos galhos mais baixos, cada um habitado por bandos de pardais e tentilhões; acima deles, um número menor de ninhos maiores, esses abrigando nuvens de gaviões e falcões — todos levando a um único e enorme ninho no topo do galho mais alto, o ápice da árvore. Ele tinha uns bons 10 metros de diâmetro e era feito de uma coleção diversificada de todo tipo de vegetação imaginável: galhos de pinheiros e ramos de framboesa, vinhas de hera e talos de margaridas, arbustos floridos e folhas de bordo. O interior era coberto por uma camada lisa de lama, e esse parecia ser o ninho mais convidativo que alguém podia imaginar — mas, lamentavelmente, ele estava vazio.

— O ninho do próprio Príncipe Coroado — explicou a águia, solene.

— O que você vai fazer agora que o Corujão Rei se foi? — gritou Prue, mais alto que o ronco do vento.

Eles circularam o complexo do Ninho Real algumas vezes antes de continuar seu voo na direção norte.

— Seu ninho será protegido e cuidado até que ele seja liberto. Se o Bosque do Sul se recusar a fazer isso, no entanto, haverá uma guerra.

A águia arqueou as asas para trás e ganhou velocidade enquanto a cidade de ninhos debaixo deles se espalhava mais nas árvores.

Prue ficou preocupada com a resposta da águia.

— Mas como vocês podem lutar em duas guerras ao mesmo tempo? Levando em consideração que os coiotes continuem a atacá-los do norte? — berrou ela. — E o que vai acontecer com o Corujão Rei?

— Não temos escolha, Prue — foi o que a águia gritou em resposta.

O General bateu as asas algumas vezes, ganhando ainda mais altitude; a mata de um verde-escuro debaixo deles se dissipou, e Prue pôde sentir seus ouvidos estalarem.

— Fique de olho nos perigos — veio a instrução do General. — Estamos cruzando a fronteira do Bosque Selvagem.

Prue apertou os olhos e examinou as coroas das árvores; aqui a floresta parecia mais selvagem, sem ao menos uma colônia que já a tivesse domado. Na camada de vegetação mais baixa, bordos e amieiros perdendo suas folhas lutavam pelo domínio da cobertura da floresta, ao lado de suas primas coníferas maiores, cicutas, pinheiros e cedros. Elas pareciam muito próximas, seu crescimento sem obstáculos nesse ambiente selvagem; na verdade, árvores não eram a única vegetação que buscavam luz concentrada a essa altura — fantásticas vinhas de hera tinham escalado até o topo de vários infelizes bordos, aparentemente sufocando seus anfitriões numa tentativa de alcançar o azul do céu.

— Parece limpo! — gritou Prue.

Enquanto eles seguiram voando, as árvores começaram a ficar mais altas e mais selvagens, e ofuscavam as árvores menores, que perdiam as folhas em volta. Os topos dessas árvores pareciam arranhar o céu, o vento balançando os galhos mais elevados. O General foi forçado e subir ainda mais, e Prue podia sentir seus pulmões começarem a lutar para conseguir ar nessa altitude. Dessa posição elevada, ela podia ver como a densa colcha de retalhos de árvores abaixo deles se estendia até o horizonte, dando a impressão de ser infinita. As fronteiras do Bosque pareciam impossivelmente vastas. Esquecendo-se de si mesma e da excitação de seu voo, ela foi repentinamente surpreendida por uma sensação de falta de esperança na tarefa. Dessa posição, olhando para a enorme extensão de floresta abaixo deles, pensou, pela primeira vez, que poderia nunca encontrar o irmão. Como se estivesse tentando buscar conforto, a menina abraçou o pescoço da águia com força e enterrou a cabeça em suas penas.

E, assim, Prue não viu o arqueiro coiote.

Ela não o viu se equilibrar sobre um dos galhos mais altos de um enorme pinheiro e cuidadosamente preparar uma flecha em seu arco. Não o viu puxar a corda do arco com força, e então soltar. Ouviu, no entanto, o assovio musical da flecha enquanto disparava na direção de seu alvo e sentiu o peso quando a mesma o acertou, afundando com um som oco e repugnante no peito da águia. E Prue viu um pedaço da ponta da flecha sair entre os ombros do general, a poucos centímetros de sua bochecha, a ponta metálica manchada de sangue vermelho.

— NÃO! — gritou ela.

O General soltou um único e ardente guincho e então ficou em silêncio, a cabeça tombada na direção do peito. As asas, por reflexo, se contorceram em volta do corpo, e Prue e a águia começaram a despencar do céu.

Prue, absolutamente em choque, começou a mexer desajeitadamente com a flecha no peito da águia, tentando arrancá-la, mas esta entrara muito fundo.

— General! — gritou ela, desesperada. — Não faça isso! Não, não, não!

Suas asas repentinamente se contraíram e o General começou a gritar protestos confusos para os céus; batendo as asas apenas o suficiente para impedi-los de se chocar diretamente com a terra. Eles passaram rente ao topo das árvores, Prue se agarrando às penas de seu pescoço enquanto a ave pendia com violência para ambas as direções no voo, ameaçando arremessar sua passageira em qualquer curva. A águia valentemente os levou a uma distância razoável da posição do arqueiro até que finalmente não conseguiu mais aguentar; soltou um último grito e, com as asas pendendo sem movimento, seu corpo caiu do céu.

Prue soltou um grito agudo e fechou os olhos enquanto eles batiam nos topos das árvores. Os galhos espinhosos dos pinheiros rasgaram suas roupas e a pele, ferindo seu corpo com a força de mil chicotes. Ela pressionou o rosto contra as penas das costas da águia, que estavam úmidas de sangue, para se proteger dos galhos que os chicoteavam, e sentiu a imobilidade do corpo do General contra a bochecha. Finalmente, um galho robusto travou seu impulso horizontal, e eles iniciaram uma queda vertical, ela e a águia rodopiando pelas folhas das árvores até baterem com violência no chão, uma chuva de galhos quebrados caiu sobre suas cabeças.

Prue foi arremessada a vários metros da águia, mas, por sorte, caiu sobre os restos putrefatos e macios de um velho tronco de árvore. Seus dedos e o rosto ardiam; ela levantou as mãos para vê-las cobertas de arranhões vermelhos e abrasões. Suas roupas estavam em farrapos sobre o corpo, e uma grande mancha vermelha carmesim enfeitava a frente de sua camisa. *O sangue do General*, pensou. A menina se levantou em um salto para voltar até onde estava a águia quando ouviu o som de movimento nas árvores, o som distinto de passos sobre a vegetação rasteira. Ela congelou, vasculhando cuidadosamente a mata ao redor.

Lentamente, imperceptivelmente, a vegetação densa se moveu, e um círculo de figuras humanas emergiu da floresta. Ela estava cercada.

— Não... mova... um músculo — ordenou uma das figuras.

Prue ficou imóvel. Esses homens e mulheres vestiam uma variedade eclética de roupas: uniformes de combatente, jalecos cáqui, belos coletes de seda — mas que estavam danificados. Os cotovelos de seus casacos estavam remendados, as camisas manchadas de terra, e nada parecia ser do tamanho exato. Mas o mais importante é que estavam armados até os dentes com pistolas e rifles antigos, espadas e facas de caça. E eles as estavam apontando para ela.

— De onde você veio? — perguntou um dos homens.

Prue lentamente levantou o braço e apontou para o céu.

Seus agressores ficaram pasmos.

— O quê, você veio voando? — perguntou um, sem acreditar.

Prue assentiu. A cabeça rodava, e ela estava começando a se sentir fraca. Uma dor aguda estava se intensificando em seu peito.

Uma voz surgiu atrás da multidão:

— O que está acontecendo aqui? — gritou a voz, mal-humorada e autoritária. Empurrando algumas das pessoas de lado, um homem apareceu na clareira. Ele tinha uma barba muito ruiva e usava um casaco sujo de oficial. Uma cinta sobre o ombro segurava um sabre bem grande na altura de sua cintura, e sua testa era tatuada com um desenho que Prue não pôde decifrar imediatamente. Ele se agigantou sobre Prue, seu cabelo ruivo encaracolado o fazendo parecer no mínimo 20 centímetros mais alto, e a encarou. — Quem é você e de onde veio?

— Eu sou... eu sou Prue — titubeou ela. — E eu estava voando... sobre a águia que está ali... e fomos... fomos abatidos.

Gaguejando essas últimas palavras, ela repentinamente caiu no solo como um saco de batatas.

※

Quando Prue se deu conta, estava se movendo. Um caleidoscópio de luz do sol e folhas de árvores se abria sobre ela. Estava deitada e mesmo assim, estranhamente, pairando sobre o solo, viajando na horizontal a uma velocidade considerável. Levantou a cabeça um pouco e entendeu como isso era possível: ela fora deitada sobre uma maca improvisada — dois galhos de árvores com algumas cordas formando uma trama entre eles — e estava sendo carregada pela mata pelas pessoas estranhas que tinha acabado de encontrar.

— O General! — gritou ela, levantando-se pelos cotovelos. — A águia! Onde ele está?

A voz de mulher veio de trás dela:

— Ele não sobreviveu.

Prue tentou virar o corpo para ver a mulher que tinha falado.

— Ele está... morto? — perguntou ela, titubeante. A mulher balançou a cabeça confirmando, e o estômago de Prue se embrulhou. Um jorro de dor subiu por seu pescoço a partir de seu peito, e ela deixou o corpo cair novamente sobre as cordas debaixo dela. — Ai! — gritou Prue.

— Parece que você teve uma queda bem feia — disse a mulher, a respiração acelerada, enquanto ela e o outro carregador da maca corriam pela mata em alta velocidade.

O homem na frente da maca gritou por cima de seu ombro:

— Não se mova. Precisamos levá-la a um lugar seguro. Nunca vi um atirador coiote tão longe do covil. É possível que existam outros.

Prue olhou para um lado e viu que a maca era acompanhada pelo resto das pessoas que a tinham achado. Eles corriam agilmente através da vegetação rasteira, quase sem encostar nos arbustos e nas samambaias enquanto se moviam.

— Quem... quem são vocês? — perguntou Prue. A boca estava seca; estava difícil falar.

— Bandidos, menina — respondeu um dos corredores. — Bandidos do Bosque do Sul. Você tem sorte de a termos achado.

— Oh — disse Prue.

O mundo passava num borrão sobre ela, uma neblina repentinamente cobriu sua visão, e então perdeu a consciência novamente.

꧁

Bap.

— Ei!

Bap.

Prue, com os olhos ainda fechados, foi repentinamente reanimada com um barulho de batida, como se alguém estivesse levando um tapa.

Bap.

Lá estava o barulho novamente!, pensou ela. Finalmente percebeu que sentia alguma coisa acompanhando cada barulho de tapa — a sensação de alguém batendo em sua bochecha, delicadamente, com a palma da mão. Abriu os olhos, lentamente, e tomou um susto. Diretamente sobre ela estava o homem que vira na clareira, o que tinha barba ruiva com a tatuagem na testa. Seu hálito tinha um cheiro muito azedo; a mão estava posicionada para outro tapa.

— Aqui está você — disse ele, satisfeito. — Não tinha certeza se você ia morrer ou não.

Prue ficou chocada.

— Não, não vou morrer! — disse ela, de forma desafiadora. — Eu estava apenas... dormindo, acho.

— Bom — disse o homem. — Além do mais, você ficaria um bocado envergonhada se morresse por causa de uma costela contundida e um tornozelo torcido, disso eu não tenho dúvida.

— Uma costela contundida? — perguntou ela. — Como você...

— Ah, aquele pessoal do Bosque do Sul adora nos vender como ignorantes, mas nós bandidos sabemos reconhecer nossas contusões e fraturas. — Ele fez uma pausa por um momento, pensando. — Mas você não parece ser do Bosque do Sul. E você também não é do Bosque do Norte. Você é uma Forasteira, não é?

Prue respondeu que sim com a cabeça.

O bandido recostou, e Prue teve uma oportunidade de ver o que estava à sua volta. Ela parecia estar em um alojamento de algum tipo, rudemente construído com troncos sem acabamento e galhos espinhosos. O teto era feito de galhos cheios de folhas de abetos, e um tapete tecido à mão cobria uma grande parte do chão de terra. Movendo-se levemente, Prue percebeu que estava deitada sobre uma espécie de colchão rústico no canto da cabana.

— Muito peculiar — disse o bandido, mastigando pensativo um bastão de canela. — Nunca antes conheci um Forasteiro em minha vida e então, no período de dois dias, vejo dois.

Os olhos de Prue se arregalaram:

— Dois? Você... você viu outro?

— Sim, em uma escaramuça com os coiotes — disse o bandido. — Ontem mesmo. Um rapaz jovem, provavelmente da mesma idade que você. Lutou ao lado da Governatriz... e é um bom guerreiro, por falar nisso. Bastante astuto. — O bandido de repente se tocou de uma possibilidade. — Você não está... você não está a serviço da Viúva, está? Ela não fez algum tipo de aliança sombria com o Exterior, fez?

Sua mão instintivamente foi até o sabre em sua cintura.

— Não! — gritou Prue, a dor causando pontadas em seu peito. — Juro! Nunca a vi; apenas ouvi coisas terríveis sobre ela.

O bandido levantou o braço da lateral de seu corpo.

— Compreensível. É uma mulher diabólica, aquela Governatriz Viúva.

— Mas esse outro Forasteiro que você viu — perguntou Prue. — Como ele era? Ele tinha cabelo preto encaracolado? E... e óculos?

O bandido balançou a cabeça positivamente.

Prue ficou desconcertada.

— Não posso acreditar nisso! — disse ela. — Ele está bem! E estava realmente lutando! Com a Governatriz! Não pode ser verdade!

— É verdade — respondeu o bandido. — Derrubou nosso melhor obus, ainda por cima. Virou o jogo da batalha por conta própria, o tal garoto. Perdemos muitos homens naquele dia. — O bandido balançou a cabeça tristemente. — Mas aqui estou eu, falando pelos cotovelos... e nem me apresentei. Sou Brendan. As pessoas me chamam de Bandido Rei.

Prue ruborizou.

— Rei! — disse ela, envergonhada. Ela não fazia ideia de que estava se dirigindo à realeza. — Muito prazer em conhecê-lo, Alteza. Meu nome é Prue.

Brendan sacudiu os braços no ar.

— Oh, não comece com essa coisa de Alteza. É mais um título que uso para amedrontar as pessoas. Tende a funcionar muito bem, por sinal.

— Então — começou Prue —, se vocês são bandidos, por que não tentaram me assaltar? Não é isso que bandidos fazem?

Brendan inclinou a cabeça para trás e riu.

— Oh, sim, essa é a verdade. Mas assaltar pequenas meninas que caem do céu não é necessariamente nosso forte. Preferimos pessoas ricas, motoristas de entregas e gente assim. Pessoas que enchem a Longa Estrada entre os Bosques do Norte e do Sul. Gostamos de achar que somos libertadores. Libertando dinheiro das pessoas que não lhe dão valor.

Prue sorriu educadamente, apesar de a explicação do bandido lhe ter parecido engraçada. Ela escolheu mudar de assunto.

— Esse outro Forasteiro, o nome dele é Curtis, e tenho de achá-lo! Nós entramos juntos e fomos separados quando os coiotes nos acharam, mas aquilo foi antes de eu ver Richard e ir até a Mansão, mas então eu...

— Opa, calma aí — protestou Brendan. — Vá devagar, você vai acabar quebrando essa costela se continuar nesse ritmo. Vamos primeiro com o começo: por que você está aqui, para início de conversa?

— Meu irmão — disse Prue calmamente. — Meu irmão foi raptado por corvos. E foi trazido para cá. Em algum lugar do Bosque Selvagem.

— Uau! — disse Brendan, soltando um assovio. — Você perdeu *dois* Forasteiros? Que falta de sorte.

Prue concordou, triste.

— Eu sei — disse ela. — Não sei o que vou fazer. Estava a caminho do Bosque do Norte, você sabe, quando fomos abatidos. Agora nunca vou chegar lá.

O Bandido Rei balançou a cabeça.

— É um caminho longo — disse ele — até o Bosque do Norte. E é um território implacável, além de tudo. Os coiotes estão rastejando por toda parte.

Prue olhou para o Rei com uma expressão suplicante e falou:

— Você pode me ajudar? Por favor? Estou simplesmente tão aterrorizada de que algo horrível tenha acontecido. E agora Curtis se juntou aos coiotes? Estou tão confusa!

Contra sua vontade, ela começou a chorar.

Brendan franziu a testa.

— Não sei o que lhe dizer, Prue. Estamos muito ocupados aqui, com essa guerra acontecendo. Não posso ficar ajudando menininhas a encontrarem seus irmãos.

Uma batida soou na moldura da porta da cabana.

— Senhor! — gritou o bandido na porta. — Coiotes! No perímetro!

Brendan deu um salto.

— O quê? — gritou ele, alarmado. — A que distância?

— Segunda linha de sentinela — foi a resposta.

O Rei sussurrou um palavrão baixinho.

— Não há como eles terem nos achado... eles nunca chegaram tão longe. A não ser que...

Ele parou e olhou para Prue.

— Você vem comigo! — gritou ele, ajoelhando-se e jogando Prue sobre o ombro, como se ela fosse uma bolsa de viagem vazia.

Ela soltou um grito agudo por causa da dor em sua costela contundida ao colidir com a omoplata dele. Ele saiu correndo do alojamento, entrando em uma clareira cercada de cabanas rústicas e barracas. O acampamento, montado no fundo de uma vala profunda e larga, estava cheio de atividade: homens e mulheres circulavam na periferia em várias funções, crianças brincavam com pequenos brinquedos de madeira perto de uma fogueira.

— Aisling! — gritou ele. — Sele a égua marrom, Henbane, e a traga até aqui!

— O que você está fazendo?! — perguntou Prue.

— Tirando você daqui — respondeu Brendan. — Eles sentiram seu cheiro. Estão atrás de *você*. E você está prestes a guiar todo o exército de coiotes até nós.

※

Henbane era uma pequena égua castanha, e ela relinchou animadamente quando Brendan saltou em suas costas e jogou Prue atrás de si, no lombo de Henbane. Prue se crispou, os movimentos rápidos da égua dolorosamente sacudindo suas costelas sensíveis. Brendan segurava firme um punhado da crina de Henbane em uma das mãos e apontava para o acampamento com a outra.

— Levem as crianças para dentro! — gritou Brendan para a multidão de bandidos. — E armem-se. Temos coiotes no perímetro!

A égua empinou e, desesperada, Prue jogou seus braços em volta de Brendan, puxando o corpo para perto das costas dele. Após inspecionar brevemente as ações dos bandidos, todos correndo para seguir sua instrução, ele fez a égua sair em um galope. Eles desceram o desfiladeiro apressados, afastando-se do acampamento.

Prue observou o acampamento desaparecer atrás de si enquanto eles chegavam à boca da vala e viravam repentinamente à direita em terra plana. As cabanas e barracas pareciam se derreter no verde da folhagem, indetectáveis. Brendan gritou um "EIA!" alto para a égua e eles entraram na vegetação rasteira, desviando-se de pequenos galhos e saltando troncos de árvore caídos. Depois de um momento, o bandido puxou a crina de Henbane e, parando com alguma dificuldade, olhou para os galhos de árvore que estavam pendurados sobre eles.

— Onde estão eles? — perguntou Brendan.

Uma voz veio de cima. Prue apertou os olhos pra ver um bandido, escondido nos galhos.

— Mais para o sul, senhor! Cem metros. Perto do carvalho dividido!

Brendan não deu nenhuma resposta, mas usou as esporas instantaneamente para que a égua voltasse a galopar, e eles correram pela mata tão rápido quanto a égua poderia carregá-los.

— Você vai simplesmente me entregar a eles?! — gritou Prue mais alto que o barulho da égua passando pelas samambaias.

Como era possível que ela estivesse, sozinha, trazendo todo esse perigo para todos que encontrava? Ela se sentiu o amuleto de azar mais efetivo do mundo.

— Isso não me faria bem algum! — gritou ele de volta. — Eles continuariam no perímetro, farejando por todo lado! Posso correr mais que eles, mas preciso que me sigam. — Ele assoviou e fez a égua evitar uma gigantesca vala coberta de musgo. — E você é minha isca, Forasteira!

De repente, eles cruzaram uma parede de galhos de amora e caíram diretamente no meio de um esquadrão de soldados coiotes, facilmente cinquenta deles, derrubando vários que ficaram em seu caminho.

— A garota! — latiu um dos coiotes.

— O Rei! — gritou outro.

Brendan, com um hábil giro de seu pulso, virou a égua para leste e apertou os calcanhares contra o flanco do animal.

— Eia! — gritou ele, e a égua disparou.

Prue se segurou na cintura de Brendan com força, seu corpo se debatendo contra o lombo nu de Henbane. Eles abriram caminho pela vegetação rasteira, com os arbustos e galhos chicoteando-lhes a pele.

Os coiotes, uivando e tensos, partiram atrás deles. Uma tropa de perseguição se desgarrou do grupo principal, disparando sobre quatro patas, seus uniformes se rasgando com a simples força de suas passadas. Reduzidos a seus instintos animais básicos, eles latiam com prazer e rosnavam enquanto seguiam em uma perseguição frenética.

Henbane arfava, seus músculos tremendo a cada salto. Mas ela conhecia o terreno; Brendan mal precisava direcioná-la enquanto ela voava habilmente pela floresta.

— Mais rápido! Mais rápido, Henbane! Vamos! — gritou Brendan com a voz rouca.

Os cães se aproximaram. Alguns conseguiram alcançá-los e corriam ao lado deles, rosnando nos tornozelos de Henbane. Vendo isso, Brendan puxou o punhado de crina da égua em sua mão, e eles viraram para o lado, entrando em um arvoredo de talos de pequenas frutas alaranjadas. Logo adiante, um desfiladeiro raso se abria e um riacho cortava um caminho barulhento na descida. Com um golpe ligeiro de espora, Brendan ordenou que a égua desse um longo salto, e eles alcançaram a outra margem em uma fração de segundo. Os cães que estavam ocupados demais

em tentar morder seus tornozelos caíram com um grito choroso na água corrente.

Prue olhou cautelosamente para trás e viu que, apesar de eles terem se livrado de alguns perseguidores no desfiladeiro, a maioria tinha conseguido saltar e estava se aproximando deles.

— Eles ainda estão atrás de nós! — gritou ela.

Brendan estimulou a égua a ir mais rápido, e eles ziguezaguearam pela floresta, os cascos do cavalo batendo com força na terra macia.

— Quase lá. — Prue pôde ouvir Brendan sussurrar.

De repente, a vegetação se abriu para uma inclinação curta e íngreme que levava até uma enorme estrada aberta na encosta do morro. Henbane teve alguma dificuldade para se equilibrar antes de começar a descer a superfície coberta de cascalho.

— A Longa Estrada! — gritou Prue.

Os coiotes atrás deles saltaram a inclinação e aterrissaram diretamente no meio da estrada, os pelos de suas nucas eriçados, seus dentes furiosamente à mostra.

Brendan olhou para eles brevemente e gritou:

— Venham, então, cães!

E eles partiram novamente, disparando pela estrada. A velocidade deles nessa superfície nivelada era ainda maior do que na floresta, e Prue podia sentir Henbane começar a realmente se distanciar dos perseguidores.

Ela também pôde sentir Brendan diminuir as esporeadas; ele queria que os coiotes acompanhassem, afastando-os cada vez mais do acampamento escondido.

Prue olhou adiante sobre os ombros do cavaleiro e viu, aproximando-se rapidamente, duas colunas enfeitadas, uma em cada lado da estrada, e as pranchas de madeira gastas de uma ponte logo adiante. Enquanto se aproximavam, podia sentir que a terra se curvava em um ângulo dramático após a ponte, criando as paredes rochosas de um profundo cânion. Ela soltou um grito agudo quando os cascos de Henbane atingiram a ponte e pôde olhar para baixo no desfiladeiro; a profundidade parecia ser infinita.

De repente, Brendan puxou a crina, e a égua derrapou até parar no meio da ponte.

— Oh, não — falou ele, baixinho, com a voz rouca.

Prue olhou para cima e viu, no outro lado da ponte, uma mulher alta e impactante, usando uma espécie de vestido de camurça, montada em um cavalo preto como carvão. Uma espada longa e fina estava embainhada na lateral de seu corpo e seu cabelo ruivo como cobre estava pendurado em um par de tranças até sua cintura. Ela sorriu quando os viu e entrou com seu cavalo na ponte.

— Bem, olá, Brendan — disse ela num tom de voz gélido. — É um prazer vê-lo dois dias seguidos!

Brendan não falou nada.

— Essa é... essa é a Governatriz? — sussurrou Prue.

Ele balançou a cabeça com gravidade. Esticando o braço na lateral de seu corpo, ele lenta e propositadamente tirou seu sabre da bainha e o apontou para a mulher.

— Deixe-me passar — disse ele.

Os perseguidores coiotes chegaram atrás deles e pararam na primeira prancha de madeira da ponte, andando de um lado para outro e batendo o pé na terra, seus lábios tremendo com rosnados.

A Governatriz riu.

— Você sabe que não posso deixar que você faça isso, Brendan — disse ela. Ela se aproximou lentamente sobre o cavalo e entortou o pescoço para ver quem estava montado atrás dele. — Quem é seu parceiro, Bandido Rei?

Prue tirou a cabeça de trás das costas de Brendan e olhou fixamente para a mulher. Os olhos da Governatriz se arregalaram. Uma faísca de reconhecimento pairou sobre sua testa.

— Uma Forasteira! — exclamou ela. — Você arranjou uma Forasteira!

— E onde está o seu, bruxa? — caçoou Brendan. — Na última vez que a vi, você tinha um em seu séquito.

— Foi embora, infelizmente — disse ela. — Foi para casa, de volta ao Exterior. Não estava preparado para o Bosque Selvagem, aparentemente.

Uma corrente de alívio passou sobre Prue — será que Curtis tinha chegado em casa? Será que uma de suas missões de resgate estava solucionada? Naquele momento, ela sentiu uma ponta de inveja de Curtis; imaginou-o em casa, em segurança, os pais carinhosamente despenteando seu cabelo encaracolado.

A Governatriz instigou seu cavalo a ir mais para a frente; ela se aproximou mais deles. Brendan fez o mesmo, e os dois cavalos ficaram de frente um para o outro, a meros centímetros de distância, no vão central da ponte. Os coiotes rosnaram e latiram atrás deles. A Governatriz mantinha um olho atento sobre Prue; era intimidador.

— Menininha — disse ela. — Doce menininha: você não sabe no que se meteu. Isso não é coisa para uma criança presenciar. Você deveria estar em casa com seus pais!

— Calada! — gritou o Bandido Rei. — Pare com seus joguinhos!

Alexandra olhou de volta para ele, um sorriso sarcástico se formando nos lábios.

— E o que você vai fazer, ó Rei dos Bandidos?

Brendan rosnou e levantou seu sabre.

— Vou atravessá-la, é isso o que vou fazer. Com a ajuda dos deuses.

— E o que isso resolveria? — perguntou ela, sem medo. — Meus soldados o destroçariam antes que a espada fosse sacada. Seu povo, seus seguidores maltrapilhos, privados de seu líder destemido. Quem os protegerá?

O Rei cuspiu nas pranchas de madeira e disse:

— Não importa quantas pessoas do meu povo você mate ou aprisione, nunca nos achará. Você não conhece essa mata como nós.

— Tudo em seu tempo, Brendan — respondeu ela. — Tudo em seu tempo. Seu "povo" vai se arrepender de não ter se rebelado e se juntado a mim, quando o dia chegar. E não importa em que buraco eles estejam se escondendo nesse momento.

Brendan estava perdendo a paciência.

— Desembainhe sua espada, Governatriz — disse ele calmamente. — Vamos resolver isso agora.

— Não é tão simples — foi a resposta inabalável de Alexandra.

Ela colocou dois dedos em seus lábios e soltou um assovio alto e claro. De repente, o lado oposto da ponte estava repleto de soldados coiotes, cada um apontando um rifle diretamente para Brendan e Prue.

Brendan ficou boquiaberto. Prue apertou a cintura dele com força e afundou o rosto no tecido úmido da camisa dele.

Alexandra aproveitou esse momento para finalmente sacar sua espada da bainha.

— Abaixe a arma — ordenou ela, a ponta de sua espada apontada firmemente para o rosto de Brendan.

O som de metal batendo na madeira se seguiu, quando o sabre de Brendan caiu de seus dedos e a alcateia de lobos atrás deles, ainda ofegante da perseguição, se aproximou e arrancou os dois de cima da égua.

— Levem o Rei para as jaulas! — gritou a Governatriz. Os coiotes latiram em aprovação. — Mas tragam a garota para mim.

Alexandra deu uma olhada final para Prue; ela então embainhou sua espada e puxou as rédeas do cavalo, guiando-o em um trote para fora da ponte e floresta adentro.

CAPÍTULO 17

Convidados da Viúva

Curtis acordou com o barulho de algo sendo roído. O som vinha de cima de sua cabeça, e ele abriu um olho para tentar identificar a origem. Algumas das tochas na caverna tinham sido acendidas novamente, e Curtis podia ver, na luz fraca, as formas penduradas das jaulas vizinhas.

Olhando para cima, ele viu Septimus, o rato, ativamente mastigando o cabo que conectava sua jaula ao sistema de raízes. Ele já tinha tirado um pedaço considerável; só sobrava praticamente a metade. Curtis olhou rapidamente para baixo, para o solo debaixo da jaula — uma distância de uns 20 metros levava até o chão de uma caverna coberto de pedras pontudas e salpicado com ossos fraturados — antes de se colocar de pé com alguma dificuldade.

— Septimus — sussurrou ele. — O que você está fazendo?

O rato deu um salto, surpreso, e momentaneamente parou o que estava fazendo.

— Oh — falou ele. — Bom dia, Curtis!

Curtis, agitado, repetiu a pergunta.

— Septimus, por que você está roendo minha corda?

Septimus olhou para a corda, como se não estivesse ciente da atividade.

— Meu Deus, Curtis — disse ele —, não sei. Apenas faço isso de vez em quando. Dá uma sensação boa nos meus dentes.

Curtis estava furioso.

— Septimus, estamos a uma altura *enorme* para o solo aqui, e se você romper essa corda estou morto! — Ele apontou um dedo para baixo, mostrando os ossos que cobriam o chão. — Olhe para aqueles ossos!

Septimus olhou para baixo.

— Oh — falou ele —, entendi.

— Agora... passa fora! — gritou Curtis.

— Acho que jogam aqueles ossos lá embaixo apenas para fazer parecer mais assustador — disse o rato calmamente.

— Septimus! — berrou Curtis.

— Entendi — disse o rato. — Alto e claro.

Ele subiu a corda correndo, cruzou apressadamente um emaranhado de raízes e pulou sobre o topo de outra jaula, fazendo-a balançar. O bandido na jaula sobre a qual ele tinha pulado, Eamon, estava acordado e foi veloz em afastar o rato de sua corda.

— Nem mesmo pense nisso, rato — disse ele.

Septimus bufou de forma mal-humorada e desapareceu nas fendas escuras do emaranhado de raízes.

Um dos bandidos, Curtis não conseguia distinguir quem, grunhiu algo durante o sono. Outro roncou. Sentando-se, Curtis esticou as pernas sobre o chão de sua cela pendurada. Sua lombar o estava matando; se não fosse pelo fato de estar tão incrivelmente exausto, ele ficou imaginando se teria conseguido ao menos dormir. Esticou os braços sobre a cabeça, sentindo um *crrrrrac* na parte central de sua espinha ao fazê-lo.

De repente, uma comoção no corredor acabou com a relativa tranquilidade da manhã; um soldado coiote entrou correndo na caverna, acordando o carcereiro, que estava sentado dormindo encostado à parede, com um chute. Algumas palavras foram trocadas rapidamente, e o carcereiro, levantando-se de forma rígida sobre as patas traseiras, seguiu o soldado para fora do aposento. Uma gritaria podia ser ouvida no túnel, e então, para a grande surpresa de Curtis, uma pequena tropa de soldados coiotes foi guiada até o interior da caverna, com um homem amarrado com corda sob sua custódia. Curtis imediatamente o reconheceu da batalha do dia anterior.

— Brendan! — gritou Eamon, aflito. — Meu Rei!

Brendan ficou olhando impassível para as jaulas no alto. A barba ruiva e a cabeleira carmesim estavam desgrenhados e molhados com suor — parecia que ele tinha passado por maus bocados antes de chegar ali.

Os outros bandidos se inflamaram e foram até as grades de suas jaulas, olhando para baixo sem acreditar, enquanto o carcereiro fazia seu discurso habitual para o novo prisioneiro.

— A distância até o chão, impulável. Abandone a esperança. Abandone a esperança.

Brendan olhou para o vazio, seu rosto não mostrava nenhuma emoção.

— VOCÊS PAGARÃO POR ISSO! — gritou Angus, balançando desesperadamente sua jaula.

Eamon e Seamus tinham apanhado suas tigelas e as estavam arrastando contra as grades de madeira, produzindo um ruído infernal.

Tranquilo, Cormac simplesmente permaneceu sentado de pernas cruzadas no chão de sua cela, murmurando para si mesmo enquanto observava os acontecimentos.

— Perdemos — foi o que Curtis achou ter entendido do sussurro.

O carcereiro tentou calar os prisioneiros gritando mais alto que eles, mas não adiantou, os bandidos continuaram seu protesto ensurdecedor. Puxando a escada de onde ela ficava, encostada à parede, o carcereiro a prendeu a uma jaula inocupada, e o Bandido Rei foi solto de seus laços e forçado, com uma espada apontada para ele, a subir a escada e entrar na cela que balançava. Seus companheiros bandidos ficaram em  um silêncio chocado e reverente quando a chave foi virada na tranca, e a cena acabou tão rápido quanto tinha começado: a escada foi devolvida, alguns epítetos foram gritados para os prisioneiros, e o carcereiro e os soldados deixaram o aposento.

Fez-se silêncio por um tempo na caverna. A corda sobre a jaula de Brendan rangia com o peso de seu novo ocupante. Brendan estava sentado no meio, ainda olhando para o vazio à frente.

Finalmente, Seamus se arriscou a falar:

— Rei! — disse ele suavemente. — Nosso rei! Como você...?

Brenda, ainda olhando para o vazio, disse simplesmente:

— A guerra não acabou, rapazes.

— Mas e quanto ao... eles acharam o... — gaguejou Angus.

— O acampamento ainda está escondido — respondeu Brendan. — Eles não vão achá-lo. Todos estão a salvo.

Cormac, ainda sentado e em choque, disse:

— Estamos perdidos.

Essa simples declaração fez Brendan se levantar de sua posição sentada. Com as duas mãos segurando as grades da jaula, ele gritou para Cormac:

— Nem por um momento pense dessa forma. Essa guerra está muito longe de acabar. Ainda temos sangue em nossas veias!

A caverna ficou em silêncio. Ninguém disse uma palavra.

※

A cabeça de Prue girava. Ela percebeu, enquanto marchava pela mata, conduzida pelos coiotes, que não ficava realmente de pé desde sua aterrissagem forçada, após ter sido abatida em voo, e estava notando que havia uma dor distinta e penetrante em seu tornozelo, assim como em seu peito. As abrasões em sua pele estavam formando cascas e eram riscadas por bordas vermelhas vivas. Ela nunca tinha se sentido tão acabada. Seus pensamentos de logo antes de a flecha atingir a águia estavam se repetindo infinitamente em sua cabeça. Agora eles pareciam uma profecia que se realizava: *Minha missão é inútil. Meu irmão não será achado*. Ela lutou desesperadamente contra as imagens que se juntavam em sua mente, quadros macabros do que poderia acontecer a um bebê em uma floresta selvagem, sem alimento e prisioneiro de uma revoada de corvos. Talvez o pior já tivesse passado. Talvez ele estivesse em paz.

Os coiotes, sob instrução de seu comandante, felizmente eram pacientes e permitiam que ela andasse em um ritmo mais lento, mancando para se apoiar no tornozelo bom. Depois de viajarem por um tempo, eles chegaram a uma larga abertura de caverna cavada em um pequeno monte, quase coberta por samambaias penduradas, e os coiotes a instruíram a entrar. Um túnel levava para dentro da terra, pedaços de raízes pendurados sobre sua cabeça. O ar era frio e úmido, e tinha cheiro de cachorro. Finalmente eles chegaram a uma abertura grande e cavernosa onde alguns coiotes se aglomeravam. Um caldeirão fervia no centro. Ela foi conduzida por uma porta aberta e entrou no que parecia ser alguma espécie de sala do trono rústica.

No trono estava sentada a Governatriz Viúva.

— Venha — disse ela, balançando um dedo. — Aproxime-se.

Os poucos coiotes que a acompanhavam se afastaram para deixar a sala, e Prue cuidadosamente mancou adiante até estar a alguns passos do trono.

A Governatriz olhou para ela afetuosamente. Um sorriso caloroso espalhado em seu rosto.

— Mas estou me esquecendo — disse ela. — Não fomos apresentadas apropriadamente. Meu nome é Alexandra. Talvez você tenha ouvido falar de mim.

— A Governatriz Viúva — grasnou Prue. — Sim, ouvi.

Ela percebeu a dificuldade em fazer as palavras saírem; a voz parecia estranha para ela própria, muito rouca e fraca.

Alexandra balançou a cabeça, sorrindo.

— Gostaria de se sentar?

Prue ficou aliviada quando um assistente coiote se aproximou, carregando um banco feito de galhos de árvores cortados de forma rústica e couro curtido de cervo. Ela se sentou, agradecida.

— Espero que apenas coisas boas — continuou Alexandra.

— O quê?

Ela explicou:

— Estou esperando que só tenha ouvido coisas boas a meu respeito.

Prue pensou por um momento.

— Não sei. Um pouco dos dois, acho.

Alexandra fez uma expressão de tédio.

— A fama é assim mesmo.

Prue deu de ombros. Ela estava exausta. Em circunstâncias normais, podia se imaginar terrivelmente intimidada por essa mulher linda no trono, mas, nesse momento, ela estava apenas cansada demais.

— E seu nome? — perguntou a Governatriz.

— Prue — respondeu a menina. — Prue McKeel.

— É um grande prazer conhecê-la — disse Alexandra. — Espero que meus soldados a tenham tratado gentilmente.

Prue ignorou essa colocação.

— Onde está Brendan? — perguntou ela.

Alexandra riu silenciosamente, passando o dedo no encosto de braço do trono.

— Ele foi a um lugar onde nunca mais será capaz de ferir pessoas novamente. Você sabe muito bem que aquele homem é uma ameaça à sociedade.

— O que ele fez? — perguntou Prue, suspeita.

— Coisas terríveis — explicou Alexandra. Ela fez uma pausa, olhando para Prue zombeteiramente, antes de continuar. — Sei que ele pode parecer um libertino charmoso, esse tal de Bandido Rei, mas posso lhe assegurar que ele é um indivíduo *muito* perigoso. Você teve sorte de a acharmos quando achamos; não há como dizer o que poderia ter ocorrido se você permanecesse em suas garras.

— Eu estava bem — disse Prue.

— Ele é um assassino, minha querida — disse a Governatriz, repentinamente séria. — Um assassino e um ladrão. Ele é uma praga para o comércio entre os Bosques e um perigo para o bem comum. Um inimigo tanto de homens quanto de mulheres, tanto de humanos quanto de animais. Ele causou mais danos e dor a esse país do que qualquer pessoa civilizada aprovaria. Agora que ele está atrás das grades, estamos todos mais seguros por isso.

Pensativa, Prue ruminou essa informação; talvez a Governatriz estivesse certa. Ela não tinha passado nem uma hora na companhia dele — sabia que não devia chegar a conclusões precipitadas a respeito das pessoas que tinha conhecido nesse país estranho. Sua confiança injustificada no Governador-Regente a ensinou isso.

— Só estou aqui por causa do meu irmão — disse Prue, finalmente. — Não quero me envolver.

Alexandra levantou uma sobrancelha.

— Seu irmão está aqui no Bosque Selvagem?

Prue respirou fundo. O discurso estava começando a parecer muito mecânico.

— Ele foi raptado. Por corvos. Eles o trouxeram para cá. E eu vim procurá-lo.

A Governatriz balançou a cabeça, triste.

— Você está falando dos corvos. Posso lhe dizer que os corvos são a minha próxima prioridade: colocá-los na linha. Eles fizeram algumas coisas realmente terríveis, aqueles corvos, desde que desertaram do seu Principado.

O rosto de Prue se animou um pouco.

— Você os viu? Os corvos?

— Oh, nós os vimos. Na floresta. Como aqueles bandidos nefastos, os corvos são um elemento do Bosque Selvagem que estamos tentando... como eu deveria colocar... *erradicar*. Como uma doença. Ou um inseto particularmente irritante. Você compreende?

— Acho que sim — falou Prue. Seu tornozelo doía do peso que ela tinha sido obrigada a suportar em sua caminhada até o covil. Um barulho de pingos podia ser ouvido ao fundo; o som de soldados conversando. — Mas e meu irmão? Você o viu?

Alexandra pensou por um momento antes de responder:

— Fico muito triste de dizer que não o vi. Teria sido uma descoberta extraordinária, um bebê Forasteiro no Bosque Selvagem. Nós nos expandimos bastante, nosso humilde exército, e vimos muito desse país selvagem, mas há muito mais para cobrir. Imagino que vamos encontrar esses corvos quando nos aproximarmos do Principado Aviário. Talvez nós...

Prue a interrompeu:

— Mas vocês *estão* perto do Principado Aviário. Seus soldados estão por toda a fronteira; foi o General que disse. E mal tínhamos entrado no Bosque Selvagem quando um de seus coiotes nos abateu, eu e a águia. — Ela estava começando perder o fio de seu pensamento. A imagem de seu irmãozinho, pálido e silencioso em uma cama de musgo e galhos, continuava a assombrá-la. — E agora aquela águia está morta. Por quê? Por que vocês tiveram de atirar nela?

— Uma baixa infeliz. Você pode chamar de dano colateral.

— Eu chamo de atitude descabida.

A Governatriz limpou a garganta.

— São os ossos do ofício, querida. O Bosque Selvagem é uma área de voo não permitido a aves militares. Pode ter sido vendida a você como um simples passeio, grátis, de um velho e bondoso abutre, mas posso lhe assegurar de que intenções mais suspeitas estavam envolvidas. Voos de reconhecimento, ataques na madrugada, águias e corujas apanhando filhotes indefesos de coiotes e os jogando do alto para a morte... esse é o modo de agir dos Aviários. Acredito que seja chamado de *genocídio* em sua terra.

Prue ficou olhando para a Governatriz. Ela então balançou a cabeça, os olhos fixos em seus tênis, agora manchados de marrom com lama e terra.

— Não posso acreditar nisso — disse ela baixinho.

A Governatriz observava Prue atentamente.

— Qauntos *anos* você tem, querida? — perguntou ela.

— Doze — disse Prue, olhando para cima.

— Doze — repetiu Alexandra, ponderando sobre o fato. — Tão jovem. — Ela se moveu em seu trono, ajeitando a postura. — Se posso ser franca, acho incrivelmente admirável que você tenha entrado aqui, no que deve ser um mundo estranho para você, para achar e proteger seu irmãozinho. Muito admirável de uma jovem dama. Sua coragem é incomum. Eu odiaria muito ser o grupo responsável pelo sequestro do seu irmão! Você se provaria uma adversária *incansável*, sem dúvida.

— Seus dedos que se mexiam acabaram por segurar com firmeza as pontas dos apoios de braço do trono. — No entanto, uma jovem menina tão brilhante quanto você deve entender o perigo de se envolver em assuntos que estão além de sua experiência. As coisas raramente são tão simples quanto parecem. À primeira vista, um clã de bandidos pode parecer bastante solidário, todo aquele papo de "roubar dos ricos para dar aos pobres"; uma colônia de pássaros simplesmente "defendendo" sua fronteira. Peço que você veja o outro lado dessa moeda: um grupo de assassinos amorais, com sede de sangue e uma sociedade voltada a expandir suas fronteiras de forma selvagem, conduzida pela ganância. Qual será a verdade?

Prue de repente percebeu que essa não era uma pergunta retórica. A Governatriz estava esperando que ela respondesse.

— Eu... — ela se enrolou para falar. — Eu não sei.

Sua mente repassou os acontecimentos dos últimos dias, nadando em uma bruma de exaustão, falta de sono e medo. Ela imaginou os pais, extremamente abalados com pesar e preocupação, privados de não apenas um filho, mas dos dois. Sua costela contundida radiou uma dor leve pelo peito. Ela olhou para as mãos, para a rede de lacerações que marcava sua pele, para os pequenos pontos de sangue seco endurecidos nas rachaduras dos dedos.

Alexandra fez seu movimento de ataque:

— Querida, vá para casa — aconselhou ela. A Governatriz disse isso calmamente, mas de forma enérgica, a voz não carregava nenhuma emoção. — Vá para casa, para seus pais. Para seus amigos. Para sua cama. Vá para *casa*.

Prue a encarou, uma lágrima se formando em seu olho.

— Mas... — protestou ela. — Meu irmão.

Alexandra, seu rosto ficando mais suave, colocou a mão sobre o peito.

— Juro para você — disse ela — sobre o túmulo de meu único filho. Como mulher e como mãe. — Os olhos de Alexandra também pareciam estar se enchendo de lágrimas. — Vou encontrar seu irmão. E quando o achar vou ordenar a meus soldados que o devolvam, *imediatamente*, a seu lar e a sua família.

Prue fungou, com uma lágrima. Seu nariz começava a escorrer.

— Vai mesmo? — perguntou ela, tremendo.

🌿

— Psssst! Curtis!

A voz vinha de cima da jaula. Era Septimus.

— Já falei que não quero você roendo minha corda! E ponto final.

O tédio do meio da manhã tinha trazido um ar melancólico para as jaulas. Os prisioneiros estavam em silêncio, sem dúvida contemplando o desespero de sua situação.

— Não, não! — sussurrou Septimus de forma conspiratória. — Sua amiga... ela está aqui!

Curtis olhou para cima:

— Quem?

Septimus, amargurado, apontou um olhar cansado na direção do carcereiro, que estava cochilando de forma barulhenta no chão da caverna.

— A irmã daquele bebê! Ela está aqui!

— Prue?! — gritou Curtis, antes de se recompor e sussurrar. — Você está falando de Prue?

O carcereiro se moveu em seu sono. Ele estava encurvado em volta de uma estalagmite, seu rosto enterrado em uma pilha de velhos trapos.

— Sim! — sussurrou Septimus. — Eu a vi... na sala do trono!

— O que ela estava fazendo? Ela foi capturada?

— Não sei, mas o que quer que seja deve ser sério. A Governatriz está tendo uma boa conversa com ela.

— Ela veio comigo — disse uma voz vinda de algum lugar abaixo deles. Era Brendan. Ele falava de forma direta, sem tentar esconder sua voz do carcereiro. — Nós a achamos logo depois do Velho Bosque. Ela tinha sido abatida quando voava sobre uma águia; havia coiotes em seu encalço. Não percebemos isso até que tínhamos voltado ao acampamento, mas, àquela altura, os cães já tinham praticamente nos achado. Tentei fugir, mas fomos interrompidos na Ponte da Fenda.

Septimus e Curtis estavam olhando fixamente para seu interlocutor.

— Você é Curtis, não é? — continuou Brendan, espiando pelas grades de sua jaula. Curtis assentiu. — Essa menina está procurando por você — disse o Rei. — Ela estava preocupada com você. Disse que vocês dois se separaram.

— E agora ela foi capturada? — perguntou Curtis. — Ótimo. Nós dois trancados aqui em cima.

Brendan balançou a cabeça.

— Não — disse ele. — Tenho uma sensação de que a bruxa tem outros planos. Ela me mandou diretamente para cá... mas disse que Prue deveria ser levada para sua câmara. É estranho, mas tenho a sensação distinta de que a Viúva está com *medo* dessa menina. Qualquer que seja o caso, não acho que ela vai liberar a informação de que você está aqui.

— Claro que não! — resmungou Curtis. — Se ao menos Prue soubesse o que ela pretende... — Nesse momento ele olhou para cima, na direção do rato. — Ei, Septimus: como você a viu?

Septimus olhou para suas garras de forma blasé.

— Oh, eu tenho minhas maneiras. Existe um circuito completo de túneis que não são grandes o suficiente para ninguém além de mim nesse lugar.

— Você pode voltar lá? Descobrir o que elas estão fazendo?

Septimus deu um salto e bateu uma continência.

— Uma missão de reconhecimento? Ficaria feliz em fazer isso.

E, com isso, ele subiu a corda apressadamente e desapareceu.

— Então você promete — disse Prue. — Você promete encontrá-lo. Como eu posso saber se devo confiar em você?

— Queridinha — falou a Governatriz —, não há muito que eu possa ganhar mentindo para você.

Prue estudou a mulher cuidadosamente.

— E você vai levá-lo direto para mim, para casa. Simples assim?

— Exatamente — respondeu Alexandra.

A visão de Prue ficou um pouco embaçada, e ela fez uma pausa, tentando medir suas palavras. O que ela podia dizer?

— Você precisa do meu endereço? — perguntou Prue, timidamente.

A perspectiva de voltar para casa estava ficando mais atraente a cada momento. Alexandra sorriu.

— Sim, você vai ter de dar seu endereço a um de meus atendentes antes de partir.

— E você vai me deixar ir, fácil assim?

— Eu insisto, para sua segurança, que você seja acompanhada até a fronteira do Bosque por um pequeno destacamento de soldados. Nada sério, apenas para se assegurar de que você não seja ferida no caminho. Essa é, como você sem dúvida sabe, uma parte muito perigosa da mata. — A declaração foi dada com um giro ilustrativo de seu dedo. — Fizemos o mesmo pelo seu amigo Curtis. Ele ficou muito agradecido.

— E você jura — repetiu Prue. — Você jura sobre o túmulo de seu filho. Que vai encontrar meu irmão.

Alexandra olhou para ela com cautela.

— Sim — disse ela, depois de um momento.

— Sei sobre seu filho — falou Prue. — Sei o que aconteceu.

A Governatriz arqueou uma sobrancelha.

— Então você sabe que fui injustiçada. Sabe como aqueles loucos no Bosque do Sul, minha terra natal, me baniram e colocaram em meu lugar aquele governador fantoche. Você vinha voando de lá; diga-me, como está minha velha terra?

Prue balançou a cabeça.

— Terrível. Estão perseguindo todos os pássaros e os aprisionando. Por nenhuma razão. Embora... — Aqui ela fez uma pausa, pensando sobre as palavras anteriores da Governatriz. — Agora eu não sei.

— *Exatamente* — disse a Governatriz, inclinando o corpo para a frente. — Prue, escute o que estou dizendo. *Eu* sou a força pelo bem nessa terra. *Eu* sou a pessoa que pode fazer isso tudo se acertar. Deixe o povo do Bosque do Sul e os Aviários batalharem e aprisionarem uns aos outros, respondendo suspeita com mais suspeita. Vou acabar com ambos. As coisas chegaram a um ponto crítico. Ninguém está seguro até que todo esse lugar seja colocado de novo sob uma liderança apropriada. Sob a *minha* liderança. — Ela se recostou em seu trono. — Se você sabe sobre meu filho, então sabe sobre meu marido, meu falecido marido, Grigor. Nós comandávamos juntos, nós três, em harmonia. A doutrina Svik era de liberdade e fidelidade entre todas as espécies do Bosque. Foi só depois das mortes do meu marido e do meu filho que essas relações fugiram do controle. E é minha intenção renovar aquela harmonia.

Prue balançou a cabeça, em silêncio.

— Mas essas coisas não deveriam preocupar uma menina de sua idade, muito menos uma do Exterior — disse a Governatriz. — Posso lhe assegurar, Prue, de que vamos prevalecer. Nós *seremos* vitoriosos. E vamos devolver seu irmão a você e a sua família. Você pode voltar para casa hoje, segura ao saber que sua família voltará a ficar unida novamente.

Prue assentiu de novo. Seu mundo parecia rodar em torno dela, girando em seu eixo; norte era sul, direita era esquerda. Era como se tudo, toda sua visão do mundo, tivesse abruptamente mudado de polaridade.

— Certo — disse ela.

*

O caminhar frenético de Curtis de um lado para outro dentro de sua cela enquanto esperava Septimus voltar tinha chamado a atenção de seus companheiros de carceragem, e eles estavam cochichando entre si, arriscando palpites sobre o destino de Prue.

— Oh, ela já era, isso é mais do que certo — sussurrou Seamus.

— Sim — concordou Angus. — Ela vai virar carne de abutre, com certeza. Eles a pendurarão em um pinheiro e deixarão os pássaros cuidarem do resto.

— Oh, vai ser muito mais simples do que isso — especulou Cormac. — Estou imaginando uma decapitação rápida. Bang. Fim.

Curtis parou de andar e olhou para os bandidos, um de cada vez.

— Qual é. Estou falando sério.

Brendan soltou uma pequena risada nervosa, a primeira mostra de emoção desde que tinha chegado.

— Peguem leve, rapazes — disse ele. — Vocês vão levar o garoto à loucura.

Garras arranhando madeira anunciaram a volta de Septimus enquanto ele saía correndo de uma fenda no emaranhado de raízes e se jogava sobre o topo da jaula de Curtis.

— E então? — falou Curtis. — O que você viu?

O rato estava quase sem fôlego e levou um momento até que ele pudesse dizer uma palavra:

— Ela está lá... na sala do trono... eu a vi... menina de cabelo preto... parece bem machucada.

— Machucada? — perguntou Curtis. — Como assim? Eles a feriram?

Brendan falou de sua jaula:

— Ela tem uma costela contundida e um tornozelo torcido, acho. Um de nossos rapazes deu uma olhada nela no acampamento. Ela caiu do céu, lembre-se, voando sobre uma águia morta. Sem dúvida está ferida.

Septimus balançou a cabeça antes de continuar:

— Mas elas ficaram a maior parte do tempo apenas conversando. Não consegui ouvir muita coisa, porque tinha uma quantidade de barulho considerável vindo da câmara principal, mas parecia que a Governatriz ia deixá-la partir.

— O quê? — perguntou Curtis, chocado.

Um dos bandidos murmurou:

— Não esperava por essa.

— Sim — falou Septimus. — Disse que não sabe onde o bebê está, mas que vai procurar por ele. Mentindo descaradamente, na verdade.

Curtis estava ultrajado:

— Alguém precisa contar a ela! Septimus! Você tem de contar a Prue que estão mentindo para ela!

Septimus ficou perplexo.

— Eu? Simplesmente gritar a plenos pulmões que a Governatriz é uma mentirosa? Você só pode estar brincando. Eu estaria em um espeto de coiote, assando sobre o fogo, antes que você pudesse dizer "patê de roedor". E sua amiga seria jogada aqui, provavelmente. Ou pior... — Nesse momento ele passou um dedo na garganta.

— Mas... — protestou Curtis. — Mas... não podemos deixá-la se safar dessa!

Ele tinha se esquecido do volume da sua voz e ouviu o carcereiro grunhir alto, ainda parcialmente dormindo.:

— Falem baixo aí em cima!

Curtis olhou para baixo, na direção do carcereiro, irritado.

— E o que você vai fazer, hein? — gritou ele. — Cancelar meu jantar? Cortar meu direito a visitas? Vai me deixar sem televisão por seis semanas? As coisas não podem realmente ficar muito piores, cara!

O carcereiro tinha se levantado a essa altura e estava olhando fixamente para Curtis, com as mãos na cintura:

— Estou lhe avisando...

— Ah, me poupe — gritou Curtis, antes de colocar seu rosto entre as grades da jaula e berrar na direção do túnel que saía da caverna. — PRUE! PRUE! NÃO ACREDITE NELA! ELA ESTÁ MENTINDO PARA VOCÊ!!!

O rosto do carcereiro ficou vermelho como uma beterraba, e ele começou a andar de um lado para o outro, tentando encontrar uma forma de silenciar o prisioneiro insolente.

— MAC ESTÁ AQUI! — gritou Curtis novamente, a voz falhando por causa do volume. — SEU IRMÃO ESTÁ AQUI!

— GUARDAS! — gritou o carcereiro por fim, e um grupo de coiotes entrou no aposento batendo os pés, os rifles levantados sobre os ombros.

🌿

— Bem, acho que é isso — disse Prue. Ela olhou brevemente pela porta aberta para a câmara adiante; algum tipo de confusão tinha se formado e um grupo de soldados estava sendo encaminhado para um dos túneis afastados. Alexandra seguiu seu olhar, curiosamente observando a atividade antes de gesticular para que um de seus assistentes fechasse a porta. A sala ficou em silêncio novamente.

— Sim, acho que é isso — falou Alexandra. — Foi um grande prazer conhecê-la, Prue. Não é sempre que tenho a chance de conhecer Forasteiros. — Ela se levantou de seu trono e andou até Prue, estendendo a mão para ajudá-la a se levantar de seu assento. Prue se encolheu ao sentir o peso de seu corpo sobre o tornozelo novamente, e Alexandra olhou para ela com preocupação. — Oh. Esse pobre tornozelo. Maksim!

Um dos assistentes andou rapidamente até seu lado.

— Sim, madame.

— Por que você não envolve o pé torcido de nossa convidada em uma compressa antes de ela partir? Folhas de açafrão-da-índia e rícino. — Ela olhou novamente para Prue. — Vai ficar como novo.

— Obrigada, Alexandra — disse Prue, aceitando o cotovelo protuberante que Maksim ofereceu.

— Vamos deixar uma tropa na encosta do morro virada para a Ponte Ferroviária; se houver alguma espécie de fenda na Periferia permitindo a passagem livre para o Bosque Selvagem, agora seria um bom momento para aumentar a segurança — instruiu Alexandra. — Não queremos mais Forasteiros entrando por engano aqui e se ferindo. Danos suficientes já foram causados a essas pobres crianças; Deus nos livre de outras se perderem no Bosque.

Maksim assentiu.

A Governatriz continuou:

— E Maksim: pegue a saída lateral. Parece haver algum tipo de tumulto na câmara principal. Melhor não perturbar mais a pobre menina.

— Sim, madame.

Enquanto Prue era levada da câmara pela porta lateral, ela pôde ver Alexandra chamar um grupo de soldados e, sussurrando instruções abafadas, os seguir pela porta do outro lado.

— O que está acontecendo? — perguntou Prue, mancando sobre o chão desnivelado.

— Nada de importante, espero — respondeu Maksim. — Provavelmente apenas alguma desavença entre soldados. Aqui, vamos até a despensa, e eu vou cuidar desse seu tornozelo.

— Obrigada — disse Prue.

Tinha um gosto amargo, essa rendição repentina, mas a expectativa de voltar para casa a estava varrendo como uma brisa no primeiro dia claro da primavera.

🌿

— Calem esses prisioneiros AGORA! — gritou o Comandante que tinha chegado ao número crescente de soldados parados no chão da caverna, olhando para as jaulas.

Os bandidos tinham se juntado a Curtis, gritando o nome da menina sem parar, batendo nas grades das jaulas com as tigelas vazias. O barulho era ensurdecedor, ecoando infinitamente nas paredes altas da caverna.

O carcereiro frenético estava balbuciando:

— Não sei o que aconteceu com eles! Não sei!

O Comandante olhou para o carcereiro antes de se virar para seus soldados e os instruir a levantar seus rifles.

— Atirem à vontade — disse ele com firmeza.

Curtis estava de olho na multidão de soldados debaixo deles e, quando ouviu a ordem do Comandante, gritou para os outros prisioneiros:

— Eles vão atirar!

— Balancem suas jaulas, rapazes! — gritou Brendan. — Façam com que eles tenham um alvo em movimento!

Imediatamente, Curtis e os bandidos começaram a correr de um lado para outro em suas jaulas, fazendo com que elas entrassem em um balanço crescente. As cordas de cânhamo que os prendiam às raízes gemiam e rangiam com a ação violenta.

Os soldados começaram a atirar indiscriminadamente, e a caverna estava viva com os estalos de armas de fogo, a fumaça acre da pólvora enchendo o recinto.

— Continuem balançando! — gritou Brendan. — Mais rápido!

Curtis ouviu o barulho de uma bala passando rente a sua bochecha e começou a balançar a jaula com ainda mais força.

Uma voz de mulher surgiu entre a nuvem de fumaça que estava subindo dos canos dos rifles dos soldados.

— PAREM! — ordenou ela.

Os disparos cessaram abruptamente. Curtis parou de correr, suas pernas espalhadas sobre o chão da cela em uma tentativa de diminuir o balanço. Finalmente, a fumaça começou a se dissipar, e Curtis pôde distinguir a figura de Alexandra, andando na direção das jaulas. Seu rosto estava vermelho.

— Crianças insolentes! — gritou ela, abanando uma das mãos em frente ao rosto para afastar a fumaça. — Rufiões insolentes e danados!

Dmitri, o coiote, protestou de sua jaula:

— *Eu* não estava fazendo nada.

— Cale a boca, você — gritou a Governatriz.

— Onde está Prue? — gritou Curtis, sem fôlego por causa do balanço. A fumaça da câmara ressecou sua garganta e fez seus olhos arderem. — O que você fez a ela?

— Eu a mandei para casa — disse a Governatriz. — Ela se foi. De volta ao Exterior. Então vocês todos podem parar sua balbúrdia agora, muito obrigada. — Ela olhou diretamente para Curtis e continuou: — Ela está mal, você sabe? Passou por maus bocados.

— Você mentiu para ela! — berrou Curtis. — Ela não sabe do seu plano!

— Ela é uma garota esperta, aquela Prue McKeel — respondeu Alexandra calmamente. — Ela sabe quando algo é demais para ela. Ao contrário de *outros* Forasteiros que conheço.

Nesse momento Brendan intercedeu:

— Deixe as crianças em paz, bruxa — disse ele, a voz mal-humorada emanando com raiva de sua jaula. — Que tipo de mulher escolhe crianças como inimigos?

Alexandra direcionou seu olhar para Brendan.

— E que tipo de rei abandona seu povo por causa de uma mera invasão, hein? Seus compatriotas deveriam saber que você foi interceptado tentando fugir para a mata, longe de seu precioso esconderijo. Assim que viu o inimigo, você fugiu para salvar sua própria pele.

Brendan riu.

— Diga a eles o que quiser, Viúva. Eles sabem que suas palavras são vazias.

Curtis, desesperado, tinha se jogado no chão da cela. Ele estava olhando tristemente para o infinito.

— Não posso acreditar nisso — murmurou ele.

Ele se sentia abandonado.

Brendan olhou de forma solidária para Curtis antes de gritar para Alexandra:

— O que você fez com o irmão dessa menina? O bebê?

— O bebê está em segurança — disse a Governatriz. — Ele está sendo bem-cuidado.

— Ela vai oferecê-lo como comida à hera! — falou Curtis. — No equinócio!

Brendan ficou parado em sua jaula e olhou para a Governatriz, as mãos segurando as grades. Seu rosto não mostrava nenhuma expressão.

— Oh, Viúva — disse ele suavemente —, diga que isso não é verdade. A hera não.

Alexandra sorriu para Brendan, quase radiante de orgulho.

— Oh, sim, Bandido Rei. Nós chegamos a um acordo, eu e a hera. A planta precisa de sangue infantil. Eu preciso de dominação. Uma coisa pela outra, elas por elas. Parece uma parceria decente, não acha?

— Você é louca, bruxa — disse Brendan. — A hera não vai parar até tudo ser destruído.

— Essa é exatamente a ideia — respondeu Alexandra. Ela balançou a mão calmamente, um corte horizontal no ar, uma recusa, uma negação. — Tudo. Acabado.

— Nós vamos impedi-la — disse Brendan, a emoção crescendo em sua voz. — Nós ainda temos um contingente, os bandidos. Ainda podemos fazê-la ficar de joelhos.

— Improvável — falou Alexandra. — Principalmente com seu "rei" aprisionado. No entanto, como imagino que o restante de seu grupo maltrapilho vá continuar a minar minhas forças, gostaria de insistir que você me dê a localização de seu pequeno esconderijo. Imediatamente.

Brendan cuspiu no solo. A bola de cuspe caiu a centímetros de um soldado coiote que observava. Ele franziu a testa e se afastou.

— Por cima do meu cadáver — disse o Rei.

Alexandra sorriu.

— Isso pode ser providenciado. — Ela então se virou para seu bando de soldados e gritou um comando: — Tragam o Rei à câmara de interrogatório. Extraiam dele a localização do acampamento bandido. Não

importa os meios que precisem usar. — Ela começou a deixar a câmara, mas parou na entrada do túnel. Ela se voltou para as jaulas e sorriu.
— Adeus, Curtis — disse ela —, não imagino que o verei novamente. Lamento, mas é aqui que você encontrará seu fim. Gostaria que isso pudesse ter acontecido de forma diferente, mas, infelizmente, o mundo é assim.

Curtis ficou olhando fixamente, horrorizado.

— Adeus — repetiu ela, e saiu do recinto.

Seguindo a instrução da Governatriz, o carcereiro pegou a escada encostada à parede e, apoiado por um pequeno grupo de coiotes, retirou o Bandido Rei de sua jaula. Orgulhoso e desafiador, ele desceu a escada até o chão abaixo, silenciosamente permitindo que seus captores colocassem algemas em seus pulsos. Os bandidos nas jaulas observaram os acontecimentos sem palavras, e Brendan mandou um único olhar gelado para eles antes de ser escoltado para fora da caverna.

— Sejam fortes, rapazes — foi tudo o que ele disse, e então foi levado.

CAPÍTULO 18

*Sobre a Volta;
A Confissão de um Pai*

A compressa, uma camada grossa de uma pasta verde-amarelada sobre um embrulho de folhas de carvalho, deixava uma sensação gelada em seu tornozelo enquanto Prue era levada do covil por dois soldados em silêncio. O remédio parecia surpreendentemente eficaz; ela foi capaz de andar, embora mancando de leve, quase imediatamente, e não precisava mais do braço de um dos acompanhantes.

Os coiotes mostraram o caminho sem dizer nada; eles viajaram durante algum tempo por um barranco raso onde um caminho, aberto em meio às samambaias, se contorcia entre as folhas penduradas e tapetes de azedinha sobre o solo da floresta. A luz tinha ficado mais fraca desde que eles chegaram ao covil; uma camada de nuvens tinha vindo do sudoeste, e o ar estava frio e úmido. O tamborilar de uma primeira bateria de pingos de chuva podia ser ouvido, atingindo as folhas estendidas das árvores e a vegetação rasteira. Depois de um tempo, o caminho se abriu para a Longa Estrada, o cascalho lamacento da superfície salpicado de chuva, e Prue seguiu os coiotes ao longo da estrada. Eles chegaram até a Ponte da Fenda, que se estendia sobre o vazio escuro debaixo dela, e a cruzaram. No outro lado, os coiotes deixaram a estrada e começaram a seguir uma trilha escondida, imperceptível aos olhos de Prue, descendo um largo campo de enormes samambaias e entrando em um vale estreito e profundo coberto de galhos de bordo entremeados. Prue entrou em uma espécie de estado meditativo profundo e começou a perder completamente o senso de direção.

Por fim, depois do que devem ter sido várias horas, os coiotes chegaram a uma abertura entre as árvores e lá, agigantando-se de forma sombria sobre o vão de um largo rio cinzento, estavam as duas torres da Ponte Ferroviária. As pequenas casas de madeira de St. Johns podiam ser vistas na outra margem do rio, aninhando-se de forma aconchegante nas árvores podadas do bairro que as cercava. Os soldados pararam na linha da árvore e gesticularam para que Prue continuasse. Ela balançou a cabeça e se separou de seus acompanhantes, descendo a encosta coberta de arbustos de amora com dificuldade para chegar a um barranco raso que se estendia ao longo dos trilhos do trem. Ela olhou rapidamente por cima do ombro para ver se ainda podia ver sua comitiva — e ficou imaginando quantos soldados ficariam posicionados ali, guardando a ponte —, mas não viu nada. Se eles estavam ali, estavam camuflados de forma segura entre as árvores.

Ela andou ao longo dos trilhos até a Ponte Ferroviária e, depois de um tempo, chegou até os destroços de sua bicicleta e o carrinho da Radio Flyer. Eles estavam intocados na grama alta do barranco. Ela gemeu por causa da dor em sua costela enquanto levantava a bicicleta do chão e a ajeitava para separá-la do carrinho. Sua estimativa inicial estava correta: a roda dianteira fora irremediavelmente dobrada, mas o resto da bicicleta parecia estar em condições decentes. Ela levantou o carrinho, ajeitou a

haste que o prendia à bicicleta e começou a carregar o conjunto completo pela Zona de Resíduos Industriais, cruzando a Ponte Ferroviária. Um barulho alto e distinto de um *shhhhh* veio de trás dela, e ela se virou para ver uma parede cinza de chuva cair sobre o morro cheio de árvores sobre a ponte. Depois de segundos, os pingos a tinham alcançado, e Prue ficou encharcada até os ossos quase imediatamente.

— Típico — murmurou ela para si mesma, e continuou empurrando a bicicleta e o carrinho até o outro lado da ponte.

Chegando lá, ela subiu uma estrada coberta de cascalho que descia em ziguezague desde a ribanceira. Seguindo esse caminho, logo chegou ao labirinto arrumado de ruas isoladas, gramados recentemente cortados, tráfego constante e silenciosas casas escuras de seu bairro. A menina soltou um longo e triste suspiro de alívio.

O mundo parecia ter continuado girando sem ela, sem grandes dificuldades; os poucos pedestres que foram flagrados pela repentina chuva estavam agrupados debaixo de guarda-chuvas e corriam agilmente até seus destinos. Alguns carros passaram chiando sobre o asfalto molhado, seus limpadores de para-brisa se movendo ativamente, mas ninguém se dignou ao menos a olhar duas vezes para Prue, apesar de sua aparência abatida, as roupas rasgadas e o cabelo emaranhado.

Levou um tempo até ela chegar à porta da frente de sua casa. Considerou por um momento ir à casa de Curtis primeiro, para ver como ele estava e como tinha saído, mas achou que seria melhor encontrar seus pais. Ela só esperava que sua reaparição repentina pudesse de alguma forma diminuir o inevitável trauma que eles experimentariam ao saber do desaparecimento do filho. Prue sabia que teria de contar a verdade, independentemente de aquilo soar como uma loucura.

Uma única luz fraca estava acesa na sala de estar, mal se distinguindo na sombra da tarde, e mandando um pequeno raio de luz sobre a escada da frente. Prue conseguia ver a cozinha através da janela; o restante da casa estava escuro, como se uma nuvem tivesse passado sobre ali.

Ela podia distinguir a figura de sua mãe jogada no sofá da sala, o cabelo encaracolado tão despenteado quanto a massa emaranhada de fios através da qual a própria Prue a estava olhando. O pai de Prue não estava à vista. Ela deixou a bicicleta no chão e subiu os poucos degraus até a porta, seu tornozelo doendo a cada passo.

— Estou em casa — gritou ela de forma cansada para dentro da casa escurecida.

Com um grito de surpresa, sua mãe se levantou em um piscar de olhos de seu lugar no sofá. O novelo de lã em seu colo se derramou no chão. Ela correu até a filha e a envolveu em um abraço que apenas uma mãe privada de um filho conseguiria dar. Prue soltou um grito quando os braços poderosos da mãe apertaram suas costelas contundidas, e uma onda de dor inundou-a, quase a fazendo desmaiar. Ouvindo o grito, sua mãe a soltou e juntou as mãos em volta das bochechas de Prue, investigando seu rosto em busca de sinais de estragos.

— Você está bem? — perguntou ela, finalmente.

Prue se contorceu para se soltar.

— Sim, mãe — disse ela.

Os olhos da mãe estavam vermelhos e tinham olheiras escuras profundas sob eles. Ela parecia não dormir desde que Prue tinha partido.

— Onde está... onde está Mac? — gaguejou a mãe.

Uma enorme onda de cansaço e desespero tomou conta de Prue. Podia sentir os joelhos começando a fraquejar.

— Ele se foi — disse ela. — Sinto muito.

A mãe explodiu em lágrimas. Prue caiu em seus braços.

🌿

— Então é isso, hein? — Esse era Seamus andando de um lado para o outro em sua jaula, fazendo-a tremer. — É isso. Nada de julgamento, nada de tortura, nada de execução... nada. Apenas deixados para apodrecer.

Eles tinham sido deixados sozinhos na câmara. O carcereiro e seus dois guardas da prisão estavam perceptivelmente ausentes já há algumas horas.

Cormac suspirou e disse:

— É o que parece. Apesar de eu imaginar que o Rei vai levar a pior. Torturado e *então* deixado aqui para apodrecer.

— Cães nojentos. Todos eles — falou Seamus, com raiva.

Angus se pronunciou:

— E o que ela falou? Quando ela vai dar o bebê para a hera comer mesmo? No equinócio?

Curtis, com as pernas encolhidas contra o peito, respondeu:

— Sim. No equinócio.

Angus esfregou a testa, pensativo:

— Isso é, o quê, daqui a dois dias? Oh, deuses! Não temos muito tempo.

— Estamos acabados. Apesar de que, pelo menos, duraremos mais que nossos irmãos no acampamento. — Isso veio de Cormac. — Não imagino que eles vão estar preparados quando a hera dominar. Será um fim rápido.

— Sim — disse Angus. — Você sabe, tirei um cochilo uma vez no Velho Bosque, no antigo vale. Bem sobre uma cama daquela coisa, da hera, quero dizer. Não se passaram nem duas horas quando acordei e um pequeno emaranhado daquilo estava enrolado em volta do meu dedão do pé, juro. — Ele fez uma pausa e cuspiu. — Não dá para dizer o que aquilo vai fazer quando estiver sob o controle daquela bruxa diabólica. E completamente embriagada com sangue de bebê.

Curtis fez uma careta ao pensar naquilo.

Cormac continuou:

— Que nada, estamos melhor morrendo de fome aqui, rapazes. Pelo menos morreremos de uma morte natural, não teremos uma hera entrando retorcida pelos nossos globos oculares. A única esperança é o acampamento ficar sabendo a tempo e ir a algum lugar seguro... debaixo da terra ou algo assim.

Seamus riu.

— Que nada, eles todos estarão acabados bem antes disso. Você ouviu a Viúva. Brendan os abandonou. Assim que os cães se aproximaram do acampamento, ele fugiu de lá. Se já não o tiverem achado nesse momento, sem dúvida está soltando a língua para aqueles coiotes enquanto falamos. Ele não está sendo torturado, rapaziada, ele está sentado com a própria bruxa, bebendo um cálice de gim de zimbro gelado e rindo do fato de sermos apenas um monte de tolos.

Cormac se colocou de pé com um salto em sua jaula e protestou entre as grades:

— Você vai ter de retirar o que disse, seu vira-lata, seu filho de um gambá. Pode apostar que Brendan não nos traiu... ele tem mais coragem em seu dedinho do que você jamais demonstrou!

Seamus aceitou o desafio, gritando:

— É, isso é o que veremos, Cormac Grady. Você pode estar se enganando. Suspeitei por muito tempo que ele estava se rendendo aos cães. Ele estava perdendo a atitude, por causa de uma maldita visão.

— Meça suas palavras, traidor! — gritou Cormac.

— Cormac — falou Angus —, não perca seu tempo. Quem sabe o que aconteceu? No fim das contas, não importa muito de qualquer forma, porque estamos definhando aqui.

— Você! — replicou Cormac. — Você também! E quanto à sua patroa esperando em casa? Você jogaria a toalha só porque ela é gulosa, e provavelmente já está aquecendo a tenda de algum outro bandido.

Isso deixou Angus furioso.

— Não bote minha garota no meio — berrou ele. — E não, ela não é nada gulosa. Ela é uma mulher tão honesta quanto...

— CALEM A BOCA! — gritou Curtis. — Pelo menos uma vez: por favor, por favor, apenas parem de discutir.

— Obrigado — bufou Dmitri.

Os bandidos ficaram em silêncio. Uma melancolia se abateu sobre os habitantes da caverna. Uma das tochas na câmara bruxuleou e se apagou.

O som de algo tilintando chamou a atenção de Curtis. Ele estava vindo de cima, de dentro do emaranhado de raízes. Ele olhou para cima e viu Septimus, sentado sobre uma raiz contorcida, distraidamente palitando os dentes com um pedaço de metal. Algo no brilho do metal fez com que Curtis se levantasse e tentasse ver melhor. Na verdade, não era apenas um simples pedaço de metal, mas um conjunto de *coisas* metálicas.

— Ei, Septimus — gritou Curtis.

O rato fez uma pausa e cuspiu um pedaço de comida que estava preso entre os dentes:

— O que houve?

— O que você está mastigando?

Septimus levantou as sobrancelhas e olhou para Curtis de lado, como se a pergunta nunca tivesse passado por sua cabeça.

— O que estou mastigando? Você está falando dessas coisas velhas? Ele estava segurando um aro cheio de chaves.

— Onde você achou isso? — perguntou Curtis freneticamente.

Elas eram incrivelmente parecidas com as que o carcereiro carregava.

O rato esticou o braço, segurando o aro cheio de chaves e as estudou, como se fosse a primeira vez.

— Meu Deus — disse ele —, não me lembro muito bem. — Ele fez uma pausa e pensou, seu pequeno dedo indicador encostado ao seu queixo. — Agora que você mencionou isso, acho que as roubei do carcereiro. Há *séculos*. Ele tinha dois conjuntos, você sabe, e imaginei que ele não ia sentir falta delas. — Ele balançou a cabeça e olhou para Curtis. — Elas causam uma sensação boa nos meus dentes.

Curtis soltou uma risada exultante, que ele rapidamente tentou conter, olhando para a câmara.

— Passe as chaves para mim, Septimus! — sussurrou ele para o rato.

Septimus obedientemente as deixou cair na jaula de Curtis.

— Isso vai realmente adiantar — disse Seamus, de cima. Ele estava observando os acontecimentos atentamente. — Nós conseguimos sair daqui, com certeza, mas vamos morrer ao cair.

Curtis acenou para que ele parasse de falar.

— Espere — disse ele. — Estou pensando.

Ele se levantou e olhou para a escada longa e fina encostada à parede da caverna. Estava muito longe para saltar — mesmo de uma jaula balançando. Curtis mediu a distância cuidadosamente. Segundo seus cálculos, a jaula mais próxima da escada — a de Angus — balançando o máximo possível deixaria um espaço muito grande até mesmo para o saltador mais corajoso alcançar. Se ao menos existisse uma forma de esticar a corda, maximizar o balanço...

Ele pensou em algo.

— Pessoal! — sussurrou ele. — Acho que posso nos tirar daqui!

Os bandidos, esquecendo seus desentendimentos anteriores, voltaram as atenções ao menino.

❦

O pai de Prue chegou à reunião ensopado de chuva. Ele estava na chuva e a capa amarela estava grudando à sua pele. Na mão, ele carregava uma pilha de papéis, grudados por causa da água. Feitas às pressas no computador de casa, as folhas tinham fotos de Mac e Prue sobre súplicas por ajuda impressas em uma letra grande e em negrito que estava agora borrada com a água da chuva.

Como sua mãe, o pai de Prue a abraçou com força até que ela fosse forçada a se desvencilhar dele por causa da dor forte em sua costela. Ao descobrir que o filho ainda estava desaparecido, ele se sentou pesadamente em sua poltrona de leitura e segurou a cabeça entre as mãos. Prue e sua mãe olhavam para ele impotentemente. Finalmente, a mãe falou:

— Acho que você deveria contar a seu pai o que aconteceu — disse ela.

E a menina contou. Ela contou tudo, como tinha contado à sua mãe momentos antes. Tudo derramou de seu corpo em um chafariz de remorso e tristeza. Ela terminou esse fantástico monólogo, compulsivamente, dizendo:

— E agora estou simplesmente tão cansada. Mas tão, tão cansada.

Quando ela terminou, tanto seu pai quanto sua mãe estavam completamente em silêncio. Eles trocaram rapidamente um olhar significativo — Prue, em seu estado, foi incapaz de entender — antes de seu pai se levantar e, andando na direção dela, dizer:

— Vamos colocá-la para dormir. Você está exausta.

E Prue afundou seu rosto no peito do pai, sentindo seus braços fortes a levantarem até uma posição de ninar. Seu pai a carregou escada acima, fazendo sons reconfortantes como os que se faz para uma criança pequena, e ela estava dormindo antes de chegar à sua cama.

Quando acordou, estava escuro. Sentiu a maciez familiar de seu travesseiro de penas de ganso contra sua bochecha, o casulo de seu cobertor de pelo envolto firmemente em seu corpo. Abrindo um olho, levantou a cabeça do travesseiro para ver que horas eram. O relógio em sua mesa de cabeceira apontava 3h45. Soltou as pernas do cobertor, esticando os músculos posteriores de sua coxa e percebeu que a compressa em seu tornozelo tinha sido removida. Em seu lugar, seus pais tinham enrolado uma atadura de gaze convencional. Ela se virou, fechando os olhos novamente, mas então percebeu que estava com uma sede desesperadora.

Levantando da cama, abriu silenciosamente a porta e saiu para o corredor do andar de cima, testando a força de seu tornozelo enquanto andava. Ela estava de pijama agora, apesar de não ter nenhuma memória de vesti-lo. Desceu a escada, atenta para evitar os degraus particularmente barulhentos — não queria acordar os pais. Não podia imaginar o tipo de tumulto emocional pelo qual deviam estar passando. No entanto, assim que chegou ao andar térreo, ficou surpresa ao ver que ainda havia uma luz acesa na cozinha.

Sentado à mesa da cozinha estava seu pai. Ele segurava com cuidado um copo de água pela metade e estava olhando para um pequeno recipiente, do tamanho de uma caixa de joias grande, que estava sobre a superfície da mesa.

— Oi, pai — sussurrou Prue, quando seus pés encostaram na cortiça do chão da cozinha.

Ela cerrou os olhos por causa da luz forte que vinha de cima.

Seu pai tomou um susto ao ouvi-la se aproximar. Ele olhou para cima, surpreso, seus olhos cansados e vidrados. Estava claro que ele estivera chorando.

— Oh, olá, querida! — falou ele. Inicialmente, parecia que ia fingir normalidade, mostrar-se corajoso a respeito de tudo, mas logo voltou ao seu desespero. — Oh, meu amor — gemeu, seus olhos novamente desalentados.

Prue se aproximou.

— Sinto muito — disse ela, a voz carregada de tristeza. — Sinto muito, mas muito mesmo. Não sei o que dizer. Essa coisa toda é uma loucura. — Ela puxou uma das quatro cadeiras vermelhas que cercavam a mesa e se sentou. — Sei que é tudo minha culpa. Se eu ao menos tivesse tido mais...

O pai de Prue a interrompeu:

— Não, não é sua culpa, querida. É nossa.

Ela balançou a cabeça.

— Você não pode se culpar, pai, isso é loucura!

Seu pai olhou para ela, os olhos inchados e vermelhos.

— Não, você não entende, Prue. É *realmente* nossa culpa. Sempre foi nossa culpa. O tempo todo. Nós deveríamos ter imaginado.

A curiosidade de Prue foi atiçada.

— Ter imaginado... o quê?

Ela esticou o braço e tomou um gole do copo de água de seu pai.

Ele esfregou os olhos e piscou rapidamente.

— Acho que... — começou ele — é melhor você saber. Depois de tudo por que você passou. Deveríamos ter lhe contado antes, mas nunca pareceu a hora certa.

Prue olhou fixamente para ele.

— O quê?

— Essa mulher que você conheceu — disse seu pai lentamente. — Essa Governatriz. Sua mãe e eu, nós a conhecemos anteriormente.

— O quê!? — gritou Prue.

A intervenção repentina fez sair um jorro de dor de sua costela contundida.

O pai de Prue levantou as mãos em um esforço para silenciá-la.

— Shhh! — chiou ele. — Você vai acordar sua mãe. Alguém nessa casa precisa descansar um pouco.

— Vocês a conheceram? Alexandra? — sussurrou Prue, mais baixo dessa vez. — Quando?

— Há muito, muito tempo. Antes de você nascer. — Ele balançou a cabeça tristemente. — Nós deveríamos ter imaginado.

Soltando um suspiro profundo, ele olhou novamente para Prue e continuou:

— Quando sua mãe e eu nos casamos, estávamos tão animados para ter filhos, para começar nossa família. Compramos essa casa e imediatamente começamos a pensar no quarto que seria de quem, sempre tendo em mente a ideia de ter um menino e uma menina. Irmão e irmã. Mas, como acontece às vezes em casos assim, nossas esperanças nunca se realizaram. Nós tentamos e tentamos, mas nenhum bebê aparecia. Consultamos médicos, especialistas... fomos a retiros holísticos e sessões de acupuntura. Nada. Mesmo as abordagens mais radicais pareciam não oferecer esperanças para nós. Simplesmente não éramos capazes de ter filhos. Sua mãe, ela estava de coração partido. Foi uma época muito triste. Tentamos nos convencer da ideia de ser uma família sem crianças, mas isso era simplesmente tão... tão impossível.

Ele suspirou novamente.

— Um dia, no entanto, estávamos no mercado do produtor, você sabe, no centro da cidade, e eu estava comprando, sei lá, nabo sueco ou algo assim, e, quando voltei para procurar sua mãe, ela estava em uma barraca estranha, uma que eu não me lembrava de ter visto antes, falando com uma mulher velha, muito velha. A mulher devia ter por volta de 80 anos, estava vendendo badulaques e contas estranhas, e tinha uma prateleira inteira coberta de vidros bizarros de poções atrás dela. De qualquer forma, sua mãe estava tendo uma conversa séria com essa mulher quando cheguei e sua mãe se virou para mim e disse: "Ela pode nos ajudar. Ela pode fazer com que tenhamos filhos." Só isso. Bem, àquela altura, nós já tínhamos tentado de tudo. Eu estava começando a perder a paciência, mas sabia que aquilo era muito importante para sua mãe. Então disse "Tudo bem." Por um pequeno preço, ela nos vendeu esta pequena caixa aqui.

Ele pegou o pequeno recipiente preto sobre a mesa. Parecia ser feito de teca pintada; dobradiças na lateral do cubo sugeriam uma abertura por cima. Uma bola de beisebol poderia ser guardada confortavelmente ali dentro. Ele continuou:

— Ela nos instruiu para ir até as ribanceiras, perto do centro de St. Johns, bem onde fica aquele restaurante, e jogar essas runas.

Nesse momento, ele levantou a tampa da caixa e derramou seis seixos lisos sobre a fórmica da mesa da cozinha. Os objetos mágicos, de cores variadas, eram todos marcados com diferentes e estranhos símbolos rúnicos.

— Quando jogássemos as runas, ela disse, uma ponte apareceria. Mas não apenas uma ponte, o *fantasma de uma ponte*. Pelo que entendemos, a aparição de uma ponte que tinha estado lá há muito tempo. E, assim que aquela ponte tivesse sido trazida à vida, deveríamos andar até o ponto central, tocar uma sineta, e uma mulher apareceria. Ela disse que reconheceríamos a mulher, porque ela era alta e bonita e estaria usando um cocar de penas. Bem, naturalmente isso tudo parecia um monte de bobagem, na verdade, mas estávamos desesperados e imaginamos que valia a pena tentar. E se aquilo não funcionasse poderíamos simplesmente rir daquilo tudo. Então naquela noite, quando estava tarde e as ruas estavam desertas, andamos até a ribanceira, achamos uma pequena laje de pedra e esvaziamos os seixos sobre a pedra. A próxima coisa que percebemos foi uma grande bruma aparecendo sobre o rio e uma ponte verde gigantesca, com cabos e torres, simplesmente surgindo na nossa frente. Era incrível. Eu nunca tinha visto nada como aquilo antes. E andamos até o meio da ponte e, obviamente, lá estava uma sineta, uma sineta com uma aparência antiga, simplesmente pendurada em uma das colunas, e a tocamos algumas vezes. Então ficamos esperando ali e esperamos por muito tempo. Apenas nós dois, parados no meio dessa "ponte fantasma". De repente, um vulto apareceu do outro lado da ponte, andando na nossa direção, saindo da bruma. Era uma mulher e ela estava usando um cocar engraçado.

"Ela não se apresentou, apenas disse: 'Então vocês precisam de um bebê?' E nós fizemos que sim com a cabeça. E ela disse: 'Vou fazer com que vocês tenham um filho, mas vocês têm de concordar com algo.' E dissemos: 'Tudo bem, o que é?' E ela disse: 'Se vocês um dia tiverem um segundo filho, essa criança pertence a mim'."

Um calafrio percorreu o corpo de Prue. Ela olhou fixamente para seu pai.

O pai, sentindo seu espanto, engoliu em seco e continuou:

— Àquela altura, Prue, estávamos desesperados. Apenas queríamos um filho, sabe? Então dissemos sim. Como parecia impossível termos outro filho, pareceu um bom negócio. A parte dela da transação provavelmente nunca aconteceria, certo? E aquela mulher, aquela mulher esquisita, deu um passo à frente e simplesmente colocou a palma da mão na barriga de sua mãe e foi isso. Ela se virou e se afastou. Voltamos andando para casa, e a ponte desapareceu assim que pisamos fora dela. Sua mãe não estava se sentindo muito diferente, e ficamos imaginando que aquela coisa toda era algum tipo de golpe elaborado até que, algumas semanas depois, quando estávamos em uma consulta com um médico, soubemos que sua mãe *estava* grávida... de você!

Claramente, seu pai tinha a intenção de que esse fosse um momento reconfortante, mas aquilo não teve efeito em Prue. Ela estava se sentindo bastante perturbada.

O pai observou sua reação com uma careta triste antes de continuar, dizendo:

— Então foi isso. Você nasceu. E nunca houve duas pessoas mais felizes do que sua mãe e eu. Estávamos radiantes. Você era o bebê mais doce que qualquer um poderia ter imaginado. E nunca, nem por um momento, achamos que teríamos outro filho, tínhamos ido ao inferno e voltado para ter um, afinal de contas. Era o suficiente. Uma família de uma só criança. Isso éramos nós. Além disso, à medida que sua mãe e eu ficamos mais velhos, achamos que seria simplesmente impossível. Então, do nada, cerca de onze anos depois que você nasceu, sua mãe ficou grávida novamente. Do nada. De forma alguma nós esperávamos por aquilo. Bem, imaginamos que tinha se passado muito tempo e que a mulher que conhecemos na ponte tinha provavelmente se esquecido daquilo tudo. Então levamos tudo adiante. E esse foi Macky.

Ele fungou um pouco, seus olhos abatidos.

— Então é isso. Causamos isso tudo a nós mesmos — disse o pai. — Aquela mulher voltou para buscar sua parte do acordo.

Houve silêncio na cozinha. Do lado de fora, a chuva tinha parado, e uma brisa suave balançava os galhos do carvalho no quintal.

— Prue? — perguntou seu pai, depois que ela permaneceu sentada por alguns momentos. — Você vai dizer alguma coisa?

Passos na entrada alertaram Prue da presença de sua mãe que havia acabado de chegar à porta da cozinha. Ela se aproximou de Prue e repousou as mãos sobre os ombros da filha.

— Oi, querida — sussurrou ela. — Sentimos muito mesmo. Não culpamos você de jeito nenhum; não há nada que você pudesse ter feito. Foi erro nosso. Um erro estúpido.

O pai de Prue concordou com a cabeça.

— A verdade é que Mac nunca nos pertenceu. Por mais terrível que isso pareça, está tudo claro agora. Mas se não fosse por aquela mulher, essa Governatriz Viúva, nunca teríamos sido uma família. Nunca teríamos tido *você*.

Ele olhou diretamente para os olhos de Prue, lágrimas se juntando na borda de suas pálpebras inferiores. Ele esticou as mãos, segurou as de Prue e as apertou.

Prue ficou olhando de volta para o pai. Suas mãos não se moveram. Os dedos de sua mãe se afundaram nos músculos de seu ombro. O tornozelo de Prue pulsava com uma dor branda. Sua mente estava a mil por hora.

— Vou voltar — disse ela.

Os olhos de seu pai se arregalaram. Seu queixo caiu.

— O quê?

Prue balançou a cabeça rapidamente, como se estivesse se desprendendo de um sonho.

— Voltar. Vou voltar. — Em um movimento decidido, ela soltou as mãos das do pai e pegou a caixa preta sobre a mesa. Juntou as pedras de runa no recipiente e fechou a tampa. — Vou levar isso — disse ela.

As mãos de sua mãe tinham caído de seus ombros, e Prue afastou a cadeira da mesa. Levantando-se, ela brevemente testou a força de seu tornozelo e, sentindo menos dor do que tinha sentido desde o acidente, saiu da cozinha.

— Espere! — gritou a mãe, finalmente.

Prue não lhe deu nenhuma atenção. Ela já estava na escada, subindo, sua mente fazendo uma lista de tudo de que precisava fazer antes de partir.

— Não seja precipitada! — veio a voz de seu pai do pé da escada. — Pense melhor sobre isso. Não é seguro!

Prue estava em seu quarto, tentando uma mudança de roupas rápida como a de um super-herói. Ela enfiou a caixa de runas na parte do meio do bolso de seu agasalho com capuz. As pedras chacoalhavam ali dentro. Ela sabia que os coiotes da Governatriz estariam guardando a Ponte Ferroviária; ela teria de evocar a tal Ponte Fantasma. Era a única forma de cruzar o rio. Ela se virou e viu seus pais na porta.

— Pense sobre isso, Prue — disse sua mãe, desesperada. — Isso é maior do que você. Você só vai se machucar!

— Escute sua mãe — disse seu pai duramente.

Prue parou brevemente e olhou para seus pais alternadamente. Seus rostos estavam cheios de preocupação.

— Não, não vou escutar — disse ela.

Ela passou entre os dois e começou a descer novamente a escada. Eles ficaram congelados no alto da escada. Ela ouviu seus sussurros furtivos.

— Faça alguma coisa! — disse um.

— Estou tentando! — disse o outro.

Ela mal havia colocado o pé na cozinha quando ouviu seus pais descendo a escada apressados atrás dela. A voz de seu pai ribombava da entrada:

— Prue, como seu pai, estou mandando você parar. Você *não* vai, eu repito, *não* vai voltar à floresta.

Ela sentiu os dedos fortes dele segurarem seu braço e foi empurrada para trás.

Um silêncio chocante se seguiu enquanto Prue e seu pai olhavam fixamente um para o outro; ele nunca tinha agido de forma tão enérgica com ela antes. A cor tinha se esvaído das bochechas dele. Juntando toda sua coragem, ela sacudiu o braço para se soltar e encarou seus pais.

— Não — disse ela, com o olhar impiedoso. — Não *ousem* me dizer o que posso ou não fazer. Não agora. Não depois do que vocês fizeram.

O rosto do pai estava abatido. Ele começou a balbuciar uma desculpa, mas Prue furiosamente acenou para que ele parasse.

— Escutem, eu amo vocês dois — continuou Prue. — Muito, muito mesmo. Eu deveria estar odiando vocês agora, mas não estou. Não odeio. — A raiva que ela estava sentindo deu lugar a uma espécie de pena desconcertante dos dois adultos que estavam parados, sem falar nada, na entrada da cozinha. Eles repentinamente olharam para Prue como duas crianças confusas e aterrorizadas. — Mas vocês realmente pisaram na bola, não foi? Quero dizer, *no que é que vocês estavam pensando?*

Finalmente seu pai se pronunciou:

— Deixe que eu vou — disse ele. — É minha culpa. Sou o responsável aqui. Apenas diga aonde tenho de ir. Vou trazê-lo de volta.

Prue fez uma expressão de tédio, amargurada.

— Gostaria que você pudesse — disse ela. — Eu *certamente* o obrigaria a ir. Mas você não pode. É uma longa história, mas acho que sou capaz de entrar lá, enquanto outras pessoas não podem. Algo a respeito de uma mágica Periférica. Que se dane. Além disso... — Ela olhou para seus pais alternadamente. — Acho que tenho de agradecer a Mac por simplesmente ter nascido. Se não fosse por ele, eu nunca teria nascido, não é mesmo? Vou trazer meu irmão de volta — continuou Prue, a voz agora alta e autoritária. — E é isso.

Prue se virou e andou agilmente pela cozinha, até o quintal, onde sua bicicleta destruída estava parada, repousando meio torta sobre seu apoio. Esticando o braço debaixo da varanda, achou a caixa de ferramentas vermelha de seu pai e começou a procurar dentro dela. Ela podia ouvir a mãe chorando, timidamente, dentro da casa. Seus dedos finalmente encontraram a chave-inglesa e então começou a remover a roda dianteira deformada da bicicleta.

A menina soltou o pneu do aro e pegou uma das rodas da antiga bicicleta; ela havia trocado os aros na última primavera, na expectativa de um verão cheio de passeios de bicicleta, embora seus antigos ainda estivessem bastante decentes para que valesse a pena guardá-los. Ficou agradecida por ter pensado nisso enquanto tirava a roda, limpava a poeira e começava a ajeitá-la em sua bicicleta. Em alguns minutos, a bicicleta estava novamente pronta para ser usada.

Seu pai apareceu na porta dos fundos, seu corpo criando uma sombra com a luz da varanda sobre o gramado. Prue estreitou os olhos para ele, uma silhueta escura contra o portal.

— Não faça isso, Prue — disse seu pai. Sua voz estava fraca, cansada. — Podemos ser felizes, nós três.

— Adeus, pai — respondeu ela. — Deseje-me sorte.

Ela montou em sua bicicleta e pedalou até a rua.

CAPÍTULO 19

Fuga!

— Bem, você tem certeza disso, não tem? — perguntou Septimus, olhando para a corda retorcida, ressabiado. Ela já estava parcialmente roída; apenas parte da corda permanecia.

— Sim! — sussurrou Curtis, impaciente. — Apenas faça o que falei. E rápido! Não sabemos quanto tempo temos até o carcereiro voltar.

— Estou segurando, rato, não se preocupe — disse Seamus.

Ele falava com dificuldade, pois estava deitado com a barriga para baixo no chão de sua jaula, os braços estendidos de forma desconfortável entre as grades, as mãos segurando firme a parte mais alta das grades da jaula de Curtis. Levou algum tempo para chegar a essa posição, mas depois de alguns minutos balançando arduamente, a jaula chegou às mãos de Seamus e seus dedos se envolveram com força na madeira cheia de nós das grades.

Septimus olhou rapidamente para Seamus antes de encolher os ombros concordando e em um piscar de olhos, ele estava na corda, roendo ativamente o que sobrara dela. Curtis estava de pé, com as pernas separadas, apoiando-se contra as grades da jaula. Ele observava com atenção enquanto o rato fazia seu trabalho.

— Falta muito? — perguntou ele, depois de um momento.

Septimus parou e, afastando-se um pouco, olhou para o que tinha sobrado da corda.

— Não muito — disse ele. — Francamente, não entendo por que ela ainda não...

Ele foi interrompido quando a corda se rompeu com um estalo baixo, quase educado, a jaula se soltou do ponto de apoio e o rato ficou balançando no pedaço de corda ainda preso à raiz. Curtis engasgou ao sentir a jaula balançar em queda livre. O chão parecia subir rapidamente, as pedras e ossos pedindo seu sangue — quando, com um solavanco, seu movimento para baixo foi interrompido, e se ouviu um gemido agonizante vindo da jaula de Seamus. Curtis olhou para cima; os dedos de Seamus ainda estavam envoltos nas grades da jaula, as juntas brancas por causa da pressão.

— UUUUFF! — grunhiu Seamus alto. — Isso não é tão fácil quanto parece!

Ele ajeitou os dedos na madeira das grades, procurando uma pegada melhor.

— Segure firme, Seamus — instruiu Curtis. — Agora, se você puder começar a partir na direção da corda.

Seamus começou a mover as mãos, uma sobre a outra, na direção da junção onde a corda se encontrava com a jaula. A jaula sofria pequenos tremores a cada movimento de Seamus, e não havia mais nada que Curtis pudesse fazer para evitar olhar para o chão da caverna coberto de ossos. Finalmente, Seamus chegou ao aro em que a corda estava amarrada e, com uma arfada rápida, soltou as grades da jaula e segurou a corda, soltando outro gemido quando o peso da jaula se fez sentir.

O gemido se transformou em uma risada, no entanto, quando Seamus falou com sua voz rouca:

— Haha! Achou que eu ia deixá-lo cair, garoto?

Curtis, com o coração dançando um sapateado frenético em seus ouvidos, tentou soltar uma risada despreocupada e percebeu que aquilo não era adequado naquele momento. A voz falhou imediatamente.

Seamus ficou sério, o rosto vermelho como uma beterraba.

— Certo, então agora para o Angus? — perguntou ele.

Curtis concordou com a cabeça.

Seamus estufou suas bochechas no melhor estilo baiacu e começou a balançar a jaula de Curtis pelos quase 3 metros de corda que restavam. O estômago de Curtis se embrulhava a cada balanço, que começaram descrevendo um arco curto, que ia aumentando. No ponto mais elevado de cada balanço, ele podia ver Angus, cerca de 1,5 metro acima dele, deitado de barriga para baixo no chão de sua jaula, com os braços estendidos para segurá-lo.

— E... AGORA! — gritou Curtis.

Seamus soltou um grito gutural enquanto jogava a jaula pelo ar, e Curtis, a bordo desse objeto voador, foi lançado na direção das mãos de Angus que esperavam por ele.

Angus, com os olhos esbugalhados, esticou os braços, sua mão tentando segurar as grades da jaula.

Primeira tentativa: fracasso.

Segunda tentativa: fracasso.

Nesse momento, cada fração de uma fração de uma fração de um segundo parecia durar minutos, horas, eternidades.

Terceira tentativa: as duas mãos estendidas, debatendo-se para segurar a jaula, e a queda livre de Curtis foi interrompida com um solavanco repentino quando as mãos de Angus seguraram a corda.

Angus soltou um suspiro heroico de alívio. Parecia um oceano quebrando uma barreira contra inundações.

— Ai. Meu. Deus — falou Curtis.

Seamus riu atrás deles.

— Seu deus não tem nada a ver com isso! Apenas os dedos ligeiros de um bandido! Boa pegada, Angus!

Angus estava calado. Seus olhos estavam fechados.

— Acho que posso ter me molhado aqui — sussurrou ele.

Curtis se permitiu agora olhar para baixo, na direção do chão da caverna. Ainda existia uma queda de no mínimo 15 metros. Uma pilha de pedras com uma rocha particularmente pontiaguda no topo estava exatamente embaixo de sua jaula. Ele olhou para a escada encostada à parede. Não tinha se saído muito bem em física — pelo menos o capítulo introdutório que eles tinham estudado na última semana da aula de ciências da sexta série —, mas se suas estimativas estavam certas, se Angus fosse capaz de balançar a jaula de Curtis até seu arco mais alto e conseguisse fazer a própria jaula balançar também, Curtis seria capaz de dar o salto até a escada.

— E então eu simplesmente desço — disse ele, em voz alta.

— O que foi? — perguntou Angus, sua voz cansada, enquanto ele se concentrava em segurar a corda com força.

Ele tinha conseguido enrolar a ponta em volta do pulso — parecia estar bem firme.

— Eu disse que vou simplesmente descer a escada — falou Curtis. — Assim que pular sobre ela. — Ele olhou para Angus. — Mas você precisa me balançar o mais alto que puder... e tem de fazer sua jaula balançar também.

— Essa vai ser a parte mais fácil, moleque — disse Angus, sorrindo. — Já de sua parte, você tem um belo salto pela frente.

Curtis balançou a cabeça seriamente.

— Certo — falou ele. — Pronto ou não, aqui vou eu.

Usando as chaves de Septimus, ele começou a testar uma de cada vez na fechadura da porta de sua jaula. Uma longa chave prateada acabou sendo a escolha certa; ela abriu a tranca com um clique metálico tímido, e Curtis consegiu empurrar a porta. O solo balançava debaixo dele, distante; será que aquilo era um crânio esmagado contra as pedras pontiagudas? Fechou os olhos para aquela visão e se concentrou na tarefa que tinha de cumprir. Ele se apoiou na porta agora aberta, as pontas de seus pés posicionadas no limite do chão da jaula, suas mãos se segurando às grades de fora.

— Pronto — instruiu ele.

Angus respirou firme sobre ele e, com um grunhido, começou a balançar a jaula de Curtis. Ela se movia em pequenos e rápidos arcos a princípio, mas logo começou a ganhar velocidade e distância. A jaula de Angus começou a balançar também, e logo as duas jaulas eram um longo e articulado pêndulo, deslizando no ar da caverna. Curtis calculava a distância até a escada a cada novo balanço.

— Um pouco mais alto, Angus! — gritou ele.

— Sim! — respondeu Angus, os braços tensos se flexionando a cada balançada da jaula. Depois de mais algumas vezes, Angus falou: — Acho que isso é o mais alto que você vai chegar!

Curtis olhou para a escada enquanto se aproximava dela no balanço da jaula. Ela estava um pouco mais longe do que ele tinha esperado, mas não importava.

— Certo, Angus — gritou ele. — Quando eu disser "já", quero que você arremesse a jaula com toda sua força.

— Entendi — respondeu Angus.

Eamon, a várias jaulas de distância, ofereceu suas palavras de apoio:

— É como o arremesso de martelo, Angus. Você fez isso centenas de vezes!

— É, mas nunca arremessei um martelo deitado de barriga para baixo!

Ele ficou esperando a ordem de Curtis.

— Certo... JÁ! — gritou Curtis e, em um estalo de dedos, a jaula estava voando.

Ele esperou até que ela atingisse seu ponto mais alto — o que aconteceu em um piscar de olhos — e, com um empurrão, saltou da jaula, seus braços e pernas se soltando da porta aberta. Antes que pudesse se dar conta, ele tinha percorrido toda a distância, e suas mãos estavam lutando para conseguir se segurar aos degraus da escada. Seu corpo se chocou contra a madeira áspera, e seu pé esquerdo pousou exatamente sobre o sexto degrau de cima para baixo. Ele estava prestes a soltar um grito de sucesso quando repentinamente sentiu a gravidade agir com seu peso, e o topo da escada começou a se afastar da parede da caverna.

— OH, OH, OH! — gritou ele, enquanto a escada, toda bamba com seus 20 metros de altura, começou a cair para trás.

— Oh, não — disse um dos bandidos, sem muita inflexão na voz.

O tempo passava tão devagar que era quase cômico enquanto o topo da escada, com Curtis preso a ele, se afastava da parede. Ela se equilibrou por um instante quando ficou perfeitamente perpendicular ao solo e então iniciou uma queda rápida para trás.

O solo acelerava na direção de Curtis.

Os ossos espalhados no chão da caverna pareciam se alegrar com o que seria a nova adição à coleção.

Mas então a escada parou. Repentinamente, violentamente. Curtis estava agora de cabeça para baixo, suas costas viradas para o solo abaixo de si, seu braço esquerdo desesperadamente enganchado a um dos degraus da escada. Sua perna esquerda em torno de outro, a madeira machucando a dobra de seu joelho. Seus olhos estavam fechados com força.

Ele ouviu uma onda de risadas dos bandidos: eram risadas roucas e aliviadas.

Ele abriu os olhos e viu que a escada tinha caído exatamente sobre a jaula de Angus, os ganchos de metal que se estendiam de seu topo convenientemente presos às grades da porta da jaula do bandido.

— Bem, isso vai servir, moleque! — gritou Angus, entre gargalhadas.

Curtis respirou fundo.

— Isso é... — Sua voz falhou. — Era isso que eu estava querendo fazer.

🌿

Um brilho de água permanecia sobre o calçamento, e os pneus da bicicleta de Prue chiavam sobre a superfície escura. O carrinho vermelho da Radio Flyer balançava de um jeito barulhento atrás dela.

O centro de St. Johns parecia abandonado na tranquilidade do início da manhã. Uma bruma do azul mais tímido tingia o céu. Alguns cães uivavam, saudando a chegada do novo dia. Um único carro esperava impotentemente em um sinal de trânsito dormente; mesmo nessa hora sobrenatural, as regras do dia se aplicavam. Uma figura encolhida em um ponto de ônibus na praça central era um vulto sem rosto coberto com uma parca e um boné de tricô.

Prue virou a esquina no velho relógio e seguiu na direção do rio. A rua terminava em um repentino beco sem saída; uma fila de pitocos de cimento criava uma barreira entre a rua e um campo desleixado de arbustos de framboesas e giestas de flores amarelas. Aqui, ela saltou da bicicleta e subiu no meio-fio, passando a barreira e entrando no gramado coberto. A essa distância já era possível escutar o barulho fraco

do rio à sua frente, logo depois de onde o solo se inclinava para chegar à beira das ribanceiras.

Ela não tinha ido muito longe, no entanto, quando chegou a uma pequena clareira no meio dos arbustos. No centro dessa clareira havia uma grande laje de pedra cinzenta, exatamente como a que seu pai tinha descrito. Poucos centímetros depois da laje estava a beirada íngreme da ribanceira; aqui a terra descia na direção da margem gramada do rio bem abaixo. Uma camada grossa de neblina tinha se fixado sobre o vale do rio, escondendo-o completamente. Com cuidado, Prue encostou sua bicicleta a um arbusto de centáureas e andou até a pedra. Ajoelhando-se, tirou a pequena caixa de dentro do bolso do casaco.

Abrindo a tampa da caixa, ela olhou fixamente para o conteúdo, os seis seixos multicoloridos com inscrições estranhas talhadas nas superfícies lisas.

— Hmm — sussurrou ela para ninguém em particular —, não sei muito bem se devo dizer alguma coisa, mas... — Ela jogou todos o seixos sobre a pedra, observando enquanto eles tilintavam e rolavam sobre a superfície fria e dura. — Abracadabra? Abre-te sésamo?

Os seixos rolaram e giraram sobre a pedra até que cada um chegou a uma posição de repouso, os símbolos estranhos virados para cima em um padrão curioso. Prue respirou fundo e esperou. Uma brisa repentina despenteou o matagal ao redor.

Da direção do rio, Prue ouviu um barulho metálico distinto, um gemido ancião de centenas de milhares de toneladas de aço e ferro se posicionando.

Ela olhou para cima e viu que a neblina sobre o rio tinha explodido em um denso amontoado de nuvens; aquilo se erguia acima dela, borrando o azul fraco do céu do começo da manhã. Lentamente, formas começaram a surgir dentro da nuvem: um arco verde distante, um gigantesco cabo enroscado. A nuvem de neblina começou a se dissipar, revelando mais e mais da estrutura escondida até que uma enorme ponte surgiu diante de Prue, cobrindo a distância das ribanceiras até a outra margem. Seu longo vão era interrompido por um par de torres simples e largas de centenas de metros de altura, cada uma decorada com uma série de arcos de tamanhos variados, parecidos com os de uma catedral. Em cada lado, cabos da largura de troncos de árvores ligavam os topos das torres ao vão da ponte.

Prue olhou ao redor rapidamente para ver se mais alguém estava testemunhando esse espetáculo, mas confirmou que estava sozinha nessa alvorada fria da manhã. A neblina continuava a descer, até que se concentrou logo abaixo da superfície da ponte, revelando a imponente construção em sua totalidade. O rio continuava coberto de neblina. Satisfeita, ela colocou as pedras rúnicas de volta na caixinha e, fechando a tampa, pegou a bicicleta e começou a conduzi-la sobre essa ponte fantasmagórica.

O começo do vão era marcado por dois postes de luz, seus vidros brilhando com uma luz espectral. Prue pisou cautelosamente sobre o calçamento da ponte, testando a superfície antes de se aventurar muito adiante: era firme e suportava seu peso. Na verdade, esse piso "fantasma" não parecia nada diferente de um piso real. Confiante, Prue continuou seu caminho, o barulho da bicicleta e do carrinho o único som a interromper o silêncio da manhã.

Ao chegar ao vão central da ponte, viu uma sineta de metal solitária pendurada em um pequeno gancho. Curiosa, ela andou até o objeto de aparência simples, cujo metal estava profundamente manchado, um tipo de verde acinzentado. O badalo estava pendurado no centro da sineta por uma tira de couro.

Instintivamente, Prue esticou o braço e colocou a mão em volta da corda. Ela imaginou seus pais parados ali, há cerca de treze anos, os corações queimando com medo, curiosidade e ansiedade. Ela imaginou a mão do pai segurando essa mesma corda, o olhar que ele deve ter trocado com a mãe dela antes de tocar aquele sino algumas vezes com vontade.

Naquele momento, ela sentiu um surto de compaixão por seus pais, por tudo o que eles tinham arriscado pelos dois filhos. Será que ela teria feito a mesma coisa se estivesse no lugar deles? Tomada por uma coragem repentina, Prue moveu o pulso e tocou a sineta; três badaladas firmes soaram do metal do sino. O som perfurou o ar suave e nebuloso e ecoou contra a parede de árvores do outro lado da ponte.

Estou indo, bruxa, pensou Prue. *Estou indo buscar meu irmão.*

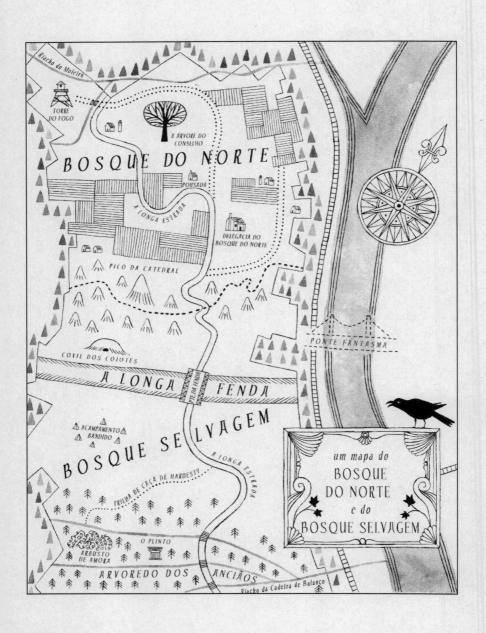

PARTE TRÊS

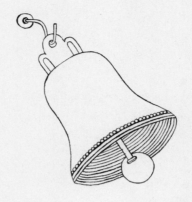

CAPÍTULO 20

Três Badaladas

Alexandra estava parada sobre o púlpito na sala do trono, olhando fixamente para os braços das raízes que se contorciam no alto da câmara. Eles pareciam tremer e balançar na luz bruxuleante das tochas. O clamor dos soldados a cercava: caixotes fechados a marteladas, paredes de alabardas e rifles carregados em carroças, tendas sendo desmontadas.

As raízes falavam.

— Quando, ó Rainha? — perguntaram as raízes. — Quando vamos nos alimentar?

Sorrindo, a Governatriz esticou a mão magra até o teto da caverna e passou os dedos pela leve franja de pelos claros das raízes.

— Quando a hora tiver chegado — respondeu ela. — Quando o equinócio estiver aqui. Vocês terão seu auxílio. Seguiremos para o Arvoredo dos Anciãos esta noite.

— Siiiiim — sussurraram as raízes. — Siiiim.

Elas tremiam como muitas línguas famintas.

Blém.

Alexandra deixou as mãos caírem aos lados do corpo.

Blém.

A vermelhidão tomou suas bochechas, seus olhos se abriram de repente. As sobrancelhas se franziram.

Blém.

Silêncio.

— Três badaladas — disse a Governatriz Viúva, antes que os lábios formassem um sorriso maldoso. — Mas que garota mais estúpida.

※

Curtis ficou chocado com quão habilmente os bandidos desceram a longa e frágil escada. Ele ficou no chão, segurando a escada com um pé, enquanto um bandido de cada vez abria o trinco de sua jaula e rapidamente descia os degraus da escada. Dentro de um curto intervalo de alguns minutos silenciosos, os quatro bandidos tinham chegado ao chão da caverna. Apenas Dmitri, o coiote, permanecia preso. Ele estava sentado em sua jaula de costas para os bandidos. Eles ficaram o tempo todo tentando convencê-lo.

— Vamos lá, cara! — sussurrou Seamus alto. — Pense em sua família.

Dmitri ficou de pé sobre suas patas traseiras, encostado às grades da jaula.

— Mas... — protestou ele. — Vocês vão ficar livres. Já eu iria para a Corte Marcial se fosse pego! Isso é um crime para enforcamento com certeza.

Cormac se aproximou.

— Então não seja pego. Você é um tolo de ficar aqui. Provavelmente vão enforcá-lo de qualquer forma, como represália por nossa fuga. Você não os está avisando nem nada, afinal; não é?

Dmitri pensou sobre isso por um momento antes de encolher os ombros e dizer:

— Sim, acho que vocês estão certos. Muito bem: joguem as chaves para mim.

O chaveiro foi arremessado, a tranca foi aberta e, em um momento, Dmitri estava agilmente descendo a escada até o chão.

— Certo — disse ele, assim que chegou. — O que fazemos agora?

— Você nos guia para fora daqui — disse Eamon, passando a mão nos tufos de sua barba preta desgrenhada. — Septimus vai na frente para checar o caminho. Você conhece esse covil bem o bastante?

— Conheço muito bem — disse Dmitri, o focinho levantado enquanto ele farejava o ar. — Acho que consigo me achar por aqui.

Angus pegou a tocha acesa que tinha sobrado na parede — ela mandou uma chuva de fagulhas para o alto quando ele a tirou de seu apoio — e gritou para o rato:

— Vamos combinar um ponto de encontro.

— O arsenal. Há uma passagem lateral que normalmente está vazia. Se seguirmos por lá, podemos contornar a câmara central e sair pela entrada dos fundos do covil — sussurrou Septimus de seu poleiro no velho emaranhado de raízes.

— Mas não antes de libertarmos o Rei — disse Cormac, lembrando o grupo. — Não vamos embora sem Brendan.

Os quatro bandidos, mesmo o ex-dissidente Seamus, todos balançaram a cabeça concordando de forma resoluta.

— Muito bem — disse Septimus —, a câmara de interrogatório não é longe do corredor central. Você sabe o caminho, Dmitri?

Dmitri respondeu que sim com a cabeça, e Septimus continuou:

— Vou na frente. Se houver algum problema, volto para avisá-los antes de vocês chegarem.

O rato desapareceu entre os braços das raízes da árvore, e esse bando improvável de fugitivos — um coiote, um Forasteiro e quatro bandidos — deixou a câmara da prisão sem olhar para trás.

O ar no túnel que saía da câmara era pesado e úmido; os passos dos bandidos não faziam barulho. Apenas os passos de Dmitri e Curtis perturbavam o silêncio. Curtis fez o melhor que pôde para imitar os movimentos suaves e ligeiros dos quatro bandidos, mas achou muito difícil: a movimentação ágil dos bandidos parecia inata, um instinto natural. Depois de um tempo, eles chegaram a um cruzamento.

— Dmitri? — falou Cormac em voz baixa. — Para que lado?

Dmitri abriu caminho até a frente do grupo e apontou o focinho nas quatro direções potenciais.

— Vamos para a direita — disse ele, finalmente. — Para o arsenal. Seguir direto em frente nos levaria ao corredor central. — com rapidez, ele puxou o ar. — Sinto cheiro de fogueiras apagadas. Apagaram o fogo da lareira. Curioso.

— Por quê? — perguntou Curtis.

Dmitri olhou para trás.

— Nunca soube de uma ocasião em que o fogo ficou apagado. Está sempre queimando. Tive a infeliz tarefa de mantê-lo aceso durante uma quinzena. Nada divertido.

— Deixe isso para lá — sussurrou Cormac. — Vamos continuar andando.

Eles entraram à direita, Angus liderando o grupo, com sua tocha crepitante criando um globo amarelo de luz ao longo das paredes do corredor. Raízes de plantas e pedregulhos encalombados competiam por espaço ao longo do teto, e a terra fofa marrom que cobria o solo estava salpicada de marcas de patas.

Curtis, ficando para trás momentaneamente, tropeçou em uma tira de couro de sua bota que tinha se soltado. Ele conseguiu se equilibrar antes de cair no chão, mas soltou um "OOPS!" em voz alta.

— Shhhh! — chiou Seamus. — Pise leve. Não queremos todo o exército dos coiotes vindo atrás de nós.

— Desculpe — sussurrou Curtis. — Vou tentar.

Um olhar no rosto de Seamus, no entanto, demonstrava uma espécie de surpresa. Era estranho o fato de eles ainda não terem escutado nenhum som vindo de seus captores; os túneis do covil estavam surpreendentemente silenciosos.

Finalmente, eles chegaram a outro cruzamento e, sob o comando de Dmitri, pegaram um corredor menor que levava à esquerda. Ele se contorcia por um tempo antes de terminar em uma câmara apertada.

— Esperem — instruiu Angus, em voz baixa. Ele suspendeu a tocha e a luz iluminou uma porta baixa de madeira na parede da câmara deixada um pouco aberta. — Estou escutando algo.

O bando de fugitivos prendeu o fôlego coletivamente. Um barulho de movimentação podia ser ouvido quebrando o silêncio, o som de pequenos pés sobre o chão de terra.

O focinho bigodudo de um rato apareceu no canto da porta. Era Septimus. Usando apenas uma das patas dianteiras, ele empurrou a porta, que rangeu ruidosamente.

Cormac levou o dedo aos lábios de forma reprovadora, lembrando o rato da necessidade de permanecer em silêncio, mas Septimus estava decidido.

— Está vazio, rapazes — disse ele. — O covil está abandonado.

— O quê? — perguntou Cormac, sussurrando por instinto.

— Sumiram. Desapareceram. *Vush!* — falou Septimus, esticando os dedos ossudos de suas patas diante de si. — Não precisam ficar em silêncio. Ninguém vai ouvi-los.

— Mas... — A voz de Dmitri surgiu da parte traseira do grupo. — Eles iam apenas... apenas me deixar aqui. Naquela *jaula*?

— E quanto a nós, seu vira-lata? Nós seríamos deixados lá também — disse Seamus.

— Bem, eu sei, mas... quero dizer, vocês eram os inimigos — explicou Dmitri.

— Parece que a Viúva também não se importa muito com seus soldados — falou Angus.

A postura generalizada dos bandidos tinha relaxado consideravelmente. Seamus estava escorado na parede de barro, limpando a terra de uma unha.

Dmitri estava irritado.

— Acho que sim — disse ele devagar. — E eu estava ali apenas por "insolência comum", seja lá o que isso quer dizer.

— Um crime capital, aparentemente — falou Angus.

— Mas vocês estão procurando pelo tal Bandido Rei de vocês, não é mesmo?

O rosto de Cormac se acendeu.

— Eles o deixaram aqui? Onde ele está?

— Sigam-me — disse Septimus, e desapareceu no canto aberto da porta.

Angus levantou a tocha brilhante, e os quatro bandidos, Curtis e Dmitri seguiram o rato pela passagem escurecida.

※

Assim que a última badalada ecoou até sumir, Prue já estava montada em sua bicicleta, pedalando loucamente sobre o vão restante da ponte — estava começando a se arrepender de seu descaramento de tocar a sineta. Um vento havia ganhado força, e ela podia sentir o ar frio da superfície do rio subir pela borda da ponte e balançar os cabos de suspensão mais altos, fazendo-os ranger de forma barulhenta. O chão parecia se mexer sob os pneus da bicicleta de Prue e, tendo em conta que a ponte era realmente *espectral*, ela manteve os olhos no solo do outro lado, atenta em sua travessia.

O pneu traseiro do carrinho da Radio Flyer mal tinha tocado a terra no outro lado da ponte quando a bruma se transformou novamente em uma enorme nuvem de neblina e a ponte foi consumida pelo nevoeiro. Prue apertou os freios com força e se virou para ver as torres de aço verde desaparecerem na neblina e, então, a fumaça se dissipou e revelou o vale vazio do rio bocejando debaixo dela, intransponível.

Prue se virou novamente para a montanha, olhou para a barreira de árvores que se agigantava diante dela e tremeu. O sol, agora se levantando, brilhava de forma mal-humorada atrás de uma cortina pesada de nuvens, sua luz um brilho azul-acinzentado contra os pinheiros e cedros mais altos da floresta. Aos poucos foi surgindo um refrão de cantos de pássaros, e o ar ficou clamorosamente melódico. Olhando para a montanha, ela viu que um caminho de terra tinha sido aberto no declive, levando ao norte, paralelo ao rio. Segurando o guidão da bicicleta, desceu com cautela os poucos metros até o caminho e começou a segui-lo.

Depois de um tempo, o solo ficou consideravelmente menos íngreme e já não formava um ângulo tão acentuado com a encosta; ele se estendia entre as árvores baixas que faziam desse tipo de floresta uma terra de fronteira. Prue percebeu que podia andar confortavelmente de bicicleta pelo caminho, seu carrinho vermelho fazendo um tumulto considerável enquanto chacoalhava atrás dela.

Quando achou que tinha ido longe o suficiente, ela parou e avaliou sua posição: olhando para o sul, St. Johns era uma mancha distante de telhados e a Ponte Ferroviária estava totalmente perdida sob as camadas de neblina que cobriam o rio.

— Lá vamos nós de volta — falou Prue, suspirando.

Ela estudou a encosta, procurando uma abertura nas samambaias; uma falha gentil entre dois cornisos finos permitiu que se aprofundasse mais na mata. Conduziu a bicicleta e o carrinho sobre essa vegetação rasteira por um tempo, fazendo careta toda vez que um arbusto se prendia na barra de sua calça jeans, até que a vegetação começou a se tornar mais esparsa e foi substituída por um imponente arvoredo de pinheiros. As fendas entre as árvores se tornaram janelas para as grandes clareiras cobertas de arbustos: trevos, vinhas de gaultéria e flores silvestres. Enquanto se distanciava e a luz cinzenta se tornava mais penetrante, percebeu que um dos prados da floresta pela qual tinha passado tinha sido enfeitado com filas de jardins, uma massa emaranhada de folhas de abóbora entrelaçadas e de talos de feijão. Uma viela de pedra se abria adiante, e ela começou a seguir o caminho que se contorcia em meio a uma série de clareiras semelhantes, a força selvagem dos arbustos domada por esses jardins arrumados. Prue começou a ver pequenas casas em ruínas aninhadas em árvores distantes, cachos de fumaça saindo das chaminés de pedra. Curiosa com esse novo desenvolvimento, abriu o apoio de sua bicicleta para estacioná-la e andou até perto de um dos canteiros para investigá-lo. Assim que saiu do caminho de pedra, ouviu uma voz explodir atrás dela.

— Nem. Mais. Um. Passo — veio a voz, grave e firme.

Prue congelou.

— Mostre suas mãos — instruiu a voz.

Prue levantou as mãos sobre a cabeça.

— Agora, vire-se para mim. Lentamente. Estou armado e não tenho medo de usar a força — advertiu a voz. — Então...

Engolindo em seco, Prue lentamente girou o corpo para ficar de frente para seu captor, virando de costas para o canteiro e de volta para a estrada de terra. Diante dela estava parado um coelho. Uma lebre com um forcado. E o que parecia ser um escorredor de macarrão na cabeça.

— Desarme-se — falou o coelho.

Prue o encarou. Era uma lebre de pelo castanho pintado e, de pé sobre suas patas traseiras como estava, não chegava nem à altura de seu joelho. O escorredor de macarrão em sua cabeça fazia as orelhas se esticarem ao longo do rosto de uma forma que parecia desconfortável. Ele aparentemente entendeu aquilo em que Prue estava pensando, porque ajeitou o capacete de forma envergonhada. Uma das orelhas saiu pela alça lateral do escorredor. Ele brandiu o pequeno forcado com raiva.

— Já mandei você se desarmar! — gritou ele, mostrando dois dentes brancos e lisos.

— Estou desarmada! — disse Prue, finalmente. Balançou as mãos. — Está vendo? Nenhuma arma.

A lebre, satisfeita, farejou o ar:

— Quem é você e o que está fazendo no Bosque do Norte?

— Meu nome é Prue. Sou do Exterior. — Ela fez uma pausa antes de continuar. — Estou aqui para ver os Místicos.

A lebre levantou uma sobrancelha:

— Uma Forasteira? Bem que achei que havia algo engraçado com você. Como entrou aqui?

— Vim do rio, de St. Johns. Entrei andando — explicou ela. — Posso abaixar minhas mãos agora?

— Tudo bem — concordou a lebre. — Mas você vai vir comigo.

A lebre guiou Prue adiante na estrada de terra, seguindo-a de perto, as pontas de seu forcado apontadas para as costas da menina. Uma pequena fenda nas nuvens acima deixava passar pequenos raios de luz que iluminavam os prados arborizados que elas atravessavam; os canteiros de jardim que salpicavam as cercanias sugavam a breve luz do sol antes que fosse engolida novamente. Estavam em um campo de papoulas, um mosaico de bulbos azuis descobertos que decorava um prado cheio de morros. Outras pequenas casas apareciam, aninhadas em árvores. Eram mais rústicas do que qualquer casa que Prue tinha visto no Bosque do Sul, parecendo terem sido construídas com qualquer material que estivesse à disposição, fossem galhos de árvore, pedras ou argila. Os telhados eram cobertos por tufos de feno amarelo. Prue, depois que andaram um bocado, arriscou uma pergunta.

— Isso em sua cabeça é um escorredor de macarrão? — perguntou ela.

— O quê? — perguntou a lebre de forma incrédula. — Não. Isso é um capacete. Então.

— Posso perguntar quem você é? Como, qual é o seu título? — perguntou Prue, não querendo desafiar a resposta da lebre.

— Policial do Coletivo Popular do Bosque do Norte — respondeu a lebre, orgulhosa. — É meu trabalho manter as estradas limpas da ralé, como você. — Ela então acrescentou, claramente sem intenção, uma única palavra — então.

A estrada se alargou. Elas começaram a passar por cada vez mais viajantes, tanto animais quanto humanos. Muitos andavam; outros estavam montados em bicicletas velhas ou burricos lentos de costas arqueadas. Uma charrete pintada com cores chamativas, puxada por um par de mulas enfeitadas, se arrastava sobre a estrada adiante. Prue observou com curiosidade quando aquilo passou por elas. A charrete em si era como uma pequena casa sobre rodas. Prue ficou em choque ao ver que estava sendo conduzida por um coiote. Em sua mente piscou a cena, apenas alguns dias antes, do rapto de Curtis pelos soldados coiotes. No entanto, enquanto a charrete se aproximava, o tipo de olhar no rosto do coiote imediatamente acalmou seus medos. O coiote acenou com a cabeça para o policial enquanto passavam. Aparentemente, coiotes viviam amigavelmente entre seus companheiros nessa parte do Bosque.

Finalmente, a lebre levou Prue até uma estrada menor que saía da estrada principal, e elas chegaram a uma pequena casa de madeira no meio de um largo prado. Uma placa sobre uma varanda caindo aos pedaços dizia DELEGACIA DO BOSQUE DO NORTE. Uma raposa usando um macacão desbotado e uma camisa bege abotoada até a metade estava sentada em uma cadeira na varanda, fumando um cachimbo.

— O que você tem aí, Samuel? — perguntou a raposa.

A lebre bateu com o cabo de seu forcado no chão e saudou:

— Uma Forasteira, senhor — disse ela. — Achei na fronteira. Ela disse que quer ver os Místicos. Então.

A raposa olhou para cima.

— Uma Forasteira? Como diabos ela entrou?

— Provavelmente Magia do Bosque, senhor. Ela deve ser uma mestiça — foi a resposta da lebre.

— O quê? — interrompeu Prue.

A raposa estudou Prue atentamente antes de responder.

— Sim, parece que ela é. Não se vê muito disso mais.

— O que você quer dizer com mestiça? — perguntou Prue, intrigada.

A raposa acenou com a mão para que ela esquecesse aquilo.

— O que você quer, vindo até aqui? — perguntou ele, levantando da cadeira. Ele virou as cinzas restantes de seu cachimbo no chão. — Não precisamos de problemas.

— Estou aqui para ver os Místicos — explicou Prue. — Fui mandada pelo Corujão Rei, do Principado Aviário. A Governatriz Viúva está de volta e pegou meu irmão. Ela juntou um exército no Bosque Selvagem, e não sei o que pretende fazer, mas sei que preciso do meu irmão de volta.

A raposa olhou para ela por um momento antes de falar:

— Parece bastante sério. Samuel, vamos levar essa mestiça até os Místicos. Eles saberão o que fazer.

Samuel fez uma saudação e bateu novamente com o cabo do forcado no chão. A raposa estava preguiçosamente se afastando da casa quando a lebre limpou a garganta.

— Hmm, senhor — murmurou a lebre, baixinho. — O senhor vai querer sua arma. É um assunto oficial da delegacia, não é mesmo?

A raposa olhou diretamente para a lebre por um momento, descontente com o descaramento de seu funcionário, antes de se virar e entrar na casa. Em um momento, voltou com uma tesoura de poda presa no cinto que segurava sua calça.

— Certo — disse a raposa. — Vamos lá.

CAPÍTULO 21

O Bosque Selvagem Revisitado; Um Encontro com um Místico

Eles ouviram os gemidos bem antes de chegarem à câmara de interrogatório, ecoando sinistramente pelos túneis baixos do covil. Eles já não precisavam mais seguir Septimus; conseguiram encontrar a localização do Bandido Rei apenas pelo som de seus gemidos agonizantes. Dobrando uma esquina logo adiante do salão central abandonado, com o gigantesco caldeirão preto de fuligem virado de lado, eles pararam imediatamente quando viram o Rei pendurado pelos tornozelos em um cabo grosso preso no teto alto da câmara. Um saco de juta tinha sido colocado em sua cabeça, amarrado em seu pescoço por um cordão de couro. Angus correu até seu líder e com um movimento rápido do pulso arrancou o saco da cabeça de Brendan.

— Meu Rei! — gritou ele, enquanto o resto dos bandidos corria até seu lado.

Brendan abriu uma fresta de um olho roxo para ver a equipe reunida. Um pouco de sangue seco escurecia seu lábio inferior, e seu cabelo estava grudento com suor.

— Ei, rapazes — disse ele, a voz cansada e rouca. — Vocês se importariam de me soltar?

Em poucos momentos, eles o tinham tirado de sua posição pendurada; Septimus subiu a corda rapidamente e a roeu toda, permitindo que Curtis e os bandidos colocassem Brendan com cuidado no chão rochoso. Um pedaço de corda que prendia seus braços em suas costas foi rapidamente desamarrado, e o Bandido Rei ficou sentado no chão da câmara, esfregando os pulsos vermelhos.

— O que aconteceu? — perguntou Seamus, finalmente.

— Oh, eles me castigaram um pouco — respondeu Brendan, recuperando a voz. — Estavam interessados na localização do acampamento, aqueles cães bastardos. — Ele inspecionou brevemente sua equipe de busca, os olhos parando sobre Dmitri. — O que aquele ali está fazendo aqui?

Dmitri levantou as patas.

— Ei, estou com vocês.

Brendan estreitou seu olho bom na direção do coiote com suspeita.

— Bem, e você? — perguntou Seamus. — Você lhes contou alguma coisa?

Brendan encarou Seamus, seus olhos com uma expressão fria quase perfurante. Curtis pôde ver um tendão em seu pescoço se retesar e tremer. Ele falou com uma voz propositalmente lenta:

— O que você acha?

Seamus abriu um sorriso perverso e esticou a mão para o Rei.

— É bom tê-lo de volta, Brendan.

Brendan retribuiu o sorriso e aceitou a mão esticada do bandido; ele se encolheu um pouco enquanto se levantava.

— Os cães me deixaram uns bons hematomas — disse ele com raiva, tentando se equilibrar sobre os pés. — Mas ainda consigo acompanhá-los. Onde está aquela bruxa? Ela é minha, rapazes.

— Eles se foram, Brendan — explicou Angus. — Todos simplesmente se foram. Não há ninguém aqui.

Brendan examinou o recinto, balançando a cabeça.

— Imaginei que isso tivesse acontecido. Eles não terminaram o que tinham começado comigo, pelo menos é o que eu acho, simplesmente me deixaram aqui, pendurado como um gambá.

— Aonde você acha que eles estão indo? — arriscou Curtis. — Acha que eles estão indo na direção daquela coisa? A coisa com Mac?

Brenda olhou fixamente para Curtis. Ele andou lentamente na direção do garoto, seu passo truncado, porque ele estava mancando levemente, até que estava parado a centímetros do rosto de Curtis. O bandido era pelo menos 30 centímetros mais alto que ele, e tinha a pele clara e sardenta, a tatuagem em sua testa desbotada por causa do sol e do suor. A parte logo abaixo de seu olho esquerdo estava escurecida por um hematoma roxo profundo. Curtis podia sentir o cheiro azedo de seu hálito enquanto ele ficava ali parado olhando para baixo.

— Você — disse ele. — Forasteiro. Agora que estamos aqui, agora que estamos livres... — Ele esticou os braços e fechou os punhos em volta das lapelas da jaqueta do uniforme de Curtis. — Agora posso lhe dizer o que realmente penso.

Brendan flexionou seus braços e Curtis pôde sentir as solas de suas botas se levantando do chão da caverna. O Bandido Rei tinha um olhar ameaçador enquanto trazia o rosto de Curtis para perto do seu.

— Eu devia arrancar cada membro do seu corpo — sussurrou ele. — Pelo que você fez. Seu garoto tolo, seu Forasteiro intrometido.

Curtis começou a choramingar desamparadamente.

— Eu não sabia! — protestou ele, o pano de sua jaqueta no punho de Brendan apertando sua garganta. — Achei que ela tinha boas intenções. Eu não sabia.

— Opa! — gritou Cormac, vindo até o lado de Curtis. Ele colocou a mão no braço de Brendan. — Ele é bacana. É amigo.

A pegada de Brendan afrouxou um pouco, e os pés de Curtis tocaram o chão novamente.

Cormac continuou:

— Ele arriscou a vida pela nossa fuga, Brendan. Ele é dos nossos.

Brendan soltou as lapelas de Curtis, ajeitando firmemente o tecido. O olho direito estava injetado de sangue e arregalado. Cormac o segurou, afastando-o de Curtis.

— Dos nossos, é? — perguntou Brendan a todos no aposento.

O grupo de quatro bandidos balançou a cabeça simultaneamente, seus rostos frios cintilando na luz fraca das tochas.

— Muito bem — disse Brendan. Ele se afastou com dificuldade, os joelhos falhando. Eamon correu até seu lado e o segurou pelo braço, ajudando-o a ficar de pé.

— Brendan! — gritaram os bandidos, cada um se oferecendo para ajudá-lo.

O rei acenou para que todos se afastassem.

— Foi uma fraqueza momentânea, rapazes — disse ele. — Deixem-me recuperar o fôlego.

O aposento ficou em silêncio. Curtis sentiu um puxão na perna de sua calça, olhou para baixo e viu Septimus. Curtis gesticulou com a cabeça, e Septimus escalou o tecido do uniforme surrado para se sentar confortavelmente em seu ombro, encarando o Bandido Rei. Os quatro bandidos trocaram olhares furtivos entre si, os rostos marcados pela preocupação.

— Vamos em frente — disse Brendan, finalmente. — Voltaremos ao acampamento. — Ele levantou a cabeça, o sangue voltando a seu rosto. — Posso apenas esperar que minha pequena manobra com a menina Forasteira tenha confundido o suficiente seu faro. Pronto, juntem nossas tropas.

Visivelmente ganhando força, Brendan levantou o queixo e soltou o cotovelo de Eamon, mancando até o centro do salão sozinho.

— Se a bruxa está fazendo essa coisa, esse sacrifício da criança Forasteira — disse ele com firmeza —, então o exército todo deve estar marchando pra o Arvoredo dos Anciãos agora; até onde sei, o equinócio é amanhã. — Ele olhou na direção de Curtis. — Vamos impedi-la. Pelo meu juramento, vamos impedi-la de cometer essa atrocidade. E o único sangue de que a hera vai se alimentar é do dela própria. — Um sorriso malicioso se espalhou em seu rosto enquanto ele se virou novamente para os bandidos. — Não sei quanto a vocês, rapazes, mas estou um pouco impaciente para sair deste buraco fedido e voltar para a superfície. Vamos nos mover.

Os bandidos demonstraram sua aprovação em coro. O grupo seguiu na direção da saída do covil.

∗

A lebre e a raposa viajavam muito lentamente, e tudo o que Prue podia fazer era seguir o ritmo, sem disparar na frente deles. Eles tinham começado uma discussão acalorada sobre qual era o melhor clima para plantar pimentas da Califórnia e como posicioná-las para maximizar seu sabor picante e, quando um argumento mais delicado precisava ser apresenta-

do, um ou o outro parava de andar e gesticulava com os pequenos dedos no ar. Em uma ocasião, eles saíram do caminho completamente, vagando com Prue por entre a vegetação rasteira porque a lebre tinha, no começo da semana, descoberto um campo de cogumelos Morchella e estava curiosa para ver se ele continuava intocado.

Depois do que pareceu uma eternidade dessa viagem lenta, Prue se arriscou a protestar:

— Ei, é realmente importante que eu encontre os Místicos. E logo. Não sei quanto tempo tenho.

O protesto da menina foi recebido friamente pelos anfitriões. Eles trocaram um olhar desdenhoso antes de a raposa responder:

— Estamos nos movendo tão rápido quanto podemos, senhorinha. Devo lembrá-la de que você está sob a custódia da Delegacia do Bosque do Norte, e nos movemos no ritmo que julgamos necessário de acordo com as circunstâncias.

No entanto, depois da reclamação de Prue, eles pararam de conversar tanto e retomaram a velocidade.

A mata aqui era pacata e calma, uma mudança notável tanto da selvageria do Bosque Selvagem quanto da loucura metropolitana do Bosque do Sul. O ar era limpo e tinha o leve aroma de folhas queimadas e turfa. Não havia nenhuma cidade de verdade nessa paisagem rural, apenas pequenos ajuntamentos de cabanas de madeira e pedra, entre as quais a larga estrada de terra se contorcia; ocasionalmente, um cartaz pendurado sobre um desses chalés anunciava a venda de bebidas e comida. Outra casinha tinha o desenho de um envelope com asas gravado na madeira, sugerindo que aquilo era uma agência do correio. Passaram por muitos outros viajantes enquanto caminhavam, todos pareciam se mover em um ritmo similarmente relaxado e cumprimentavam os agentes da lei calorosamente ao cruzar seu caminho. Depois de um tempo, fizeram uma curva na floresta e chegaram a uma pequena estalagem, com belos tufos de fumaça de turfa saindo de sua chaminé de barro. Várias pequenas mesas tinham sido montadas do lado de fora e a raposa convidou Prue a se sentar.

— A Árvore do Conselho não é distante — disse a raposa. — Vou na frente para me assegurar de que não estão em meditação. Além disso, você deve estar faminta.

— Eu estou, pra falar a verdade — respondeu a lebre —, então.

— A menina, Samuel — repreendeu a raposa. — A menina.

Prue sorriu:

— Acho que não me importo de comer algo — disse ela. — No entanto, quando você os vir, os Místicos, por favor, avise a eles que isso é muito, mas muito urgente.

A raposa acenou com a cabeça.

— Claro, embora eu não vá fazer nenhuma promessa. O julgamento dos Místicos não costuma sair rápido.

Ela arqueou uma sobrancelha e se afastou da estalagem, por um caminho que saía da estrada principal.

Prue encostou a bicicleta à parede da estalagem e se sentou à mesa em frente à lebre. Uma garota jovem saiu com cardápios e, vendo Prue, empalideceu. Ela hesitou juntou à porta até que a lebre acenou para que ela se aproximasse.

— Ela não vai morder — disse Samuel. — Pelo menos não enquanto estiver sob meus cuidados. — A garota ruborizou e se aproximou, entregando a eles os cardápios de papel. — Uma garrafa de água para a menina para começar — disse a lebre, passando o olho no cardápio. — E eu quero um copo de sua cerveja de papoula.

A garota balançou a cabeça e voltou para dentro do chalé.

A tarde estava quente. Prue estava de olho no caminho em que a raposa tinha desaparecido. A garota voltou com um decantador de vidro claro com a água de Prue; ela colocou uma caneca de cerveja salobra em frente a Samuel. A lebre, que estava estudando o cardápio durante todo o tempo, olhou por cima do papel e fez o pedido:

— Vou querer as verduras assadas com lentilhas. — Samuel olhou para Prue. — E você? É por conta da Delegacia.

Prue olhou rapidamente para o cardápio antes de responder:

— Vou querer os bolinhos de abóbora. E um pouco de pão.

A garçonete sorriu de forma encabulada, fez uma reverência e voltou para dentro da estalagem.

A lebre ficou observando enquanto ela ia embora.

— Você causa um alvoroço e tanto, sabia? Só de estar aqui — disse a lebre, bebendo um gole de sua cerveja. — Não estamos acostumados a esse tipo de evento inesperado, então.

— Eu sei, eu sei — disse Prue. — Realmente sinto muito por isso. Realmente não era minha intenção. — Ela fez uma pausa antes de acrescentar uma observação: — Esse lugar é realmente diferente dos outros lugares na Floresta Impassá... quero dizer, no Bosque.

— Ainda bem — disse Samuel. — Não conseguiria imaginar viver lá no Bosque do Sul. Tenho um primo no Distrito Mercantil e recebo cartas de vez em quando. É um povo louco lá no sul. Fico feliz de ter todo o Bosque Selvagem como uma zona de proteção entre eles e nós.

Prue assentiu antes de perguntar:

— E nós vamos à Árvore do Conselho? A raposa não falou algo sobre isso?

— Mm-hmm — respondeu a lebre, limpando a fina camada de espuma do lábio peludo. — A Árvore do Conselho. A árvore mais velha do Bosque. Dizem que ela estava aqui antes de qualquer um, qualquer animal ou pessoa. Ela tem raízes, acho, que se esticam por quilômetros em todas as direções, como um fungo. Ela conhece o Bosque como nenhum outro ser vivo daqui. É lá que os Místicos se reúnem, então. E todos os assuntos e petições do Bosque do Norte têm de ser apresentados à árvore antes de qualquer decisão ser tomada.

— A árvore... fala? — perguntou Prue, se lembrando da foto que vira na parede de seu quarto na Mansão, as pessoas de mãos dadas em um círculo em volta da enorme árvore.

— Falar não é exatamente o caso — disse a lebre. — É por isso que os Místicos estão lá. São eles que conseguem ouvir e traduzir os pensamentos dela para o resto de nós. Embora, segundo o que os Místicos falam, não é apenas a Árvore do Conselho que fala: é tudo. — Samuel balançou o braço sobre a cabeça. — Cada árvore, flor e samambaia. — Deu de ombros. — Mas eu não sei. Não ouvi nada por conta própria, no entanto. Não consigo achar tempo para praticar como algumas pessoas.

— Praticar? — perguntou Prue.

— Meditação. Essa é a chave, supostamente. Acalmar sua mente em total silêncio. Compreender sua conexão ao mundo natural e tudo mais. Se você fizer isso, pode escutar. Todo o falatório. — Ela bebeu outro gole de sua cerveja. — Mas, com aquela ninhada enorme na minha toca e aquela maldita raposa tagarelando no meu ouvido o dia inteiro, já escuto falatório suficiente. Não preciso que meus tomates me perturbem também, então.

— Sério? — perguntou Prue. — Apenas meditação? — Essa "prática" não era totalmente desconhecida de Prue: ela a associava a incensos que provocavam espirros, tapetes de ioga suados e o cheiro de levedura de cerveja, mais que tudo. — Essa é a... mágica deles?

A lebre não teve uma chance de responder antes de a garota trazer um par de travessas de estanho que colocou sobre a mesa: os bolinhos de Prue tinham pedaços de queijo branco sobre eles e pareciam deliciosos. Ela agradeceu à garçonete e, pegando um naco de pão de uma bisnaga, começou a comer. A lebre tirou seu capacete-escorredor da cabeça e caiu de boca em sua refeição com entusiasmo. O tempo passou em silêncio enquanto comiam. Prue nunca obteve uma resposta sobre a prática dos Místicos. Ela imaginou que Samuel tinha considerado a pergunta grosseira, então não mencionou aquilo novamente.

Prue tinha acabado de terminar de limpar o molho restante do fundo de sua tigela com um naco de pão quando a raposa reapareceu.

— Certo — anunciou ela. — Eles podem vê-la.

O caminho estreito levava para longe da estrada principal entre duas longas fileiras de imponentes cedros — aos olhos de Prue, eles pareciam quase de mentira devido a sua aparência tão uniforme. No fim do caminho, as fileiras de árvores se afastavam, e a mata se abria em um grande gramado cercado por uma parede de pinheiros. A grama alta do prado balançava com a ajuda de uma brisa fresca, apesar de todo o ecossistema de vegetação parecer se virar na direção de um ponto central: uma árvore gigantesca de espécie indeterminada, explodindo do centro do prado, seu tronco enorme e nodoso se contorcendo para cima para se abrir em vastas artérias de galhos cheios de folhas, uma copa que cobria quase a totalidade da largura da clareira e se agigantava no ar sobre as árvores em volta, onde suas partes mais altas ficavam enevoadas contra o céu nublado. Os olhos de Prue se arregalaram ao ver aquilo. Ela imediatamente a reconheceu como a mesma paisagem representada na pintura da Mansão. O incrível tamanho da árvore ficou ainda mais inacreditável quando Prue viu o agrupamento de criaturas na base do tronco se espalhando nas sombras dos galhos da árvore como formigas debaixo de um arranha-céu. Enquanto se aproximava, ela percebeu que as figuras eram do seu tamanho, animais e humanas, e estavam vestindo togas simples de cor de areia. Alguns estavam de pé, conversando no gramado; outros estavam deitados relaxando sobre as raízes que se contorciam para longe da árvore. Enquanto Prue, a raposa e a lebre se aproximavam mais, uma única pessoa se afastou do grupo e chegou mais perto delas.

— Olá — disse uma velha, levantando o robe enquanto andava para não deixar a barra encostar nos tufos de grama. Quando ela se aproximou, Prue percebeu que seu rosto estava marcado com rugas profundas e seu cabelo era longo e grisalho, como filamentos prateados de fios. — Bem-vinda ao Bosque do Norte. — Um sorriso angelical se formou em seu rosto moreno, e ela esticou a mão em um cumprimento. — Sou a Mística Anciã. Meu nome é Iphigenia.

Prue segurou sua mão e a cumprimentou; ela parecia desgastada, a palma de sua mão macia como couro curtido.

— Eu sou Prue — respondeu a menina.

— Eu sei — disse a Mística Anciã. — Fiquei sabendo da sua vinda. A árvore... — Nesse momento ela apontou para a enorme árvore atrás dela. — Tem seguido você. O tempo todo. Ela tem nos informado de suas viagens. — Sua mão se moveu para acariciar a bochecha de Prue. — Você sofreu, minha menina. Suportou grandes dificuldades. Venha. — Ela tocou o braço de Prue. — Ande um pouco comigo.

Iphigenia esperou enquanto Prue encostava sua bicicleta antes de a guiar para longe dos oficiais da lei, de braço dado com Prue. O aroma distinto de lavanda pairava sobre a Mística Anciã, e seu toque era caloroso. Na presença dela, Prue imediatamente se sentiu acalmada. Um grupo de crianças, também vestidas com robes, participava de um frenético jogo de pique no prado. Prue e a Mística entraram em uma órbita distante da árvore gigantesca, e Prue não conseguia deixar de se maravilhar com sua imensidão. O tronco da árvore era um grande nó de tendões se contorcendo para cima, e sua base tinha facilmente 15 metros de diâmetro. Uma pequena galáxia de buracos quebrava o largo padrão granulado do tronco, alguns deles grandes o suficiente para engolir um humano inteiro. Uma tempestade de pássaros circulava a copa elevada, enriquecendo o céu com sua plumagem colorida.

Iphigenia percebeu a admiração de Prue, dizendo:

— Incrível, não é? Você não é a primeira Forasteira a ver a Árvore do Conselho, embora pouquíssimos tenham se aventurado nessa jornada.

— Então outros estiveram aqui? Outros Forasteiros? — perguntou Prue.

— Oh, sim — respondeu a Mística Anciã. — Mas há muito, muito tempo. Antes das invasões e de usarmos a Magia da Fronteira nas árvores do perímetro... o mesmo encanto que você é tão capaz de quebrar.

Ela sorriu calorosamente.

— E como eu fiz isso? Não foi minha intenção, acredite em mim — disse Prue.

— É claro que você não teve a intenção — falou Iphigenia. — Não é nada que você fez. É, na verdade, algo que você é.

Prue começou a entender.

— Os policiais me chamaram de mestiça. Algo sobre ter a "Magia da Floresta". O que isso significa?

— Significa que você é daqui — disse Iphigenia calmamente. — Que você é parte do Bosque. Por qualquer que seja a razão, o cerne de seu ser está ligado a esse lugar.

Prue balançou a cabeça. Era curioso que ninguém mais no Bosque a tivesse reconhecido como uma mestiça e, ao mesmo tempo, todos que ela havia encontrado no Bosque do Norte tivessem percebido imediatamente.

— Meus pais fizeram um acordo com uma mulher daqui... do Bosque Selvagem. Eles fizeram isso para que me pudessem ter. — Seu estômago se embrulhou ao pensar nisso. — De alguma forma, imagino, ela me fez *existir*.

Iphigenia apertou o braço de Prue e olhou para ela. O corpo da Mística estava inclinado por causa da idade, e seus olhos se encontraram com os de Prue na mesma altura:

— Alexandra, sim. Muito triste, aquela família. Uma grande tragédia. Mas esse é o caso: ela a imbuiu com a Magia da Floresta. Você é uma criança do Bosque. Para o bem ou para o mal.

— Então você deve saber sobre meu irmão, Mac — disse Prue. — Preciso salvá-lo.

A Mística franziu a testa e olhou para o chão enquanto elas andavam.

— Infelizmente — falou ela —, não tenho certeza se posso ajudar.

Prue sentiu seu coração afundar.

— Por quê? — perguntou ela. — Eu vim até tão longe; você é a única esperança que me resta.

— Minha querida Prue, nós somos os herdeiros de um mundo maravilhoso, um mundo lindo, cheio de vida e mistério, bondade e dor. Mas ao mesmo tempo, somos os filhos de um universo indiferente. Partimos nossos próprios corações impondo nossa ordem moral sobre o que é, pela natureza, uma larga teia de caos. É uma tarefa sem esperanças.

Prue não conseguiu entender muito bem.

Iphigenia sorriu:

— Esses são assuntos difíceis para uma menina jovem entender. Não preciso nem dizer que devo respeitar a ordem do universo e os caminhos que cada um de nós, como indivíduos carregados de livre-arbítrio, escolheu seguir. Para seus pais, o caminho era ter um filho, a qualquer custo. Eles tiveram seu desejo concedido. E devem agora enfrentar as consequências de suas ações. Eu atrapalharia o equilíbrio da natureza se intercedesse. Isso, não posso fazer.

Prue ficou sem palavras.

— Não há nada que você possa fazer?

A Mística encolheu os ombros:

— Nada é absoluto, minha querida. Talvez eu apresente seu caso ao Conselho, e nós possamos nos reunir em meditação. Vamos perguntar à árvore.

Prue interrompeu a caminhada e se virou para a velha, segurando suas mãos:

— Oh, por favor, por favor. Qualquer coisa que você puder fazer. Apenas preciso de ajuda, é só isso.

Iphigenia balançou a cabeça de forma pensativa.

— Venha — disse ela, finalmente. — Ainda vai demorar alguns minutos para nos reunirmos no Conselho. Precisarei de toda energia em mim para uma reunião desse tipo. Vamos continuar nossa caminhada. Esses joelhos precisam de um pouco de movimento. Conte-me sobre o Exterior; não ouço notícias de lá há anos.

— Não saberia por onde começar — disse Prue.

— Comece por seus pais; descreva-os para mim — falou a Mística.

E foi isso que Prue fez.

Quando o bando em fuga chegou à porta do covil, eles coletivamente inalaram o ar com vontade, arrebatados por estarem na superfície outra vez.

— Ainda mais doce — disse Seamus —, depois de estar naquele buraco infernal. Louvados sejam as árvores e o ar da floresta!

Cormac se virou para Dmitri:

— É aqui que nos separamos, amigo — falou ele. — Imagino que você vá voltar para sua alcateia.

Dmitri franziu a testa.

— O que sobrou dela, imagino — disse ele. — Mas não posso esperar para ver minha ninhada. Aqueles filhotes estarão crescidos agora!

Ele estendeu a pata dianteira em agradecimento e Curtis e os bandidos o cumprimentaram um de cada vez.

— Adeus, Dmitri — disse Curtis, enquanto o coiote segurava sua mão.

— Ah, Curtis — falou Dmitri —, se você algum dia estiver precisando de uma refeição recém-achada, sabe onde me encontrar. Meu covil fica a oeste da Longa Estrada, perto da cabeceira do Riacho da Cadeira de Balanço, no Velho Bosque. Procure a pedra quebrada. Grite meu nome, e vou sair para encontrá-lo.

Curtis sorriu e agradeceu.

— Não fique muito rico, Dmitri — disse Seamus descontraidamente —, ou nossos caminhos se cruzarão novamente. Nós bandidos rapidamente voltamos à nossa verdadeira natureza.

— E da mesma forma: não deixem seus bebês vagarem muito longe durante a noite — respondeu Dmitri —, ou eles serão o jantar.

Brendan riu.

— Ande, cão, vá para casa ver seus filhotes.

Dmitri balançou a cabeça e, colocando-se sobre as quatro patas, começou a trotar pela vegetação rasteira. Antes que ele desaparecesse, no entanto, Curtis o viu parar e olhar para o uniforme maltrapilho que ainda cobria seu corpo. Com um rápido balanço do focinho e uma sacudidela de seus quartos traseiros, ele se livrou da roupa, que caiu no chão em uma pilha suja. Ele soltou um uivo rápido e feliz e desapareceu entre as árvores.

Curtis sentiu a mão de alguém apertar seu ombro; era Brendan.

— E imagino que você vá para casa agora. Não é mesmo, Forasteiro?

Ele pensou por um momento antes de responder. Os eventos dos dias anteriores se desenrolaram em sua mente. Ele ficou um pouco tonto com todas aquelas lembranças.

— Não — disse ele, balançando a cabeça. — Não, quero ir com vocês.

Brendan olhou para ele bem nos olhos.

— Sabe no que você está se metendo? Isso é muito maior do que você, garoto.

— Vim aqui para achar Mac. Cheguei perto assim... — Nesse momento ele levantou o polegar e o indicador, quase se tocando. — De achá-lo. Prue foi para casa... ela desistiu, até onde sei. Tenho uma última chance. Não posso ir para casa agora. De jeito nenhum.

— Muito bem — disse Brendan. — Venha conosco. Mas nunca diga que não lhe avisei. Você pode abrir mão de sua vida aqui, moleque.

Curtis balançou a cabeça, sério.

— Eu sei — falou ele. Ele olhou para Septimus, o rato empoleirado em seu ombro. — E quanto a você, rato? — perguntou Curtis.

— Estou com você, garoto — respondeu Septimus. — Não há nada mais para mim naquele covil. Sem coiotes por lá significa que não há comida para roubar. — Ele sorriu, mostrando os dentes. — Vou onde a comida está.

À frente, Angus já estava estudando o solo; as samambaias baixas e os trevos que cobriam o chão da floresta aqui estavam pisoteados em grandes trilhas.

— Um exército — disse ele — passou por aqui. Aquele maldito exército inteiro deve ter passado por aqui em sua marcha. Olhem. — Ele apontou para um caminho largo que estava marcado na floresta, levando ao sul. — Devem ser centenas deles.

Uma baioneta abandonada, enferrujada por falta de uso, estava jogada em um emaranhado de samambaias. Brendan a apanhou e estudou sua ponta de aço.

— Sim, rapazes, é isso mesmo. Vamos voltar ao acampamento. O que quer que aquela Viúva esteja planejando fazer, ela vai ter de passar por cima de nós para conseguir. Vamos.

Ele arremessou a baioneta entre as árvores, e o bando de prisioneiros libertos partiu a caminho de seu lar.

※

Prue estava sentada calmamente no prado, observando as figuras vestindo robes se agrupando. Nenhum chamado foi feito, nenhum sinal foi dado, mas os Místicos, cada um ocupado com sua própria atividade contemplativa, começaram lentamente a chegar pela própria vontade a seus lugares. Eles acabaram formando um círculo gigantesco em volta da base da grande árvore, cada figura separada de seu vizinho por uma distância de aproximadamente 5 metros. De repente, e sem uma palavra, todos os Místicos vestidos com robes se sentaram no chão, cruzando as pernas debaixo do corpo. Prue podia ver Iphigenia, sentada entre um coelho e um veado vestidos com robes similares, retesar as costas e ajeitar o pescoço, seus olhos fechados em profunda concentração. O círculo inteiro respirava em uníssono, e Prue podia ouvir a respiração coletiva, sob o rugido baixo do vento que soprava.

A meditação tinha começado.

※

O ritmo era rápido; os bandidos se moviam silenciosamente, escondidos entre as árvores. Depois de um tempo, eles chegaram à Longa Estrada. Checando para ver que nenhuma sentinela estava a postos, começaram a correr na direção do sul, gesticulando para que Curtis mantivesse o ritmo. Eles chegaram à Ponte da Fenda e a cruzaram, nenhum deles além de Curtis dando mais do que uma espiada na profunda e impenetrável escuridão do barranco que ela atravessava. Quando chegaram ao outro lado, eles rapidamente deixaram a abertura da estrava e mergulharam de cabeça na mata espessa da floresta.

Septimus ia sobre o ombro de Curtis, esquivando-se de qualquer galho baixo de árvore que ameaçasse derrubá-lo de seu poleiro.

— Qual você acha que é o plano? — sussurrou ele no ouvido de Curtis.

Curtis mal podia encontrar fôlego para falar, por causa da velocidade com que os bandidos viajavam. Eles seguiam caminhos indetectáveis a seus olhos, abertos sobre o solo da floresta como se fossem traçados com uma tinta invisível.

— Não sei — sussurrou ele de volta para Septimus. — Acho que vamos juntar um exército.

Septimus assoviou entredentes.

— Não sei se é uma boa ideia — disse ele. — Parece perigoso. Acontece que sei que o exército daquela mulher é bem grande. Eles têm recebido recrutas sem parar. E como sei disso? Eu como o lixo deles. E eles produzem *muito* lixo.

— Certo — falou Curtis, focando atentamente no distante vulto de Angus, embrenhando-se pela vegetação.

— O que quero dizer é o seguinte: não há esperança. Não sei quantos bandidos existem, mas duvido que seja o suficiente. Isso não vai ser nada bonito.

— Obrigado, Septimus — disse Curtis. — Obrigado pelo voto de confiança. Escute, se vai andar no meu ombro, você pode, pelo menos, manter esse tipo de pensamento para si mesmo.

Septimos bufou.

— Tudo bem — falou ele. — Mas não diga que não avisei.

O ímpeto dos bandidos foi interrompido quando eles chegaram a uma clareira. Brendan estava parado no centro, vasculhando os topos das árvores.

— Estranho — estava dizendo ele, quando Curtis os alcançou. — Nada do vigia. Onde está o maldito vigia?

Curtis seguiu o olhar de Brendan. Ele não viu nada além de camada sobre camada de folhas verdes de carvalhos e os galhos que as suportavam. Silêncio preenchia a clareira, interrompido apenas pelo leve farfalhar dos cachos das samambaias em volta das botas dos bandidos.

— Vamos — comandou Brendan, visivelmente preocupado.

Suas passadas eram levemente tortas por causa da forma como ele estava mancando, mas ainda era capaz de se mover tão rápido quanto qualquer um de seus companheiros bandidos. Depois de uma pequena distância, o grupo seguiu Brendan ao redor da inclinação de um outeiro que escondia a entrada de um barranco raso. Logo o barranco se transformou em um pequeno vale com um riacho no fundo. Através da vegetação rasteira adiante, Curtis viu que o solo se nivelava em um enorme beco sem saída natural. À medida que as samambaias sumiam, um campo tomado por tendas de lona, cabanas irregulares e fogueiras em brasa aparecia em seu campo de visão, povoado por um pequeno contingente de vultos que circulavam. Assim que o bando de fugitivos chegou à clareira, o acampamento se ergueu em comoção: um grupo de crianças que estavam ocupadas em um jogo de bolas de gude veio correndo na direção deles, homens levando um carregamento de lenha deixaram a carga cair e gritaram de alegria. Mulheres começaram a aparecer, saindo de dentro dos pequenos domicílios, claramente muito felizes por ver Brendan e os bandidos se aproximarem. Abraços foram compartilhados, apertos de mão firmes foram trocados. Beijos desajeitados e cheios de amor entre maridos e esposas reunidos foram apreciados. Apenas Brendan estava afastado do grupo, observando o acampamento.

— Onde estão todos? — perguntou ele finalmente. — Por que somos tão poucos?

Um jovem homem vestindo uma puída camisa branca de botões e suspensórios se aproximou. Seu rosto mostrava uma tristeza profunda.

— Sinto muito, Rei. Fizemos o melhor que pudemos na sua ausência.

— O que aconteceu? — perguntou Brendan.

O homem falou novamente:

— Ontem à noite. As sentinelas descobriram soldados cães no perímetro. Mandamos uma tropa. Apenas Devon voltou.

Devon, seu braço pendurado em uma tipoia, se aproximou. Andava com alguma dificuldade, o corpo magro apoiado por uma muleta improvisada com um galho de árvore. A atmosfera entusiástica da reunião dos bandidos tinha desaparecido, e uma melancolia caiu sobre o acampamento. Devon balançou a cabeça.

— Meu Rei — disse ele.

Brendan ficou encarando, vidrado.

— Meu Rei — continuou Devon —, a sentinela afastada os viu, alguns cães logo ao redor da Periferia. Então saímos para lhes dar uma mostra do nosso poder. Viramos a esquina na clareira das samambaias, perto do leito do velho rio e demos de cara com o exército inteiro. — Devon fungou um pouco nesse momento, visivelmente perturbado pela memória do incidente. — Lutamos o melhor que pudemos, mas não fomos páreo para eles. Havia centenas, senhor, centenas. Vinham de todas as direções. Nunca vi tantos na minha vida. Não conseguimos fugir. Eles nos cercaram. Brin, Loudon e Maire. Todos mortos. Assim como Hal. Perdemos 35 no total. Eles me seguiram e me deixaram viver. Me deram isso... — Nesse momento ele apontou para uma marca de garras afiadas que produziu uma série de três linhas vermelhas paralelas cruzando sua bochecha. — Disseram que eu deveria avisar meus familiares para se afastarem. — A voz do jovem homem estava carregada de pesar. — Sinto muito mesmo, Rei. Sei que o desapontei.

Brendan ficou parado, seu maxilar tenso, indicando concentração.

— Perdemos tantos assim?

Um homem mais velho, a barba castanha pintada com fios grisalhos, estava parado separado de todos com as mãos na cintura.

— Sim, Rei — disse ele. — Entre a perda desses homens e todos que perdemos na batalha na cordilheira, não estamos em condições de ir a lugar algum. Mal temos o suficiente para manter o acampamento protegido.

Recompondo-se, Brendan caminhou até o homem ferido, Devon, e apertou sua nuca com a mão. Ele delicadamente encostou sua testa à de Devon, os olhos cheios de lágrimas.

— Eles não terão morrido em vão — disse ele lentamente e em voz baixa. — Vamos vingar suas mortes. A morte de todos eles.

Uma mulher se aproximou, saindo de um pequeno grupo no pé da clareira. Seu cabelo preto como carvão era cortado bem curto e os lóbulos de suas orelhas eram enfeitados com aros de metal. O punho de um sabre sobressaía de um largo vestido de seda em sua cintura, e ela repousava as mãos cheias de anéis na empunhadura enquanto falava:

— E como você espera fazer isso, Brendan? Com que exército? Não temos bandidos suficientes para assaltar uma carruagem de um escudeiro, muito menos enfrentar todo o exército de coiotes da Viúva. — Alguns dos bandidos que circulavam balançaram a cabeça, concordando. — Não — continuou ela —, ficaremos aqui mesmo. Esperaremos fora disso. Já passamos por momentos tão conturbados quanto esse na grande história de nosso bando; podemos sair dessa.

Brendan se afastou de Devon e se virou para o grupo de bandidos:

— Não há nada para esperar. Isso é tudo. — Ele acentuou essa declaração com uma batida do punho contra a palma aberta da mão. Sua voz era fria e direta. — A Viúva está pronta para arrasar esse lugar inteiro. Todo o maldito Bosque. Ela vai dar o sangue de uma criança humana Forasteira à hera. À hera, companheiros. E, assim que ela fizer isso, pretende ordenar que as vinhas consumam todo o Bosque, do Norte e do Sul. E o Bosque Selvagem. O fim. Tudo será apenas um grande campo de hera quando ela terminar.

Um murmúrio coletivo surgiu entre os bandidos reunidos.

— O quê? — gritou um. — Como você sabe disso?

Brendan foi mancando até o lado de Curtis. Ele colocou a mão no ombro que não estava ocupado por Septimus.

— Esse aqui — disse ele, friamente. — Esse Forasteiro.

Pela primeira vez desde a chegada ao acampamento, os bandidos reconheceram Curtis. Um burburinho mal-humorado de protesto começou a se formar entre eles. Brendan os calou, dizendo:

— Ele lutou pela Viúva, sim. Na verdade... ele era um confidente da bruxa! Mas, quando ficou sabendo de seu plano, ele desertou. E foi aprisionado.

Do meio da multidão, Angus falou:

— Nós o conhecemos naquela lixeira de prisão. Ele ajudou na nossa fuga. Ele é amigo.

— E a amiga dele é irmã desse bebê — disse Brendan. — Desse bebê que a Viúva planeja sacrificar. Se não fosse por ele, não teríamos essa informação.

Da multidão alguém gritou:

— Mas se ela controlar a hera... vai nos matar todos!

Outro:

— E derrubar cada árvore, matar cada planta!

— E é isso o que ela pretende fazer — disse Brendan. — Ela é uma louca, essa Governatriz Viúva. Ela quer acabar com toda a floresta e vai acabar com todos nós no processo. — Sua voz ficou mais calma, e ele seguiu mancando adiante, para longe de Curtis e mais perto dos bandidos. — Então temos duas opções. Um... — Ele levantou um único dedo. — ...ficamos aqui. E na alvorada do equinócio, amanhã pela manhã, seremos engolidos inteiros pela hera. Cada um de nós, todos mortos. Homens, mulheres e crianças.

Ele olhou fixamente para a multidão atenta, fazendo contato visual rápido e proposital com cada bandido.

— Ou dois — continuou ele, levantando um segundo dedo. Uma cobra tatuada se enrolava em volta da articulação central. — Nós lutamos. Lutamos contra eles com todas as forças que temos.

— E morremos — disse a mulher cheia de brincos, seu rosto repentinamente determinado e sereno.

Brendan balançou a cabeça:

— Sim, Annie. Nós morremos. Mas morremos lutando. E essa é uma ideia melhor do que esperar até que a hera venha e faça o trabalho.

Silêncio se abateu sobre o acampamento. Uma tora de madeira se quebrou e estalou em uma das fogueiras. O sol desapareceu atrás das nuvens. Os pingos de chuva faziam barulho ao bater nos galhos altos das árvores ao redor.

Os olhos cansados e desesperados de Brendan viajaram pelos rostos de seus compatriotas, procurando suas respostas. Finalmente, veio uma.

— Nós lutamos — disse Annie solenemente.

Os bandidos reunidos olharam para ela e novamente para Brendan. Depois de um momento, um de cada vez balançou a cabeça e disse também as palavras:

— Nós lutamos.

CAPÍTULO 22

Um Bandido Feito

Um crepúsculo prematuro se fixou sobre o campo gramado quando o sol se escondeu atrás de uma nuvem intrometida. O som revelador de distantes pingos prenunciava chuva; os Místicos, em seu largo círculo, não se moveram. Estavam sentados em silêncio há horas, achava Prue, e parecia não haver nenhuma indicação de que sairiam tão cedo. A chuva começou a cair, bombardeando a grama em torrentes. Prue ficou sentada por um tempo, tentando igualar o autocontrole dos Místicos, mas no fim desistiu e correu para buscar abrigo debaixo de um carvalho próximo. Torcendo o cabelo para secá-lo, ela se sentou encostada à casca áspera da árvore e continuou a esperar.

E esperar.

A tempestade foi passageira — acabou após meia hora, e o prado foi inundado com uma explosão de sol enquanto as nuvens carregadas se dissipavam, deixando a grama úmida com um brilho cintilante que a fazia parecer salpicada de diamantes. O fim da tarde deu lugar ao início da noite; Prue saiu de seu abrigo debaixo do carvalho e voltou a seu lugar, ainda observando o imutável círculo de Místicos atentamente.

Estava claro que as crianças vestidas com robes que ela vira mais cedo eram aprendizes de algum tipo. Elas haviam participado do ritual brevemente, durando, de forma impressionante, por volta de uma hora até que os mais jovens entre eles ficaram muito inquietos e respeitosamente se levantaram e correram para longe para se distrair com outras atividades. Depois de um tempo, todos os aprendizes tinham abandonado a meditação e estavam de volta a suas atividades prévias: brincar de pique e de roda; estudar insetos na grama alta; sonhar acordados. Um dos aprendizes, uma menina jovem, se afastou de seu grupo. Ela havia ficado de olho em Prue o tempo todo. Vencendo sua timidez, ela se aproximou de Prue e se sentou a uma distância cautelosa de cerca de 1,5 metro.

Prue esperou a menina dizer algo, e, quando ela não falou nada, Prue sorriu e disse:

— Oi.

— Oi! — disse a menina, aparentemente muito satisfeita por ter conseguido a atenção de Prue. — Eu sou Iris. Qual é o seu nome?

Prue se apresentou.

— Você é de além da fronteira, não é? — perguntou Iris.

— Isso — disse Prue.

— O que você está fazendo aqui?

— Estou torcendo para que os Místicos me ajudem a procurar meu irmão — disse Prue, antes de acrescentar descontraidamente. — O que *você* está fazendo aqui?

Iris ruborizou.

— Estou aprendendo. Mas não sei se sou muito boa nisso. É difícil ficar sentada parada. Estou apenas no segundo ano, no entanto. Dizem que vou me acostumar com tudo isso no sexto ano. Meus pais disseram que eu tenho o dom. — Ela encolheu os ombros. — Mas eu não tenho certeza disso.

— O dom? — perguntou Prue.

— Sim — disse a menina. — Para ser um Místico. Eu não sabia nada sobre isso; apenas gosto de ficar sentada no jardim conversando com as plantas.

— E elas respondem? — perguntou Prue.

Iris contorceu o nariz e riu.

— Não, elas não falam — respondeu ela. — Elas não têm bocas!

— Bem — disse Prue, um pouco envergonhada —, então por que você fala com elas?

— Porque elas estão aqui. Elas estão à nossa volta. Seria falta de educação apenas *ignorá-las* — disse a menina. — Veja.

A menina ajoelhou e, colocando as mãos calmamente nos lados de seu corpo, fechou os olhos. Um tufo de grama diante dela começou a balançar, como se uma brisa tivesse repentinamente passado e estivesse sacudindo suas lâminas. Prue percebeu, no entanto, que o ar em volta delas permanecia parado. Enquanto ela observava, as lâminas individuais de grama começaram a tremer e então, para o espanto de Prue, começaram a se enrolar em volta de suas vizinhas. Em pouco tempo, a grama do tufo tinha criado uma pequena floresta de fitas perfeitamente trançadas.

— Isso é incrível — sussurrou Prue.

A testa da aprendiz estava enrugada em concentração enquanto a grama continuava a se tramar — mas a uniformidade das tranças lentamente foi ficando mais caótica e desarrumada até que os padrões tecidos se tornaram indistinguíveis, e o tufo de grama se tornou um emaranhado de fios verdes que balançavam.

— Argh! — gritou Iris, os olhos se abrindo. — Eu *sempre* estrago tudo.

Quando ela parou de focar sua atenção, as folhas se separaram e voltaram a sua encarnação prévia: um simples tufo de grama.

Uma bola de futebol improvisada feita de barbante passou quicando entre elas. Dois aprendizes, um menino e um guaxinim, se desculparam quando correram para pegá-la. Iris, acusando sua idade e sua capacidade de concentração, imediatamente se esqueceu de Prue e se levantou em um pulo para correr atrás da bola e alcançá-la antes dos amigos. Ela havia corrido apenas alguns metros, no entanto, antes de parar e se virar para olhar para Prue. Ela correu de volta para onde Prue estava sentada e colocou a mão em seu braço.

— Não se preocupe — disse ela —, você vai encontrar seu irmão.

E ela correu para se juntar às outras crianças vestidas com robes.

Prue ficou olhando fixamente para a jovem menina enquanto ela corria para longe, embasbacada com a demonstração de poder que tinha acabado de ver. *Você faz isso*, pensou ela, *através de meditação?* A Mística tinha dito que ela, Prue, tinha a Magia da Floresta ou pelo menos parcialmente. Por que então ela não deveria ser capaz de fazer a grama atender suas ordens? Ela voltou seu olhar brevemente para o tufo de grama e desejou que ele se movesse. Nada aconteceu. Ela rangeu os dentes e pensou tão alto quanto podia: *mexa-se! Eu ordeno!* Nada ainda. Prue bufou, desapontada. Olhou novamente para as crianças espalhadas, para os Místicos sentados e para a árvore gigante. *Que poder!*, pensou ela. Se alguém fosse capaz de ajudá-la, seriam essas pessoas. E o que Iris tinha dito antes de ir embora? Que Prue *iria* achar seu irmão? Ela ficou abalada pela honestidade da jovem menina, pela forma direta com que tinha

falado — pela *certeza* em sua voz. Ela percebeu que estava sorrindo, um pequeno raio de esperança eclipsando o desespero de sua situação, mesmo que apenas por um momento. Ela observou os aprendizes enquanto brincavam, viu algumas figuras mais velhas vestindo robes aparecerem entre as árvores e assoviar para eles. Ao ouvir o assovio, todos imediatamente pararam o que estavam fazendo e formaram uma única fila. Um segundo assovio foi ouvido, e eles começaram a andar na direção da pessoa que tinha assoviado, seus pés em um passo parcialmente coordenado. Pouco tempo depois, desapareceram além da parede de árvores.

Prue suspirou e dirigiu o olhar de volta para a Árvore do Conselho e para o círculo estático que a circundava. A luz começou a enfraquecer. Prue dobrou seus joelhos contra o peito e afundou o queixo entre seus braços. E esperou.

A grama aos seus pés farfalhou levemente.

🌿

— Você realmente vai fazer isso, não vai? — falou Septimus, sem acreditar. — Quero dizer, você realmente vai fazer isso? Você vai à guerra. Com essas pessoas.

Curtis, sentado em uma pedra em frente à fogueira, balançou a cabeça. Ele estava ocupado esfregando uma pedra de amolar muito dura contra a lâmina cega de um sabre. A cada vez que ele arrastava a pedra ao longo da lâmina, as mossas que a marcavam iam desaparecendo. Ele tinha recebido essa função de Seamus e acabou descobrindo que era um trabalho estranhamente satisfatório. O crepúsculo tinha descido sobre o acampamento, e o ar estava tingido de azul.

— Você é louco — declarou Septimus, balançando a cabeça. — É tantã. Você não tem uma família em casa? Lá no Exterior? Como seus pais e coisas assim?

Curtis balançou a cabeça novamente.

— Tenho, sim.

Septimus levantou as patas.

— Então por quê, cara, por quê? Por que você não vai para casa ficar com eles? E se esquece dessa coisa toda? Volte para a sua vida!

Curtis fez uma pausa e olhou para o rato. Ele estava empoleirado sobre um toco de lenha virado com a parte cortada para cima, em frente à fogueira crepitante.

— Isso é o que você vai fazer, pelo que entendi, não é? — comentou Curtis. Ele esticou o braço para olhar para a lâmina do sabre. Satisfeito, ele o jogou sobre a pilha de armas ao seu lado e gritou para Septimus: — Mais uma, por favor.

O rato pulou de cima do toco e andou até outra pilha de armas: espadas, baionetas e pontas de flecha. Ele segurou uma longa adaga pelo punho e a arrastou até Curtis. Curtis a segurou e começou o processo do início: esfregando a pedra de amolar cuidadosamente sobre a lâmina.

Septimus subiu novamente no toco e ponderou sobre a pergunta de Curtis.

— Não sei, para falar a verdade — disse ele. — Não pensei muito sobre isso.

— Você não tem família? — perguntou Curtis.

— Que nada, eu não — disse Septimus, estufando o peito. —Eu não. Sou um homem solteiro. Livre e desempedido.

— Então não há nada que o impeça — disse Curtis. — Nenhuma razão por que você não possa se juntar à luta. — Ele passou a carne do polegar contra a lâmina para ver se estava afiada. — Certo?

Septimus riu.

— Escute só você — disse ele. — Se transformou no Senhor Guerreiro de uma hora para outra.

Curtis corou levemente:

— Tudo que sei, Septimus, é que vim aqui para fazer algo. E não acho que devo partir até pelo menos *tentar* terminar o que comecei, sabe? Cheguei perto *assim*, Septimus, *assim*. Tive Mac nos meus braços. Eu poderia ter... poderia ter...

Septimus o interrompeu:

— O quê, apenas saído correndo do covil? Simples assim? Com todos aqueles corvos e a Governatriz parados bem na sua frente?

Curtis suspirou:

— Não sei. Acho que só quero cumprir uma promessa. Isso é tudo.

A conversa deles foi interrompida pela aproximação de Seamus. Ele tinha trocado a roupa irrecuperavelmente rasgada da prisão por um belo uniforme de hussardo de veludo verde, que ficava um pouco largo sobre seu corpo magro.

— Curtis — disse ele —, venha.

— O que houve? — perguntou Curtis.

— Brendan quer falar com você.

— Sobre o quê?

Seamus fez uma expressão de impaciência.

— Flores secas — falou ele, de forma sarcástica. — Que diferença faz? É um assunto importante. Venha.

— Certo — disse Curtis, levantando-se. — Septimus, veja se você não consegue, sei lá, terminar as coisas aqui.

Septimus, confuso, olhou para a pedra de amolar. Ela era facilmente da metade do tamanho de seu corpo inteiro.

— Certo, mas eu...

— Valeu, cara — disse Curtis. — Então acho que eu... vejo você daqui a pouco.

Curtis seguiu o bandido até uma cabana que parecia um chalé no lado mais afastado da clareira. A luz de uma vela iluminava o interior da construção, criando um halo de luz brilhante sobre os galhos do teto feito de troncos de pinheiro acima. Brendan estava sentado em um pequeno barril em frente a uma mesa rústica. Ele levantou os olhos quando viu Curtis entrar.

— Como você está, Curtis? — perguntou o Bandido Rei.

— Bem, obrigado — disse Curtis. — O que houve?

Brendan fez um gesto para que Seamus ficasse na porta da cabana. Ele olhou diretamente para Curtis, seus olhos azuis gelados sob o bruxulear da vela.

— Os rapazes estavam me contando sobre o que aconteceu na prisão da Viúva. Parece que você realmente mostrou sua coragem.

Curtis sorriu, encabulado.

— Sei lá — disse ele. — Acho que alguém tinha de fazer aquilo. Simplesmente calhou de minha jaula ser a ideal... para alcançar a escada, quero dizer.

Brendan se levantou do assento e percorreu um pequeno círculo em volta da cadeira feita de barril. Abrindo um pequeno baú no canto da cabana, ele tirou uma adaga ornamental de dentro do móvel. Ele a girou na mão, pensativo. Uma serpente dourada se enrolava em volta do punho desde o guarda-mão até o pomo.

— Os rapazes vieram a mim com uma petição — disse ele. — E preciso dizer que tendo a concordar com eles. Você foi escolhido para fazer o juramento dos bandidos.

Os olhos de Curtis se arregalaram.

— Sério?

Ele lançou um olhar por cima do ombro na direção de Seamus na porta da cabana. O bandido balançou a cabeça para ele de forma rápida e orgulhosa.

— Sim, e não é algo que se possa levar na brincadeira. Pouquíssimos homens e mulheres, se não tiverem nascido no acampamento, têm a oportunidade de fazer isso. E, até onde sei, você é o primeiro Forasteiro a ser escolhido.

— O que isso significa?

Brendan andou na direção de Curtis e ficou a centímetros de seu rosto. O nariz de Curtis mal chegava aos botões do meio da camisa do bandido.

— Significa ser um bandido do Bosque Selvagem — disse Brendan —, sob quaisquer circunstâncias, até o dia de sua morte.

Os galhos das coníferas do teto do abrigo balançaram de leve em uma brisa silenciosa. O som do tumulto dos bandidos no acampamento podia ser ouvido através das paredes, um clamor constante.

— Tudo bem — disse Curtis, depois de um momento. — Eu ficaria honrado.

Ele foi atingido por um repentino tapa em suas costas. Era Seamus.

— Esse é o meu garoto!

Brendan caminhou até a frente da cabana e gritou na direção da multidão de bandidos que circulava.

— Angus! Cormac! Ele está pronto.

Os quatro bandidos — Angus, Cormac, Seamus e Brendan — guiaram Curtis para longe do rebuliço do acampamento, levando-o a um lugar onde algumas tochas iluminavam uma trilha estreita em ziguezague que abria caminho pela lateral do barranco acima. Depois de um curto espaço de tempo, eles chegaram a uma pequena clareira. No centro da clareira estava uma pilha cuidadosamente montada de pedras de ardósia que tinha por volta de 1 metro de altura, protegida da chuva por um pequeno abrigo de madeira. Os bandidos incentivaram Curtis a seguir em frente; eles se distribuíram de maneira a formar um semicírculo em volta da pilha que servia de altar. Aproximando-se, Curtis percebeu que uma membrana grossa e escura manchava a face cinzenta da pedra angular do altar. Pequenas listras de líquido preto seco desciam pelo altar. Um coágulo escuro daquele material tinha formado uma poça em um pequeno sulco na pedra mais alta. De repente, Curtis ouviu o som ameaçador de uma adaga sendo desembainhada. Ele se virou rapidamente e viu Brendan, com seu rosto iluminado pela luz da tocha, se aproximando. Ele segurava a faca ornamental na mão.

Um pânico momentâneo passou pelo peito de Curtis. Será que isso era alguma espécie de armadilha? Será que eles não o tinham perdoado de verdade pelo seu envolvimento na batalha do outro dia? Ele estava prestes a fazer um apelo assustado quando viu Brendan fazer algo totalmente inesperado: ele levou a lâmina da faca até a palma da própria mão e, rangendo os dentes, a passou sobre sua pele. Uma listra de um vermelho bem vivo apareceu em sua palma, e ele caminhou até a lateral do altar de pedra, deixando o sangue pingar sobre a rocha. Virando-se para Curtis, ele voltou a faca em sua mão que não estava cortada para que a empunhadura ficasse apontada para o garoto.

— Corte a palma de sua mão, manche a pedra do altar com sangue — explicou Brendan, enquanto gotas brilhantes vermelhas pingavam da mão aberta.

Curtis pegou a faca da mão de Brendan e cautelosamente encostou a lâmina contra a pele macia de sua palma.

— Assim? — perguntou ele.

Brendan respondeu que sim com a cabeça.

Ele fechou os olhos e pressionou o metal frio contra a pele, sentindo uma pontada de dor quando a lâmina penetrou. Uma pequena bolha de sangue vermelho profundo saiu do ferimento, e ele rapidamente esticou a mão sobre a pedra, deixando os poucos pingos caírem sobre o altar. Ele observou enquanto tanto o seu sangue quanto o de Brendan rolavam sobre a depressão rasa da pedra para se misturarem em uma poça na pequena cavidade, juntando-se em uma mancha escura unificada. Brendan sorriu e balançou a cabeça.

— Agora o credo — instruiu Brendan.

Angus se aproximou e começou a recitar o juramento, que Curtis repetiu frase por frase.

Eu, Curtis Mehlberg, juro solenemente respeitar o código e o credo dos bandidos.
Viver por meus próprios meios e desafiar todas as formas de autoridade perante o código
Proteger a liberdade e os interesses dos pobres
Liberar os ricos de suas riquezas

Não colocar o trabalho de nenhuma pessoa na frente do trabalho de outra
Trabalhar para o bem comunal de meus companheiros bandidos
Não formar alianças acima da de meus companheiros bandidos
Considerar todas as plantas, animais e humanos como semelhantes
E viver e morrer segundo o bando dos bandidos.

Um silêncio tomou conta da clareira, quebrado quando Angus falou:
— Pronto — disse ele. — Aproxime-se, Bandido Curtis.
Brendan deu um tapa nas costas de Curtis.
— Parabéns, moleque — disse ele, pegando a faca de volta e a enfiando em sua bainha.
Curtis sorriu e disse:
— Obrigado.
Ele levantou a palma da mão até a boca, sentindo o gosto salgado de seu sangue na língua.
Curtis foi cercado pelo resto dos bandidos, cada um apertando sua mão e dando tapinhas em suas costas para parabenizá-lo.
— Você será um ótimo ladrão — disse Seamus. — Soube disso assim que coloquei os olhos em você.
Um barulho no aro de vegetação que cercava a clareira anunciou a aproximação de um par de bandidos sentinelas.
— Senhor — disse um deles, o rosto marcado por preocupação —, os batedores voltaram. O exército coiote atravessou a Ponte da Fenda e está marchando no Velho Bosque.
Brendan franziu a testa.
— Antes do que eu esperava — disse ele, aproximando as sobrancelhas com preocupação. — Eles estarão no Arvoredo dos Anciãos pela manhã. — Ele olhou novamente para Curtis e os bandidos parados ao lado do altar de pedra. — Preparem-se — disse ele. — Marcharemos esta noite.

A clareira foi esvaziada imediatamente enquanto os bandidos corriam de volta pela trilha na direção do acampamento. Apenas Curtis permaneceu, parado, congelado, em seus pensamentos ao lado do altar de pedra. Ele levou a mão até a boca e sugou o pequeno corte. Afastando a mão para estudar o ferimento, ele se escutou dizer:

— O que foi que acabei de fazer?

🌿

Um vento amargo essa noite, pensou Alexandra enquanto trotava sobre o cavalo, cruzando as tábuas escuras da ponte. Os ventos soprando para o fundo do barranco faziam o aro que prendia o bocado do cavalo tilintar. O mar de soldados se estendia diante dela, interminável, o barulho das solas das botas da multidão no chão em uma toada rítmica contra o silêncio da floresta. Esta ponte, pensou ela, vai ser destruída quando a hera vier. Esta ponte antiquíssima. Há quanto tempo ela se erguia sobre a Fenda? Desde antes da dinastia Svik, antes de os Místicos fugirem do Bosque do Sul. O último remanescente intocado da maravilhosa civilização dos Anciãos, suas tábuas de madeira permeadas de magia. Porém, assim como os Anciãos caíram, cairão os usurpadores do Bosque do Sul.

E que queda feia, pensou ela, como eles vão implorar por perdão. O pequeno Lars, o irmão idiota do meu amado. Que audácia achar que poderia me suceder. Que poderia suceder meu querido Alexei. E me mandar para o exílio congelado. Ele será o primeiro a pagar.

Os galhos das árvores gemeram contra o vento, uma nova leva de folhas mortas caindo como neve sobre as colunas ordenadas de soldados uniformizados. O bebê em seu colo esperneou dentro da manta e balbuciou algo.

É desse jeito que vou lhes mostrar sua impertinência, pensou ela. *Desse jeito.*

❧

Prue acordou assustada. Ela tinha tido um sonho: um som grave de sino soava, e ela se encontrava parada na grande ponte. Ela tentava atravessá-la correndo, mas a superfície desaparecia debaixo de seus pés, e ela caía na água corrente do rio abaixo. A sensação a tirou de seu sono profundo. Um tufo de grama tinha deixado marcas de vincos em sua bochecha, e suas roupas pareciam úmidas por causa do orvalho frio que se espalhava sobre o prado. Estava totalmente escuro. O fulgor da lua brilhava sob uma cortina larga de nuvens, e sombras de névoa se agarravam aos topos de árvores elevados na beira do prado. Ela se sentou, esfregando os olhos para espantar o sono, e olhou na direção da Árvore do Conselho. Várias tochas tinham sido acesas em volta do prado, e elas produziam sombras bruxuleantes no chão. Junto à árvore, um dos Místicos tinha se levantado e estava passando um badalo de madeira em volta do interior arredondado do sino de bronze, criando um barulho prolongado que cobria todo o prado — exatamente o mesmo som do sonho de Prue. Ao ouvirem o sino, os Místicos começaram a sair da posição em que estavam sentados.

Enquanto Prue observava, sem nem respirar, ela viu Iphigenia se mover e abrir os olhos. A Mística Anciã começou a vasculhar o prado que a cercava. Quando seu olhar parou sobre Prue, ela se levantou e começou a andar em sua direção. Prue se pôs de pé em um salto e correu para encontrá-la.

— Jovem menina —Iphigenia começou a falar antes mesmo de elas se encontrarem —, querida menina, temos trabalho a fazer.

— Que trabalho? — perguntou Prue. — De que você está falando? O que a árvore disse?

— Um grande mal está se desdobrando — disse a Mística, sua voz desprovida da tranquilidade de mais cedo. — Uma ameaça a todos os seres vivos no Bosque.

— O que está acontecendo — perguntou Prue. — Ela disse algo sobre meu irmão?

Iphigenia fez uma pausa e olhou fixamente nos olhos de Prue.

— Oh, querida — disse ela —, receio que a notícia seja muito ruim. — Ela apertou as mãos de Prue nas suas. — A Árvore do Conselho é a fundação do próprio Bosque, suas raízes entrelaçadas por cada centímetro de solo debaixo de nós, do norte ao sul. E, dessa forma, ela sente cada perturbação na estrutura do Bosque, desde a queda de um velho carvalho até o movimento da asa de uma mariposa. Ela sentiu o despertar da hera e tem sentido isso há algum tempo. Algo tem perturbado seu sono. Está claro agora; a hera está com sede de sangue. Um grande exército marcha para o Arvoredo dos Anciãos, o coração arruinado de uma civilização morta há muito tempo, onde a raiz-mestra da hera dorme. No comando desse exército está a Governatriz exilada, e ela carrega consigo uma criança de colo humana, um Forasteiro mestiço como você.

Prue estava com o olhar estático.

— O que ela vai fazer?

Iphigenia balançou a cabeça, triste.

— Algo mais terrível do que você pode imaginar: ela pretende servir a criança como alimento à hera. O sangue vai reanimar a planta adormecida e fazê-la sujeitar-se aos desejos da Governatriz. Com isso, ela pretende destruir tudo, cada planta e animal no Bosque.

— Ela vai... ela vai *matá-lo*? — Prue podia sentir a cor sumir de seu rosto. Seus joelhos começaram a tremer. Não tinha ideia do que esperar, mas isso era certamente o pior que poderia imaginar. — Não — disse ela, encostando-se à Mística para se apoiar. — Ela... não pode.

Iphigenia balançou a cabeça, seus dedos nodosos pressionando profundamente as palmas das mãos de Prue.

— Esse é o grau de loucura dessa mulher — disse a Mística.

Os outros Místicos, seus robes dourados roçando na grama do prado, se aproximaram e ficaram parados atrás de Iphigenia.

— Eis é a nossa tarefa — disse Iphigenia lentamente, olhando para cada um de seus companheiros Místicos de cada vez. — Precisamos impedir que tal aberração aconteça.

Com seriedade, cada um dos Místicos assentiu.

Iphigenia continuou:

— A provação diante de nós, no entanto, pode ser impossível. Apesar de existirem protocolos prontos para um evento como esse, raramente na história do Bosque do Norte enfrentamos a necessidade de juntar um exército. Mas é isso que devemos fazer agora. E rápido. — Nesse momento ela se dirigiu diretamente a seus companheiros Místicos. — Quando o sol subir até seu ponto mais alto nesse dia, nesse equinócio de outono, a criança morrerá. Temos pouco tempo. — Ela se virou e falou com um dos Místicos, uma corça esbelta. — Hydrangea — disse ela —, ligue para a delegacia. Precisamos tocar o sino.

A corça balançou a cabeça e se afastou a galope dos Místicos reunidos.

— Vocês têm um exército? — perguntou Prue.

— Não, não exatamente — respondeu Iphigenia. — As escrituras do Bosque do Norte decretam que todos os cidadãos do Bosque do

Norte têm o dever de cumprir o serviço militar se a necessidade se apresentar. Somos pessoas pacíficas, minha menina, mas mesmo nós, no curso de nossa história, fomos chamados para defender nossa comunidade. — Ela franziu a testa, suas sobrancelhas bem próximas. — No entanto, não posso falar com propriedade sobre as condições de nossa milícia voluntária no presente momento. Nove gerações vieram e se foram desde que tivemos necessidade de juntar um exército. Isso tudo é muito perturbador. — Ela suspirou e olhou de volta para a enorme árvore no centro do prado escurecido. — Mas, se é essa a vontade da árvore, então devemos obedecer.

— Oh, obrigada, obrigada! — disse Prue.

— Se tivermos sucesso em impedir a Governatriz, o salvamento do seu irmão seria uma consequência afortunada de nossas ações, querida Prue — disse a Mística. — Vamos nos envolver pelo bem do Bosque. Pelo bem de nosso lar. — Ela olhou para o espaço onde a trilha criava uma abertura nas árvores que cercavam o prado. — Veja: os oficiais da lei se aproximam. Vamos caminhar até eles. Temos pouco tempo para perder.

As fogueiras foram alimentadas com lenha até que as chamas lambessem os galhos lá em cima, iluminando um alvoroço de atividade entre os bandidos — trouxas eram preparadas, provisões armazenadas e flechas recauchutadas. Uma fila de homens e mulheres estava parada inspecionando rifles de aparência antiquíssima; outra fila derramava cuidadosamente a pólvora em bolsas de couro. Curtis rapidamente terminou a última das armas que tinha sido encarregado de afiar e estava pronto para ajudar a transportar um carregamento de rifles para um carrinho quando Brendan o chamou.

— Sim? — perguntou Curtis, enquanto se aproximava.

— Um bandido recém-batizado de sua estirpe, precisamos vesti-lo corretamente. — Brendan passou a mão no casaco do garoto. — Isso vai ficar desbotado com o tempo, apesar de você já ter começado bem nesse aspecto. Como estão suas botas?

— Boas, acho — disse Curtis, movendo seus pés para poder inspecioná-los.

— Bom, porque não temos mais botas — disse Brendan. Ele fez uma pausa antes de continuar. — Tentando me lembrar... você era mais um homem de operações táticas naquela batalha que lutamos, quando você estava com os coiotes, não era?

Curtis ruborizou com a menção.

— Não exatamente — disse ele. — Eu nem mesmo deveria lutar, na verdade. Eu meio que caí no meio daquilo. *Literalmente*. Quero dizer, eu estava em uma árvore...

Brendan o interrompeu:

— Entendi... não temos tempo para histórias de batalhas, moleque. Temos peixes maiores para fritar. Agora: o que vai ser? Pistola ou espada?

Curtis pensou sobre as opções por um momento. A pergunta tinha trazido aquele velho dilema de volta à tona: ele seria obrigado a lutar. A batalha que ele tinha lutado ao lado da Governatriz voltou a sua mente e lhe pareceu que ele tivera uma quantidade inacreditável de sorte; não lhe parecia provável que aquele tipo de sorte se manteria ao seu lado. O tiro de canhão, o tronco da árvore morta caindo sobre a equipe do obus — ele viu aquilo em sua mente como se fosse um sonho.

Um sorriso irônico se formou no rosto de Brendan.

— Já entendi — disse ele, lendo o silêncio de Curtis. — Pode ficar com os dois.

Ele se virou, caminhou até entrar em uma tenda próxima e voltou segurando um cinto de couro resistente. Uma pistola com um cabo de marfim e um sabre longo e curvado estavam pendurados em um coldre e uma bainha presos ao cinto. Ele jogou aquilo para Curtis, que cautelosamente o segurou em seus braços.

— Você é um homem durão. Curtis — disse Brendan. — Um homem durão. Vá falar com Damian para conseguir munição. E mantenha sua cabeça levantada! Lembre-se: você é um bandido agora.

Curtis, inseguro, bateu continência brevemente.

— E não bata continência — reprovou Brendan. — Isso aqui não é o exército.

— Certo — disse Curtis, abaixando os braços de um jeito constrangido. — Obrigado, Brendan.

Começou a andar na direção da tenda de munição, desviando-se cuidadosamente do tráfego insistente de bandidos ocupados: um salto para evitar um homem de peitoral largo levando um carregamento de espadas nos braços, uma pirueta para sair da frente de dois bandidos carregando um baú de madeira. Passando por uma fogueira, ele sentiu o puxão familiar de Septimus segurando a perna de sua calça e escalando até o poleiro em seu ombro.

— Você realmente gosta de ficar aí em cima, não gosta? — perguntou Curtis, quando sentiu o peso do rato em cima de sua dragona esquerda.

— É agradável, sim — respondeu Septimus. — Gosto da vista. Além disso, prefiro estar sobre as coisas. É cada rato por si lá no chão. Já pisaram no meu rabo duas vezes essa noite.

— Eles não estão acostumados a ter um rato no acampamento — falou Curtis.

— Acho que não — disse Septimus. — Ei! Para onde você foi correndo aquela hora? Parecia ameaçador.

— Sou um bandido agora, Septimus. Oficialmente. Fiz o juramento.

— Uau, garoto, uau — falou o rato. — Quero dizer, isso é impressionante. Como você está se sentindo?

Curtis deu de ombros.

— Não sei. Acho que estou me sentindo igual.

— Eles precisam de todo o efetivo que puderem juntar. Contei um pouco menos de cem. Noventa e sete bandidos. Com você? Noventa e sete e meio. — Ele riu da própria piada. Quando percebeu que ela não tinha causado nenhuma reação em seu anfitrião, ele continuou: — Que se dane. Quando chegar amanhã à noite, não vai haver mais nenhum bandido. Zero.

— Septimus — falou Curtis duramente. — O que foi que eu falei?

— Certo: nada de agourar os bandidos. Entendi.

Eles chegaram à tenda de munição, uma grande estrutura de lona aninhada contra a parede do barranco. Um bandido grisalho, Damian, com uma bochecha cheia de lágrimas tatuadas, estava parado na abertura frontal, distribuindo balas e pólvora para uma fila de homens e mulheres que esperavam. A fila se movia rapidamente, cada bandido desaparecendo após receber sua cota. Curtis estava quase na frente da fila quando uma confusão foi criada entre Damian e o bandido na frente de Curtis.

— Desculpe, Aisling, isso é o que você vai receber — dizia Damian, de forma impassível.

— Qual é? Quero dizer, tenho 14 anos! — protestou Aisling, uma menina. Seu cabelo louro-claro estava preso em um rabo de cavalo. Uma saia colorida se desdobrava sobre um par de botas de cano alto; um colete listrado cobria uma blusa branca manchada por cinzas.

— Exatamente — retrucou Damian. — Você vai receber suas pistolas quando tiver dezesseis. Próximo, por favor!

Ele acenou para que Curtis se aproximasse.

Enquanto Curtis pedia licença e tomava a frente, Aisling virou seus olhos enfurecidos para ele.

— Mas — cuspiu ela — ele não é mais velho do que eu! E ele tem uma pistola E uma espada.

Curtis, pego de surpresa, podia apenas se desculpar.

— Sinto muito — disse ele. — Na verdade não tive nada a ver com isso.

Damian olhou para ele de forma suspeita.

— Onde você arranjou essas coisas?

— Com Brendan — explicou Curtis, na defensiva. — Brendan me deu. Não pedi para ficar com elas. Ele simplesmente me deu.

Aisling, cheia de repulsa, soprou uma lufada de ar em uma mecha de seu cabelo que estava balançando.

— Está explicado. Brendan. Oh, tudo bem um *garoto* ter pistolas antes de completar 16 anos. Mas eu? De jeito nenhum. Considerar todas as plantas, animais e humanos iguais, uma *pinoia*. Que grande palhaçada.

Damian deu de ombros, desculpando-se, antes de desaparecer dentro da tenda e sair com duas bolsas de pólvora e balas. Ao ver isso, Aisling desistiu bufando alto e saiu apressada na direção de uma fogueira próxima. Curtis a observou ir embora com curiosidade. Ele foi trazido de volta de sua desatenção pelo oficial de munição.

— Ei! — gritou ele. — Garoto!

Ele estalou os dedos a apenas centímetros do rosto de Curtis.

— Oh, desculpe — disse Curtis, piscando.

— Você sabe como usar essas coisas? — perguntou Damian impacientemente.

— Hmm — balbuciou Curtis —, na verdade não.

Damian revirou os olhos.

— É simples — disse ele. — Apenas observe com atenção. — Ele seguiu dando a Curtis uma rápida demonstração de como se carrega a pistola e como se arma a trava. Assim que terminou, ele entregou a pistola, descarregada, de volta para Curtis. — Entendeu?

Curtis não tinha realmente entendido.

— Acho que sim — mentiu ele.

— Bom. Próximo!

Ele acenou para que Curtis se afastasse. Perplexo, Curtis vagou para longe da tenda de munição, estudando os mecanismos estranhos e arcaicos da pistola com trava manual.

— Cuidado com essa coisa — disse Septimus, saindo do alcance da pistola.

Curtis levantou os olhos e viu Aisling de cara amarrada em um toco de árvore próximo, mexendo em algo que parecia ser um pedaço de corda emaranhado nas mãos. Chegando mais perto, ele viu que aquilo era uma atiradeira tosca. Ela o viu se aproximar e fez uma careta.

— O que você quer? — perguntou ela, antes de complementar: — *Forasteiro*.

Curtis parou imediatamente, como se tivesse ouvido o chocalho de uma cascavel.

Aisling voltou a olhar para a atiradeira em sua mão. Pegando uma pedra, ela a posicionou e a atirou aleatoriamente no chão.

— Quero apenas fazer minha parte — disse ela melancolicamente.

Olhando por cima de seu ombro rapidamente, ele falou:

— Ei, você prefere usar isso aqui? Posso trocar com você.

Ele esticou o braço, oferecendo a pistola, com o cabo virado para ela. Aisling olhou para ele, desconfiada.

— Sério? — perguntou ela.

Curtis balançou a cabeça.

— Não sou muito um atirador — disse ele. — Sou mais do tipo, você sabe, homem de *operações táticas*.

O rosto da menina se iluminou.

— Operações táticas, hein? — falou ela, impressionada. — Legal. — Ela pegou a pistola e levantou delicadamente na mão, como se estivesse determinando seu peso. Levantou a parte traseira do cano da arma até a altura do rosto e, fechando um dos olhos, estudou a pistola.

— Bacana — disse ela, demonstrando agradecimento. — Obrigada. — Ela olhou para Curtis. — Você quer a atiradeira?

— Claro — respondeu Curtis. Ao pegá-la, ele tentou fazer uma inspeção na arma também: esticou a corda até a distância de seu braço e inspecionou com apenas um dos olhos. — Muito boa — concluiu ele.

Aisling riu.

— Obrigada — disse ela —, homem de operações táticas.

O rosto de Curtis ficou vermelho. Ele tentou esconder sua vergonha esticando o braço e se apresentando.

— Eu sou Curtis — falou ele. — Você é... Aisling?

A menina esticou o braço e apertou a mão dele.

— Sim, prazer em conhecê-lo, Curtis — disse ela. Sardas cobriam seu rosto de uma bochecha à outra, passando por cima do nariz. — Quem é o seu amigo?

Septimus se curvou no ombro do garoto.

— O nome é Rato Septimus, madame. É um prazer conhecê-la.

— Ele está aqui apenas, você sabe, temporariamente — explicou Curtis. — Falei que ia lhe dar uma carona. Nos conhecemos na prisão dos coiotes.

Ele checou rapidamente para ver se a última frase tinha sido registrada por Aisling — uma menina ficaria indubitavelmente deslumbrada ao saber que ele tinha sido um membro da grande equipe de fuga. Ele foi recompensado quando ela revelou uma expressão parcialmente impressionada. Ela então o estudou enquanto Curtis constrangedoramente tentava pensar em outra coisa para dizer. Ele soltou um suspiro profundo e, com as mãos na cintura, olhou para o acampamento agitado.

— Uma loucura — disse ele, finalmente, gesticulando na direção do acampamento. — Tudo isso.

Aisling balançou a cabeça concordando e continuou a mexer no cão da pistola.

— Não posso esperar até ter alguns coiotes na minha mira — disse Curtis, avaliando o peso da atiradeira e a balançando casualmente em uma das mãos. Olhando de canto de olho para se assegurar de que

Aisling estava vendo, ele se abaixou, pegou uma pedrinha e a posicionou.

— Esse tempo todo sentado aqui. — Ele começou a girar a atiradeira. — Estou mais do que pronto para voltar à ... — Com um giro não intencional de seu pulso, o projétil na atiradeira saiu voando. — BATALHA! — gritou ele, assustado, observando a pedra voar sobre o acampamento dos bandidos na direção de uma pilha organizada de tigelas feitas de barro. Elas caíram no chão em uma chuva de estilhaços de cerâmica, e todo o acampamento parou suas atividades para olhar para Curtis.

— Oh, Deus — disse ele, completamente ruborizado —, sinto muito. Eu realmente não pretendia...

Aisling estava gargalhando, balançando-se sobre o toco de árvore.

— Talvez você devesse ficar nas operações táticas — falou Septimus.

Curtis se irritou com o rato.

— Vou pegar o jeito disso, espere só para ver.

Estava prestes a ir embora irritado quando Aisling acenou para ele.

— Isso foi bom — disse a menina, entre risadas. — As coisas estavam começando a ficar sérias demais por aqui. Bom trabalho.

Curtis sorriu e deu de ombros.

— Eu faço o que posso — falou ele.

O som de uma corneta soou mais alto que o alarido da atividade do acampamento, sua nota prolongada varrendo o barranco. Curtis levantou os olhos e viu os bandidos entrarem num estado de atenção.

— Acho que é isso — disse Aisling, num tom solene.

Ela se levantou e prendeu a pistola em seu cinto. Brendan tinha aparecido na boca do barranco, sua espada presa ao lado de seu corpo e um bodoque pendurado no ombro. Seu joelho esquerdo estava envolto em uma camada de gaze, mas era óbvio que sua força original tinha voltado.

— Senhoras e senhores — gritou ele para a multidão. — Todos os bandidos. A manhã se aproxima. Às suas posições. Marcharemos até o Arvoredo dos Anciãos.

Os bandidos silenciosamente formaram duas fileiras no fundo do barranco e começaram sua marcha para fora do acampamento. Sabres foram guardados em suas bainhas, suas lâminas recentemente polidas e afiadas; rifles foram pendurados nos ombros. Despedidas chorosas foram trocadas entre namorados, maridos e esposas. Muitas das crianças mais novas começaram a chorar ao serem separadas de seus pais e foram confortadas pelos poucos assistentes que tinham sido deixados no acampamento. Aisling e Curtis começaram a andar na direção da coluna que se movia.

— Boa sorte — disse Aisling, enquanto desaparecia em meio à multidão —, homem das operações táticas.

CAPÍTULO 23

Chamado às Armas!

— Um exército? — perguntou a lebre, esfregando os olhos, sonolenta. Ela aparentemente tinha sido acordada de um sono profundo; seu capacete-escorredor estava torto em sua cabeça e seu uniforme de policial estava desalinhado. — Nós... nós nunca fizemos isso antes.

— O que Samuel está tentando dizer, madame Mística — explicou a raposa, parecendo igualmente desconcertada — é que já se passaram... bem, já se passaram anos desde que tivemos de fazer isso. Quero dizer, somos um povo pacífico, não é mesmo?

Iphigenia estava se esforçando para conter sua frustração.

— Entendo isso, Sterling, mas vocês vão precisar improvisar. Esse é um caso de suma importância.

Sterling, a raposa, ficou parada e estudou a expressão da Mística. Prue, ao lado de Iphigenia, estava ficando impaciente. Seus dedos do pé se contorciam dentro dos sapatos. A raposa finalmente continuou:

— Suponho que isso envolveria ter de tocar o sino.

Iphigenia olhou para a raposa com uma expressão de tédio:

— Sim, envolveria, nobre Raposa. E, se você não se importar em se adiantar nessa tarefa, temos uma mulher parcialmente alucinada e sua corja de coiotes para deter antes que levem todo o Bosque à ruína.

— Bem, é esse exatamente o problema, não é? — retrucou a raposa. — O sino está na velha torre dos bombeiros. E, bem, a torre dos bombeiros está trancada.

— Então, destranque-a — falou a Mística.

A raposa sorriu de forma desconfortável.

— Não tenho a chave.

E mostrou as palmas abertas de suas patas, como se mostrá-las vazias fosse alguma desculpa.

Os falantes ficaram em silêncio por um momento; a Mística Anciã inspirou longamente.

— Nobre Raposa — disse ela, finalmente —, sou uma mulher de paciência infinita. Devotei minha vida à prática da meditação. Já me sentei e observei uma pedra, uma única pedra, juntar musgo durante o período de três semanas. Você, no entanto, está desafiando essa aparentemente ilimitada paciência. — A confissão pareceu ter acalmado seu humor, e o tom dela tom mudou. — Se há um cadeado, nobre Raposa — disse calmamente —, e não há uma chave, então a solução óbvia é arrombar o cadeado. O sino simplesmente precisa ser tocado.

Sterling, convenientemente intimidado, levou a pata até a testa, batendo continência.

— Sim, senhora!

— Vamos segui-los — disse a Mística, acenando para que Prue ficasse ao seu lado. — Para nos assegurarmos de que essas coisas sejam feitas de forma satisfatória.

As primeiras filigranas da alvorada apareceram no horizonte, a borda das nuvens tocadas por um brilho rosado. Os oficiais da lei partiram na direção da trilha, sussurrando entre si, e Iphigenia e seu séquito — Prue e os outros Místicos — fizeram fila atrás deles.

Depois de uma caminhada vigorosa, eles chegaram à torre dos bombeiros. Erguida sobre o topo de um morro alto, era uma construção frágil de madeira: um pequeno casebre de teto arredondado, construído no topo de um labirinto de ripas entrecruzadas, circundado por uma passagem estreita. Uma escada vertical, pregada à lateral, levava a uma pequena porta no casebre e foi até essa porta que Sterling, a raposa, escalou, com sua tesoura de poda preparada.

— Vejam — explicou Sterling à multidão abaixo, enquanto, com alguma dificuldade, subia a escada até a porta —, segurança é de suma importância nesse tipo de situação. Por isso existe o cadeado. Se a porta fosse deixada destrancada, você pode ter certeza de que o sino dos bombeiros seria um objeto estimado por qualquer brincalhão do Bosque do Norte.

Iphigenia, do chão, incentivou a raposa a continuar:

— Vamos lá, Sterling, não temos o dia todo.

— É mais fácil falar do que fazer, Madame Mística — disse a raposa, enquanto balançava sua tesoura de poda e cuidadosamente enfiava a lâmina no buraco do cadeado. — Esse cadeado é feito com a melhor tecnologia do Bosque do Sul; eu supervisionei sua instalação pessoalmente. É muito duvidoso que eu seja capaz de... oh.

Um audível *clique* metálico soou. O cadeado caiu no chão. Sterling ruborizou.

— O que aconteceu, raposa? — perguntou a Mística.

— Ele, hmm, parecia estar *destrancado*. — respondeu a raposa.

Iphigenia balançou a cabeça.

— Bem, entre aí e toque o sino!

A raposa fez exatamente isso; uma série estridente de badalos ensurdecedores saiu da torre dos bombeiros, e o barulho ecoou nos prados e nos matagais que os cercavam na floresta.

Uma área rural plácida, silenciosa no início da manhã, ganhou vida repentinamente.

Vultos em árvores e entre fileiras de plantação começaram a se mostrar; portas de chalés foram abertas, seus ocupantes saíram para as varandas salpicadas de orvalho, olhando curiosamente para a pequena multidão agrupada na base da torre dos bombeiros. Carroças de cores vivas apareceram na mata e começaram a abrir caminho morro acima. Trabalhadores rurais carregando pás fizeram uma pausa em suas primeiras tarefas do dia e saíram de seus campos bem-organizados com os olhos presos à velha torre de madeira. Pouco tempo depois, uma multidão considerável tinha se juntado no topo da montanha.

Iphigenia se virou para Prue.

— Você não se importaria de me ajudar aqui, se importaria? — perguntou ela, apontando para a escada vertical que levava ao alto da torre.

Prue sorriu, falou "claro que não" e subiu a escada, esticando a mão para que Iphigenia pudesse segurá-la em sua subida até a passagem em volta do casebre. Assim que chegou ao topo, a Mística olhou para a multidão reunida. Prue estava de pé ao seu lado. O sereno interior do Bosque do Norte se estendia debaixo delas, um labirinto de arvoredos de amieiro e jardins que formavam uma colcha de retalhos. Pequenas aldeias, suas poucas e pitorescas cabanas expelindo fumaça de turfa, aninhadas em encostas de montanhas afastadas; uma única estrada larga e sinuosa — Prue imaginou que fosse a afluente do Bosque do Norte da Longa Estrada — abria caminho pela paisagem como um rio selvagem, desaparecendo finalmente entre as montanhas cobertas de árvores.

— Aproximem-se, por favor — disse a Mística Anciã à multidão. — Permitam que as pessoas no fundo cheguem um pouco mais perto. Não posso falar mais alto do que isso. Sterling, assegure-se de que os animais menores possam se sentar na frente: as toupeiras e os esquilos. Queridos, se vocês tiverem mais de 1 metro de altura, por favor permaneçam na parte de trás do grupo. Ã-hã. Assim está bom.

Ela fez uma pausa por um momento enquanto uma nova leva de testemunhas chegava, aumentando consideravelmente o público. Os dois oficiais da lei, Sterling e Samuel, ativamente percorriam o perímetro do agrupamento crescente, fazendo o que podiam para manter as pessoas calmas e atentas. O burburinho baixo de conversa do público transformava a cena em algo parecido com uma colmeia. Quando Iphigenia estava satisfeita com o contingente na montanha, ela começou a falar:

— Estamos todos aqui? — perguntou ela.

Um mar de cabeças começou a se mover, algumas verticalmente e outras em movimentos laterais. Uma voz vinda da borda mais externa da multidão foi ouvida:

— O povo das redondezas do Riacho do Moleiro está a caminho.

Outro:

— As fazendas de Kruger e Deck estão no meio do processo de enfardamento do feno. Não podem vir.

Iphigenia assentiu.

— Vamos nos assegurar de que a notícia se espalhe. Por agora, isso terá de ser suficiente.

Segundo a estimativa de Prue, trezentos e cinquenta almas estavam reunidas — uma estonteante coleção de criaturas: arminhos, coiotes, raposas, humanos e cervos. Uma família de ursos-negros vestindo macacões chamava atenção no centro da multidão; os chifres de um grupo de veados sobressaíam no lado esquerdo. Um bando de gambás, incentivado por Samuel, abria caminho até a frente.

— A razão por que os chamamos aqui — disse Iphigenia, sua voz firme e alta —, a razão por que tocamos o sino, é que uma grande provação está diante de nós. Um exército está marchando no Bosque Selvagem, um exército que tem como objetivo a destruição de todo o Bosque. Meditamos durante toda a noite na Árvore do Conselho e chegamos a uma decisão unânime, com o consentimento da árvore, de irmos à guerra contra esse inimigo. A milícia voluntária do Bosque do Norte vai ser reunida.

O murmúrio da multidão saiu de controle, os sussurros se transformando em uma tagarelice desesperada.

— O que temos a ver com o que acontece no Bosque Selvagem? — perguntou um dos ursos. — Isso não é assunto nosso.

Iphigenia franziu a testa, respondendo:

— A coisa que ameaça o Bosque Selvagem ameaça todos nós. A hera foi despertada. A Governatriz Viúva exilada do Bosque do Sul promete alimentar a planta com o sangue de uma criança humana e dessa forma ganhar seu controle. Temos de agradecer a essa menina, esta Forasteira, Prue McKeel, por trazer isso à nossa atenção.

Ela acenou para que Prue se aproximasse. Prue obedeceu timidamente, fazendo uma pequena reverência para a multidão reunida.

— O que uma Forasteira está fazendo aqui? — gritou uma voz sem rosto da multidão.

Outra voz corrigiu a primeira:

— Ela não é uma simples Forasteira, é uma mestiça!

A multidão pareceu coletivamente tentar inspecionar Prue, parada na passagem do lado de fora do casebre. Satisfeitos, muitos na multidão concordaram.

— É verdade! — Prue ouviu alguém dizer a seu vizinho.

Iphigenia acenou para Prue, a palma de sua mão aberta como um convite. Os olhos de Prue se arregalaram.

— Você quer que eu diga algo? — sussurrou ela.

Iphigenia balançou a cabeça.

— Sim — disse ela. — Seria melhor se eles ouvissem de você.

Prue engoliu em seco e deu mais um passo à frente, repousando as mãos sobre o corrimão da passagem. Ela olhou fixamente para a multidão.

— Meu irmão — começou ela. — Meu irmão, há apenas cinco dias...

— Fale mais alto, ora! — gritou alguém do fundo.

Prue limpou a garganta e falou mais alto:

— Há cinco dias, vi meu irmão ser levado por um bando de corvos. Em um parque em St. Johns... no Exterior. Então vim até aqui para encontrá-lo. Pedi a ajuda do povo do Bosque do Sul. Eles não fizeram nada. — Ela começou a ganhar confiança. — Pedi ajuda ao Corujão Rei, o Príncipe Coroado dos Aviários, e ele foi preso! Ele me aconselhou vir aqui, para falar com os Místicos. Disse que esta seria minha última esperança.

Iphigenia chegou ao lado de Prue.

— Os corvos estão a serviço da Viúva — falou a Mística Anciã. — Eles se separaram dos Aviários para seguir o comando dela. Assim que a hera estiver igualmente sob seu poder, não haverá como parar a trilha de destruição que se seguirá. Cada árvore será derrubada, cada clareira será consumida. Suas plantações, casas e fazendas serão deixadas em ruínas. A hera não conhece limites. Ela consumirá e consumirá até que seja instruída por sua comandante a cessar. E, claramente, sua comandante não é nada menos do que uma louca, inclinada à total aniquilação do Bosque como o conhecemos.

A plateia emitiu um murmúrio de medo. A Mística continuou:

— Ficou claro em nossas meditações com a Árvore do Conselho que essa é nossa obrigação. Juntar nosso exército na defesa do Bosque. Não há outra escolha. — Iphigenia fez uma pausa e respirou fundo. — Nobre Raposa — falou ela —, você se importaria em dizer algumas palavras?

Sterling, parado no pé da escada vertical, assentiu e subiu até a passagem. Segurava um rolo de pergaminho esfarrapado e amarelado na pata. Enquanto o desenrolava, começou a explicar à multidão:

— O Decreto de Alistamento determina o seguinte: que todo homem e mulher, animal ou humano, com capacidade física, no evento da instalação do decreto, deve aceitar as armas e se juntar às tropas da milícia. Por isso, ele ou ela será compensado pelas lojas comunitárias pelo trabalho perdido.

— Mas não temos armas! — veio uma voz.

Sterling enrolou o pergaminho bem firmemente e passou a mão na tesoura de poda em seu cinto:

— Então vocês devem usar o que quer que esteja à mão. Ferramentas rurais, utensílios de cozinha... o que quer que encontrem.

A multidão coletivamente soltou um grunhido preocupado.

Iphigenia deu um passo à frente.

— Vão agora — ordenou ela — e encontrem suas famílias. Juntem suas armas. Voltem para o encontro nesse mesmo local em uma hora. Vocês têm uma hora, nem um minuto a mais, para fazer isso. Nosso tempo é muito curto. A Governatriz pretende oferecer esse sacrifício ao meio-dia de hoje. Lembrem-se: nossas próprias vidas dependem disso.

A multidão de fazendeiros, liberada, se afastava de forma aflita, todos tentando correr para seus lares, nos chalés e fazendas para ver suas famílias.

Prue se virou para Iphigenia.

— Você também vai? Ao Bosque Selvagem? — perguntou a menina.

A Mística Anciã balançou a cabeça, movendo alguns fios do cabelo prateado sobre sua testa enrugada.

— Sim — disse ela. — Vou representar a Ordem nessa jornada. Os outros vão ficar aqui e permanecerão em meditação. No entanto, quando recebi os robes, jurei não fazer nenhum mal, me comprometi a uma vida sem violência. Qualquer que seja a luta que precise ocorrer, serei incapaz de participar. Mas posso ajudar de outras formas.

Prue observou enquanto a multidão continuava a se dissipar, cada indivíduo desaparecendo entre os vilarejos de árvores e pequenas cabanas que salpicavam a paisagem.

— Quantos — perguntou ela — você acha que serão?

Sterling, a raposa, resmungou baixinho:

— Teremos sorte se tivermos quatrocentos — disse ele.

Iphigenia, com o rosto sério, olhou para a raposa:

— Terá de ser suficiente.

— Só isso? — perguntou Prue. O número parecia muito pequeno.

— Você viu as pessoas — disse Sterling, na defensiva. — Mesmo se conseguirmos todo mundo, todos os trabalhadores rurais e o povo das propriedades do outro lado do Riacho do Moleiro, não teremos muito mais do que isso. Esse é um país tranquilo; não estamos acostumados a transtornos como este.

Iphigenia suspirou:

— E, apesar disso, a Árvore do Conselho decretou isso. Temos pouca escolha nesse assunto.

— E quanto a... quanto a... — A mente de Prue vagava desesperadamente procurando opções. — E quanto às outras criaturas... do Bosque? E quanto a todos os animais do Bosque Selvagem... eles não gostariam de se aliar a nós nisso? Quero dizer, os lares deles estão correndo tanto perigo quanto os de vocês.

Iphigenia sacudiu a cabeça.

— Impossível — disse ela. — As criaturas do Bosque Selvagem, o que sabemos sobre elas, pertencem a bandos e famílias com poucos laços. É verdadeiramente um país selvagem. Fazer com que todos esses bandos separados se unissem seria impossível.

Prue pensou em algo.

— Os bandidos — disse ela. — E quanto aos bandidos?

Os olhos de Sterling se arregalaram:

— Aqueles arruaceiros sedentos por sangue? Você está brincando? Ninguém em sã consciência se aliaria àqueles marginais anarquistas. Teríamos todos nossas gargantas cortadas e nossas bolsas roubadas.

— Não acho que isso seja verdade — protestou Prue. — Não acho mesmo que isso seja verdade. Já estive lá... no acampamento dos bandidos.

— Você já foi ao acampamento dos bandidos? — perguntou uma Iphigenia surpresa. — Como é que você conseguiu uma façanha dessas?

Prue suspirou:

— É uma longa história. Eu estava montada nas costas de uma águia quando fui abatida por um arqueiro coiote. Eles me encontraram e me levaram ao seu esconderijo. É no alto de um barranco muito profundo... totalmente escondido. Não estava lá há muito tempo, no entanto, quando eles perceberam a presença de alguns coiotes nas redondezas... eles estavam seguindo meu cheiro, percebe? Então o Rei deles, acho que era assim que o chamavam, me levou em seu cavalo para longe do acampamento para que eu não os guiasse até o esconderijo. Foi então que fui capturada pela Governatriz.

A raposa ficou momentaneamente muda:

— Eles não causaram nenhum mal, causaram? Quero dizer, isso é o que eles fazem, não é mesmo?

— Não, eles foram muito cavalheiros — disse Prue.

— Sempre suspeitei disso — falou Iphigenia. — Que os bandidos eram uma turma solidária, apesar de poderem ser anárquicos. Uma coisa é certa: eles seriam a mais forte e mais organizada das muitas tribos e dos muitos bandos do Bosque Selvagem. Aliados formidáveis, se fôssemos capazes de conquistá-los.

— De forma alguma — falou a raposa, irritada. — De forma alguma vou marchar ao lado de um bando de bandidos do Bosque Selvagem. É um milagre que consigamos nos manter vivos, apesar de eles afanarem nossos carregamentos que vêm e vão para o Bosque do Sul.

— Mas, Nobre Raposa, você esquece que para cada carregamento que é desviado outros têm permissão para passar. Eles sempre permitiram que chegasse até nós o suficiente para vivermos confortavelmente — disse Iphigenia. Ela se virou para Prue. — Você acha que seria capaz de encontrar esse esconderijo novamente?

Prue pensou por um momento.

— Não acho que conseguiria chegar exatamente ao esconderijo — falou ela —, mas conseguiria chegar *perto*, acho. É logo ao sul daquela ponte grande... aquela que cruza o barranco.

— A ponte da Fenda — corrigiu Iphigenia. — Sim.

— E para o oeste — continuou Prue, sua memória ocupada em refazer o caminho de seu trajeto desde o esconderijo. — Sim, é isso: oeste da Longa Estrada. E sei que eles deixam sentinelas por todo lado em volta do acampamento. Se eu fosse capaz de fazer uma bela confusão, sem dúvida eles me prenderiam, não é mesmo? E sei que eles me reconheceriam. Eu poderia explicar o que está acontecendo!

Iphigenia balançou a cabeça.

— Posso quase ter certeza de que eles ficariam tão preocupados quanto estamos. Essa ameaça nos coloca a todos em perigo.

— Deixe-me ir — disse Prue, sentindo uma onda de determinação se elevar na cavidade de seu peito. — Enquanto vocês esperam a milícia se reagrupar, deixe-me ir até o Bosque Selvagem. Tenho minha bicicleta. Posso pegar a Longa Estrada e talvez eu consiga chegar até os bandidos e convencê-los a se juntar a nós até o momento em que o exército do Bosque do Norte estiver em sua marcha.

Iphigenia ficou pensativa.

— Essa é uma jogada arriscada, querida — falou a Mística Anciã. — Você certamente está se arriscando a entrar em conflito com os bandidos. Talvez achem que isso é uma cilada para tirá-los de seu esconderijo. Não há como dizer como eles vão reagir.

— Temos outra escolha? — perguntou Prue. — Quero dizer, se os tivermos ao nosso lado, talvez sejam centenas deles, pelo menos teremos uma chance contra a Governatriz.

Ela ficou olhando alternadamente para Iphigenia e Sterling com uma expressão desesperada. A raposa cruzou os braços e bufou. Iphigenia, depois de um momento, balançou a cabeça.

— Sim — disse ela. — Vá. Vá até os bandidos. Conte a eles sobre nossa situação. Sobre a situação *deles*. Enquanto isso, vamos juntar nossas armas e nos preparar para partir. E vamos encontrá-la na Ponte da Fenda. Antes que o sol tenha se elevado até a marca do meio-dia.

— Ela levantou os olhos e calculou a altura do sol, seu brilho enfraquecido pelas camadas de nuvens sobre o horizonte. — Vá agora. Seja rápida. Temos pouquíssimo tempo.

Prue desceu a escada vertical correndo e saltou sobre sua bicicleta, colocando-a em movimento.

※

Curtis podia sentir o cansaço bem nas solas de seus pés. O pouco que tinha dormido na noite anterior — alguns cochilos esporádicos ao lado de uma fogueira — não tinha sido exatamente adequado para preparar seu humor para uma longa marcha pela manhã. Uma marcha que, indubitavelmente, terminaria com o fim dele próprio. A gravidade da situação se desfraldava lentamente diante dele, subindo por sua pele como um calafrio. Ele se encontrou desejando o conforto de sua cama, sua estante de livros lotada, o som abrasivo de seu alarme, os ruídos de passos intermináveis de suas duas irmãs que enchiam o corredor do lado de fora de seu quarto. Passou a corda da atiradeira entre os dedos enquanto caminhava, sentindo a aspereza da corda de cânhamo e a suavidade do couro da pequena baladeira. As seis listras de tinta da largura de um dedo que um companheiro bandido tinha feito em seu rosto ainda pareciam frescas contra sua pele.

As duas longas colunas de marcha tinham se espalhado assim que eles saíram da área cercada do esconderijo no barranco, e Curtis podia

ver as formas escuras de seus companheiros bandidos abrindo caminho habilidosamente entre a vegetação. Enquanto eles viajavam mais rápido do que nunca, certa energia parecia ser sugada deles. A realidade de sua empreitada condenada pairava sobre eles como um nevoeiro denso, inquebrável. Curtis tentou distrair os próprios pensamentos de desamparo vasculhando o solo em busca de bons projéteis para usar em sua atiradeira. Ele os enfiava no bolso à medida que os achava e podia sentir o peso dos bolsos cheios de pedras e seixos a cada passo.

— Mantenha o ritmo, Curtis — sussurrou um bandido à sua frente, percebendo que ele estava perdendo o andamento ao parar para apanhar uma pedra com uma boa aparência.

Era Cormac. Curtis o obedeceu, enfiando a pedra no bolso e correndo na direção dos outros. Estavam se afastando cada vez mais do acampamento; já não havia nem pistas da fumaça de madeira no ar. Septimus tinha deixado seu posto habitual no ombro de Curtis e podia ser visto ocasionalmente, saltando de galho em galho de árvore sobre suas cabeças. Depois de um tempo, a tropa chegou à Longa Estrada. Brendan, tendo colocado sua coroa de vinhas, estava parado à frente do grupo de bandidos, acenando para que se aproximassem.

— Vamos seguir a Estrada — explicou ele, assim que o exército tinha se reunido à sua volta. Com um longo bastão nodoso, começou a desenhar um mapa grosseiro na terra úmida da estrada. — Até a trilha de caça de Hardesty, então voltaremos para dentro da mata. Não podemos contar com números nessa batalha, estamos em número muito menor, mas podemos tentar compensar com o fator surpresa. Com um exército daquele tamanho, tenho de presumir que eles vão estar na Longa Estrada o quanto puderem; provavelmente sairão da Estrada para o oeste entre a bifurcação norte e central do Riacho da Cadeira de Balanço. — Ele desenhou uma longa linha sinuosa com a vareta e marcou um *X* no final. — Chegaremos até eles pelo noroeste, logo acima do Alaque. Isso é o melhor que podemos fazer. — Levantou os olhos para os bandidos agrupados. — Está claro?

Um coro de respostas afirmativas se formou no grupo.

O queixo de Brendan estava tenso, mostrando a firmeza de sua determinação.

— Vamos nos mover — disse ele.

O exército de bandidos começou sua marcha pela Longa Estrada. Curtis ficou no pelotão traseiro, ainda vasculhando o solo sob seus pés atrás de pedras. Algo chamou sua atenção: o piscar de metal brilhante na vegetação perto da lateral da estrada. Ele se afastou das colunas de marchadores e ajoelhou. Empurrando para o lado um pequeno ramo de talos espinhosos, Curtis ficou surpreso ao ver as chaves de sua casa.

— Minhas chaves! — disse em voz alta.

Ele tirou as chaves da vegetação e as balançou momentaneamente em sua mão, ouvindo aquele som familiar. Septimus, ficando para trás no desfile dos bandidos, foi até o lado do garoto.

— O que é isso? — perguntou ele.

— Minhas chaves de casa — respondeu Curtis. — Devem ter caído do meu bolso quando eu estava sendo carregado por coiotes.

— Fascinante — disse Septimus ironicamente. — Só que não deveríamos ficar tão para trás. Precisamos estar presentes em nossos próprios suicídios.

Curtis sorriu, desconfortável.

— Certo — disse ele, guardando as chaves no bolso. — É só que é uma loucura pensar que, tipo, indo direto naquela direção, através da mata, fica a Ponte Ferroviária. E, depois dela, minha casa. Foi por lá que entrei. — Balançou a cabeça, como se estivesse afugentando um encanto. — Loucura.

O exército dos bandidos estava bem adiante na Longa Estrada nesse momento, o pelotão central da coluna desaparecendo em uma curva. Septimus começou a correr pela superfície coberta de pedras, olhando por cima do ombro para Curtis.

— Vamos lá — disse ele.

— Certo — disse Curtis. — Estou indo.

Ele olhou uma última vez para a parede de árvores, para o arbusto que guardou suas chaves, e correu atrás do exército de bandidos para alcançá-lo.

🌿

Nunca em toda sua vida Prue tinha se concentrado tanto em pedalar sua bicicleta, tão compenetrada em cada giro dos pedais, nas contrações elásticas dos músculos de suas coxas enquanto eles produziam os movimentos rápidos e ritmados de suas panturrilhas e tornozelos. Ela estava apoiada apenas levemente no banco de sua bicicleta, seu peso deslocado mais para a parte traseira do banco para absorver melhor o impacto incessante da estrada esburacada. A mesma estrada esburacada, no entanto, causava um alvoroço ao carrinho vermelho da Radio Flyer que era puxado pela bicicleta; ele quicava e tremia loucamente enquanto a menina se movia e fazia um barulho incrível. Prue deixou o barulho ecoar; aquilo parecia desafiador. Além disso, se alguma coisa fosse capaz de atrair a atenção dos bandidos, certamente o som de um carrinho de metal batendo seria uma boa opção.

As árvores intrometidas se agigantavam na lateral da estrada, criando sombras frescas sobre a terra macia. Ela já tinha saído há muito tempo dos campos pastorais e dos arvoredos do Bosque do Norte; um portão de madeira marcava a fronteira entre as fazendas silenciosas e o país indomado do Bosque Selvagem. Um par de oficiais da lei, um humano e um texugo, lhe abriram o portão — ela não parou nem para lhes agradecer. E agora estava nas profundezas do Bosque Selvagem e os arbustos e as pequenas árvores que cercavam a estrada pareciam se esticar em sua direção como um milhão de braços cheios de folhas. O vento soprava em seu rosto e penetrava através do algodão pesado do capuz, mandando calafrios por seu corpo a cada sopro.

— Mais rápido! — gritava ela para suas pernas. — Mais rápido! — ordenava ela à bicicleta, às rodas, à corrente.

Seus olhos permaneciam grudados no ponto mais distante da Longa Estrada, enquanto manobrava sua bicicleta habilidosamente ao longo de todas as curvas da estrada. Sabia que o tempo estava se esgotando.

De repente, um esquilo apareceu no meio da rua na frente de Prue, e a menina gritou, apertando os freios com força. O esquilo tinha parado exatamente na sua frente e estava olhando para aquela geringonça de metal que vinha voando em sua direção. O freio fez um barulho alto, e seu pneu traseiro começou a derrapar, fazendo o carrinho da Radio Flyer rabear e se contorcer. O esquilo, instantaneamente reconhecendo que estava prestes a ser atropelado, soltou um som esganiçado e pulou para fora do caminho, justamente quando a bicicleta de Prue derrapou de lado e a jogou do seu banco. Ela bateu no chão com um grito grave de dor, suas mãos amortecendo o impacto da queda. A bicicleta caiu no chão atrás dela. O esquilo disparou para dentro do matagal sem nem mesmo olhar para trás.

— Olhe por onde anda! — gritou Prue.

Ela se levantou e, limpando a terra das palmas de suas mãos, correu de volta até a bicicleta. Inspecionando-a, Prue ficou aliviada ao descobrir que não tinha sofrido muitos danos a mais do que alguns arranhões no quadro. Levantou a bicicleta, montou novamente e saiu pedalando, esforçando-se ao máximo para recuperar a velocidade que tinha conseguido imprimir.

Não vou suportar outra queda como essa, pensou ela. *Se essa bicicleta me deixar na mão, estou ferrada.*

Seu coração batia forte no peito, e ela podia sentir seus pulmões trabalhando como um fole para acompanhar cada respiração forçada. Finalmente, seus olhos encontraram duas formas compridas distantes no horizonte, onde a estrada se tornava reta e a paisagem parecia ceder e afundar em um enorme desfiladeiro: as colunas enfeitadas que marcavam o lado mais próximo da Ponte da Fenda.

— Vamos lá, Curtis! — gritou Septimus. — Eles estão prestes a fazer a curva para entrar na mata!

— Estou indo! — respondeu Curtis, embora seus passos parecessem mais lentos, como se ele estivesse tentado a se demorar.

O chaveiro em seu bolso — que milagre aquilo tinha sido! — soava baixinho a cada passo do garoto, cada simples tilintar fazendo-o se lembrar de casa, de sua cama. Em sua mente, ouvia a risada ofegante de seu pai, gargalhando por causa de alguma piada boba de uma comédia na televisão. Sentia o cheiro da comida de sua mãe — algo que ele nunca tinha considerado ser nada extraordinário, mas agora, nesse ambiente, aquilo tinha o aspecto da própria ambrosia de Deus. Até mesmo o macarrão com molho de queijo de caixa que era servido como um almoço rápido numa tarde de verão parecia uma refeição gourmet. Podia ouvir sua irmã mais velha, o som dos seus passos de dança batendo com força através do teto debaixo do quarto dela enquanto ela ligava o som no máximo e imitava qualquer estrela pop pela qual estivesse obcecada no momento. Tudo aquilo estava esperando por ele. *Eu poderia simplesmente ir embora*, pensou ele. *Bem agora. Eu podia simplesmente ir embora.*

Olhou novamente para trás, para a curva na estrada que estava começando a esconder o lugar que tinha reconhecido como aquele por onde chegara pela primeira vez à Longa Estrada, quando fora amarrado às costas do coiote e a estrada passou voando em seu caminho até o covil. Aquilo tinha mesmo sido há apenas alguns dias? Parecia uma eternidade. E agora aqui estava ele, envolvido nesse plano temerário para tentar arrancar um bebê das mãos de uma mulher louca — e provavelmente morrer tentando fazer isso. Será que aquilo importava tanto? Em que ponto ele havia chegado a esse dilema? Quando recuperar essa criança — alguém que nem mesmo era um parente seu — tinha se tornado algo por que valesse arriscar sua vida? Nem mesmo Prue tinha ficado. Ela havia ido embora, de volta para seu lar seguro e feliz. Ela estava apreciando a comida de seus pais agora, sem dúvida, fazendo o dever de casa atrasado da escola, vendo amigos, assistindo a seus programas favoritos na televisão. Até onde podia imaginar, a vida dela tinha voltado ao normal. E talvez, um dia, a família McKeel pudesse aprender a esquecer, e o pesar de perder um filho se dissiparia. Por que ele se sacrificaria também?

— Psit! — chiou Septimus mais adiante. — Curtis, o que você está fazendo?

Curtis percebeu que estava parado no meio da Longa Estrada, com as mãos nos bolsos, os dedos roçando no metal frio das chaves de casa.

— Septimus — começou ele —, não sei como dizer isso, mas...

Fez uma pausa. Septimus levantou uma sobrancelha e esperou que ele terminasse.

— Acho que eu...

Um som veio de trás dele, interrompendo seu discurso. Era um som metálico distinto, perturbando o silêncio sereno da mata. Ele ficava cada vez mais alto, um som de metal batendo que parecia vir na sua direção. Curtis congelou e ficou escutando.

Era o som de uma bicicleta.

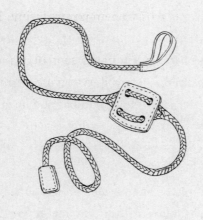

CAPÍTULO 24

Parceiros Novamente

—P rue!
A voz tinha soado inicialmente como o pio de uma coruja. O olhar de Prue estava tão atento à sua roda dianteira e ela estava tão preocupada em controlar a bicicleta em um pedaço particularmente acidentado da Estrada que ignorou o som, como se fosse apenas outra nota na infindável sinfonia que os muitos barulhos da floresta formavam. Mas o som surgiu novamente, mais alto, mais perto:

— PRUUUUUUE!

Aquilo era, indubitavelmente, alguém chamando seu nome. Ela levantou os olhos e viu, parada no meio da estrada, uma pessoa baixa usando um uniforme militar sujo. A pessoa tinha o cabelo e os óculos de Curtis, mas sua racionalidade se recusou a permitir que acreditasse naquilo. Enquanto se aproximava, no entanto, o fato se tornou inquestionável. Curtis não estava em sua casa em St. Johns. Curtis não estava a salvo com seus pais. Curtis não tinha ido embora do Bosque

Selvagem. Curtis estava parado bem na sua frente. E ela estava prestes a atropelá-lo.

— CURTIS! — berrou, enquanto seus dedos apertavam os freios de sua bicicleta, e o pneu traseiro derrapava e perdia a direção sobre a terra da estrada. O carrinho quicou violentamente atrás dela e bateu novamente no chão com força e um incrível *BAAANG*. Curtis saltou para se desviar do caminho, mergulhando de cabeça no arbusto na lateral da estrada. Derrapando até parar, ela abriu o apoio da bicicleta com o calcanhar e pulou do banco, correndo até o local onde Curtis tinha caído.

— Curtis! — gritou ela. — Não estou acreditando nisso. Não estou acreditando nisso!

Curtis estava se livrando de um pequeno arbusto de framboesas, os espinhos se prendendo de forma insistente ao seu uniforme. Ela esticou a mão, e ele a segurou. Juntos, eles ficaram parados na beira da estrada olhando um para o outro, espantados.

Os dois começaram a falar ao mesmo tempo:

— Achei que você...!

— Como foi que você...?

Incapazes de entender uma palavra, soltaram em uníssono um grito de felicidade e se abraçaram longa e alegremente.

Ao fim do abraço, Prue foi a primeira a falar:

— Achei que você tinha ido para casa! Aquela mulher, Alexandra, disse isso.

Curtis sacudiu a cabeça:

— Não, eu estava no covil quando você estava lá. Fui aprisionado!

Prue praguejou, seu rosto demonstrando sua raiva.

— Aquela maldita mulher diabólica. Não posso acreditar nisso! Todas as mentiras que ela contou...

— Mas você! — interrompeu Curtis. — Disseram que *você* tinha ido para casa.

— Eu fui — explicou Prue. — Mas dei meia-volta e retornei. Oh, Curtis, tanta coisa aconteceu desde a última vez que o vi... nem mesmo consigo começar a explicar.

Curtis bateu com a palma de sua mão no peito, animado.

— Comigo também! Você não acreditaria.

— Mas não tenho muito tempo — disse Prue, lembrando-se de sua missão. — Parti na frente do exército do Bosque do Norte... preciso buscar ajuda.

— O exército do Bosque do Norte? — perguntou Curtis. — O que é isso?

— Não é exatamente um exército — corrigiu Prue. — É mais como algumas centenas de fazendeiros e seus forcados. Parti na frente para tentar conseguir a ajuda dos bandidos do Bosque Selvagem... imagino que, com a ajuda deles, tenhamos alguma chance.

Curtis sorriu.

— O quê? — perguntou Prue, curiosa. — Por que você está sorrindo?

— Você os achou — disse ele.

— O quê?

— Os bandidos. Você os achou. Acontece que você está olhando para um bandido do Bosque Selvagem, alistado e jurado — disse Curtis orgulhosamente, com as mãos na cintura.

— Você? — perguntou ela. — Você é um bandido agora?

Ela levou a mão até sua própria testa.

— Sim — continuou Curtis. — Todo o bando de bandidos está bem ali atrás... — Virou-se enquanto falava, mas parou imediatamente ao ver que a estrada atrás dele estava vazia. — *Estavam* bem ali. — Olhou para Prue, sorrindo constrangido. — Espere um pouco — disse, levantando um dedo. — Volto já.

Tornou a virar-se e começou a correr pela Longa Estrada, a franja dourada de suas dragonas balançando. Quando chegou à curva na estrada, ficou parado na beira da floresta e gritou algo para dentro da mata. Depois de um momento, um vulto apareceu. Eles conversaram brevemente, e o vulto desapareceu novamente entre as árvores. Curtis se virou para Prue e agitou sua mão em forma de círculo, virando os olhos. De repente, a vegetação verde-escura se abriu e dúzias de homens e mulheres armados, vestidos com uma variedade de uniformes maltrapilhos, saíram das sombras para a clareira da estrada. Um homem que Prue reconheceu ser Brendan andava na frente do grupo e, com Curtis caminhando a seu lado, todos se aproximaram de Prue enquanto ela permanecia parada, muda, ao lado de sua bicicleta.

— Prue, esse é Brendan, o Bandido Rei — falou Curtis, quando o bando de bandidos chegou perto. — Acredito que vocês dois se conhecem.

— Já nos conhecemos! — gritou Prue, fazendo um reverência rápida e envergonhada. — Oh, Brendan. Estou tão feliz de ver que você está bem.

Brendan sorriu.

— Como estão suas costelas, Forasteira? — perguntou ele.

— Estão bem, obrigada — disse ela, ruborizando. — Estão bem melhores.

Prue estudou a multidão de bandidos agrupados; o número era menor do que ela tinha imaginado. Aparentemente, seu rosto deixou aquilo bem claro, porque Brendan se manifestou, oferecendo uma explicação, sua expressão repentinamente taciturna.

— Nossas tropas foram dizimadas. Não somos o bando saudável que você encontrou quando esteve conosco pela última vez. Mas não importa: você nos achou na marcha para confrontar a Governatriz Viúva de uma vez por todas. Planejamos dar a ela uma surra exemplar... mesmo que morramos tentando.

O grupo atrás do Rei murmurou com uma aprovação determinada.

— Mas escute, Brendan — disse Curtis, sua voz tremendo com animação —, Prue também tem um exército!

— O quê? — Brendan olhou fixamente para Prue.

A menina respirou fundo.

— Desde a última vez em que o vi, fui ao Bosque do Norte e falei com os Místicos lá. Eles concordaram em ajudar, em lutar contra a Governatriz. Eles convocaram sua milícia. Todo o povo do Bosque do Norte está se juntando para a defesa do Bosque. Estão a caminho agora... não podem estar muito atrás de mim. Saí na frente para encontrá-los, os bandidos, na esperança de vocês se juntarem a nós.

Um furor coletivo explodiu entre os bandidos reunidos.

— Aliados! — gritou um deles. — Nossa tropa aumentou!

Outro recriminou o primeiro:

— Aqueles palermas? Está de brincadeira comigo?

— Nenhum bandido nunca lutou ao lado de um civil... isso é impensável!

Brendan se virou e, sacudindo os braços no ar, tentou acalmar o grupo incontrolável.

— Calem a boca, todos vocês! — ordenou ele. Quando o bando tinha se calado, virou-se novamente para Prue. — De que tipo de exército você está falando? — perguntou ele.

— Quatrocentos — disse Prue —, mais ou menos. Humanos e animais. Armados com ferramentas rurais, na maior parte.

— E essa agora — comentou um bandido no meio da multidão. Seus vizinhos imediatamente fizeram sons para que se calasse.

Brendan assimilou a informação.

— Não é o ideal, mas o que conta em um guerreiro é sua habilidade e não sua arma — disse, passando a mão nos pelos ásperos de sua barba ruiva. — Um velho adágio bandido diz: "Um sino é um copo até ser tocado". Ele se virou para os bandidos agrupados e pediu sua atenção.

— Vamos lutar ao lado dos fazendeiros — disse ele, e o grupo explodiu em protestos.

— Nós roubamos deles, não lutamos ao seu lado!

— Meu avô estaria se revirando em seu túmulo se soubesse que uma neta dele vai lutar ao lado de um habitante do Bosque do Norte!

— Calados! — gritou Brendan. — Não vou aceitar protestos! Não abri uma votação sobre esse assunto, isso é definitivo! — Assim que os bandidos pararam com o clamor, ele continuou. — O credo e o código dos bandidos claramente determinam que "consideremos todas as plantas, animais e humanos iguais". Nunca na história de nosso bando essas palavras soaram mais verdadeiras. — Sua voz ficou fria e dura, enquanto apontava um dedo tatuado na direção da mata. — A ameaça que enfrentamos é compartilhada por cada ser vivo deste Bosque. Ao nos aliarmos ao Bosque do Norte nesta luta, não apenas honramos nosso código, mas o fortalecemos; o fortalecemos por torná-lo *real*. — Expirou com força pelas narinas e olhou para o grupo reunido. — Está claro?

Ele recebeu silêncio como resposta.

— Perguntei se está claro — repetiu, sua voz ecoando pela clareira estreita da estrada.

— Sim — disse um bandido. Alguns outros se manifestaram. — Sim, Rei.

Finalmente, todo o grupo fez coro para demonstrar sua aprovação, e Brendan balançou a cabeça e virou-se para Prue.

— Certo, menina — disse ela. — Leve-me até esse seu exército.

🌿

Prue tinha pedalado sua bicicleta até a tábua mais ao norte da ponte e, repousando seu quadro contra a balaustrada, descera do banco e estava naquele momento andando de um lado para outro, aflita, entre duas colunas. Ocasionalmente, olhava de lado para o ponto mais afastado da estrada, na esperança de que logo alguns vultos aparecessem na névoa distante — talvez as orelhas de um coelho ou o teto arredondado de uma carroça que seria a precursora do exército que estava chegando, mas, até então, a estrada permanecia vazia.

Todo o bando de bandidos ocupava o vão da ponte. Eles tinham chegado cheios de vigor e de animação, mas o tempo que tinha se passado entre sua chegada e o presente momento drenara suas energias. Vagavam sobre as tábuas da ponte sem rumo, e Prue estava totalmente atenta aos olhares que todos lhe dirigiam em busca de instruções. Curtis espelhava seus passos enquanto ela andava de um lado para outro; eles se encontravam sempre no meio do caminho e trocavam um olhar. A escuridão do desfiladeiro se derramava sob todos.

Brendan se encostou à balaustrada, com um ramo de grama saindo de seus lábios. Ele o mastigava, pensativo, enquanto continuava ali parado.

Finalmente, ele falou:

— Prue — disse ele. — Não podemos perder muito mais tempo.

Prue parou de andar. Olhou novamente para a Longa Estrada, que permanecia, como sempre, vazia.

— Não sei — falou ela, aflita. — Não achei que eles estariam tão longe de mim.

— E você tem certeza de que este exército está sendo reunido? — perguntou Brendan.

— Juro — disse Prue. — Eu estava lá quando as instruções foram dadas. A Mística Anciã, foi quem me mandou vir para encontrar vocês. E ela falou para nos encontrarmos aqui, nessa ponte. Oh, que *droga*!

Prue bateu com o pé no chão, ouvindo o som da sola de seu sapato ecoar na prancha de madeira.

Brendan afastou o olhar para o bando de bandidos que se espalhava. Vários deles tinham armas nas mãos — pistolas, rifles e espadas — e estavam ocupados em inspecioná-las como forma de passar o tempo.

— Temos de nos mover — falou ele —, se quisermos parar essa mulher. O momento está se aproximando rapidamente.

— Senhor — gritou um dos bandidos, apertando os olhos na direção de um ponto distante —, o povo do Bosque do Norte, lá vêm eles.

Tanto Brendan quanto Prue viraram a cabeça violentamente na direção em que o bandido estava olhando fixamente; com toda certeza, bem longe, fazendo uma curva, os primeiros vultos estavam aparecendo. Andavam em uma formação desordenada, e o que a princípio pareceu serem grupos espalhados de pessoas marchando logo cresceu até que toda a largura da Longa Estrada estivesse tomada de uma lateral à outra por um mar de criaturas. Eram coelhos e humanos, raposas e ursos — cada um vestindo os uniformes velhos e sujos de um trabalhador rural: macacões, jardineiras, camisas quadriculadas de abotoar e camisas xadrez de flanela. Em suas mãos e patas, carregavam todo tipo de ferramentas rurais conhecidas e caminhavam com uma espécie de determinação destemida que Prue não tinha esperado. A multidão estava separada aqui e ali por carroças puxadas por bois e burros, suas cores vibrantes criando um contraste contra um fundo dos milhões de tons de verde da floresta. Prue reconheceu Sterling à frente da multidão que marchava. Ela abriu um largo sorriso quando viu a raposa.

— Vocês conseguiram — disse ela, aliviada, assim que a multidão se aproximou.

Sterling estendeu a palma da mão em um cumprimento.

— Demorou um pouco, sim — falou a raposa —, mas aqui estamos.

Ela se virou para Curtis:

— Sterling, esse é meu bom amigo Curtis. Ele é, bem, ele é um bandido.

Curtis se curvou, em reverência.

— Prazer em conhecê-lo — disse ele.

Sterling olhou para ele, desconfiado.

— Você é o líder deles? — perguntou a raposa, seus olhos se movendo para o bando de bandidos espalhados.

— Oh, não, não — respondeu Curtis, afastando-se. — Você está falando de Brendan. O Bandido Rei.

Brendan se aproximou, suas mãos repousando no punho de seu sabre. Seu queixo estava elevado, sua coroa de vinhas emaranhada dramaticamente em seu cabelo ruivo encaracolado.

— Olá, raposa — disse Brendan.

Sterling estufou o peito ao perceber a chegada do bandido. Seus olhos se arregalaram.

— Olá, Brendan — falou ele, seu tom frio e firme. — Não achei que veria seu rosto desprezível novamente.

Alarmada, Prue olhou para Curtis. O garoto deu de ombros.

Brendan sorriu:

— É uma circunstância curiosa, com certeza. Mas isso tudo são águas passadas a essa altura, não é mesmo, raposinha?

— Sou a favor de prendê-lo, bem aqui e bem agora — disse Sterling. — Por tudo o que você já fez.

— Prendê-lo? Você está maluco? Somos aliados, lembra?

A raposa olhou para Prue.

— Você não mencionou nada sobre esse *psicopata* estar envolvido. — Ele apontou uma garra pontuda para o Bandido Rei, seus dentes à mostra. — Este *homem* é responsável por mais carregamentos de alimentos perdidos do que qualquer outro bandido no Bosque. Ele é procurado em todos os quatro países. Eu pessoalmente destinei minha cota da colheita desta estação como recompensa por sua captura, vivo ou morto. — Ele olhou novamente para Brendan. — Na última vez que nos encontramos, você teve sorte de permanecer vivo. Pretendo ser mais eficiente dessa vez.

— Oh, vamos lá, raposa — disse Brendan de forma recatada. — Não vamos brigar por causa de detalhes administrativos. Coisas mais importantes estão diante de nós.

Sterling estava furioso. Os pelos vermelhos espessos de seu rosto pareciam ficar ainda mais vivos enquanto seus olhos se estreitavam com irritação. Sua mão foi até a tesoura de poda na lateral de seu corpo; ele começou a sacá-la de sua bainha.

— Certo, raposinha — disse Brendan —, se isso é o que você precisa fazer. A lâmina prateada de seu sabre começou a emergir de sua bainha.

— Mostre-me seu melhor golpe, *delegado*.

Uma voz surgiu no meio da multidão de fazendeiros atrás da raposa:

— Pare com isso! — disse a voz. Prue se virou e viu Iphigenia, a Mística Anciã, abrindo caminho entre a multidão. Chegando à ponte, ela colocou a mão enrugada no braço da raposa. — Delegado Raposa, eu *ordeno* que você pare com essa besteira.

Brendan não tinha se movido, sua mão ainda posicionada em sua espada.

— Escute a velha dama, raposinha — disse ele.

Os pelos da nuca da raposa se arrepiaram.

— Você também, filho — disse Iphigenia, olhando para o Bandido Rei. Ela se aproximou e, colocando a mão sobre a de Brendan, empurrou o punho levantado da espada de volta para dentro da bainha. Depois de deter os dois combatentes, Iphigenia se afastou e olhou para o grupo cautelosamente. — Sinto muito por não termos chegado mais cedo, querida — disse ela a Prue. — Esses velhos ossos não se movem mais tão rápido quanto costumavam.

— Não tem problema — falou Prue, soltando um suspiro profundo e aliviado. — Apenas estou feliz de ver todos vocês.

Iphigenia sorriu antes de levantar a cabeça e apertar os olhos para olhar para o céu. Os dois exércitos se alinharam silenciosamente enquanto a Mística Anciã calculava a posição do sol. Satisfeita, ela olhou novamente para Brendan.

— Rei — disse ela —, nós lhe oferecemos nossos serviços. Somos um exército humilde, mas o que nos falta em armas compensamos em contingente. Termos mais de quinhentos aqui, fazendeiros e rancheiros, e todos muito capazes com uma foice e um forcado. Se vocês marcharem ao nosso lado, acho que seremos uma força formidável.

O rosto de Brendan tinha ficado mais suave na presença da Mística. Sua mão saiu do punho de sua espada, e ele se curvou, reverenciando respeitosamente a velha mulher.

— Se vocês nos aceitarem — falou ele —, ficaremos honrados.

— Não há necessidade de se curvar, Rei — disse Iphigenia, ruborizando. — Compreendo o credo de seu povo. — Ela se virou para ficar de frente para os fazendeiros reunidos. — Povo do Bosque do Norte, escutem com atenção. Hoje, nessa ponte, uma aliança foi decretada... embora temporária. Hoje, nós marchamos ao lado dos bandidos do Bosque Selvagem em um interesse comum. Vamos como aliados. — Virando-se para Sterling, a raposa. — Agora, eu apreciaria, pelo bem de nossa empreitada, se você e o Bandido Rei apertassem as mãos em um gesto de boa-fé.

A raposa grunhiu algo baixinho antes de se virar para Brendan.

— Muito bem — falou a raposa. — Se é para o "bem de nossa empreitada". — Ele esticou sua pata. Brendan a apertou prontamente. Depois de um breve momento, a raposa puxou sua mão e balançou a cabeça gravemente. — Está feito.

— Certo, bandidos — falou Brendan em voz alta. — Marcharemos ao lado do povo do Bosque do Norte.

Prue viu Iphigenia soltar um longo suspiro. Ela esticou o braço e segurou a mão de Prue, dizendo:

— Nosso pequeno plano está funcionando. Vamos torcer para que nossa boa sorte persista.

Prue sorriu.

— Com certeza.

Curtis se alinhou a Prue e esticou sua mão.

— Oi — disse ele, seriamente. — Eu sou Curtis. Sou amigo de Prue. Sou um bandido, também.

Iphigenia se virou para Curtis e começou a sorrir educadamente quando um olhar de surpresa apareceu em seu rosto:

— Bem, isso é uma coincidência e tanto.

Prue e Curtis trocaram olhares.

— O que é coincidência? — perguntou Curtis.

— Outro mestiço — explicou Iphigenia, segurando a mão dele. — Tendo visto apenas alguns em toda minha vida, é bastante notável encontrar dois em um intervalo de um dia.

Prue ficou muda. Curtis alternava olhares para Prue e a Mística.

— O que essa coisa de mestiço significa? — perguntou ele.

Iphigenia levantou a mão e deu um tapinha em sua bochecha.

— Não temos tempo para conversa fiada — disse ela, virando-se e se embrenhando entre a multidão de fazendeiros. — Temos trabalho a fazer.

※

A longa ponte suspensa de madeira rangia alto enquanto o exército cruzava o barranco do riacho e o cavalo de Alexandra relinchou, relutando em colocar o casco nas primeiras pranchas de madeira da ponte.

— Shhh — sussurrou a Viúva, tentando acalmá-lo, acariciando seu pescoço.

Ela forçou o animal a seguir adiante com uma ligeira batida dos calcanhares na lateral de seu corpo. O bebê murmurou em seus braços. A travessia era lenta; a ponte balançava sob o peso da fila de corpos que ela suportava. Assim que chegou ao outro lado, Alexandra acelerou o cavalo montanha acima para monitorar a travessia do restante do exército. As equipes de artilharia foram forçadas a cruzar sozinhas, por causa do enorme peso de seus canhões. Grupos de quatro soldados de cada vez empurravam vagarosamente os enormes monstros de metal sobre as tábuas da ponte suspensa que reclamavam do peso.

Alexandra estava impaciente.

Ela levantou os olhos para o céu sombrio. O sol estava se aproximando lentamente de seu ponto mais elevado. Faltavam apenas algumas horas para o meio-dia. Ela olhou para o barranco que o riacho abria na encosta da montanha.

— Capitão! — berrou ela.

Um coiote correu até ficar a seu lado. Usava uma mitra pontuda na cabeça e seu uniforme era de um escarlate profundo. Ele bateu continência ao se aproximar.

— Mande uma equipe de sentinelas até a margem norte do riacho — ordenou ela. — Devemos estabelecer um perímetro no lado norte do Arvoredo. Não quero nenhuma surpresa. Vou precisar de todas as minhas energias para fazer o encanto.

— Sim, Madame Governatriz — respondeu o capitão, e saiu correndo para organizar uma tropa.

Alexandra observou sua última equipe de artilharia chegar cautelosamente ao outro lado da ponte. Quando o exército estava agrupado na estrada, ela exigiu a atenção de todos.

— É aqui que deixamos a Estrada — ordenou Alexandra. — Para dentro da mata. Sigam-me.

☙

— De Magia do Bosque? — perguntou Curtis, ainda perplexo. — Eu nem sei o que isso significa!

O exército unificado de bandidos e fazendeiros do Bosque do Norte marchava em fila única pelo caminho estreito e sinuoso da trilha de caça de Hardesty, que se contorcia ao longo de uma encosta íngreme. Curtis caminhava logo atrás de Prue e sua bicicleta, enchendo a menina de perguntas.

— Já lhe disse tudo que sei, Curtis — disse Prue. — É algo chamado Magia do Bosque. Significa simplesmente que você é, tipo, meio que daqui. Ou algo assim.

— E *como* você é "de Magia do Bosque"? — perguntou ele.

— Já lhe disse: Alexandra tornou possível que meus pais tivessem filhos — respondeu, irritada. — Então isso faz com que eu seja de Magia do Bosque. Acho.

Curtis balançou a cabeça, incrédulo.

— O que quero dizer é que não sei como isso seria possível. Nós nem nos mudamos para cá até eu completar 5 anos.

— Vasculhe seu cérebro — sugeriu Prue. — Você tem algum parente estranho? Talvez algum deles tenha vindo do Bosque.

— Acho que minha tia Ruthie sempre foi um pouco estranha — especulou Curtis. — Ela vive bem no limite da Floresta Impassável... do Bosque... e realmente é bastante reclusa. Meus pais dizem que ela só é um pouco esquisita.

Curtis, em sua concentração, tinha deixado de manter o ritmo do resto da coluna que marchava. Um dos fazendeiros, um urso-negro armado com uma tesoura de jardinagem, grunhiu furiosamente quando Curtis foi parando e quase tropeçou em suas enormes patas.

— Desculpe!

— Apenas olhe por onde anda — rosnou o urso.

Curtis correu para se aproximar de Prue enquanto ela continuava a empurrar a bicicleta e o carrinho pela inclinação íngreme da trilha.

— Bem, aí está — disse Prue. — Sua velha tia Ruthie.

— Não sei — falou Curtis, balançando a cabeça. — Pensando melhor nisso, todos os meus parentes se encaixariam nessa descrição: um pouco estranhos.

De repente, um sussurro começou a descer a fila de pessoas que marchavam.

— Shhh!

O aceno de um braço se seguiu, passando de soldado a soldado, instruindo-os a se deitarem no chão. Curtis acenou para o urso-negro atrás de si, transmitindo o comando, enquanto ele e Prue se ajeitavam em silêncio no chão.

— O que está havendo? — sussurrou ele para Prue.

— Não sei — respondeu ela. Prue lenta e silenciosamente deitou a bicicleta na encosta da montanha. Cutucou a pessoa à frente, uma bandida usando um uniforme azul enlameado e com um rolo espesso de corda nas costas. — O que está acontecendo?

A bandida deu de ombros, bem abaixada entre as samambaias que se balançavam sobre a pequena clareira da trilha. Depois de um momento, as notícias percorreram a fila em uma série de sussurros. A bandida, recebendo a informação, se virou para Prue.

— Coiotes — sussurrou ela. — Na cordilheira ao longe.

Prue olhou para o outro lado do barranco. A ampla vegetação se espalhava na lateral da montanha, descendo até um leito vazio de um riacho onde duas inclinações se encontravam em um profundo V.

— Onde? — sussurrou ela. — Não estou vendo nenhum.

Curtis estava vasculhando a distante encosta também. Finalmente, o barulho de um galho quebrado em um arbusto anunciou a aproximação de seus inimigos. Dentro de momentos, a mata pareceu expelir uma tropa de por volta de trinta soldados coiotes, suas cabeças não muito mais altas do que as samambaias que os cercavam. Marchavam com dificuldade; não era fácil abrir caminho ao longo da inclinação da encosta.

Prue olhou para a longa fila de bandidos e fazendeiros agachados, buscando algum tipo de instrução. Viu a cabeça de Brendan emergir na fila. Ele estava acenando para alguns de seus companheiros bandidos na frente da coluna. Os sinais que ele fez com as mãos eram indecifráveis para Prue, mas os bandidos a quem tinham sido direcionados acenaram com a cabeça rapidamente, mostrando que tinham entendido. Andando agachado, ele seguiu a fila na direção de Prue e Curtis, parando ao lado da bandida na frente da menina. Fez uma espécie de movimento circular com o dedo indicador e apontou para o outro lado do barranco. A bandida balançou a cabeça rapidamente e puxou o rolo de corda que estava em suas costas.

— Qual é o plano? — sussurrou Curtis atrás de Prue. — Podemos fazer alguma coisa?

Brendan balançou a cabeça.

— Fique sentado em silêncio — sussurrou ele. — Apenas arqueiros e içadores para esta tarefa.

— Tenho uma atiradeira — sugeriu Curtis.

Brendan olhou para ele sem nenhuma expressão.

— Já usou uma antes? — perguntou ele.

— Não — respondeu Curtis.

— Como eu disse: arqueiros e içadores apenas — repetiu Brendan. — Mantenha sua posição.

Minutos se passaram. Os coiotes do outro lado do barranco, sem saberem do perigo que os espreitava na margem oposta das samambaias, continuaram sua marcha cautelosa ao longo da cordilheira. Os bandidos na fila escondida na trilha de caça esperavam o sinal de Brendan.

De repente, o vento mudou de direção e soprou sobre a encosta em que estava o exército escondido. Um dos coiotes, as medalhas balançando em seu peito sugerindo um posto superior, levantou o focinho, farejando o ar. Seus olhos se arregalaram quando ele notou o cheiro.

— Inimigos! — gritou ele, puxando um sabre da cintura. — Na cordilheira oposta!

Assim que o coiote fez a advertência, Brendan deu o sinal para a frente da fila. Cerca de vinte bandidos, em vários locais ao longo da coluna, se levantaram, prontos para a ação. Metade dos bandidos girava rolos de corda com ganchos na ponta em suas mãos, enquanto outros puxavam a corda de longos arcos e miravam cuidadosamente na encosta à frente.

— Arqueiros, AGORA! — gritou Brendan, e o ar sobre o barranco se transformou em um show aéreo de flechas voadoras.

Muitas das flechas acertaram seus alvos, e dezenas de arbustos foram arrancadas pelos corpos dos coiotes que rolavam sem vida pela encosta.

Naquele instante, a tropa de coiotes foi facilmente cortada pela metade, e os que sobraram começaram a ganir em pânico.

— Mantenham suas posições! — latiu o capitão coiote, ainda levantado com seu sabre empunhado. — Fuzileiros! Disparem à vontade!

Os soldados a quem o comando tinha sido direcionado começaram desesperadamente a tentar pegar seus longos rifles de trava manual, colocando pólvora e balas em seus canos de ferro. Os bandidos soltaram outra frota de flechas, e os poucos pobres coiotes que não tinham encontrado abrigo caíram no barranco antes que qualquer um de seus rifles fosse disparado. O capitão permaneceu de pé, parado, olhando desafiadoramente para a encosta à frente.

— Bater em retirada! — gritou ele. — Vamos voltar para buscar reforços!

Brendan aproveitou o momento para sinalizar para seus içadores arremessassem seus ganchos. A cordilheira, em um instante, ficou marcada por linhas de cordas esticadas, quando os ganchos se prenderam aos galhos de árvores pendurados. A bandida na frente de Prue tinha jogado uma corda como aquela e, testando sua força momentaneamente, saltou no ar sobre a vala com a facilidade fluida de um acrobata. Prue observou enquanto ela chegava ao outro lado e, desembainhando seu sabre, rapidamente despachava três coiotes com uma série de manobras rápidas como um raio. Ao longo da encosta, muitos outros içadores tinham atravessado a distância entre os morros e travavam combates acalorados.

O capitão coiote, furioso com a rapidez com que sua tropa tinha sido derrotada, soltou um latido curto e irritado para os bandidos e os fazendeiros no outro morro, embainhou sua arma e se virou para correr. Curtis foi o primeiro a perceber a retirada do capitão e rapidamente puxou a corda de sua atiradeira do cinto e começou a ajeitar uma pedra na baladeira.

— Vou pegá-lo — disse o garoto.

Prue olhou para ele de lado.

Curtis apertou um olho e começou a girar a atiradeira cuidadosamente, sentindo o peso da pedra formar um arco com o mecanismo da atiradeira em um círculo em volta do seu ombro. Calculou a distância entre sua posição e o coiote uniformizado, agora desaparecendo entre a vegetação, seu chapéu pontudo quicando logo abaixo dos galhos mais rasteiros. Antes que seu uniforme azul-marinho tivesse desaparecido, no entanto, Curtis deu um grito curto e soltou a corda. O tempo pareceu parar.

Curtis observou a pedra enquanto ela voava no ar sobre o riacho.

E a seguiu com os olhos enquanto ela caía com um poderoso *plop* no leito do riacho abaixo.

Ele levantou os olhos, cabisbaixo, para testemunhar a fuga do capitão para dentro da vegetação. De repente ele ouviu uma flecha zunir sobre o barranco e se alojar com um barulho seco nas costas do capitão. O coiote caiu, desaparecendo no profundo verde da mata estrondosamente.

Curtis olhou para a fila de soldados e viu Brendan de pé com seu arco empunhado e a corda ainda tremendo por causa da flecha disparada. Ele olhou de volta para Curtis e sorriu. Curtis sentiu seu rosto ficar quente e vermelho.

Brendan se virou e vasculhou o morro à frente, inspecionando o terreno em busca de sobreviventes. Tudo estava silencioso. Satisfeito, ele acenou para que a coluna continuasse marchando, seguindo a trilha.

— Belo tiro — sussurrou Prue por cima do ombro.

— Gostaria de ver *você* tentar — retrucou Curtis.

CAPÍTULO 25

Entrando na Cidade dos Anciãos

A trilha virava para o sul quando a cordilheira ficava muito íngreme para seguir; ela cruzava a vala do barranco e cortava a encosta do outro lado em zigue-zagues íngremes. Depois das montanhas, o solo se nivelava e logo levava a um novo barranco onde um segundo riacho, esse muito maior, abria um largo sulco na encosta. Uma pequena ponte de madeira cruzava o riacho nesse ponto e, do outro lado, a trilha serpenteava montanha acima e se abria na ponte. O exército agrupado de bandidos e fazendeiros fez uma pausa na clareira.

Prue e Curtis abriram caminho entre a multidão espalhada em volta da ponte e do riacho. Curtis mergulhou a mão na água corrente do leito do rio e trouxe o líquido até a boca. Prue ficou parada a seu lado, com as mãos na cintura.

Brendan se aproximou.

— Percebi que você está viajando desarmada, Forasteira — disse ele, levantando a sobrancelha. — Respeito um homem ou mulher que luta com os próprios punhos, mas você não parece ser desse tipo.

Prue franziu a testa, dizendo:

— Realmente não tinha pensado muito sobre isso, na verdade. Achei que talvez eu pudesse ser algum tipo de apoio não violento, se não for problema para você.

— Muito bem — falou Brendan. — Você e Curtis, venham até a frente da coluna. Talvez eu seja capaz de usá-los para carregar ordens pela fila de soldados em marcha.

Quando os guerreiros tinham se reabastecido com a água do riacho, Brendan soltou um breve e agudo assovio, e a coluna voltou à posição, seguindo encosta acima logo depois de passar pela pequena ponte. Curtis e Prue correram até o começo da fila, Prue cuidadosamente empurrando sua bicicleta pelo guidão, até que eles estavam logo atrás de Brendan e Sterling, a raposa.

— Quanto falta para chegar a esse lugar... como se chama mesmo? — perguntou Curtis, depois que eles alcançaram o topo da montanha.

Brendan estava monitorando a coluna que chegava ao ponto além dos ziguezagues, acenando para que o grupo seguisse a crista da cordilheira para leste.

— O Arvoredo dos Anciãos. Fica logo a leste daqui. Uma hora de marcha, talvez menos.

Prue fez a pergunta seguinte:

— O que é o Arvoredo dos Anciãos?

— O berço de uma civilização esquecida — respondeu Sterling, deixando Prue e Curtis passarem sua frente. — Ninguém sabe muito sobre eles. Mas acredita-se que todo o Bosque Selvagem foi um dia uma metrópole próspera, cheia de filósofos, fazendeiros e artistas. Dizem que eles sucumbiram há séculos e séculos, uma cultura florescente dizimada dentro de algumas décadas. Vítimas de uma invasão bárbara impiedosa.

Brendan, da frente, grunhiu.

— Estou vendo aonde você quer chegar com isso, raposa.

A raposa o ignorou.

— O único resquício dessa civilização, tão avançada para seu tempo, é esse único arvoredo de ruínas na direção do qual estamos marchando agora... e os descendentes da horda de bárbaros que a extinguiu.

— Quem seriam esses? — perguntou Curtis.

— Você está marchando ao lado deles — respondeu a raposa. — Esses "honoráveis" bandidos.

— Não existe nada que possa provar essa teoria — argumentou Brendan. — E, além disso, quem sabe: talvez aqueles anciãos tivessem merecido o que sofreram.

— Acredite no que quiser, seu criminoso — disse a raposa. — Acredite no que quiser.

Ouviu-se um farfalhar na vegetação do entorno, que silenciou os soldados, e a fila percebeu o aceno frenético do braço de Brendan. Ele relaxou, no entanto, quando viu que era Septimus, o rato, saindo de trás de uma vinha de hera. Chegando aos pés de Brendan, ele tremeu.

— Argh — disse ele. — Essa coisa me dá arrepios.

— O que houve, rato? — perguntou Brendan. — O que você viu?

Septimus sacudiu a cabeça.

— Amoras. Amoreiras. Até onde o olho pode ver. Logo depois daquele arvoredo de amieiros ali. — Ele estava ofegante de tanto correr e fez uma pausa para recuperar o fôlego. — Impassável — concluiu ele.

Como previsto, quando a longa coluna de fazendeiros e bandidos ultrapassou a concentração pacífica de amieiros altos, suas folhas um caleidoscópio de tons amarelos e verdes, os soldados chegaram a um impressionante emaranhado de arbustos de amoras que se esticava como uma parede em todas as direções, aparentemente impenetrável. Brendan praguejou baixinho.

— Homens! — berrou ele para a fila. — Teremos de abrir nosso caminho por conta própria.

O exército mergulhou de cabeça nos arbustos, suas espadas, foices e serras um brilho ofuscante de ferro contra o verde dos arbustos

— mas era inútil. Quanto mais conseguiam se embrenhar nos emaranhados densos de espinhos, mais os arbustos pareciam se envolver neles, prendendo-se a seus uniformes e roupas com seus espinhos afiados com formato de garras. Brendan finalmente recuou, voltando ao arvoredo de amieiros. Ele tinha arregaçado as mangas de sua túnica. Então seus cotovelos e seus antebraços estavam cobertos de arranhões vermelhos, algumas folhas estavam presas à sua barba.

— Maldição! — praguejou ele. — Eu devia saber disso... não venho ao Arvoredo há anos. Isso deve ter sido semeado e crescido desde então.

— Iphigenia — disse Prue, lembrando-se de Iris, a jovem aprendiz, e o tufo de grama trançado. — Devemos chamar Iphigenia.

Brendan olhou para ela de soslaio:

— O que ela vai fazer? Meditar até eles saírem da frente?

— Acredite em mim — disse Prue. — Apenas me deixe ir chamar Iphigenia.

Brendan colocou as mãos sobre os joelhos e brevemente abaixou a cabeça — suor pingava de sua cabeça e brilhava contra a estranha tatuagem em sua testa.

— Certo, Forasteira — disse ele, e depois acrescentou —, mas vá rápido. Nosso tempo está acabando.

Prue abriu o apoio da bicicleta e partiu pela trilha em uma carreira acelerada. A fila de soldados se estendia até os zigue-zagues que desciam até o leito do riacho, e eles ficaram olhando quando ela passou a toda pela fileira. Ela dobrou as últimas curvas em dois saltos curtos e disparou sobre a pequena ponte para chegar ao grupo de carroças que se movia com dificuldade pela trilha estreita.

— Iphigenia! — gritou ela, ao chegar à primeira carroça.

Uma pequena porta atrás do banco do condutor se abriu, e a cabeça da Mística Anciã surgiu sobre o ombro do condutor, um texugo de robe.

— Qual é o problema? — perguntou ela. — Por que paramos?

Prue fez uma pausa para recuperar o fôlego de sua corrida.

— Precisam de você... — balbuciou Prue. — Lá no... lá no topo da montanha.

— O que aconteceu? — perguntou Iphigenia.

— Amoreiras — explicou Prue. — Não podemos seguir adiante. Achei que você poderia, você sabe, pedir para que se movessem.

🌿

— O que isso quer dizer? — perguntou Iphigenia quando chegou ao topo da montanha. — Nosso tempo está prestes a acabar. O sol está alcançando o zênite.

— Minhas desculpas, madame — disse Brendan —, mas chegamos a um beco sem saída. Esse emaranhado de amoreiras é impassável. E dar a volta nos atrasaria demais. A menina sugeriu que talvez você pudesse ajudar nessa questão.

Iphigenia limpou a garganta e bateu o pé debaixo do seu robe bege. Ela deu alguns passos à frente para se aproximar da parede de arbustos.

— Essas plantas estão aqui há muitos e muitos anos. Por que não pegamos um caminho diferente? — perguntou ela.

Brendan ruborizou.

— Não estava ciente de que os arbustos estavam aqui — disse ele, ensaiando uma suave diplomacia com a mulher idosa. — Pelo menos não com essa *densidade*. Eu teria certamente escolhido um caminho diferente, mas esse é o único que temos tempo de seguir agora.

— Você gostaria que seu acampamento, seu esconderijo de bandidos, fosse movido, destruído e espalhado, porque assim quiseram... o que... talvez as árvores? — perguntou Iphigenia de forma nada solidária, sua mão balançando na direção do monte de galhos sobre eles.

— Eu nem mesmo sei a resposta para essa pergunta — respondeu Brendan.

Iphigenia ficou olhando para o Rei por um momento antes de capitular.

— Muito bem — disse ela. — Vou perguntar às amoreiras se elas podem se mover.

— O quê? — perguntou ele, impaciente. — Não sei se escutei você direito. Você disse que ia *pedir* às plantas para se moverem?

— Você ouviu corretamente, Bandido Rei. — falou Iphigenia, enquanto levantava a barra de seu robe e se preparava para se sentar de pernas cruzadas no chão da floresta. — Posso apenas pedir. Não faço promessas. Se negarem o pedido, não há muito que eu possa fazer. — Ela olhou de lado para o emaranhado de galhos diante deles. — Amoreiras tendem a ser bastante teimosas.

Brendan ficou mudo. Virou-se para Sterling, a raposa, olhando-o fixamente, procurando uma explicação. Sterling encolheu os ombros, deixando-o sem resposta. Iphigenia, com a barra suja de seu robe de tecido rústico embolada na altura de seus tornozelos cruzados, estava sentada no chão e começou a meditar. Curtis disparou um olhar desconfiado para Prue.

— Observe — disse Prue baixinho, mas de forma confiante.

Uma brisa calma soprava sobre o arvoredo de amieiros, espalhando o mosaico de folhas caídas em volta dos joelhos dobrados da Mística Anciã. O sol apareceu brevemente, e raios de luz dourada passaram pelos galhos dos amieiros. Prue estreitou os olhos para sentir o calor do sol contra sua bochecha. Iphigenia respirava profunda e ruidosamente, o ritmo de sua respiração servindo como uma trilha sonora estranha para o fim da manhã. Brendan, tendo observado a silenciosa sessão de meditação por alguns minutos e não testemunhando nenhum resultado, soltou um palavrão irritado baixinho e começou a se afastar.

Um som de surpresa surgiu entre o grupo de soldados na cordilheira. As amoreiras tinham começado a se mover.

Era um movimento lento a princípio — algumas folhas no emaranhado de galhos espinhentos se separaram, como se uma força invisível estivesse passando entre as plantas —, antes de começar a ganhar velocidade e os arbustos se desembaralharem de si mesmos como os tentáculos de um enorme octópode. Onde as vinhas estavam ancoradas na terra por um talo enraizado, os cachos capilares se contorciam até o chão, e o arbusto se alargava, abrindo-se como uma enorme flor cheia de espinhos. Pouco tempo depois, o movimento desse longo horizonte de vegetação chegou a um suave fim, e uma enorme passagem tinha sido aberta no profundo arvoredo de arbustos.

A respiração alta e barulhenta de Iphigenia se acalmou e cessou. Ela abriu os olhos e, olhando para os arbustos, acenou com a cabeça, em um agradecimento silencioso. Então se levantou, com alguma dificuldade, cambaleou na direção de Prue e segurou em seu cotovelo para se equilibrar. Brendan, parado na beira do arvoredo de amieiros, empalideceu.

— Agora, Bandido Rei — disse a Mística Anciã de forma repreensiva —, se pudermos evitar esses deslocamentos no futuro, eu... e a floresta... ficaríamos muito gratos.

🌿

O exército caminhava em silêncio através do Arvoredo, cercado pelas pedras brancas como osso das colunas e colunatas tombadas, essa cidade antiquíssima servindo como testemunha silenciosa de cada um de seus movimentos. Alexandra estava montada em seu cavalo no meio do exército de coiotes, o oceano de corpos caninos uniformizados se espalhando na clareira à sua volta. O bebê estava adormecido agora, aninhado contra seu colo, acalmado em seu sono pelo suave balançar do passo do cavalo. A hera criava um profundo tapete verde aqui, sufocando quase qualquer outro ser vivo nas redondezas; apenas o mármore e a pedra que surgiam entre seus ramos pareciam desafiar a supremacia da planta no Arvoredo. Aqui estava um largo pedaço de pedra branca retangular — talvez a fundação de um mercado; ali estavam os resquícios de um arco sobre colunas, um auditório central. Em uma montanha baixa sobre a clareira, ficava o que restou de uma longa colunata.

Que desperdício, pensou Alexandra. Tanto conhecimento, perdido para o tempo.

Um soldado interrompeu seu devaneio. Era um coiote jovem, pouco mais velho do que um filhote, e seu uniforme enfeitado com ouro estava largo em seus ombros.

— O Alaque, madame — informou o coiote a ela. — Logo adiante... sobre aquela pequena montanha, nas ruínas da basílica. Fui instruído a lhe dizer isso.

— Obrigada, Soldado — disse a Governatriz, vasculhando o horizonte. — Você fez muito bem.

Aqui estavam eles. O momento se aproximava. O sol estava chegando a seu ponto mais alto. Logo seria meio-dia. Ela podia sentir a hera se agitando debaixo dos cascos do cavalo. As folhas verde-escuras e seus pequenos dedos contorcidos pareciam lamber seus tornozelos.

— Paciência, minhas queridas — sussurrou ela. — Paciência.

O batedor voltou sem fôlego.

— O Arvoredo. — Finalmente ele cuspiu. — Logo adiante! Os coiotes chegaram lá antes de nós... mas por pouco.

Brendan recebeu a notícia em silêncio. O exército de bandidos, Místicos e fazendeiros estava esperando. Atrás deles, o matagal de amoreiras tinha se emaranhado novamente e retomado seu formato intransponível quando o último dos soldados passara; agora todo o exército estava amontoado na sombra de uma vasta coleção de velhos pinheiros e cedros. Entre as duas árvores mais altas e largas da clareira ficava a primeira prova de que esse tinha sido um dia um país civilizado; uma única coluna ornada — nada diferente daquelas que Prue imaginava espalhadas por Roma ou Atenas — tinha tombado aqui, criando um contraste bizarro com a natureza selvagem dos arredores. Foi à sombra de uma das seções destruídas da coluna que Brendan reuniu seus capitães: Cormac, Sterling, a raposa, e Prue.

— Por que estou aqui? — foi a primeira pergunta de Prue.

— Você será nossa mensageira — explicou Brendan. — Uma função muito importante.

— Certo — disse Prue, desconfiada. Ela estava um pouco desconfortável com a designação. A vida das pessoas estava em risco aqui.

Brendan falava baixo:

— O Alaque é na velha basílica, no centro do Arvoredo. A basílica consiste de três níveis diferentes... pensem em três degraus gigantescos esculpidos na encosta. O exército da Governatriz vai entrar pelo nível mais baixo... era uma espécie de ponto de encontro. O terceiro nível, o mais próximo de nós, é a clareira onde está o Alaque. Vamos encontrar o exército coiote no nível intermediário. É lá que travaremos nossa batalha. Dessa forma, se formos empurrados para trás, ainda poderemos defender o Alaque.

Ele olhou cada um dos capitães nos olhos antes de continuar.

— Nos dividiremos em três unidades — explicou ele. — Duas unidades laterais e uma ponta de lança. Cormac, você vai entrar pelo norte. Sterling, sul. Eu vou liderar a unidade central de cima, entrando pelo oeste, cruzando o terceiro nível. Vocês vão ficar posicionados cada um em uma lateral do nível intermediário, ao norte e ao sul. Sigam ao meu comando. Com sorte, seremos capazes de dividir as forças deles pela metade entre o primeiro e o segundo níveis. No fim, no entanto, temos um objetivo e apenas um: evitar que a Governatriz chegue até o Alaque. — Ele se virou para Prue. — Nós nos dividiremos, e então a comunicação será de suma importância. É aí que você entra, Prue. Você vai precisar repassar as informações entre as unidades. Está claro?

Desesperada, Prue balançou a cabeça positivamente, empurrando de volta o medo que começava a se elevar das profundezas de sua barriga. Ela ficou imaginando se seus tênis estavam à altura da tarefa. Ela desejou ter calçado os tênis de corrida, aqueles cor-de-rosa berrante que seus pais lhe deram em seu aniversário. Ela tinha se recusado miseravelmente a usá-los, de tão horríveis que eram. Aquela consideração parecia tão mesquinha agora.

Brendan soltou um enorme suspiro:

— Temos cerca de seiscentos guerreiros. Contra mil deles. Isso não vai ser bonito. Mas, se pudermos simplesmente manter aquele Alaque protegido e impedir que a Governatriz complete esse ritual, quaisquer vidas perdidas não serão em vão.

O sol apareceu em meio a seu véu de nuvens, e Brendan olhou desafiadoramente para a luz que ele lançava sobre a floresta.

— Agora — disse ele.

Com um salto repentino, ele pulou até o alto de um pedaço caído da coluna e soltou um assovio grave para a multidão de soldados que aguardavam.

— Homens — começou ele. — Mulheres. Animais, todos.

O exército de fazendeiros e bandidos murmurou em consentimento enquanto eles se juntavam em volta do orador.

— Um dia, nestes arvoredos tranquilos — começou Brendan com uma voz encorpada —, uma grande civilização prosperou. Uma cidade de proporções magníficas agraciou este solo, cheia de vida e de ideias. Hoje, ela não existe mais. Mas suas ruínas permanecem como uma dura lembrança para aqueles de nós que sobreviveram a quaisquer devastações que ocorreram... uma lembrança de que ninguém está a salvo das maquinações daqueles que, a todo custo, desejam destruir os avanços da irmandade e civilidade.

Ele fez uma pausa, observando a multidão.

— Irmãos e irmãs — continuou —, humanos e animais. Hoje esquecemos quaisquer rancores que possamos ter uns com os outros em um esforço para combater um mal maior, um mal que ameaça acabar com todos nós. Hoje, não somos os bandidos do Bosque Selvagem. Hoje, não somos os modestos fazendeiros do Bosque do Norte. Hoje, nós marchamos juntos. Hoje, somos irmãos e irmãs. Hoje, seremos juntos os Irregulares do Bosque Selvagem, seiscentos de nós, e que o poderoso Bosque encha de medo os corações de quem se atrever a ficar em nosso caminho.

A multidão explodiu em aplausos.

Prue caminhou de volta até Curtis, que estava esperando pelas ordens junto do resto dos soldados.

— O que está acontecendo? — perguntou ele. — Por que você teve de ir até lá?

— Sou a mensageira — disse ela. — Minha tarefa é passar comunicados entre as unidades.

— Ah — disse Curtis, como quem entende das coisas — operações de comunicação.

Brendan, depois de ter descido da coluna caída, começou a distribuir ordens aos soldados reunidos. Ele separou o grande grupo de soldados em três seções; Curtis foi designado para a unidade de Sterling. Enquanto os soldados estavam recebendo ordens para marchar, Curtis se aproximou de Prue.

— Então pode ser que isso seja o fim — disse ele tristemente, esticando a mão.

Prue apertou a mão do garoto.

— É.

O exército em volta deles começou a tomar forma sob a direção de seus capitães. O que tinha sido um único grupo espalhado se transformou em três blocos definidos com soldados ávidos, com suas armas improvisadas e maltrapilhas levantadas e prontas para serem usadas. Os dois blocos das laterais se afastaram do bloco central e começaram sua caminhada até cada lado do Arvoredo diante deles. Curtis observou sua tropa se mover e rapidamente se virou novamente para Prue.

— Se eu não a vir novamente — disse ele —, será que você pode simplesmente dizer a meus pais que fiz isso por uma boa razão; que, no fim das contas, eu estava verdadeiramente feliz? Quero dizer, realmente achei um lugar em que me senti em casa. Você pode dizer isso a eles?

Prue sentiu lágrimas se formarem em seus olhos.

— Oh, Curtis — disse ela —, você mesmo pode dizer isso eles.

— Foi bom conhecer você, Prue McKeel. De verdade.

Os olhos dele começaram a lacrimejar, e o garoto passou a manga do uniforme sobre seu nariz.

Prue inclinou o corpo e o beijou na bochecha. A demonstração de emoção dele fez com que para ela fosse mais fácil, de alguma forma, esquecer o próprio medo.

— Igualmente, Curtis — respondeu ela.

Ele fungou para evitar que uma lágrima escorresse.

— Adeus, Prue — disse ele, e correu para se juntar à sua tropa.

Prue ficou parada, observando a coluna de soldados desaparecer na floresta densa. Quando já tinham sumido, virou-se e viu Iphigenia emergir de uma das carroças da caravana e acenar para que ela se aproximasse.

— Fique comigo, querida — disse ela —, até que precisem de você.

Prue subiu na carroça, sentando-se ao lado da Mística Anciã no banco do condutor. A menina estava tentando dar um sorriso amarelo quando a represa de suas emoções se rompeu e então começou a chorar. Lágrimas quentes corriam por sua bochecha; ela podia sentir seu gosto salgado nos lábios. Iphigenia, surpresa, acariciou suas costas.

— Calma, calma — disse ela, tentando consolar a menina. — Por que as lágrimas?

— Não sei — balbuciou Prue entre soluços. — Isso tudo é simplesmente tão assustador. Simplesmente levar meu irmão de volta. Quero dizer, só o fato de eu estar aqui. Sinto como se cada pessoa com que entro em contato acaba tendo a vida arruinada por minha causa.

— Você não precisa carregar todo esse peso em seus ombros. Acontecimentos maiores estão em jogo, minha querida — disse Iphigenia —, muito maiores do que você. O desaparecimento de seu irmão foi meramente o catalisador de uma longa cadeia de eventos que está esperando para ser desencadeada desde que o primeiro broto nasceu nessa floresta. Você teve tanto controle sobre seu próprio envolvimento nisso tudo quanto uma folha tem no momento em que está caindo. Devemos apenas seguir, devemos apenas seguir.

Prue fungou e cuidadosamente limpou algumas lágrimas da bochecha com a manga de seu casaco com capuz.

— Mas se eu não tivesse vindo até aqui... ou... ou — gaguejou Prue —, se meus pais nunca tivessem feito seu acordo com Alexandra e eu nunca tivesse nascido... não estaríamos nessa situação! Todas essas doces pessoas e animais não estariam colocando suas vidas em risco.

— Há tantos benefícios em querer parar o mundo quanto há em exigir que um botão floresça — respondeu Iphigenia, enquanto batia gentilmente na mão de Prue. — É melhor viver *no presente*. Assim, talvez possamos aprender a compreender a natureza dessa frágil coexistência que compartilhamos com o mundo à nossa volta.

Prue ajeitou sua postura sobre o banco e tentou recuperar o controle de seus sentimentos. As palavras da Mística, apesar de serem reconfortantes de sua própria forma, pareciam desvendar um mistério ainda maior.

— Onde você vai estar nisso tudo? — perguntou a menina.

— Ficarei para trás — explicou Iphigenia. — Minha ordem decreta isso. Ficarei sentada em meditação até que a batalha tenha cessado. O vitorioso será indiscutível; a floresta vai me informar sobre isso. Se a Governatriz prevalecer e a hera for libertada, então eu simplesmente me tornarei parte da floresta. Para mim, isso não é um destino terrível. É apenas algo inevitável.

Prue apertou os olhos para olhar para a Mística, confusa com a resignação pacífica em seu rosto. Se fosse passar mais tempo com a velha mulher, ela *teria* de se acostumar à franqueza às vezes alarmante da Mística.

Na clareira ampla, Brendan esperou que as duas unidades laterais partissem. Ele gastou aquele tempo inspecionando sua tropa; quando achou que já se passara tempo suficiente, correu para o local onde Prue estava sentada.

— Chegou a hora — disse ele. — Preciso de você ao meu lado.

Prue balançou a cabeça e desceu da carroça, engolindo as lágrimas que restavam. Olhou mais uma última vez para Iphigenia, sorrindo, antes de se virar para andar na direção dos soldados que esperavam.

🌿

Algo fez a Governatriz Viúva parar enquanto conduzia seu cavalo pelo tapete de hera que ia até a altura de seus tornozelos e cobria essas ruínas antiquíssimas. Um pensamento, como uma suave brisa quente em um dia frio que se dissipa assim que chega, se abateu sobre ela. Uma suspeita. Uma ponta de inquietação.

Mas por quê, pensou ela, nesse momento da minha vitória, nesse momento de realização?

Tinha sido tão fácil.

Ela não havia sofrido nenhuma resistência.

E, ainda assim, tinha sentido algo. Algo no fundo de seus ossos. Algo sussurrado entre as árvores, talvez, um murmúrio baixinho de planta para planta. Como se a floresta pretendesse se rebelar contra ela.

Riu para afastar o pensamento. Nem mesmo os Místicos do Bosque do Norte, com todo seu poder, poderiam trazer a floresta, esse cosmos sem lei de vegetais, para o lado deles.

O bebê estava despertando. Olhando-o fez um barulho reconfortante. Ele sorriu em resposta, esfregando os olhos com os punhos cerrados para espantar o sono e piscou por causa da claridade do sol, que tinha quase chegado a seu ponto mais elevado no céu.

Foi então que a floresta se abriu.

🌿

Brendan foi o primeiro a dar o comando.

— Coluna do centro — começou ele.

Prue ficou parada ao seu lado enquanto eles olhavam por cima do aterro para a horda de coiotes que se aproximava, a alta e implacável figura da Governatriz Viúva montada em seu cavalo no centro da multidão.

Em seus braços havia um bebê envolto em uma manta.

Meu irmão! Meu irmãozinho! O pensamento bloqueou todos os outros que passavam pela mente de Prue. Ela lutou contra a vontade de gritar o nome dele.

— Atacar! — falou Brendan, terminando seu comando de forma comedida.

O exército reunido de bandidos e fazendeiros do Bosque do Norte, os Irregulares do Bosque Selvagem, passou pela fila de árvores sobre o centro em ruínas da cidade antiga, e o silêncio macabro da clareira coberta de hera foi instantaneamente quebrado por suas vozes inflamadas e potentes.

*

Prue viu o cavalo de Alexandra empinar com o susto, quase derrubando a mulher de sua sela, e soltou um grito:

— MAC! — berrou ela, cedendo a seus instintos. O coração tenso com um impulso protetor em relação a seu irmãozinho.

A ponta de lança, a coluna central dos Irregulares do Bosque Selvagem, comandada pelo Bandido Rei de cabelos cor de cobre, desceu a encosta como uma enorme parede de água sendo liberada de uma represa e atingiu o insuspeito exército de coiotes com uma explosão barulhenta: corpos colidindo, ferro se chocando. Seus gritos de guerra, latidos e uivos surgiram no ar e ecoaram sobre a pedra de mármore da cidade arruinada. Os fuzileiros coiotes tinham sido pegos desprevenidos, com seus mosquetes descarregados, e foram forçados a se defender com as baionetas. Até mesmo os espadachins coiotes tiveram dificuldades com suas espadas embainhadas no caos dessa disputa inicial, dando aos Irregulares uma notória vantagem tática até que os coiotes fossem capazes de se afastar do combate por tempo suficiente para sacar suas armas.

Alexandra manobrou seu cavalo no meio da multidão e, batendo com os calcanhares em seus flancos, passou disparada por um par de soldados duelando até chegar a uma distância segura, sobre uma plataforma de pedra. Lá, ela tomou o bebê nas mãos e o colocou, de pé, em um alforje. Seu rosto rosado ficava de fora no alto da bolsa de couro. Alexandra segurou as rédeas com uma das mãos e sacou sua longa espada prateada com a outra.

— Coiotes! — gritou ela. — Atacar!

Uma onda de reforços dos coiotes passou sobre a crista do morro, chegando à clareira, mergulhando de cabeça na multidão de guerreiros com um estrondo impressionante. Eles tinham vindo preparados, seus sabres brilhando no meio da formação apertada. Uma longa fila de fuzileiros apareceu atrás deles e começou a encher os canos de seus mosquetes com pólvora e balas. Os Irregulares, apesar da vantagem inicial, pareciam estar perdendo terreno.

— Prue! — A menina escutou uma voz vindo de baixo do morro onde estava posicionada. Era Brendan. Ele havia subido correndo até metade da encosta e estava travando uma cuidadosa luta de espadas com um soldado coiote particularmente grande.

— Sim? — gritou ela.

— Vá até a unidade de Sterling! — gritou ele por cima do ombro, em meio ao barulho das espadas se chocando. — Mande eles entrarem!

— Entendido! — berrou Prue, levantando-se da posição em que ficara, agachada.

෴

Os soldados, agrupados sobre o tapete de hera muito verde, ouviram os sons reveladores da batalha subindo a montanha. Curtis se encolhia ao ouvir os gritos, o som de aço batendo contra aço, e o estalo dos disparos de armas de fogo. Seu coração começou a acelerar no peito. Sterling estava deitado de lado sobre o solo inclinado, escutando esses primeiros sons da guerra, seus olhos tremulando com expectativa.

— Maldição — murmurou ele. — Por que não simplesmente atacamos?

O som de passos na vegetação eclipsou os barulhos distantes da batalha.

— Prue! — gritou Curtis, vendo a amiga se aproximar em velocidade. Ela corria abaixada, e suas roupas estavam decoradas com folhas caídas e teias de aranha.

Sterling saltou para encontrá-la.

— Qual é a ordem? — perguntou ele freneticamente, assim que ela se abaixou na vegetação ao lado dos soldados reunidos.

— Vão — disse ela, lutando para recuperar o fôlego. — Brendan mandou vocês entrarem.

Um brilho surgiu nos olhos da raposa.

— Finalmente — disse Sterling. Ele se virou para os duzentos homens, mulheres e animais agachados atrás dele e disse: — Vamos nos mover.

Prue e Curtis compartilharam um olhar silencioso antes que os soldados na encosta, com um enorme berro coletivo, saíssem de suas posições e disparassem descendo a montanha.

Boa sorte, desejou Prue silenciosamente, apenas movendo os lábios, enquanto Curtis era carregado pela onda de soldados sobre a montanha e para a batalha abaixo deles.

CAPÍTULO 26

Os Irregulares do Bosque Selvagem; Um Nome para Invocar

De acordo com as instruções da raposa, Curtis, junto com os arqueiros e pistoleiros, depois de subir com dificuldade até o topo da montanha, manteve sua posição atrás de uma unidade de choque numa elevação acima da abertura da clareira. Ele observou enquanto os outros Irregulares entravam na batalha acalorada abaixo dele. Um urso-negro ostentando um mangual debulhador estava entrando na maré de coiotes com um entusiasmo surpreendente, uma larga trilha de coiotes inconscientes atrás dele. Um bandido, armado com dois sabres curtos, estava engajado em uma escaramuça violenta com um espadachim coiote; o coiote parecia estar levando a melhor sobre o bandido até que Curtis viu um coelho, suas pernas cobertas de jeans, se enroscando entre os pés do coiote, esticando uma teia emaranhada de barbante. Antes que o coiote tivesse alguma ideia do que estava acontecendo, o barbante prendeu seus tornozelos, e ele caiu sobre a terra enquanto golpeava com a espada. A figura da Governatriz Viúva, montada em seu cavalo, se agigantava sobre as hordas em guerra, e ela deixava uma impressionante trilha de destruição por onde quer que passasse com o cavalo: bandidos e fazendeiros caíam vítimas do aço cintilante de sua longa espada. Toda tentativa de derrubá-la da montaria parecia falhar; sua habilidade com a espada era claramente incomparável nesse campo de batalha. Curtis a observava com uma fascinação arrebatada enquanto ela abria caminho pela multidão, os olhos fixos na escadaria distante que a levaria até o terceiro nível da basílica: a clareira onde ficava o Alaque. Uma instrução latida o despertou de seu olhar enfeitiçado — Samuel, a lebre, estava parado no fim da fila de soldados na montanha e deu sua ordem:

— Lutadores de longo alcance, preparem suas armas!

Curtis deixou uma pedra grande cair na baladeira de sua atiradeira.

Um assovio alto emanou do meio do combate abaixo deles; parecia vir de Alexandra, que estava com os dedos posicionados entre os lábios. Dentro de um instante, um som ensurdecedor de guinchos rasgou o ar, e a fatia de céu a leste da clareira foi manchada por uma multidão de pássaros negros.

— Os corvos — sussurrou Curtis para si mesmo, pasmo.

Samuel parecia também ter visto aquela cena — os pássaros voando eram como pingos de tinta contra a fila de árvores enquanto eles mergulhavam sobre os guerreiros —, mas voltou sua atenção para seu pelotão.

— FOGO! — gritou ele.

A montanha ganhou vida com o estalo das armas de fogo e o zunido das flechas. Curtis deixou a pedra em sua atiradeira voar e a observou fazer um arco preguiçosamente na direção de seu alvo pretendido. Ficou desanimado ao vê-la cair bem antes de alcançar o alvo, perdida no oceano de hera que cobria o solo da clareira.

Um bandido parado ao seu lado, recarregando o cano de seu mosquete, viu o disparo.

— Balance com mais força — sugeriu ele. — Use mais o braço.

— Ok, certo — disse Curtis, enquanto pegava outra pedra no bolso.

Alguns corvos tinham caído durante essa saraivada, mas outros mais chegaram para tomar o lugar de seus parentes — uma nuvem escura de pássaros se afunilava pelo largo vale do primeiro nível da basílica. A clareira estava inundada pelo barulho de aço batendo e dos gritos de guerra dos combatentes.

Prue observou brevemente enquanto o batalhão da raposa fez seu movimento sobre a montanha chegando até o largo vale debaixo dela antes de se virar e correr de volta para sua estação — no pequeno agrupamento de árvores entre o nível intermediário e o mais elevado da basílica. O vale em que as ruínas se concentravam era coberto pela montanha de hera e árvores e, enquanto subia a montanha correndo, ela teve de calcular por alto onde tinha sido sua posição inicial. Decidindo por uma fenda nas árvores, mergulhou na vegetação rasteira no topo da montanha e, perdendo o apoio, caiu encosta abaixo, sua queda suavizada pelo manto espesso de hera. Levantando-se para se limpar, ela viu o Alaque no centro de uma clareira, sua base enfeitada estava coberta por brotos frescos de vinhas de hera. Começou a andar na direção dele — queria tocá-lo, sentir a pedra fria e austera —, mas se lembrou das instruções de Brendan quando o som de milhares de corvos guinchando surgiu além da parede de árvores.

Ela correu até sua posição anterior, atrás de um grupo de arbustos baixos de frutinhas alaranjadas e se virou na direção da batalha acalorada logo abaixo. Observou, boquiaberta, enquanto a nuvem pululante de corvos circulava sobre a clareira.

Brendan, ladeado por dois bandidos, estava parado no degrau mais baixo da larga escadaria que subia a inclinação até o nível mais elevado da basílica. Os três bandidos estavam em uma luta amarga contra um número cada vez maior de espadachins coiotes. Brendan e o bandido à sua direita agitavam seus sabres, impedindo desesperadamente a progressão dos coiotes, ao passo que o bandido à sua esquerda estava ocupado carregando munição no cano de seu rifle. Enquanto Prue observava, Brendan deu um chute ligeiro no peito de um coiote agressor ao mesmo tempo em que batia em outro com a parte cega de sua lâmina. Tendo um momento de descanso, olhou para Prue e a viu abaixar a cabeça atrás de seu abrigo.

— Bom trabalho! — gritou ele, saltando para trás, degrau por degrau, subindo o lance de escada. — Agora, rápido: vá até a unidade de Cormac. Quero que eles desçam a montanha, se reagrupem no nível mais baixo e varram a inclinação vindo do leste. Para pegá-los pela retaguarda. Está claro?

— Entendi — disse ela, preparando-se para correr.

Brendan limpou um fio de sangue da testa. Sua barba estava molhada de suor.

— Se conseguirmos segurá-los um pouco mais — disse ele, olhando para o campo de batalha —, talvez eu possa chegar à Viúva. Mas vou precisar daqueles reforços para criar uma distração.

Prue mergulhou na vegetação. A hera estava impossivelmente densa naquele ponto, no espaço entre o nível intermediário e o mais alto, e a corrida de Prue foi dificultada pela planta — mas ela chegou à montanha afastada em uma questão de minutos. Antes que pudesse perceber, estava descendo o lado protegido do morro, os galhos baixos das árvores chicoteando seu rosto e suas mãos. Descendo mais a encosta, a terceira unidade dos Irregulares do Bosque Selvagem a aguardava.

— O que está acontecendo? Devemos atacar? — perguntou Cormac freneticamente, quando Prue deslizou até parar entre os bandidos e fazendeiros que esperavam.

Esta era a última unidade a receber instruções, e Prue podia ver que ele estava desesperado para se juntar à batalha. Os sons que emanavam do vale abaixo da pequena montanha eram altos e ferozes.

— Ele quer que você desça a encosta — disse a menina, lutando para recuperar o fôlego. — Reagrupe as tropas na clareira. E então apareça pela retaguarda.

Cormac olhou para ela com uma expressão vazia.

— Como sabemos que não seremos cercados quando estivermos lá? Ele sabe quantos soldados ficaram no nível inferior?

Prue levantou as mãos como se pedisse desculpas. Ela podia ver o medo no rosto do bandido.

— Foi isso o que Brendan disse para fazer. Ele parece ter um plano.

— Muito bem — disse Cormac gravemente, voltando-se para os soldados reunidos sob seu comando. — Desçam a montanha, rapazes. Vamos entrar pela retaguarda.

Abaixando-se tanto quanto podiam, os Irregulares da terceira unidade desceram a encosta correndo enquanto os sons da batalha ficavam mais abafados atrás deles. Quando estavam longe o suficiente, Cormac os instruiu a manterem suas posições enquanto ele subia até o topo da cordilheira e olhava do outro lado. Prue esperou com o resto da unidade, ouvindo sua respiração silenciosa e constante e os sons de suas armas — ferro, madeira e pedra — enquanto eles as giravam, ansiosos, em suas mãos e patas.

Cormac voltou do topo. Seu rosto estava pálido e sério.

— Há um exército inteiro lá embaixo — disse ele friamente. — Esperando para se afunilar e subir até o segundo nível. — Ele olhou na direção de Prue. — É uma tarefa impossível.

— O que você quer que eu faça? — perguntou Prue, vasculhando o rosto cansado do bandido em busca de uma resposta.

— Nada — falou Cormac, finalmente, sacudindo a cabeça. — Diga ao Rei que fizemos o que nos mandou fazer. Diga a ele que há mais quatrocentos na clareira inferior. Há uma fila de artilharia pesada... eu diria que são 12 canhões... praticamente no alto da encosta. Eles precisarão conter aquilo. Quanto a nós, faremos nosso melhor.

Virando novamente para os soldados reunidos, Cormac deu suas ordens:

— Para o topo, rapazes — disse ele, e, com um grito incrível, os Irregulares da terceira unidade chegaram ao topo da montanha e desceram a outra encosta uivando. Prue permaneceu na proteção da colina por um tempo, escutando os gritos dos soldados e os latidos altos do exército coiote que eles atacavam, antes de respirar fundo e subir o aclive correndo entre as samambaias.

De volta aos degraus de pedra sobre a clareira intermediária, Prue ficou surpresa ao ver que Brendan tinha abandonado sua posição prévia na escadaria. Momentaneamente com medo de que ele tivesse sido ferido, ela se abaixou, rastejou até o topo da escadaria e olhou para o tumulto dos exércitos em guerra na clareira larga. Podia ver Alexandra no centro da multidão amontoada, sua espada descrevendo arcos largos sobre as cabeças dos soldados combatentes. O rosto de Mac, corado e deformado em um ataque de choro horrorizado, estava para fora do alforje do cavalo. Um anel apertado de recrutas coiotes formava uma barreira em volta de Alexandra enquanto ela lentamente tentava abrir caminho entre os combatentes. Ocasionalmente, um esquadrão de corvos mergulhava na multidão caótica e voltava ao ar com o forcado de um fazendeiro ou o sabre de um bandido em suas garras. De repente, Prue avistou a coroa de vinhas de Brendan no meio da confusão; ele tinha forçado passagem até mais perto de Alexandra e sua escolta.

— Brendan! — gritou Prue.

Era impossível falar mais alto do que o clamor ensurdecedor da batalha.

— BRENDAN! — gritou ela novamente.

Ela o viu hesitar em sua luta para vencer a multidão. Ele olhou em sua volta, procurando a fonte da voz. Ela se levantou e balançou os braços no ar.

— CANHÕES! — gritou ela, apontando para o local onde o solo se inclinava na direção da clareira mais baixa da basílica. — ELES ESTÃO TRAZENDO CANHÕES!

Ele franziu a testa, confuso.

Ela apontou novamente para a inclinação afastada, dessa vez com toda a animação que conseguiu juntar. Brendan olhou para onde ela apontou a tempo de ver os enormes canos pretos da dúzia de canhões que chegava ao topo da encosta. Seu queixo caiu.

※

Curtis foi o primeiro a ver os canhões, suas equipes de artilharia de quatro pessoas empurrando as enormes armas morro acima. Deviam ser mais de dez, todos alinhados ao longo da borda da clareira, e ele ficou perturbado ao ver as equipes de artilharia, assim que tinham posicionado os canhões, os virarem para mirar na fila de arqueiros e fuzileiros que guarneciam o morro em que ele estava naquele momento.

— Samuel! — gritou ele, sem tirar os olhos da fila de canhões.

— O quê? — perguntou Samuel, seu mosquete levantado na altura do olho enquanto ele mirava na multidão no meio da clareira.

— Canhões! — disse Curtis, apontando para a artilharia.

Samuel abaixou seu mosquete até a lateral do corpo e ficou olhando fixamente. Ele engoliu em seco.

— Mantenham as posições, rapazes.

— Você está brincando comigo? — perguntou Curtis.

— Mantenham as posições — repetiu Samuel, enquanto levantava o mosquete novamente até seu ombro, dessa vez mirando nas equipes de artilharia enquanto elas começavam a carregar os canhões. Vamos ver se conseguimos derrubar alguns deles antes de fazerem um disparo.

A fila de arqueiros e fuzileiros se virou, mirou na linha de artilharia coiote e disparou, a montanha explodindo com a fumaça e o fogo dos rifles. Curtis pôde ver vários oficiais da artilharia coiote caírem, sendo prontamente substituídos por reforços posicionados na inclinação atrás deles. Enquanto os Irregulares recarregavam, enchendo seus mosquetes de pólvora ou tirando flechas de suas aljavas, a artilharia coiote completou sua tarefa e disparou os canhões.

O mundo explodiu em volta de Curtis.

A explosão instantaneamente silenciou o barulho dos exércitos em guerra, e a audição de Curtis foi reduzida um apito agudo. O chão sob seus pés parecia ter se aberto, e ele foi coberto por uma chuva de terra enquanto era jogado para trás, caindo em um buraco que parecia sem fundo.

🙠

Prue gritou ao ver os disparos dos canhões atingirem a montanha cheia de arqueiros e fuzileiros, sabendo que Curtis estava posicionado ali. A montanha tinha praticamente se desintegrado sob o incrível poder de destruição da artilharia, deixando uma larga inclinação cheia de crateras onde um dia esteve uma encosta arborizada. O solo deslocado da encosta caiu como chuva sobre os exércitos em guerra na clareira. O que restou da montanha estava vazio, sem nenhum de seus prévios ocupantes.

No meio da tumultuada multidão de guerreiros, Prue viu Brendan, o sabre descrevendo um círculo selvagem em volta de sua cabeça. Tendo testemunhado o espetáculo estonteante e a devastação que a linha de canhões tinha causado, ele soltou um longo brado desafiador antes de mergulhar de volta na batalha.

Enquanto a equipe de artilharia coiote preparava suas armas para outra saraivada, uma turma nova da infantaria coiote subiu a encosta com rapidez desde o primeiro nível. Prue observou desesperada, compreendendo as implicações dessa nova investida: que a unidade de Cormac tinha sido incapaz de segurar os reforços. Como uma pia transbordando de água, o vale da clareira não conseguia conter a quantidade de corpos que agora abrigava, e a luta foi empurrada para colinas adjacentes enquanto o exército coiote, que predominava amplamente, começava sua destruição sistemática dos Irregulares do Bosque Selvagem.

🙠

Curtis saiu de seu estado inconsciente e ouviu o som tonitruante de um milhão de passos em volta de seus ouvidos. Sua audição ainda estava comprometida; o mundo soava como se estivesse coberto por uma neblina espessa. Estava parcialmente enterrado no solo e, enquanto vasculhava os arredores, percebeu que tinha acordado a mais de 5 metros da posição em que tinha inicialmente perdido a consciência. Os passos, ele descobriu rapidamente, eram do conjunto das forças dos coiotes e da infantaria dos Irregulares, depois que a luta tinha sido empurrada na direção da montanha coberta de crateras de balas de canhão. Curtis, se recuperando, cobriu a cabeça com o braço em um esforço para evitar ser pisoteado. Protegendo-se dessa forma, começou a rastejar para longe da multidão de guerreiros na direção de um pequeno matagal de ameixeiras.

Mal tinha chegado à segurança das árvores quando ouviu um *clique* atrás dele, o som inconfundível de uma pistola sendo destravada. Virou-se lentamente, ainda com as mãos e joelhos no chão, e viu um sargento coiote, seu uniforme manchado de terra e sangue parado sobre ele, sua pistola carregada e pronta para disparar.

— Olá, vira-casaca — disse o coiote, imediatamente reconhecendo Curtis de seu tempo no covil. — Que surpresa agradável. — Ele sorriu, seu rosto coberto de um lado ao outro por uma fileira de longos dentes amarelados. Segurava a pistola orgulhosamente em sua pata, prolongando o momento. — Vou gostar disso. Vou gostar muito disso. — Ele fez uma pausa e coçou seu focinho com o cano da arma. — Pode ser que consiga uma promoção por este feito... serei um herói de guerra condecorado. Sergei, assassino de vira-casacas. É assim que vão me chamar.

— Por favor — disse Curtis, se encostando ao tronco de uma árvore. — Vamos conversar. Você não precisa fazer isso.

— Ah, mas eu preciso — corrigiu o sargento. — Eu realmente, realmente preciso.

Ele esticou o braço que segurava a pistola, cuidadosamente apontando para Curtis. Curtis fechou os olhos com força, esperando o disparo.

Plonc.

O barulho surgiu repentinamente, e Curtis rapidamente abriu os olhos. Outro *plonc*. O coiote, sua pistola ainda esticada, estava sendo atacado de cima por ameixas.

— Que diabos? — gritou o coiote, olhando atentamente para os galhos da ameixeira.

O focinho de um rato apareceu atrás da cortina de folhas amareladas.

— Ei, vira-lata! — gritou o rato. Curtis viu que era Septimus. — Aqui em cima!

O coiote, enfurecido, tinha levantado a pistola e estava começando a mirar em Septimus quando Curtis percebeu que essa era a sua chance. Ele se levantou do chão com um salto e se jogou sobre o sargento coiote com toda a força que conseguiu reunir. Sua cabeça o atingiu na barriga, e Curtis pôde sentir quando ela desinflou como um balão de festa, o ar escapando pela boca com um *uuff!* alto. O coiote tombou com o impacto, e os dois caíram enroscados no chão. Curtis esticou a mão para segurar a pistola, e o coiote, recuperando os sentidos, se esforçou para afastar a arma do agressor. Finalmente, no caos, Curtis conseguiu envolver as mãos nas patas do animal que seguravam a pistola e tentou arrancar-lhe a arma. O coiote começou a bater com as patas traseiras na barriga de Curtis, e o garoto podia sentir as garras arranhando-lhe a pele dolorosamente debaixo do seu uniforme. O coiote, por cima, agora, soltou um latido frustrado enquanto tentava recuperar o controle da arma. Curtis a puxou em sua direção, o metal frio do cano da arma encostando em sua bochecha.

BANG!

Curtis se encolheu. Será que a pistola tinha disparado em sua mão? Será que ele tinha sido atingido?

A pegada firme do coiote sobre a pistola afrouxou, e suas patas cederam. Curtis viu que os olhos do coiote reviravam-se, e sua língua estava para fora da boca como uma lesma gorda. O coiote tombou, sem vida, por cima de Curtis.

Empurrando o corpo do sargento para o lado, Curtis deu um salto e olhou a sua volta. Ficou surpreso ao ver Aisling parada não muito longe, uma pequena nuvem de fumaça saía do cano de sua pistola. Ela ostentava um olhar chocado no rosto.

— Eu... — gaguejou ela. — Eu... eu não tinha... eu não a tinha usado ainda.

Um assovio soou dos galhos da ameixeira.

— E foi no momento certo — elogiou Septimus.

Curtis, solidário ao choque da menina, andou até ela e segurou-lhe a mão.

— Obrigado — disse ele. — Não sei o que teria acontecido.

Aisling forçou um sorriso.

— Bem, aí está — disse ela. — Foi bom você ter me dado isso.

O clamor da luta atrás deles os distraiu da conversa, e eles trocaram um último olhar furtivo antes de Curtis correr de volta para a batalha. Aisling permaneceu, imóvel, no Arvoredo, olhando para a pistola em sua mão.

🌿

A maré tinha claramente virado para pior. Prue estava de pé no degrau mais alto da velha escadaria, olhando para a clareira, enquanto os reforços dos coiotes chegavam aos montes pelo fundo. Ela tinha visto um pequeno grupo da unidade de Cormac aparecer na beira da inclinação, sendo empurrado para trás pelos soldados coiotes que os esmagavam. Pouco tempo depois, eles foram empurrados para o segundo nível e acabaram reunidos com a unidade de Brendan, apesar de ambas as tropas terem sofrido grandes baixas. Os Irregulares do Bosque Selvagem pareciam irremediavelmente separados, com os soldados reunidos das unidades de Brendan e Cormac cercados na clareira do nível intermediário, e o que havia sobrado da guarnição de Sterling tendo sido empurrada sobre a beira da cordilheira do sul.

A Governatriz, aproveitando o momento, começou a manobrar seu cavalo entre o mar de corpos na direção da escadaria que levava à clareira mais elevada. Brendan a viu se mover e gritou algo para os poucos bandidos que lutavam a seu lado; juntos, todos começaram a abrir passagem a golpes de espada na direção do caminho que Alexandra pretendia seguir.

Prue não viu como aquilo aconteceu — a ação na clareira era muito rápida e caótica para que fosse possível ver com clareza —, mas, nos poucos segundos entre o momento em que Brendan avistou Alexandra e a hora em que ele chegara à frente de seu cavalo, um disparo tinha sido feito de algum lugar distante. Prue não sabia dizer se tinha sido um atirador de elite dos coiotes, alojado em uma árvore em algum lugar, ou talvez o fogo amigo de um outro Irregular, mas seu alvo estava claro: a cabeça de Brendan se inclinou para trás, e ele, com um grito agonizante, caiu para longe do cavalo em movimento, uma mancha de um vermelho vivo repentinamente aparecendo no ombro de sua camisa branca.

Ao verem o Bandido Rei ser atingido, os soldados ao redor, humanos e coiotes igualmente, fizeram uma pausa na luta para observá-lo cambalear para trás e cair no chão. Os bandidos uivaram de raiva e desespero, mas, mal eles puderam testemunhar o ferimento de seu Rei, uma nova onda de soldados coiotes caiu sobre eles, fazendo-os voltar à batalha com uma ferocidade renovada. Brendan, abandonado, ficou caído nas vinhas de hera pisoteadas sobre o solo da clareira, seus dedos apertando o ombro.

— NÃO! — gritou Prue, que, sem pensar, desceu apressada os degraus de mármore na direção da horda de soldados em combate.

No frenesi da batalha, ela conseguiu passar relativamente despercebida. Um soldado raso coiote, tendo se livrado de seu oponente, a viu enquanto abria caminho na direção de Brendan e mergulhou para interceptá-la. Foi detido quando um dos Irregulares, uma doninha de macacão, balançou a lâmina de ferro de uma pá na frente dele, e os dois travaram um violento combate. Outro coiote se virou para observá-la enquanto ela rastejava entre as costas de dois soldados em batalha e apontou-lhe o longo cano de seu rifle; uma flecha se alojou com um *tuc* seco em seu peito, e ele caiu, ganindo, no chão.

Brendan estava rastejando desamparadamente sobre a pedra da clareira coberta de hera quando Prue finalmente chegou ao lado dele. O Rei conseguira cobrir apenas uma pequena distância; as folhas verdes da hera estavam borrifadas com seu sangue, criando uma trilha salpicada de vermelho carmesim atrás dele.

— Brendan! — gritou ela, segurando o braço dele.

Ele virou o rosto para a menina. Seus olhos estavam vidrados e a barba estava coberta de terra, suor e sangue. Sua camisa branca estava agora encharcada de um líquido vermelho, e a cor saudável lentamente deixava seu rosto.

— Forasteira — grasnou ele, seus lábios rachados abertos de forma forçada em um sorriso sarcástico. — Doce menina. — Ele olhou para o ferimento em seu ombro e cuspiu com raiva no chão. — Quinze gerações de bandidos — disse ele. — Quinze reis. E sou derrubado por um maldito tiro. — Olhou novamente para Prue. — Não quero morrer — disse ele, seu rosto suave e calmo. — Quero continuar aqui. Me ajude a continuar aqui.

Prue, o rosto coberto de lágrimas, arrancou seu casaco de capuz e pressionou o tecido de algodão contra o fluxo de sangue no ombro do bandido. O verde do casaco se tornou marrom quando o tecido se encharcou com o sangue.

— Você vai ficar bem, Rei — disse Prue. — Precisamos apenas estancar esse sangramento.

Desesperadamente observando a fúria da batalha atrás deles, Prue procurou entre a multidão por outro bandido que pudesse ajudar; seu conhecimento de primeiros socorros era lamentavelmente limitado.

— Socorro! — gritou ela. — O Rei! Ele foi atingido!

De repente, uma longa sombra caiu sobre Prue e o corpo prostrado do Bandido Rei. Prue apertou os olhos e olhou para cima para ver Alexandra, alta como uma torre na sela de seu garanhão negro, enquanto o cavalo empinava dramaticamente, suas patas dianteiras levantando um borrifo de terra. A espada da Viúva estava desembainhada, e ela a segurava acima da cabeça, a lâmina molhada de sangue. O bebê em seu alforje gemia.

— Seu tempo acabou, Bandido Rei — disse ela. — Uma nova era no Bosque Selvagem começou.

Sem mais nenhuma palavra, ela esporeou o cavalo e saltou sobre os dois, Prue e Brendan, em um único movimento, galopando na direção da escadaria de mármore desprotegida que levava ao nível superior da basílica em ruínas.

CAPÍTULO 27

A Hera e o Alaque

Os restos esfarrapados e desconjuntados da tropa de Sterling foram facilmente encurralados e desceram a montanha na direção contrária à basílica, apesar de muitos continuarem disparando tiros apressados e sem direção sobre a horda de coiotes que os perseguia enquanto fugiam. Aqueles que sobreviveram ao massacre acharam abrigo em um largo promontório de granito construído sobre uma grande pilha de enormes rochas. As ruínas de uma torre tombada ocupavam o lugar; apenas a fundação restava. Enquanto Curtis disparava na direção desse refúgio, esquivando-se de uma nova saraivada de tiros dos fuzileiros coiotes, viu Sterling, acenando para que ele se apressasse.

— Vamos lá! — gritou ele. — Rápido!

Ele subiu a escada quebrada correndo e se jogou no chão de pedra do promontório. Uma muro baixo de pedra, o resquício daquela fundação antiquíssima, servia como uma espécie de cerca baixa na beira, e foi atrás desse muro que a pequena tropa de Irregulares achou abrigo. Atrás do promontório, o solo desaparecia em um barranco profundo.

Curtis rastejou até o muro e espiou por cima dele. A encosta inclinada estava tomada por soldados coiotes, um suprimento que parecia infinito descia a montanha. O promontório abrigava cerca de cinquenta bandidos e fazendeiros, sentados com as costas contra a parede. Eles se revezavam colocando a cabeça sobre a borda do muro e disparando sobre a turba de coiotes. O ar espesso tinha um cheiro forte de suor e pólvora. Um bandido, com a perna gravemente ferida, estava sendo confortado por outro soldado no canto da fundação. Os rostos cobertos de sujeira que Curtis viu entre os muros baixos da construção em ruínas estavam carregados de tristeza, a tropa irreversivelmente desmoralizada.

Os coiotes que se aproximavam obedeceram as ordens de seus capitães e se esconderam atrás de qualquer coisa que lhes proporcionasse abrigo no jardim de esculturas cheio de degraus. Seus contingentes cresciam cada vez mais enquanto mais reforços, livres da luta na basílica, se juntavam a seus compatriotas na encosta. Os galhos das árvores se dobravam com o peso dos bandos de corvos que observavam do alto o desenrolar da cena.

Um dos capitães coiotes moveu sua cabeça de trás de seu abrigo e gritou:

— Vocês estão cercados! Rendam-se! Não há mais para onde ir!

Sterling, com as costas contra a beira do muro perto da escadaria, olhou para o grupo reunido de fazendeiros e bandidos.

— Bem, amigos — disse ele. — Chegamos a esse ponto. — Ele parou de mover os dedos tortos que envolviam sua tesoura de poda. — Não os culpo se quiserem se render. Qualquer homem, mulher ou animal que quiser fazer isso, sugiro que vá agora.

Ninguém se moveu. O som distante de tiros podia ser ouvido por cima da montanha.

Sterling balançou a cabeça.

— Certo, então — disse ele. — Para a brecha, lá vamos nós.

Os remanescentes reunidos dos Irregulares do Bosque Selvagem balançaram a cabeça, concordando.

A raposa respirou fundo.

— Ao meu sinal — disse Sterling. — Um... dois...

※

— Meu Rei! — gritou uma voz que vinha de trás de Prue; ela se virou para ver um bandido correndo em sua direção, vindo de entre os soldados que lutavam na bacia da clareira. Prue estava com a cabeça de Brendan encostada em seu colo e usava toda a força que podia juntar para pressionar o casaco encharcado de sangue contra o ferimento profundo do Rei que estava caído. — O que aconteceu? — perguntou o bandido freneticamente.

— Um tiro... não sei de onde veio — gaguejou Prue. — Uma bala. No ombro dele. — Ela levantou seu casaco para revelar o tecido rasgado da camisa de Brendan, saturado de sangue, grudado à pele do peito.

O bandido fez uma careta.

— Segure firme — disse ele.

Ele enfiou a mão em uma bolsa de couro na sua cintura e tirou um pequeno vidro com uma infusão. Pingando algumas gotas de um líquido marrom-acastanhado sobre um punhado de folhas de hera rasgadas, aplicou o cataplasma no ombro de Brendan, usando o suéter de Prue como uma bandagem secundária. Brendan se contraiu quando o líquido entrou em contato com o ferimento aberto, e o bandido segurou a mão dele, apertando-a.

— Respire com a dor, Brendan — falou o bandido, calmamente. A batalha ainda se desenrolava lá atrás. Olhou para Prue. — Canela e erigeron — explicou ele. — Um troço forte. Deve ajudar a estancar o sangue.

Os olhos de Brendan tremiam enquanto ele lutava para se manter consciente, apesar do surto de dor.

— Tenho de ir — disse Prue. — Você fica com ele?

Ela sabia que Alexandra estaria se movendo na direção do Alaque. Não havia mais ninguém para detê-la.

O bandido assentiu, e Prue, de um salto, saiu correndo na direção da escadaria de pedra que levava ao terceiro nível da basílica.

Ela subiu a escada, de dois em dois degraus, até chegar ao topo da inclinação e seus pés encontrarem o carpete emaranhado de hera. No meio da clareira, Alexandra estava descendo de seu cavalo e tirando o bebê do alforje de couro. O Alaque, sua base toda coberta de hera, ficava no centro do espaço. Prue estava parada no alto da escadaria e abriu a boca para gritar:

— Alexandra!

A voz não era a dela. Vinha do outro lado da clareira. Prue, sua boca se fechando, olhou atentamente para o outro lado do adro e viu Iphigenia, a Mística Anciã, abrindo caminho pela densa vegetação rasteira na direção da Governatriz.

— Liberte o bebê — ordenou ela.

A governatriz soltou uma gargalhada.

— Iphigenia — disse ela de forma perversa. — Querida Iphigenia. Eu deveria saber que sua mão estava nessa pequena distração que vocês criaram para meu exército... aqueles pobres fazendeiros que você mandou para a morte. Bem, você chegou na hora certa. A cerimônia logo estará completa.

— Você vai apenas ficar marcada como uma assassina — disse Iphigenia de forma seca.

— Estou libertando uma força natural do sono que lhe foi imposto — respondeu Alexandra. — Permitindo que ela novamente assuma sua dominância prévia no mundo selvagem. Para uma naturalista ateia como você, isso deve parecer um verdadeiro acerto de contas.

— Ela vai consumi-la quando terminar de derrubar cada árvore na floresta; não ache que você é imune. E os coiotes, aquela espécie inocente que você recrutou, eles sabem das consequências? Você lhes contou que seus covis serão invadidos e suas ninhadas, suas esposas e seus filhotes serão sufocados?

— Que nada — desdenhou a Governatriz. — Aqueles cães infelizes? A ilusão de poder é maná suficiente para eles. Eu lhes dei mais nos últimos quinze anos do que eles já desfrutaram na história de sua raça. Quando forem extintos, pelo menos morrerão como uma espécie elevada. Quanto a mim, eu não me preocuparia com o meu desfecho. Vou ter feito a hera dormir muito antes de ela poder passar suas vinhas à minha volta.

Iphigenia franziu a testa, o rosto marcado pela preocupação:

— Não presuma que ela é tão fácil de controlar. Assim que você colocar essa roda em movimento, não há como pará-la.

A Governatriz riu.

— Posso presumir que tenho sua sanção, então, para prosseguir? Ou você vai continuar a me distrair da tarefa iminente?

A Mística falou, mas Prue não conseguiu entender as palavras. Foi algo que ela falou para si mesma, como se estivesse reforçando as próprias convicções. A Governatriz olhou-a de soslaio, antes de andar a curta distância até o Alaque que a esperava. Com a mão livre, tirou uma longa adaga de seu cinto. Prue, desesperada, deu um salto para a frente.

— Por favor, Alexandra! — gritou ela. — Não faça isso!

Alexandra parou e olhou para Prue que arregalou os olhos.

— Por favor, se você não se importar — disse ela —, não tinha me preparado para ter uma plateia para isso. Este é um grande momento para mim. Gostaria que ele não fosse arruinado pelos choramingos miseráveis de uma menininha e uma velha.

— É o meu irmão que você está segurando — falou Prue. — É o único menino dos meus pais. Você não sabe o quanto isso partiria seus corações.

— Então não deveriam ter feito o acordo — respondeu Alexandra. — Foram tolos, aqueles Forasteiros, mas eles certamente sabiam o que queriam. Queriam *você*. — Nesse momento, a Viúva apontou a faca para

Prue. — E eles conseguiram *você*. Parabéns. Você nasceu. Eu mantive minha parte do acordo. Pensando melhor no assunto, se alguém é verdadeiramente responsável pela morte do seu irmão e por partir o coração dos seus pais, é você. Sua simples existência, a *necessidade* que seus pais sentiam da sua existência, é a verdadeira raiz de todo este desastre. Sou apenas uma personagem nesse drama.

Ela se moveu mais alguns passos na direção do Alaque; estava agora a poucos metros.

— Você teria dado Alexei para a hera comer para assumir todo esse poder? — Isso veio de Iphigenia, sua voz firme.

A Governatriz congelou.

— Teria? — A Mística Anciã pressionou. — Ele foi um bebê um dia, tenho certeza de que você se recorda. Uma criança tão bonita ele era.

O rosto pálido de Alexandra ganhou cor, e ela se virou, irritada, na direção de Iphigenia:

— Já lhe disse, *velha*, para não me distrair de meu propósito. Vocês duas estão ficando muito irritantes.

— Pobre Alexei — disse Iphigenia. — Nem mesmo suas magias puderam trazê-lo de volta ao mundo dos vivos.

— Mas eu trouxe! — gritou Alexandra, finalmente caindo na provocação. — Eu lhe dei a vida. *Duas vezes*. Soprei vida dentro daquele corpo uma vez, por que não uma segunda vez? Por que aquilo deveria ser diferente? Foi ele que escolheu morrer da segunda vez. Ele não conseguia apreciar o trabalho que *eu* — disse ela, batendo o punho da adaga conte o peito —, que *eu* tive para lhe dar uma nova vida. Cada vez. Meu sobrinho idiota e seus subalternos lhe deram sua segunda morte; eles o mataram e usaram sua morte como um motivo para me tirar do poder. E então eles vão pagar. Vão pagar com suas vidas. E as vidas de suas famílias. — A Governatriz recuperou a compostura, sua adaga pronta para ser usada. Mac ainda estava chorando em seus braços, seu rosto muito vermelho. — É realmente muito simples.

Prue, liberada de seus medos, deu um salto para a frente com grande velocidade e mergulhou no espaço entre Alexandra e o Alaque, encostando as costas contra a pedra fria da construção baixa.

— Pare! — gritou a menina.

Raiva distorceu as feições de porcelana de Alexandra. Ela girou a adaga em um arco suave em volta de seu corpo, batendo na bochecha de Prue com a lateral da lâmina. A força do golpe fez Prue girar pelo ar, caindo sobre o emaranhado macio da hera. Uma onda aguda de dor queimava sua bochecha, um fio de sangue molhava seu lábio.

— Nem *pense* — disse Alexandra forçosamente —, não *tente* me impedir de realizar minha tarefa.

O sol tinha chegado ao ápice. Era meio-dia. Prue podia sentir a hera se movendo, lentamente, debaixo dela.

🌿

— ...três — entoou a raposa.

Os restos maltrapilhos dos Irregulares do Bosque Selvagem sobre a protuberância de pedra soltaram um uivo coletivo e saltaram de sua posição escondida atrás do pequeno muro de pedra.

Uma saraivada de balas e pólvora encheu o ar quando eles começavam seu ataque final.

Curtis tirou seu sabre da bainha e começou a descer a escadaria aos pulos com um berro impressionante.

A parede de soldados coiotes diante deles se levantou do abrigo e mirou sobre os soldados que avançavam.

Os corvos nas árvores vizinhas decolaram de seus poleiros e mergulharam sobre a batalha.

Um bandido correndo ao lado de Curtis foi atingido com uma bala no peito e caiu para trás, levantando poeira.

Outro fazendeiro tombou no solo com uma flecha alojada em sua garganta peluda.

Curtis se preparou mentalmente enquanto corria, pronto para o disparo que o derrubaria também ao solo.

O tempo foi desacelerando até quase parar.

Guinchos foram ouvidos, de repente.

Curtis levantou os olhos para ver uma vasta frota de águias que passava sobre as cabeças dos Irregulares, mergulhando do ar atrás do promontório. O céu cinza pálido estava obscurecido por um oceano de pássaros em voo.

— Os Aviários! — gritou Sterling.

A onda de voadores colidiu com os corvos que desciam, o terrível grasnar de medo e dor dos corvos profanando o ar sobre os guerreiros no solo. Todos tinham parado de lutar, enfeitiçados, para observar a cena incrível que se desenrolava acima. Mais pássaros vieram do sul: uma maré de falcões e águias-pescadoras, corujas e francelhos tomava o céu. Suas vozes uníssonas, soltando seu grito de guerra acumulado, eram ensurdecedoras.

Sterling foi o primeiro a sair do estado de choque.

— Vamos avançar! — gritou ele, e os Irregulares, reanimados, continuaram sua investida.

O exército de pássaros suplantou os corvos em pouco tempo — aqueles que não foram destruídos pelas garras afiadas das aves de rapina fugiram para os bosques ao redor tão rápido quanto suas asas podiam levá-los — e concentrou a força nos coiotes abaixo. Os coiotes, petrificados por esse novo exército que os ameaçava, foram pegos de surpresa tentando escolher qual das forças que avançavam em sua direção eles combateriam. Aqueles que apontaram seus rifles na direção do borrão de asas acima foram atropelados pelos fazendeiros e bandidos que mergulharam sobre os pelotões no solo.

Um coiote, com os olhos fixos em Curtis, partiu para a luta, sua espada brilhando; Curtis levantou a lâmina de seu sabre na defensiva, sentindo o peso da arma do oponente contra a sua. Logo que ele fez isso, um par de presas amarelas retorcidas surgiu sobre os ombros do coiote, e o animal foi suspenso para o céu nas garras de uma enorme águia-real. Curtis caiu de costas em uma pilha de folhas mortas e, observando os pássaros e seu oponente se afastarem no céu, soltou um estrondoso e vitorioso *UHUL!*.

No ar formou-se uma nuvem de aves de rapina em revoada, mergulhando no solo para apanhar outros coiotes desafortunados levantando-os no ar apenas para deixá-los cair para a morte. Depois de um tempo, evitar esse ataque aéreo de coiotes em queda se tornou uma preocupação maior para os Irregulares do Bosque Selvagem do que realmente lutar contra eles. Mais pássaros apareceram sobre a cordilheira, e as forças combinadas dos Irregulares com os Aviários limparam a encosta de coiotes e avançaram na direção do morro e da basílica além dele.

A Governatriz ouviu o canto das águias. Seu rosto se virou rapidamente para cima, encarando o céu. O som era sobrenatural, mil pássaros gritando ao mesmo tempo. Prue se levantou e vasculhou o horizonte em busca da origem do barulho.

— Os pássaros — sussurrou Alexandra para si mesma, irritada. — Os malditos pássaros.

A Governatriz redobrou sua concentração na tarefa diante de si. Mac se contorceu em suas mãos enquanto ela o posicionava, rudemente, sobre a pedra fundamental do Alaque, seus lamentos se misturando aos gritos dos pássaros a distância. Segurando o bebê sobre o Alaque com uma das mãos, a Governatriz iniciou seu ritual. Seus lábios começaram a se mover, entoando os sons guturais de algum encanto antigo. Com a ponta da adaga, ela produziu uma única bolha de sangue na palma aberta do bebê. Mac gritou.

Prue soltou um uivo arrebatado e tentou se levantar do chão, mas descobriu que não podia se mover; a hera se enlaçara em volta de suas pernas e seus pulsos. Ela estava pregada ao solo da clareira.

A mente de Prue estava a toda enquanto lutava contra as vinhas de hera ondulantes. Os galhos das árvores sobre ela balançavam na brisa fria, indiferentes ao horror prestes a se desenrolar debaixo deles. *Se ao menos eles pudessem impedi-la*, pensou a menina. *Se ao menos vocês pudessem esticar seus galhos...*

A Governatriz levantou o corpo de Mac do Alaque com sua mão esquerda, seus dedos segurando o tecido de seu casaco, e o manteve levantado. A adaga em sua mão direita reluziu momentaneamente com um breve raio de sol que passou entre as nuvens. O sangue na palma da mão de Mac escorreu por seu dedinho, preparado para cair sobre a hera abaixo dele.

— Pare. Agora — falou uma voz.

Era Brendan, parado no topo da escadaria. A corda de seu arco estava esticada, uma flecha pronta para ser disparada na altura de seu rosto. O olho semicerrado sobre a pena da flecha enquanto ele mirava o alvo. O rosto estava pálido e a frente de sua camisa, encharcada de um líquido vermelho-escuro.

Alexandra se virou para o bandido e abriu um sorriso.

— Tarde demais, ó Rei dos Bandidos — disse ela.

Ela levantou a adaga para golpear.

Se ao menos vocês pudessem, pensou Prue.

Por favor. Meu irmão.

De repente, uma forma escura cruzou a ampla clareira, criando uma sombra oscilante que se movia sobre a extensão de verde a seus pés. Prue olhou para cima e viu que era um par de longos e finos galhos de pinheiro, curvando-se poderosamente na direção da mão esticada da Governatriz. Com a atenção momentaneamente distraída por Brendan e seu arco empunhado, ela não viu os galhos que desciam sobre o bebê em sua mão. Em um movimento ligeiro, eles arrancaram Mac de seu poder e o suspenderam. Alexandra soltou um grito agudo, virando-se enquanto tentava alcançar os pés do bebê.

Brendan soltou sua flecha.

Ela acertou em cheio entre as omoplatas de Alexandra.

A hera se movia gananciosamente em seus tornozelos.

Uma única gota de sangue caiu do ferimento que a flecha tinha causado, respingando sobre as folhas das vinhas da hera. A adaga caiu de seus dedos. A Governatriz Viúva seguiu a gota de seu sangue sobre as línguas das vinhas de hera que estavam esperando, e toda a clareira de folhas verde-escuras se amontoou, consumindo seu corpo comprido dentro de alguns poucos segundos.

Mac, aninhado bem acima da cena nos dedos espinhosos dos galhos de pinheiro, chorava intermitentemente. A hera tremia em volta de Prue, seus cachos espinhosos ainda a seguravam com força. Ela gritou, morrendo de medo de que a hera fosse consumi-la em seguida.

Iphigenia chamou Brendan do outro lado da clareira:

— Bandido Rei, você alimentou a hera! Elas tiveram seu banquete com a própria Governatriz! — gritou ela. — A planta está sob seu controle. Você deve ordenar que ela durma!

Uma centelha de reconhecimento piscou no rosto cansado de Brendan. Prue podia ver a compreensão passando furtivamente por sua mente: ele agora tinha o controle da força mais poderosa do Bosque. Mas, tão rápido quanto a ideia tinha passado por sua cabeça, ele abriu os lábios ensanguentados e entoou um simples comando:

— Durma!

A hera imediatamente parou seu movimento pulsante e relaxou no solo da clareira, suas muitas folhas se contraindo como uma pessoa à beira do sono. Em um momento, a clareira tinha ficado totalmente imóvel. As vinhas em torno dos pulsos e pernas de Prue a soltaram, e ela as arrancou, rapidamente se livrando de seu poder. O Bandido Rei, como se obedecesse ao próprio comando, caiu no chão como um saco de batatas, seu arco batendo contra as pedras no topo da escadaria.

Iphigenia levantou uma das mãos sobre a cabeça e gesticulou para os galhos altos do pinheiro, e Prue ficou observando enquanto a árvore atendia o pedido da Mística, deixando Mac cair habilmente de galho em galho como se fossem mãos jogando delicados malabares lentamente até o chão. Assim que a carga da árvore tinha chegado à parte mais baixa, o galho balançou para o lado novamente, curvando-se sobre a ampla clareira para depositar o bebê delicadamente no colo da irmã.

Prue jogou os braços em volta do irmão e o apertou com força contra o peito.

— Mac! — gritou ela. — Você está comigo.

O bebê, reconhecendo a voz da irmã, parou de chorar e olhou fixamente para ela.

— Puuuu! — disse ele, finalmente.

As lágrimas vieram em uma torrente enquanto Prue beijava a pele macia de sua testa sem parar. Mac balbuciava alegremente em seus braços.

🌿

A cena tranquila não durou por muito tempo; um gemido alto veio do lado oposto da clareira.

— Brendan! — gritou Prue, lembrando-se de seu amigo. Ela correu na direção de seu corpo prostrado, esparramado sobre os dois degraus mais altos da escadaria de pedra. O cataplasma de folhas de hera começou a soltar-se de seu ombro, e estava aparente que o ato de puxar a corda e disparar o arco tinha aberto o ferimento novamente. As pálpebras de Brendan estavam fechadas, embora Prue pudesse ver suas pupilas se movendo sob o fino véu de pele, como se ele estivesse procurando algo desesperadamente na escuridão de sua inconsciência.

— Socorro! — gritou ela. — O Rei precisa de ajuda!

Um largo redemoinho de pássaros cinzentos e marrons se formou sobre o nível médio da basílica, e o solo estava coberto de armas descartadas e soldados caídos. Os Irregulares sobreviventes e a aparentemente infinita maré de pássaros continuavam a atacar os últimos coiotes enquanto o exército derrotado da Governatriz batia em retirada, os coiotes caindo sobre as quatro patas para correr, livrando-se do tecido áspero de seus uniformes enquanto fugiam. Na cordilheira ao sul da clareira ainda ardia um fogo lento causado pelos disparos da artilharia, e um grande manto de fumaça cobria a cidade arruinada. Prue ouviu alguém se aproximar; era a Mística Anciã.

— Deixe-me ver — disse ela, com sua voz calma. Ajoelhando-se ao lado de Brendan, verificou o ferimento debaixo do cataplasma. — Hmm — falou ela. — Sangue perdido, um pouco de carne... uma chance de infecção. — Ela levantou o Rei pelo ombro e olhou para suas costas. — Um ferimento de saída... passou direto pela carne. Isso é bom. Aqui. — Ela esticou o braço e rasgou uma longa tira de tecido da manga de seu robe e começou a pressionar o pano contra o ferimento. A dor causada pelo trabalho da Mística acordou Brendan de seu estado inconsciente, e seus olhos se abriram de supetão, arregalados e injetados de sangue. Ele segurou o ombro; Iphigenia o impediu de se mover muito. — Calma, Rei — disse ela. — Você teve um belo ferimento. Não é grave, mas você certamente não deveria ter bancado o arqueiro.

Um barulho de passos surgiu na escadaria; Curtis, ladeado por vários de seus companheiros Irregulares do Bosque Selvagem, estava subindo a escada com pressa.

— Prue! — gritou ele. — Prue! Você não vai acreditar no que aconteceu. É tudo tão... — Ele parou imediatamente e olhou fixamente para o bebê nos braços de Prue. Um sorriso largo se abriu em seu rosto. — Mac — disse ele. — Você o recuperou.

— Sim — falou Prue, radiante. — Eu o recuperei.

Ele foi abraçá-la, mas foi distraído novamente pelo corpo deitado do Bandido Rei debaixo dele.

— Brendan! — falou ele. — Como ele está? Ele está bem? O que aconteceu?

Iphigenia, envolvendo o ombro do Rei com um pouco de tecido amarelo-escuro, balançou a cabeça:

— Ele vai ficar bem. Deve ficar deitado por um tempo... não vai assaltar nenhuma diligência no futuro próximo, mas vai sarar com o tempo. O importante é o levarmos ao círculo de carroças rapidamente. Há pessoas lá que podem cuidar de seus ferimentos.

Os vários Irregulares parados ao lado de Curtis saltaram para a frente assim que ouviram o pedido de Iphigenia e, levantando Brendan o apoiaram entre seus ombros, o carregaram na direção da clareira sobre a basílica.

A Mística Anciã limpou as mãos na barra do robe enquanto Curtis se sentou no degrau mais alto ao lado de Prue, com o olhar fixo na criança em seus braços. Sua testa estava franzida, como se ela estivesse matutando sobre algum mistério importante.

— Puuu! — dizia o bebê.

— Não posso acreditar nisso — disse Curtis baixinho. — Conseguimos.

Ele esticou seus braços na direção do bebê, e Prue sorriu, entregando a criança ao amigo. Ele sacudiu Mac delicadamente sobre seu joelho, e o bebê grunhiu alegremente.

Prue apertou os olhos na direção de Iphigenia.

— Aquilo foi incrível — disse ela. — Realmente incrível. Se você não tivesse convencido os galhos das árvores a fazer aquela investida e agarrá-lo... quem sabe o que teria acontecido?

Ipigenia balançou a cabeça, pensativa.

— Verdade. — Ela ajeitou levemente sua posição sentada e continuou. — Mas eu não pedi a eles.

Prue olhou de volta para ela com uma expressão vazia.

— Aquilo não tinha passado pela minha cabeça, na verdade. Eu estava distraída naquele momento, como estava a Viúva, pela chegada do Bandido Rei. As árvores, elas parecem ter feito isso de vontade própria, o que é muito estranho — continuou a Mística. — Ou... — Ela fez uma pausa. — ... elas atenderam o pedido de outra pessoa. — Ela estudou Prue atentamente. — Mas isso é altamente, mas altamente improvável.

Prue olhou envergonhada para os próprios sapatos.

— Então, o que aconteceu com a Viúva? — interrompeu Curtis, apontando para a clareira de hera atrás deles. Não havia sinais do corpo de Alexandra; era como se ela tivesse desaparecido completamente.

— Ela é parte da hera agora, querido — respondeu a Mística. — Um destino do qual esse bebê escapou por pouco.

— Isso significa que ela está, você sabe — perguntou Prue —, morta?

Iphigenia sacudiu a cabeça.

— Oh, não — disse ela. — Morta não. Muito viva. Mas certamente incapacitada. Ela está... — A Mística Anciã procurou as palavras certas. — Ela simplesmente mudou de forma. Cada uma de suas moléculas foi absorvida por essa planta, que agora voltou a seu estado soporífero. Bem incapacitada. — Iphigenia ficou com o olhar distante de forma pensativa. — Imagino que, agora que você tocou no assunto, poderia haver uma forma de... bem, olá, olhe quem veio nos ver.

Na base da escadaria, um contingente do exército Aviário tinha se agrupado. O maior de todos, uma águia-real, deu um passo à frente e subiu os primeiros degraus da escadaria.

— Alguma de vocês é Prue McKeel? — perguntou a águia.

Prue levantou os olhos.

— Sou eu — disse ela.

A águia se curvou:

— Meu nome é Devrim. Sou o general em exercício da infantaria Aviária. Fiquei sabendo que você foi trazida, há dois dias, por outra águia como eu.

— Sim — disse ela. — Fomos abatidos. Ele não sobreviveu.

O rosto da águia estava impassível:

— Era o que temíamos.

O coração de Prue afundou, e ela começou a gaguejar uma desculpa desesperada; toda a calamidade que ela tinha trazido a esses pobres animais! Mas, antes que ela pudesse falar, Iphigenia pareceu adivinhar quais eram seus problemas e se aproximou.

— Bom General — falou Iphigenia —, como ficaram sabendo de nosssa... situação?

— Um pardal — respondeu o general. — Um jovem pardal chamado Enver. Ele tinha um interesse particular na jovem menina Forasteira. Ele procurou notícias com os pássaros do Bosque Selvagem para se manter a par do progresso da menina. Quando o exército da Viúva tinha se juntado e começou a marchar para o sul, as notícias se espalharam rapidamente. Soubemos que precisávamos interceder. Infelizmente... — O general cutucou com o bico na parte de baixo de sua asa, pensativo. — ...nosso contingente está bem pequeno. As prisões no Bosque do Sul diminuíram sensivelmente nossas tropas.

A Mística Anciã balançou a cabeça.

— Talvez, então, nosso trabalho não esteja acabado. — Ela se virou para Prue e Curtis, passando os dedos na dobra de seus braços para se levantar. — Ajudem-me a descer a escada, pequenos — disse ela. — Tenho uma ideia que quero apresentar ao bom General. Estou com vontade de colocar algumas coisas em ordem. Temos um exército ao nosso dispor, afinal de contas.

CAPÍTULO 28

O Levante do Bosque Selvagem

Uma brisa constante batia no amontoado esfarrapado de folhas caídas sobre a camada de terra da Longa Estrada e as levantava em pequenos funis. As árvores mudavam mais a cada dia; outro outono estava chegando a seu auge. Logo, o inverno traria sua melancolia constante de chuva e a ocasional queda de neve. O povo do Bosque do Sul estava ocupado estocando suas despensas com os potes de conservas feitas com o excedente da colheita do verão e conferindo suas altas pilhas de lenha enquanto seus filhos as arrumavam em blocos organizados em áreas secas, longe das paredes de suas casas, onde os insetos poderiam entrar.

Os dois guardas estavam parados, um em cada lado do largo portão de madeira, escorados em seus rifles. Seu turno começara há mais de cinco horas e eles já estavam contando os minutos para sua folga da noite. O sol estava descendo no céu, em um crepúsculo precoce. Eles podiam sentir o cheiro das primeiras baforadas dos jantares sendo colocados nos fogões, e aquilo fez seus estômagos uivarem. Em uníssono, na verdade. Ao escutarem aquilo, eles se olharam e deram uma risada.

Um barulho soou ao longe. Um barulho de algo batendo. Algo estava vindo na direção deles na Longa Estrada.

Eles ficaram tensos. A hora do rush do fim do dia já acabara há muito tempo, e os viajantes da estrada agora eram muito esparsos, como sempre acontecia a essa hora da noite. Assim que os últimos carregamentos tinham passado pelos portões do Bosque do Sul, a Longa Estrada geralmente parecia uma rodovia deserta.

O barulho se aproximou. Os guardas se olharam e se levantaram da posição em que estavam encostados, ambos olhando fixamente para a larga extensão da estrada. O barulho era claramente de metal, como uma corrente sendo sacudida ou...

Uma bicicleta.

Ela surgiu ao fazer uma curva ao longe, avançando sob o peso de seus passageiros. Na frente do guidão estava sentado um jovem garoto com um chafariz de cabelos pretos encaracolados no topo da cabeça. Ele vestia um uniforme militar sujo e rasgado. Enquanto a bicicleta se aproximava, os guardas viram que quem pedalava a bicicleta era uma jovem menina de cabelos escuros curtos; um pequeno carrinho vermelho era puxado pela bicicleta, carregando uma criança careca enrolada em uma pilha de cobertores.

A bicicleta parou rapidamente, derrapando em frente ao portão, e o garoto sobre o guidom desceu. Ele tirou uma atiradeira do bolso e começou a girá-la casualmente ao lado do corpo. A menina saltou do banco e, depois de checar rapidamente o bebê no carrinho, se virou para os dois guardas.

— Deixem-nos passar — disse ela.

O guarda no lado esquerdo do portão riu, tentando absorver a estranha cena.

— É mesmo? — perguntou ele. — O que vocês querem aqui?

— Viemos libertar o Corujão Rei e os cidadãos do Principado Aviário da Prisão do Bosque do Sul — disse ela, de forma decidida. — Ah, e vamos remover Lars Svik e seus comparsas do poder. — Ela pensou por um momento, acrescentando. — Pacificamente, se possível.

Os guardas ficaram olhando fixamente para ela, mudos.

O garoto com a atiradeira se manifestou:

— E então? Vocês vão abrir?

O guarda do lado direito tentou sair do estado de confusão:

— Eu... quero dizer... nós... você só pode estar... quero dizer, NÃO! Do que vocês estão falando?

— Isso é um golpe de Estado — disse a menina. — Então, se vocês não se importarem em abrir esses portões, ficaríamos extremamente agradecidos.

O guarda continuou a gaguejar:

— Mas... qual é, pequenina. Você e que exército?

A menina sorriu.

— Aquele — respondeu ela.

Atrás deles, na curva distante da Longa Estrada, o horizonte foi repentinamente tomado por uma multidão de pássaros, humanos e animais, uma parede de corpos se aproximando do grande portão.

Aquilo seria chamado de "O Golpe da Bicicleta" quando, em seu tempo, a história fosse escrita. O golpe seria descrito como uma derrubada perfeitamente pacífica, pois o exército existente do Bosque do Sul já estava em conflito com expansão das forças da ESPADA, a abominável polícia secreta do governo. Enquanto as forças combinadas da infantaria Aviária e dos assim chamados Irregulares do Bosque Selvagem marchavam pelas ruas do Bosque do Sul, eles foram recebidos de braços abertos, os cidadãos e soldados se juntando a eles na marcha na direção da Mansão Pittock. Quando eles finalmente chegaram às portas da Mansão, os figurões da administração Svik tinham ou escapado correndo para dentro da mata ao redor para, provavelmente, encontrar refúgio em uma vala úmida no Bosque Selvagem, ou estavam ajoelhados suplicando no chão de mármore do saguão da Mansão.

Lá, os revolucionários que chegavam fizeram sua primeira exigência: as chaves da Prisão do Bosque do Sul. Os oficiais depostos as entregaram sem nenhuma resistência. Os revolucionários então embarcaram no trem a vapor que ia até a prisão, um descanso bem-vindo, levando em conta que eles tinham passado a maior parte das últimas doze horas em uma marcha extenuante através de metade do país. Quando chegaram às paredes da prisão, os portões foram abertos e uma colagem de plumagem que parecia um cata-vento explodiu de dentro, abrindo-se no céu. Os pássaros aprisionados do Principado Aviário foram libertados.

O último pássaro a deixar a prisão, dizem os registros, foi uma enorme coruja, o Príncipe Coroado dos Aviários, e ele foi recebido com abraços pelos líderes revolucionários. Juntos, eles partiram de volta para a Mansão Pittock e começaram a mapear uma nova era para o Bosque.

᭡

— Fique parado — instruiu Prue, com seu lápis colorido preparado sobre a página de seu bloco de desenho.

Enver entortou um dos olhos de lado e olhou para ela.

— Por quanto tempo mais? — perguntou ele com dificuldade, o bico só um pouco aberto.

Ele mudou suas pequenas garras de posição na balaustrada da varanda, tentando encontrar uma posição mais confortável.

— Está quase pronto — respondeu Prue, abaixando a ponta do lápis e desenhando um traço da cor de ferrugem. O tufo de penas do rabo do pássaro estava completo. — Pronto. — disse ela.

Ela colocou o lápis na pedra da balaustrada e segurou o bloco a distância para que os detalhes granulados do lápis colorido formassem um borrão como os traços listrados do pardal.

Enver, liberado de sua posição congelada, saltou para olhar.

— Muito bom — disse ele.

Prue escreveu o nome dele em maiúsculas sob o desenho. Abaixo, escreveu as palavras *Melospiza melodia* com sua melhor caligrafia.

— Pardal de canção — explicou Prue.

Enver piou de forma apreciativa.

— Não é melhor que o sr. Sibley nem nada — disse Prue, de forma modesta —, e ele nem mesmo teve o benefício de conseguir falar com seu modelo. Mas está bom.

Enver, impaciente para poder se mover, saltou para o ar e rodeou os torreões gêmeos da Mansão Pittock. Prue ficou observando o pássaro velejar contra o céu cinza-carvão.

Uma linha de árvores densas definia o horizonte sob o caminho vertiginoso do voo do pardal; bordos amarelo-ouro e pinheiros verde-escuros. Além da cortina de árvores, ela sabia que estava Portland. Seu lar. Dessa posição, Pensou Prue, era Portland que parecia o país mágico e estranho — não o mundo em que ela estava naquele momento, com seus bosques imponentes de árvores altas e habitantes ocupados, cuidando das próprias vidas em uma coexistência pacífica com o mundo ao redor. O entrelace de rodovias de Portland, tomadas de carros e caminhões, todo o concreto e metal — essas coisas pareciam mais estranhas para ela agora.

Ela se forçou a sair de seus pensamentos: um longo dia pedalando estava diante dela. Fechou seu bloco e juntou os lápis coloridos, colocando-os de volta em sua bolsa-carteiro. O ar estava fresco; o outono tinha verdadeiramente chegado. O aroma estava por todo lado.

Uma porta se abriu atrás dela, então virou-se para ver o Corujão Rei e Brendan, compenetrados em uma conversa, se aproximarem pelas largas portas dobráveis da sala de estar do segundo andar. O braço de

Brendan estava preso a seu corpo com uma tipoia apertada, mas ele parecia se mover sem muitos problemas. O bandido havia causado uma agitação e tanto no dia anterior, quando as enfermeiras da Mansão tinham insistido para que ele tomasse um banho; os corredores haviam ecoado com seus protestos ásperos. Com suas roupas lavadas e a pele bem-esfregada, ele mal podia ser reconhecido como o libertino que ela tinha conhecido no bosque.

— Como vão as coisas? — perguntou ela, enquanto os dois se aproximavam da balaustrada da varanda.

— Não há muita dúvida de que será um processo longo e difícil — disse a coruja. — Muitas espécies foram desprezadas pelo estado de direito de Svik; muitas recompensas são devidas. Os dignitários coiotes são aguardados hoje; sua inclusão no processo será indubitavelmente controversa. Os bandidos e os fazendeiros do Bosque do Norte estão em conflito; alguns de meus subordinados Aviários já armaram uma greve por compensações às famílias dos pássaros aprisionados. Por sorte, o almoço chegou cedo, e todos foram coagidos a voltar à mesa com a promessa de pinhões frescos. — Ele suspirou. — Uma coisa é certa: nenhum processo de construção de governo é fácil. Há, no entanto, uma sensação surpreendente no ar, independentemente de disputas mesquinhas, de que vamos chegar a uma solução com o tempo, uma solução que vai cuidar dos direitos e das necessidades de todos os cidadãos do Bosque.

Brendan massageou a atadura em seu ombro.

— É, não é nada fácil — disse ele, seus pés se movendo sobre os tijolos da varanda. — Mas o quanto antes chegarmos a alguma forma de acordo, melhor. Todas as pedras de calçamento daqui machucam meus pés. Estou impaciente para voltar à mata, voltar ao esconderijo, voltar ao meu povo.

— Tenho certeza de que tudo vai dar certo — disse Prue. — Vocês são todos muito capazes.

— Haveria um lugar para você, sabe? — disse a coruja, arqueando uma sobrancelha. — Um cargo de embaixadora, talvez. Representante junto aos Místicos? O que você acha desse título?

— Obrigada, Corujão — falou ela. — Mas realmente preciso voltar. Meus pais... aposto que eles estão arrancando os cabelos, imaginando o que aconteceu. Mac precisa ir para casa. Eu preciso ir para casa.

A coruja balançou a cabeça, compreensiva:

— Bem, como você sabe, você seria bem-vinda de volta a qualquer momento.

— Onde está o pequerrucho agora? — perguntou Brendan. — Seu irmão, no caso.

Como se tivesse sido invocada pela referência, Penny, a camareira, apareceu nas portas dobráveis, com as costas arqueadas para segurar as mãos esticadas de Mac, ajudando-o a cambalear até a varanda.

— Ele vai começar a andar a qualquer momento! — proclamou Penny, exultante. — Ele realmente está pegando o jeito!

Prue caminhou para encontrá-los. Ela levantou Mac nos braços.

— Obrigada por cuidar dele, Penny — disse ela. — Eu só precisava de um momentinho para me preparar.

A camareira fez uma reverência.

— Imagino que você vai partir, então — disse ela. — Foi uma honra tê-la conhecido, senhorita McKeel.

— Você também, Penny. Obrigada pela ajuda.

A camareira se virou para sair, mas soltou um pequeno grito agudo quando um vulto veio entrando desembestado pela porta da sala de estar, quase a derrubando.

— Curtis! — Gritou Prue. — Preste atenção aonde você está indo.

Curtis, todo paramentado com um uniforme recém-passado, curvou-se de maneira desajeitada para a camareira.

— Desculpe-me por aquilo. — disse ele, antes de voltar à sua missão. — Corujão! Brendan! Aqui estão vocês dois! — exclamou Curtis. Ele veio correndo até a balaustrada da varanda. — Vocês realmente deveriam voltar para lá... oi, Prue... está uma certa bagunça. Os pássaros estão no lustre e se recusam a descer até que o contingente do Bosque do Sul concorde em desmantelar todos os pontos de controle; o povo do Bosque do Norte ainda está discutindo com os bandidos sobre a anistia para os carregamentos de cerveja de papoula, o que os bandidos rejeitaram, e Sterling está empunhando sua tesoura de poda, dizendo que vai arrancar os botões da calça de qualquer bandido que discordar.

— Palavras feias, muito feias — disse Septimus, estalando a língua.

Ele estava empoleirado sobre o ombro de Curtis, mastigando uma medalha que lhe tinha sido concedida por bravura. A superfície prateada estava coberta de marquinhas de dentes.

A coruja e o bandido trocaram um olhar de irritação, e ambos se viraram para partir.

—Adeus, Prue — disse a coruja, balançando a cabeça. — Talvez você esteja melhor no Exterior.

Brendan abriu os braços e deu um longo abraço em Prue e Mac.

— Até mais ver, Forasteira — disse ele, afastando-se. Colocando a mão no bolso, tirou um pequeno pedaço de metal brilhante, ondeado por ter sido martelado para ficar plano. Ele apertou aquilo contra a mão da menina. — Se você um dia se encontrar de volta no Bosque Selvagem — disse ele — e for capturada por bandidos, mostre-lhes isso.

Prue girou o objeto em seus dedos. No verso estavam gravadas as palavras SAIA DA ESTRADA LIVRE DE ROUBO, POR DECRETO DO BANDIDO REI.

Brendan piscou o olho e se virou para partir.

Curtis começou a seguir os dois de volta na direção do interior da Mansão, mas a coruja o deteve.

— Fique aqui — disse o Corujão Rei. — Vamos cuidar das coisas lá dentro. Sua amiga está partindo. Você pode querer ter um momento em particular antes de ela ir. — Ele acenou para Septimus. — Venha, rato — disse ele. — Nunca se sabe quando a perspectiva de um roedor será necessária. Deixe esses dois a sós por um instante.

Septimus, facilmente lisonjeado, desceu do ombro de Curtis para o chão.

— Adeus, Prue — falou ele.

Ela se curvou levemente e observou enquanto o rato disparava pela Mansão adentro. A coruja e o bandido o seguiram, desaparecendo atrás das portas dobráveis.

Curtis olhou para Prue, seu rosto entristecendo.

— Sério? — perguntou ele. — Já?

— Sim — disse ela. — Tenho de levar Mac de volta. Para ser sincera, tenho sentido falta de minha cama, meus amigos. Estou até sentindo falta de meus pais, se é que você pode acreditar nisso. Vai ser bom estar de volta em casa.

Um vento bateu e percorreu o jardim da Mansão, levantando um chafariz de folhas em um redemoinho sobre os canteiros bem-cuidados.

— Você tem certeza de que não quer vir junto? — perguntou Prue.

Curtis balançou a cabeça.

— Tenho — respondeu ele. — Há muito trabalho a ser feito aqui. Todo um governo para reconstruir. Como passei aquele tempo com o exército coiote, estão dizendo que posso ser muito útil quando os embaixadores coiotes chegarem. — Ele fez uma pausa e olhou sobre o horizonte de árvores. — Além disso, fiz um juramento, Prue. Sou um bandido agora. Um verdadeiro bandido do Bosque Selvagem. Não posso voltar atrás quanto a isso. Naquele momento na Longa Estrada, antes de você aparecer, tive a chance de partir. Mas sou necessário aqui, Prue. *Pertenço* a esse lugar.

Um silêncio caiu sobre os dois amigos. O bebê nos braços de Prue preencheu o vazio com uma série de gorgolejos ininteligíveis. A menina observou seu amigo Curtis, imaginando se ela mesma parecia tão mudada quanto ele.

— Certo — disse Prue, finalmente. — Eu compreendo. — Ela apertou os olhos na direção do céu, o cinza magro das nuvens começando a brilhar enquanto o sol da manhã continuava em seu arco para o alto. — Você me acompanha até minha bicicleta? — perguntou ela.

— Claro — disse Curtis.

Eles caminharam pelos longos e altos corredores da Mansão, descendo a larga curva da grande escadaria sobre o saguão e saíram pela porta da frente para o pátio. Seguiram em silêncio, cada um perdido nos próprios pensamentos. Encostada à balaustrada de pedra da varanda da Mansão estava a bicicleta de Prue, e Curtis a ajudou a fazer uma pequena cama de cobertores no carrinho onde Mac ficaria. Um cavalo de madeira entalhada, dado a Mac como presente, tinha sido deixado sobre o chão do carrinho vermelho, e Mac ficou exultante em se reunir ao brinquedo.

— Vamos lá — disse Curtis —, eu a acompanharei até o começo da Longa Estrada.

— Então o que você vai fazer agora? — perguntou Prue, enquanto eles caminhavam preguiçosamente ao longo do caminho sinuoso que levava até o portão da Mansão.

— Não sei — respondeu ele. — Assim que isso acabar, imagino que o resto de nós bandidos, aqueles que ainda não voltaram, vão seguir de volta para o acampamento. Há muito trabalho a ser feito; perdemos um monte de guerreiros naquela batalha. Vou ter de me acostumar a dormir sob as estrelas, isso com certeza.

— Tenho certeza de que você vai se sair bem — disse Prue.

Parada no meio do caminho, logo além dos cavalos em frente às portas da Mansão, estava uma única carroça de caravana colorida. Um coelho branco estava deitado de costas debaixo do eixo das rodas dianteiras da carroça, martelando o mecanismo com uma chave de roda. Uma mulher com um robe de tecido rústico estava parada acima dele, murmurando instruções.

— Iphigenia! — gritou Prue, enquanto eles se aproximavam.

A mulher se virou e acenou. Seu rosto carregava uma expressão de frustração perturbada.

— Você está partindo? — perguntou Curtis. — Você não é necessária nas reuniões?

Iphigenia balançou sua mão no ar com desdém.

— Bah — disse ela. — Quem precisa de um saco velho como eu? Não tenho estômago para discussões prolongadas. Há pessoas mais jovens que eu que podem lutar por nossos interesses. No entanto, não vou a lugar algum até que este maldito eixo seja consertado. — Ela olhou para Prue. — Imagino que você esteja partindo, não é mesmo, mestiça?

— Sim — disse a menina. — Indo para casa. E quanto a você? Vai voltar ao Bosque do Norte?

— Sim — respondeu a Mística Anciã. — Vou tomar meu caminho para lá em algum momento. A Árvore do Conselho vai precisar de meu comparecimento. Imagino que terá muito a dizer sobre nossas pequenas aventuras. — Ela colocou as mãos na cintura e levantou o queixo, como se estivesse puxando o ar. — Acho que pode levar tempo até chegar em casa, no entanto — disse ela. — Apesar de não ser sob a melhor das circunstâncias, eu realmente gostei de ver o Arvoredo dos Anciãos novamente. Não ia lá há muitos anos. Há verdadeiramente tantas coisas lindas para se ver no Bosque... as grandes quedas d´água na nascente do Riacho da Cadeira de Balanço, a perspectiva do topo do Pico da Catedral. O muito gentil Príncipe Coroado me convidou para passar um tempo com os Aviários, como hóspede pessoal do Corujão. Acho que gostaria muito disso. Então... quem sabe... talvez eu encontre meu caminho até a Árvore Ossário, visite as tumbas de meus predecessores derrotados, aqueles Místicos Anciãos que fizeram a jornada antes de mim.

E então? Um longo e escaldante banho e uma xícara de chá no conforto de meu próprio lar. Isso será aventura o suficiente para mim.

— Toda a sorte para você — disse Prue. — Parece ser uma jornada maravilhosa.

— Adeus, Prue — disse Iphigenia, abrindo os braços.

Prue abriu o suporte de sua bicicleta e se encaminhou até o abraço da Mística Anciã. Seu cabelo grisalho crespo e banhado em um rico aroma de lavanda acariciou a bochecha da menina.

— Não sei se algum dia a verei novamente — disse Prue, segurando as lágrimas.

A Mística bateu de leve nas costas de Prue.

— Você verá — disse ela. — Você verá.

Deixando a carroça para trás, Prue e Curtis continuaram sua caminhada. Quando chegaram à junção do caminho que chegava até a Mansão com a Longa Estrada, Curtis se virou e estendeu a mão.

— Certo, então — disse ele. — Não vamos tornar isso muito choroso e emotivo. Adeus, Prue.

Prue fez um biquinho, com uma seriedade fingida.

— Adeus, Curtis. Soldado coiote, bandido, revolucionário.

Eles apertaram as mãos firmemente.

O queixo de Curtis começou a tremer. Prue notou aquilo e disse:

— Oh, qual é? — E então esticou os braços.

Parados no meio da rua, cercados por um tráfego constante na Longa Estrada, os dois amigos se abraçaram longamente. Depois de um tempo, Curtis se afastou, limpando seu nariz com o punho de seu uniforme.

— Veja o que você fez — disse ele. — Meu uniforme que tinha acabado de ser lavado, todo cheio de coriza no punho. — Ele olhou para Prue, seus olhos molhados de lágrimas. — Até mais, Prue.

Sem outra palavra, Prue se virou e empurrou a bicicleta na direção do fluxo de tráfego da estrada. Ela deu um rápido beijo na bochecha de Mac e checou a conexão entre a bicicleta e o carrinho; tudo estava em ordem.

Passando uma perna sobre o quadro da bicicleta, ela subiu no banco e colocou os pés nos pedais. Em alguns instantes tinha partido.

— Ei, Prue — gritou Curtis, de repente.

Prue apertou os freios do guidom para desacelerar a bicicleta e se virou.

— Se algum dia eu precisar de você — gritou ele mais alto que o burburinho do trânsito —, irei atrás de você, certo?

— Certo — respondeu Prue, afastando-se na estrada.

— Porque somos parceiros! — gritou Curtis.

— O que você falou? — gritou Prue.

Era difícil distinguir as palavras com o alarido da estrada cheia.

— SOMOS PARCEIROS! — berrou Curtis, com toda sua força.

Prue abriu um largo sorriso ao ouvi-lo.

— CERTO! — gritou ela. A Longa Estrada fez uma curva, e Curtis sumiu atrás dela.

Prue tinha viajado por um tempo, entrando e saindo do nó do trânsito, antes de chegar aos portões frontais. Ao vê-la se aproximando, os guardas abriram as portas e a saudaram orgulhosamente enquanto ela pedalava lentamente passando sob o arco do muro. A Longa Estrada se estendia diante dela, levando a uma distância nebulosa. De pé sobre os pedais, ela acelerou a bicicleta, o vento frio batendo em suas bochechas. Mac tagarelava alegremente no carrinho e balançava o cavalo de madeira sobre a cabeça, como se ele mesmo estivesse correndo pela estrada.

— Vamos para casa, Mac — disse Prue.

🌿

A recepção de Prue e Mac, quando eles chegaram de volta à sua casa em St. Johns, foi tumultuada. Sua mãe a segurou pelos ombros em um abraço de quebrar ossos enquanto seu pai, rindo, levantava Mac de seu carrinho e o jogava habilmente para o alto. A troca de abraços e beijos foi tão demorada que eles logo perderam a noção de quem tinha abraçado quem e que criança tinha sido mais beijada. Até mesmo seus pais passaram vários instantes se abraçando, como se fossem eles que tivessem se perdido, enquanto Prue observava, pasma. A tarde se transformou em noite, e as celebrações não cessaram: o pai de Prue bancou o DJ, sacando seus velhos discos favoritos de rocksteady, enquanto sua mãe dançava pela sala, perdida em um frenesi constante de indecisão sobre qual filho deveria ser seu par. No fim das contas, ela escolheu os dois, e os três ficaram girando pela casa em um grupo unido, seus braços grudados nos dos outros, seus rostos vermelhos de prazer.

O mundo de Prue, mais uma vez, voltou ao normal. Sua ausência da escola durante uma semana foi explicada como uma doença repentina e longa, e seus amigos a saudaram no corredor com rostos solidários.

— Catapora — explicou Prue, quando perguntaram. Uma amiga ressaltou que Prue já tivera, que ela se lembrava daquilo porque tinha sido ela própria que passara a doença para Prue. — Acho que peguei de novo — disse Prue, encolhendo os ombros.

As semanas se passaram. O Halloween passou, memorável apenas pelo fato de estar chovendo muito naquele dia e de todos terem de ajustar suas fantasias de acordo com o tempo. Novembro trouxe uma incomum onda de calor, a chuva dando uma trégua, e a família McKeel escolheu um fim de semana particularmente agradável para ir a uma das fazendas na Ilha Sauvie a fim de colher algumas abóboras com que fariam as sobremesas planejadas para seu jantar do Dia de Ação de Graças. Prue circulou pelo pomar de macieiras perto do mercado a céu aberto da fazenda enquanto seus pais entravam, discutindo sobre quem tinha o melhor olho para abóboras. Mac, agora andando sem ajuda, cambaleava entre as poucas mesas de piquenique espalhadas no pomar.

Um grupo de pessoas se dirigindo a seu carro no estacionamento chamou a atenção de Prue. Era um casal de meia-idade e suas duas crianças, ambas meninas. Prue os reconheceu em um instante como sendo os Mehlberg, a família de Curtis.

Antes que pudesse perceber, ela estava andando na direção deles.

— Sr. Mehlberg — disse ela instintivamente —, sra. Mehlberg.

O casal olhou para ela. As duas meninas, uma mais velha e uma mais nova que Prue, a olhavam fixamente.

— Sim? — falou a mulher.

Enquanto Prue se aproximava, viu tanta tristeza no rosto da mulher. Na verdade, era uma dor que parecia pairar sobre toda a família como uma nuvem carregada. Prue colocou a mão sobre o braço da sra. Mehlberg.

— Eu era amiga do Curtis — disse Prue.

O rosto da mulher se iluminou:

— Da escola? Qual é o seu nome?

— Prue McKeel. Eu o conheço... quero dizer, eu o conhecia muito bem. Eu... — Prue fez uma pausa. — Sinto muito pela sua perda.

A palidez retornou ao rosto da mulher.

— Obrigada, querida — disse ela. — Isso é muito gentil.

Prue mordeu seu lábio inferior pensativa. Finalmente, ela disse:

— Só quero que você saiba que... bem, acredito que ele está em um lugar melhor. Acho que, onde quer que ele esteja, está feliz. Verdadeiramente feliz.

Os Mehlberg, o homem, a mulher e as duas filhas, olharam fixamente para Prue por um momento antes de o sr. Mehlberg responder.

— Obrigado — disse ele. — Acreditamos nisso também. Foi muito bom conhecê-la, Prue McKeel.

Ele abriu a porta do motorista e entrou no carro. O resto da família o seguiu. Apenas uma das meninas, a mais nova, fez uma pausa na porta do carro e apertou os olhos para olhar para Prue.

— Diga oi para ele — pediu ela, antes de entrar no banco traseiro do carro.

Prue, momentaneamente pega de surpresa, respondeu "farei isso" e ficou vendo o carro sair do estacionamento e pegar a estrada.

O porta-malas dos McKeel, quando eles chegaram em casa, estava abarrotado de abóboras de todas as variedades e tamanhos, e todos tiveram de fazer várias viagens para levar tudo aquilo para a cozinha. Estava ficando tarde e Mac, tendo comido uma tigela de banana e abacate na fazenda, estava inquieto por causa do cansaço. A mãe de Prue estava afobada.

— Ei — disse ela —, você pode colocar o bebê mal-humorado na cama? Precisamos começar essas tortas se quisermos estar prontos para essa semana.

— Claro — disse Prue, apenas agora acordando do encanto em que o encontro com os Mehlberg a colocara. Ela se esticou e segurou Mac, circulando pela cozinha para que ele recebesse beijos de boa-noite dos pais. Assim que ele tinha sido apropriadamente coberto de abraços, Prue o levou para o andar de cima, ignorando seus resmungos de cansaço e colocando seu pijama. Ela o pôs no meio de seu berço e aconchegou sua coruja de pelúcia nos braços dele. Deu-lhe uma bitoca no topo careca da cabeça, apagando as luzes quando saiu. — Boa noite, Macky — disse ela.

Não tinha chegado nem até a metade do corredor quando ouviu o apelo tristonho de seu irmão:

— Puuuuu! Puuuuu!

Parando imediatamente, ela suspirou e ficou com a expressão impaciente. Voltando até a porta do quarto do bebê, passou a cabeça pelo portal.

— O que houve? — perguntou ela.

Mac balbuciou algo em resposta.

— Não consegue dormir? Não está cansado? O que foi?

Outro gorgolejo.

— Você quer uma história, não quer? — perguntou ela.

O rosto de Mac se alargou em um sorriso:

— Puuu! — respondeu ele.

Prue cedeu.

— Certo — disse ela, andando até a lateral do berço e o levantando do colchão. — Só uma história.

Os dois, irmão e irmã, ficaram na cadeira de balanço no canto do quarto. Mac se aninhou no colo da irmã, e Prue olhou pela janela, como se estivesse inventando a história. Finalmente, ela começou:

— Era uma vez — disse ela baixinho — um pequeno menino e sua irmã mais velha. — Ela fez uma pausa, pensando antes de continuar. — Mas antes disso havia um homem e uma mulher que viviam aqui em St. Johns e eles queriam mais que tudo ter uma família. Mas, para poder ter filhos, eles tiveram de fazer um acordo com uma rainha má, uma rainha má que vivia em um bosque distante.

Mac estava totalmente atento, um largo sorriso espalhado em seu rosto.

— O acordo era que, um dia, a rainha má viria buscar o segundo filho, o pequeno menino, e o levaria para seu reino na floresta. E um dia ela faz isso. Sua irmã, no entanto, não aceitou nada daquilo, então ela pegou sua bicicleta.

"E partiu atrás dele...

Para dentro da mata profunda e escura..."

Em memória de Ruth Friedman

Prue parou e se encostou a um pinheiro, observando o verde que a cercava.

— Não acredito que isso esteve aqui esse tempo todo e eu nunca soube.

Prue estava voando. A sensação era incrível.

A neblina continuava a descer, até que se concentrou logo abaixo da superfície da ponte, revelando a imponente construção em sua totalidade.

— Incrível, não? Você não é a primeira Forasteira a ver a Árvore do Conselho, embora pouquíssimos tenham se aventurado nessa jornada.

*Segurando-o sobre o Alaque com uma das mãos,
a Governatriz começou seu ritual.*

❧

Este livro foi composto nas tipologias Fournier MT, Linotype Didot e
ITC Zapf Dingbats, e impresso em papel off-white no Sistema Digital
Instant Duplex da Divisão Gráfica da Distribuidora Record.